Moon Notes

NENA TRAMOUNTANI

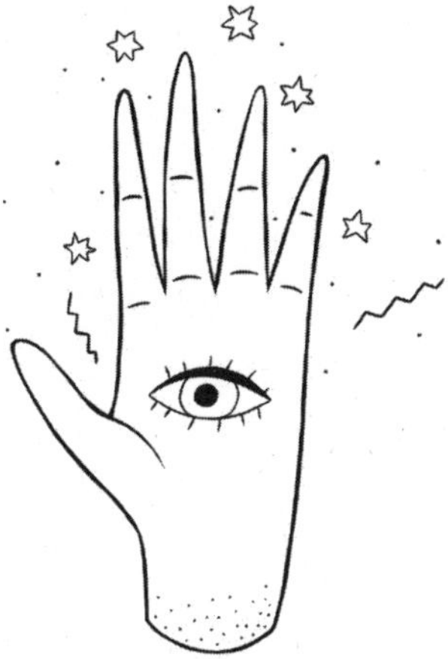

CARDS OF LOVE 2

Der Zauber der Welt

Moon Notes

Klimaneutral
Druckprodukt
ClimatePartner.com/53248-2011-1002

Dieses Buch wurde klimaneutral produziert. Dadurch fördern wir anerkannte Nachhaltigkeitsprojekte auf der ganzen Welt. Erfahre mehr über die Projekte, die wir unterstützen, und begleite uns auf unserem Weg unter www.oetinger.de

FSC www.fsc.org
MIX
Papier aus verantwortungsvollen Quellen
FSC® C014496

Originalausgabe
1. Auflage

Dieses Buch wurde vermittelt von der Literaturagentur
erzähl:perspektive, München (www.erzaehlperspektive.de)

Dieses Werk wurde vermittelt durch die Literarische Agentur
Thomas Schlück GmbH, 30161 Hannover.
Satz: Sabine Conrad, Bad Nauheim
Druck und Bindung: GGP Media GmbH,
Karl-Marx-Straße 24; 07381 Pößneck
Printed 2022
ISBN: 978-3-96976-018-5

www.moon-notes.de

Liebe*r Leser*in,

wenn du traumatisierende Erfahrungen gemacht hast, können einige Passagen in diesem Buch triggernd wirken. Sollte es dir damit nicht gut gehen, sprich mit einer Person deines Vertrauens. Auch hier kannst du Hilfe finden: www.nummergegenkummer.de

Schau gern auf S. 335, dort findest du eine Auflistung der potenziell triggernden Themen in diesem Buch. (Um keinem*r Leser*in etwas zu spoilern, steht der Hinweis hinten im Buch.)

Für alle, die in uns weiterleben.

Playlist

James Arthur – Train Wreck

Lola Blanc – Angry Too

Donna Missal – Let You Let Me Down

Madison Beer – Follow The White Rabbit

Matt Maeson – Dancing After Death (Stripped)

The Chamber Orchestra Of London – The Secret History

Beth Crowley – I Scare Myself

Faith Marie – Devil on My Shoulder

Faouzia, John Legend – Minefields

Ursine Vulpine, Annaca – Lovers Death

Katie Garfield – Gallows

Elley Duhé – LOVE ME HARD

I WAS THE LION – Never Take Me Alive

Steelfeather – Heart of Darkness

The White Birch – Breathe

Ludovico Einaudi, Daniel Hope, I Virtuosi Italiani – Experience

Novo Amor – Anchor

The Script – Flares

Ben Howard – Oats In The Water

Noah Gundersen – Oh Death

Madison Beer – Default

KAPITEL 1

Der Anfang und das Ende

Mein erster Atemzug war friedlich. Alles in mir wehrte sich dagegen, die Augen zu öffnen. Wärme umhüllte mich. Ich war in Sicherheit. Mir ging es gut.

Wie lange hatte ich geschlafen? Wann hatte ich das letzte Mal so gut geschlafen? Ein Lächeln lag auf meinen Lippen. Für ein paar köstliche Sekunden ließ ich mich treiben.

Und dann schlug ich die Augen auf. Gold und Rot blitzten vor mir auf, zunächst unscharf, verschwommen. Ich blinzelte. Die Umrisse der Suite wurden immer schärfer. Ein Kronleuchter, eine antike Kommode, ein Deckenfresko.

Ich fuhr hoch. Der innere Frieden verschwand so schnell, wie er gekommen war. Die Erinnerung war erbarmungslos. In Tausenden Details flutete sie mein Hirn. Mein Keuchen erfüllte den Raum. Papa. Venedig. Tarot. Das Grand Hotel. Die großen Arkana. Malvolio. Cosima. Das Kartendeck.

Scheiße.

Mein Herz raste. Reflexartig fuhr meine Hand zu meinem Hals. Nichts. Trockene, glatte Haut. Ich schlug die Daunendecke zurück und kletterte aus dem Himmelbett. Wieso war ich hier aufgewacht? In diesem Zimmer? Wer hatte mich ins Bett gebracht?

Das Letzte, woran ich mich erinnern konnte ...

Malvolio. Der Junge, dem ich so vertraut hatte. Der Junge, der mich nach Strich und Faden belogen hatte. Sein Schrei. Seine weit aufgerissenen Augen, von Schock und Schmerz durchzogen. Die zweiundzwanzig Karten vor mir, beschmiert mit meinem Blut. Mit meinem und dem der anderen Nachfahren. Ich, mit einer Wunde am Hals und Entsetzen in den Augen. Wieso war es mir so vorgekommen, als hätte ich mich von außen betrachtet? Vermutlich lag es am Schock. Denn neben mir ... Cosimas regungsloser Körper, das Messer in ihrem Brustkorb.

Cosima. Meine Mutter.

Du bist Lorenzos Tochter, durch und durch. Ich kann es mir nicht leisten, deinem Schwur zu glauben.

Meine Mutter, die mich hatte töten wollen.

Lebe wohl, Giulietta. Grüße Lorenzo, solltest du ihn wiedersehen. Ihr beide gehört zusammen.

Das Zimmer begann sich zu drehen, die Details verwischten erneut vor meinen Augen. Ich befand mich nicht in dem Raum, in dem alles sein Ende genommen hatte. Auf wackeligen Beinen wankte ich in den angrenzenden. Mein Herz schien vergessen zu haben, dass es schlagen sollte.

Ich schnappte immer wieder nach Luft, versuchte zu Atem zu kommen.

Endlich gelang es mir. Zumindest so lange, dass ich meine Umgebung erkennen konnte. Es war genau dieselbe Suite. Zimmer 121. Zweifellos. Das hier war Cosimas Zimmer. Und außer mir befand sich niemand in ihm. Hektisch scannte ich den Raum. Mir war mit einem Mal so schlecht. Keine Spur von den Karten. Keine Spur von Cosima oder Malvolio. Als sei alles nur ein böser Traum gewesen.

Meine Beine gaben nach. Im nächsten Moment kauerte ich auf dem rot-goldenen Teppich. Meine Finger berührten etwas Hartes. Ich zwang mich, den Blick darauf zu richten, und schreckte prompt zurück. Getrocknetes Blut. Cosimas? Meines?

Ein Schluchzen entwich mir. Natürlich. Natürlich war niemand hier. Ich hatte sie eingesperrt. Ich hatte das Einzige getan, was mir noch übrig geblieben war, nachdem Malvolio mir das Leben gerettet hatte. Um dem Wahnsinn ein Ende zu bereiten.

Du hast ein glückliches, erfülltes Leben vor dir.

Ich verspreche dir, du wirst eines Tages wieder Glück empfinden.

Seine Worte kamen von allen Seiten auf mich zu, verhöhnten mich.

Glück? Er hatte es gewagt, von Glück zu sprechen?

Ich kippte vornüber und atmete tief durch, während die Übelkeit immer schlimmer wurde. Der Schwindel. Mein Herzrasen. Oh Gott, das konnte alles nicht wahr sein. Ich war nach Venedig gekommen, um Antworten zu bekommen. Um herauszufinden, was mit Papa geschehen war.

Und jetzt? Was jetzt?

Plötzlich verschwand das Teppichmuster vor mir. Ich kniete noch immer auf dem Boden, doch ich befand mich nicht mehr im Hotel. Ich stand in der Küche eines Hauses, das bis vor Kurzem der sicherste Ort der Welt für mich gewesen war. Alles war noch genau so, wie es gewesen war, als Papa sich von mir verabschiedet hatte. Die hölzerne Küchentheke. Die Zeitungen auf dem Tisch. Die halb abgebrannte Kerze. Die Stühle mit den abgenutzten Polstern. Ich sah jedes Detail, ich hörte sogar die gewohnten Geräusche – die Gespräche unserer Nachbarinnen aus dem Garten nebenan, das Bellen eines Hundes –, und doch fühlte es sich nicht real an. Das hier war nicht real. Es war nichts als eine Erinnerung an ein Leben, das ich nie wieder zurückbekommen würde.

Im nächsten Augenblick stand ich nicht mehr in der Küche, sondern in dem Raum, in dem mein Plan, nach Venedig zu kommen, entstanden war. Notizzettel, vollgestopfte Bücherregale, Stifte, eine alte Schreibmaschine, der Globus. Papas Arbeitszimmer. Es roch nach Staub und Verwahrlosung, nicht nach seinem gewohnten Aftershave. Seit wie vielen Tagen war niemand mehr in diesem Zimmer gewesen?

Ich stolperte auf den Globus zu und tastete nach der Scherbe. Dabei rutschte das Armband an meinem Handgelenk nach vorn. Der Baum des Lebens. Die Weltseele. Ein Globus. Ich schluchzte so heftig auf, dass ich noch weniger Luft bekam. Er hatte überall Hinweise versteckt. Weil er sie geliebt hatte, oder? Er hatte sie geliebt, aber nicht wie mich. Alles, was er seit meiner Geburt getan hatte, war für mich gewesen.

Ich trat zurück und umklammerte mich selbst. Unaufhörlich strömten mir die Tränen über die Wangen.

Halte dich von Venedig und Tarotkarten fern.

Seine letzte Nachricht an mich war deutlich gewesen. Alles, was noch gefehlt hatte, war, mich vor seinem Bruder zu warnen. Doch zu dem Zeitpunkt hatte er nicht gewusst, dass sein Bruder ihn töten würde, oder? Sonst wäre er niemals in die Stadt der tausend Brücken ge–

Ein Schrei. Aus weiter Ferne ertönte ein Schrei.

Auf einen Schlag war die Erinnerung weg, und ich befand mich wieder im Hotel. Auf dem Teppichboden in der Suite meiner Mutter.

Stille. Als hätte ich mir nicht nur mein altes Zuhause, sondern auch den herzzerreißenden Schrei eingebildet. Ich stützte mich auf dem Boden ab und richtete mich mühsam auf.

Die Karten waren eingesperrt, aber ich befand mich nach wie vor im Hotel, das vom Mörder meines Vaters geleitet wurde.

In den Momenten, in denen du nicht für dich weiterleben kannst, lebe für ihn.

Malvolio hatte mich belogen und mich für seine Pläne benutzt, aber nicht alles, was er zu mir gesagt hatte, war Schwachsinn gewesen. Ich drängte den Schmerz zurück, die Verzweiflung und den Schock. Mein kühles, gefasstes Ich übernahm. Seit Papa tot war, hatte ich mich lang genug in Verdrängung geübt. Jetzt musste ich es noch einmal tun.

Ich rannte zurück ins Schlafzimmer und riss den Schrank neben der Kommode auf. Kleider in den verschiedensten Farben hingen dort. Teure, edle Stoffe und hauptsächlich ausgefallene Muster. Und dennoch hatte Cosima jedes Mal, wenn ich ihr begegnet war, ein und dasselbe Kleid getragen ...

Ich beugte mich hinunter, öffnete alle drei Schubladen und wurde bei der letzten fündig. Masken. Dutzende venezianische Masken, manche bunt und auffällig, andere schlicht und einfarbig. Ich griff nach einer dunkelblauen, die das komplette Gesicht bedeckte, zog sie mir über und versuchte, mir das Stoffband an meinem Hinterkopf zusammenzubinden. Meine Finger zitterten so sehr, dass die Maske immer wieder herunterrutschte. Parallel achtete ich auf die Geräusche von draußen. Musik war zu hören. Musik und Gelächter. Der Karneval war im vollen Gange.

Mein Onkel könnte jede Sekunde hier reinplatzen. Immerhin hatte er mich auf dieses Zimmer hier bestellt, nachdem er mir am Telefon gesagt hatte, dass er Bescheid wusste. Ich musste weg. So schnell wie möglich.

Wo waren die Karten?

Nein. Nein, nein, nein, das war jetzt die kleinste meiner Sorgen. Ich war die einzige Nachfahrin. Ich hatte sie eingesperrt, und nun würde ich ein für alle Mal diese verfluchte Stadt verlassen.

Endlich gelang es mir, das Band zu verknoten. Die Maske saß fest, sie hatte nur eine Augenöffnung. Mein Atem war heiß und stickig an meinem Gesicht. Und immer noch mehr als beschleunigt. Egal.

Blind tastete ich nach meiner Umhängetasche. Handy und Bargeld. Ich hatte alles bei mir, was ich gerade brauchte.

Ein letztes Mal ließ ich den Blick durch den Raum schweifen, drohte, an den Erinnerungen zu ersticken, dann stürzte ich zur Tür und auf den Flur. Ein paar Meter von mir entfernt befanden sich zwei maskierte Gestalten mit Perücken und Ballkleidern. Arm in Arm wankten sie in Richtung Treppe, kicherten, schienen mich nicht zu bemerken. Ich begann zu rennen. Mein Blick streifte die Nummer 113, als ich an dem Zimmer vorbeikam, mein Magen krampfte sich zusammen, doch ich rannte weiter. Weiter und weiter und immer weiter, bis ich die beiden Frauen überholte und die Treppe nach unten polterte. Das Atrium war immer noch voller Menschen in Karnevalskostümen. Wie vor nicht allzu langer Zeit, als ich ins Grand Hotel zurückgekehrt war, um mich mit Vincenzo zu treffen.

Niemand beachtete mich. Beide Concierge-Tische waren besetzt, doch die Mitarbeiter waren mit Neuankömmlingen und Touristen beschäftigt. Ich schnappte ein paar Satzfragmente auf, während ich mir meinen Weg zur goldenen Drehtür bahnte.

»... nur für dieses eine Foto, bitte! Der Hintergrund ist sooo abgefahren ...«

»Signora, Sie befinden sich seit geschlagenen dreißig Minuten –«

Von Vincenzo war nichts zu sehen.

Meine Schritte beschleunigten sich. Der Portier, der beim

letzten Mal schon neben der Tür gestanden hatte, nickte mir zu. Erkannte er mich an meinem Kleid oder dem Umhang?

Auch das war egal. Denn in diesem Moment betrat ich die Drehtür, und im nächsten beförderte sie mich schon ins Freie. Die eisige Februarluft war die reinste Erlösung. Ich unterdrückte ein erleichtertes Schluchzen und zwang mich, an Tempo zuzulegen, nachdem ich mein Handy hervorgezerrt und die Route zum Bahnhof Santa Lucia eingegeben hatte. Der Fußweg dauerte genauso lang wie der Wasserweg, und das Vaporetto, das an der Anlegestelle stand, sah ohnehin überfüllt aus. Für ein Wassertaxi fehlte mir das Geld, also schlängelte ich mich an einer Menschengruppe vorbei, die sich vor drei Jongleuren in roten Glitzeroutfits versammelt hatte, passierte zwei Jungen, einen dunkelhaarigen, der den Arm schützend um den kleineren, blonden gelegt hatte und sich nervös umschaute, als wären sie auf der Flucht, und bog in die enge Calle de le Rasse ein, ließ das Treiben vor dem Canal Grande hinter mir. Auch hier waren unzählige Menschen unterwegs, die meisten maskiert, und niemand würdigte mich eines Blickes.

Die Kälte half. Genau wie das ganz normale Treiben in den engen Gassen und auf den hübschen Brücken. In den Menschenmassen konnte man problemlos unsichtbar werden. Mein Kleid war zwar noch immer dasselbe, das ich auf dem Maskenball getragen hatte, und in jeder anderen Situation hätte ich mich umgezogen, weil ich die Erinnerungen an diese Nacht nicht ertrug, aber dafür war jetzt wirklich keine Zeit. Und außer den Kartenfiguren würde mich niemand darin erkennen. Die Figuren befanden sich dort, wo ich sie eingesperrt hatte – im originalen Tarotkartendeck. Ich hatte nichts zu befürchten. Vincenzo würde mich nicht finden. Trotzdem stülpte ich mir die Kapuze des Umhangs über den Kopf.

Ich war so beschäftigt damit, mich nicht zu verlaufen, dass

meine Verzweiflung im Hintergrund blieb. Ich spürte sie. Natürlich tat ich das. Sie zerrte an mir, wenn ich auch nur für den Bruchteil einer Sekunde die Konzentration verlor, doch ich kämpfte gegen sie an. Ich kämpfte, wie Papa es gewollt hatte, versuchte, nicht an Schreie und an unbändigen Hass, an blutbeschmierte Karten und dunkelgrüne Augen, an warme Haut auf meiner, an regungslose Körper auf kalten Fliesen oder teuren Teppichböden, an Verrat und Schmerz und Todesangst zu denken.

Als ich gerade die Holzbrücke mit den vier Obelisken, die ich zuletzt bei einer nächtlichen Gondelfahrt gesehen hatte, überquerte, vibrierte mein Handy, und der Name meines Onkels erschien auf dem Display. Ich zuckte so sehr zusammen, dass ich das Teil um ein Haar fallen gelassen hätte. Für einen Moment blieb ich stehen und konnte mich nicht rühren. Mein Körper verharrte in Schockstarre, mein Herz ratterte unregelmäßig in meiner Brust. Die kostümierten Menschen strömten an mir vorbei, rempelten mich an, zischten mir Vorwürfe zu.

Reiß dich zusammen, Giulietta.

Mit bebenden Fingern schaltete ich mein Handy aus und ließ es in meine Umhängetasche gleiten. Von hier aus waren es nur noch fünf Minuten geradeaus. Der Bahnhof war nicht zu verfehlen. Vincenzo hatte Kontakte bei der Polizei, nicht wahr? Hatte er Papas Tod mithilfe von seinen Bekannten vertuscht? Würden diese ihm auch dabei helfen, mich aufzutreiben? Würden sie mein Handy tracken?

Nein. Eins nach dem anderen. Erst ein Zugticket. Dann raus hier. Sobald ich mich nicht mehr in der Stadt befand, hatte ich immer noch Zeit, mich mit den Konsequenzen auseinanderzusetzen. Ich würde einen Weg finden, Noemi und Speranza einzuweihen. Sie glaubten an Tarotkarten. Vielleicht würden sie diese abgefahrene Geschichte auch glauben. In jedem Fall würden sie sich auf meine Seite schlagen. Bei ihnen war ich sicher.

Mein Atem war kaum mehr als ein Keuchen, meine Beine waren bleischwer, doch ich zwang mich weiterzurennen. Scheiß auf meine miserable Ausdauer. Das Adrenalin peitschte durch meine Adern und half mir dabei durchzuhalten.

Vor nicht allzu langer Zeit war ich bereit gewesen aufzugeben, jetzt schrie alles in mir nach Flucht. Ich hörte Papa nicht mehr in meinem Kopf. Keine tröstenden Worte, keine Unterstützung. Die Zeit der Illusionen war vorbei. Ich war vollkommen auf mich allein gestellt, und doch war es genug.

Der Bahnhof kam in Sicht. Ich quetschte mich an den Souvenirständen und den Menschen vorbei, die unzählige Fotoshootings vor dem Kanal veranstalteten, und hastete die Treppen nach oben, wobei ich einen Taubenschwarm aufscheuchte. Als ich auf der letzten Stufe angekommen war, drehte ich mich ein letztes Mal um. Nur einen Herzschlag lang.

Die Masken, die prachtvollen Kleider, die Wasserbusse, die Gondeln, die Nachmittagssonne, die die Wasseroberfläche glitzern ließ.

Auf Nimmerwiedersehen, Venedig.

Dann drehte ich mich um.

Die nächsten Minuten vergingen rasend schnell. Ich checkte die abfahrenden Züge, realisierte, dass in Kürze ein Direktzug nach Rovigo fuhr – ein weiterer Glücksfall inmitten dieses Desasters, es wurde nicht mal ein Zwischenhalt eingelegt, alles würde gut werden, bald, bald, bald war ich weg –, kaufte mir mit meinem letzten Bargeld ein Ticket und rannte in die richtige Richtung. Der abgenutzte rot-silberne Trenitalia-Zug fuhr genau in dem Moment ein, in dem ich schwer atmend am Gleis ankam. Er war nicht besonders voll. Um diese Zeit kamen die meisten Leute nach Venedig, sie verließen es nicht.

In einem fast leeren Abteil ließ ich mich auf einen Zweisitzer fallen. Presste die Augen zusammen, presste meine Finger auf meine stechenden Seiten. Während ich meine Atemzüge zu kontrollieren versuchte, lauschte ich der elektronischen Ansagestimme, die alle Passagiere willkommen hieß.

Ich würde warten, bis wir die Stadt verlassen hatten, dann würde ich bei Noemi und Speranza anrufen und sie bitten, mich am Bahnhof von Rovigo abzuholen.

Obwohl mir der Schweiß unter der Maske über die Haut rann, nahm ich sie nicht ab. Es war unwahrscheinlich, dass mich jemand erkannte, aber ich durfte kein Risiko eingehen. Allerdings traute ich mich, die Kapuze abzusetzen. Das war okay. Es war viel zu heiß.

Mein Herzschlag beruhigte sich kein bisschen. Auch nicht, als der Zug sich in Bewegung setzte. Ich schlug die Augen auf und starrte durch die milchige Scheibe nach draußen auf den Bahnhof.

Meine Gedanken überschlugen sich. Die Karten waren nicht mehr im Hotelzimmer gewesen, als ich aufgewacht war. Was passierte mit dem Kartendeck, nachdem man das Ritual vollendet hatte? Verschwanden sie an einen bestimmten Ort? Oder war jemand ins Zimmer gekommen und hatte sie an sich genommen? Ich hätte Malvolio nach mehr Informationen fragen sollen, als ich noch die Chance dazu gehabt hatte …

Kopfschüttelnd richtete ich meinen Blick auf meine zitternden Finger. Es war egal, wo das Deck war. Ich hatte die Karten eingesperrt, und ich war die Einzige, die die Macht hatte, sie jemals wieder zu befreien.

Aber was, wenn Vincenzo mich erpressen würde? So wie er höchstwahrscheinlich meinen Vater erpresst hatte, sie zu befreien, ehe er ihn ermordet hatte?

Es würde kein Ende haben, oder? Nicht, solange ich am Leben war und Vincenzo die Freiheit der Kartenfiguren wollte. Er war wahnsinnig. Und außerdem war er verrückt nach Cosima.

Die Übelkeit kehrte mit voller Wucht zurück. Ich beugte mich vor, während mein Magen sich zusammenkrampfte.

Alles gut. Ich würde eine Lösung finden. Alles gut. Dann würde ich mich eben verstecken.

Um mich abzulenken, schaute ich wieder nach draußen. Gerade flog das »Venezia Mestre«-Schild an uns vorbei, wir legten an Tempo zu, und da geschah es.

In einer Sekunde saß ich noch auf meinem Sitz, den Blick aus dem Fenster gerichtet, in der nächsten wurde ich von einer unsichtbaren Macht nach oben gezerrt. Es ging alles viel zu schnell. Ohne dass ich es ihnen befahl, bewegten sich meine Beine mit beängstigender Geschwindigkeit. Einen Moment später befand ich mich vor den Automatiktüren, durch die ich vor wenigen Minuten den Zug betreten hatte. Mein Körper schien mir nicht mehr zu gehorchen. Meine Hände schnellten nach vorn, quetschten sich durch den Spalt zwischen den beiden Türen und zerrten daran. Ein scharfer Schmerz durchzuckte mich, doch ich gab nicht nach.

Ich japste. Was zur Hölle tat ich hier? Was geschah mit mir?

Der Zug fuhr weiter, die Umgebung draußen flog an uns vorbei. Das Gefühl, gefangen zu sein, in der Klemme zu sitzen, nahm alles ein. Widerstand war zwecklos. Mit gesammelter Kraft versuchte ich, die Türen zu öffnen, und als sie nicht nachgaben, trat ich einen Schritt zurück, holte mit einem Bein aus und donnerte meinen Fuß gegen das Glas. Ein Krachen ertönte, dicht gefolgt von einem Schrei. Ich wankte durch den Aufprall zurück.

War ich es, die schrie?

Der verdammte Zug wurde nicht langsamer. Warum wurde er nicht langsamer?

Warum sollte er langsamer werden? Was war los mit mir?

Schon wieder holte ich aus und kickte gegen das Glas. Diesmal zersprang es. Die Öffnung war nicht groß genug, also holte ich mit meinen Händen aus. Irgendwann hatte ich sie zu Fäusten geballt.

Träumte ich? War das real? Wieso konnte ich mich nicht gegen die Reflexe meines Körpers wehren?

Wieder erklang ein Schrei. Diesmal war ich mir sicher, dass es nicht meiner war. Hektisches Stimmengewirr in meinen Ohren. Die anderen Passagiere wurden auf mich aufmerksam. Doch ich achtete nicht auf sie – ich vollendete mein Werk. Ein letztes Mal nahm ich Anlauf, und dann ließ ich mich mit meinem gesamten Körpergewicht gegen die zerbrochene Scheibe fallen.

Ich spürte die Glassplitter auf meiner Haut, spürte den Schmerz, spürte die Panik, doch es spielte keine Rolle, nichts spielte eine Rolle, denn im nächsten Augenblick kam ich auf dem harten Asphalt auf, direkt neben den Gleisen.

Die Wucht des Aufpralls nahm mir alle Sinne, schillerndes Rot flackerte über mein Sichtfeld, aber mein Körper blieb nicht liegen, obwohl mich der Schmerz zu zerreißen drohte, ich rollte mich zur Seite, keine Sekunde zu früh, während der Zug an mir vorbeidonnerte. Sein Knattern vermischte sich mit den Schreien und wurde rasch von einem kräftigen Krachen über mir verschluckt.

Ich drehte mich auf den Rücken, halb gefrorene Grashalme unter mir, und starrte zum Himmel hoch, der sich in Sekundenschnelle verdunkelte. Ich blieb liegen, bis der Zug vollständig aus meinem Blickfeld verschwunden war und die ersten Regentropfen auf meine Maske trafen.

Als ich mich aufrichtete, spürte ich überhaupt nichts. Keine Spur vom Schmerz. Das musste das Adrenalin sein. Ich streckte meine Hände aus, schaute auf die Innenflächen, wo das zersplitterte Glas auf meine Hand getroffen war. Nichts. Nicht mal rote Striemen. Meine Haut war unversehrt.

Ich warf einen Blick zurück. Die Bahnstation Venezia Mestre war in der Ferne noch zu sehen. Vor mir lag nichts als gähnende Leere. Gleise inmitten von kahlen Bäumen.

Ich riss mir die Maske vom Gesicht, schmiss sie ins Gras. Versuchte verzweifelt, einen klaren Gedanken zu fassen.

Ohne es zu wollen, war ich aus einem fahrenden Zug gesprungen. Einem Zug, der mich nach Rovigo und in Sicherheit gebracht hätte.

War ich vollständig verrückt geworden? War das der Schock?

Ich fühlte mich nicht verrückt. Ich fühlte mich normal. Viel zu normal dafür, dass ich gerade etwas absolut Irres getan hatte. Und dass jeder Zentimeter meines Körpers hätte schmerzen sollen.

Ganz langsam drehte ich mich um meine eigene Achse. Niemand hatte mich gezwungen, aufzustehen und aus dem Zug zu springen. Und doch hatte es sich nicht wie mein eigenes Werk angefühlt. Oder wie mein eigener Wille ...

Mein Atem stockte. Vorsichtig setzte ich einen Fuß vor den anderen. Lief ein, zwei, drei Schritte in die Richtung, in die der Zug weitergefahren war.

Alles okay. Es ist alles okay, Giulietta. Du bist nicht verrückt. Du bist nur ein bisschen durch den Wind.

Ich hatte gerade den vierten Schritt tun wollen, doch ich kam nicht weit. Im nächsten Augenblick traf ich auf eine unsichtbare Barriere und wurde mehrere Meter nach hinten geschleudert. Unsanft kam ich auf dem harten Boden auf. Mein Keuchen erfüllte die Luft. Ein paar Sekunden konnte ich nichts tun, außer dort zu kauern und auf die Stelle zu starren, an der ich zurückgeworfen worden war. Dann rappelte ich mich auf und wagte einen neuen Versuch. Wurde wieder nach hinten geschmissen.

Der Schock trat in den Hintergrund, denn diesmal war ich darauf vorbereitet.

Dafür kroch etwas anderes aus den Untiefen meines Herzens hervor. Erkenntnis. Eine grausame, absolut wahnsinnige Erkenntnis. Nein. Das war unmöglich. Mit aller Macht drängte ich sie zurück und wiederholte das Prozedere. Ich versuchte andere Stellen, versuchte es mit Anlauf.

Zwecklos.

Die Erinnerung traf mich aus dem Nichts. Worte, die in einer Gondel bei Nacht gesprochen worden waren. Es kam mir wie Monate vor, dass Malvolio und ich dort gesessen und er diese Geschichte mit mir geteilt hatte, obwohl es nur Tage zurücklag.

Wieso diese Stadt?, hatte ich ihn gefragt.

Weil das Kartendeck hier entworfen wurde. Weil der Fluch hier begann, in dem Gebäude, in dem sich heute das Grand Hotel Visconti befindet. Die Figuren sind an die Stadt gebunden. Sie können Venedig niemals verlassen.

Meine Knie gaben nach.

Erst lachte ich. Dann schrie ich.

KAPITEL 2

Vorschnelle Schlüsse

Chi troppo vuole, nulla stringe.
(Wer zu viel will, hält nichts fest.)

Am Anfang fühlte es sich stets nach Seelenfrieden an. Als erwache man aus einem besonders entspannten Schlaf, in dem man von den schönsten Dingen geträumt hatte, die diese Welt für uns bereithielt.

Ich schlug die Augen auf, und wie so oft fand ich mich in meinem Hotelzimmer wieder. Schwarz. Silber. Purpurrot. In meinem Hotelzimmer, von dem ich gedacht hatte, es nie wiederzusehen.

Mein Körper verlangte danach, den Augenblick auszudehnen, den Frieden zu genießen, doch ich zwang mich aufzustehen. Es war jedes Mal dasselbe. Welch grausame Ironie, dass der Fluch uns zu Beginn vorgaukelte, in Sicherheit zu sein. Vollkommen. Glücklich.

Nein, es war nicht dasselbe. Ich wankte in die Richtung meines Balkons, zerrte die schweren Vorhänge beiseite, öffnete die Tür und trat nach draußen. Der kalte Wind peitschte mir entgegen und ließ meine Haare nach hinten flattern. Ein Blick nach unten genügte. Mir bot sich das gleiche Bild wie beim letzten Mal, als ich bei Bewusstsein gewesen und mit Panik im Herzen zum Grand Hotel gerannt war, weil ich aufgewacht war und das Bett, in dem ich mit Giulietta eingeschlafen war, leer vorgefunden hatte.

Karneval. Die Musik, die Kostüme. Es bestand kein Zweifel. Und es war ohnehin die einzig logische Erklärung. Giulietta war die einzige Nachfahrin.

Das Mädchen aus meinen Albträumen. Sie und ich in Cosimas Suite. Sie und ich und ihre Schattengestalt. Die Wunde an ihrem Hals. Das Blut auf den Karten. Cosimas Blut, das den Teppich tränkte. Die Ziffern über ihrer Gestalt, die in Rekordschnelle verblassten. Mein Schrei. Eine Erkenntnis, die zu spät kam.

»Giulietta«, brachte ich hervor. Alles in mir zog sich zusammen.

Der Fluch.

Und schließlich kam die Erleichterung. Ich konnte nichts dagegen tun. Es sprach gegen alles, was ich die letzten Jahrhunderte über empfunden hatte, und doch durchströmte sie mich von oben bis unten.

Es hatte nicht funktioniert. Giulietta hatte versucht, uns einzusperren, doch es hatte nicht funktioniert, weil sie nicht nur die letzte Nachfahrin, sondern nun selbst eine Karte der großen Arkana war. Ich hatte ihr nicht das Leben genommen. Ich …

Die Erleichterung hielt nicht lange an.

Ich hatte sie nicht zu einer Ewigkeit in den Karten verdammt, jedoch zu einer Ewigkeit mit dem Fluch. Ihr menschliches Leben war vorbei, und ich trug die Schuld daran. Weil ich als einzige Karte in der Lage war, einer anderen das Leben zu nehmen. Ich hatte Cosima nur das Messer in die Brust gerammt, um Giulietta zu schützen. Niemals hätte ich damit gerechnet, sie wahrhaftig zu töten.

Es war nicht von Bedeutung. Es ging um die Konsequenzen, nicht um meine Intention.

Der Selbsthass wollte mich mitreißen. Mich in seine Tiefen ziehen. Es war nahezu unmöglich, ihm zu widerstehen.

Meine Gedanken drehten sich, mit jeder Sekunde kamen neue hinzu. Ich war nicht nur in der Lage, mich selbst, sondern auch andere Karten zu töten. Cosima war tot. Giulietta kannte die ganze Wahrheit und hatte den Platz ihrer Mutter eingenommen. Sie hatte zuvor versucht, uns einzusperren, doch es hatte nicht funktioniert – vermutlich waren wir alle einfach wieder in unsere Zimmer geschleudert worden.

Es war kaum Zeit vergangen, nicht wahr? Was bedeutete, Giulietta befand sich zu dieser Sekunde in ihrer Suite und verstand nicht, was mit ihr geschah. Und dann war da noch Vincenzo. Der Hoteldirektor mit dem Magiefanatismus, der seinen eigenen Bruder getötet hatte. Der mit dessen Frau anbandelte. Der mit ihr einen Pakt geschlossen hatte, um Giulietta aus dem Weg zu räumen. Hatte er Cosima geliebt? Oder war sie Mittel zum Zweck gewesen, da er mit ihr der Magie näher sein und sich an Lorenzo rächen konnte?

Ich schüttelte den Kopf, fuhr mir durch die Haare, zerrte daran, bis der Schmerz mir die Tränen in die Augen trieb und mich erblinden ließ.

Meine allererste Priorität war es, das Geschehene so lange wie möglich zu verbergen. Vor Vincenzo, vor den anderen. Ich brauchte Zeit. Giulietta brauchte Zeit. Niemand durfte erfahren, was ich getan hatte. Was ich in der Lage war, zu tun …

Mit großen Schritten ging ich zur Tür und riss sie auf, rannte los in Richtung Zimmer 121. Dabei lief ich beinahe in ein Zimmermädchen hinein, das gerade damit beschäftigt war, einen Servierwagen den Flur entlangzuschieben. Sie war jung, hatte ein schmales Gesicht und kleine runde Augen. Sie kam mir bekannt vor, doch sicher sein konnte ich mir nicht. Ihr Todesdatum ignorierte ich geflissentlich.

»Bitte … bitte entschuldigen Sie.«

»Gar kein Problem«, erwiderte sie mit einem strahlenden Lächeln. »Kann ich etwas für Sie tun?«

Erst schüttelte ich den Kopf, dann überlegte ich es mir anders. Ich benötigte Sicherheit. »Würden Sie mir bitte das Datum des heutigen Tages nennen?«

Ohne Umschweife nannte sie es mir.

Tiefe Atemzüge.

»Und welches Jahr?«, wisperte ich.

Jetzt flackerte Verwirrung in ihren Augen auf. Ihre Stimme klang, als sei sie sich nicht sicher, ob ich mir einen Scherz erlaubte, doch ihre Antwort bestätigte mir meine Vermutung.

Natürlich hatte ich mich nicht getäuscht. Es war die einzige Möglichkeit.

»Herzlichen Dank.« Ich rang mir ein Lächeln ab und wollte gerade meinen Weg fortsetzen, da ertönten Schritte hinter uns.

Sobald ich mich umgedreht hatte, erstarrte ich.

Vincenzo Visconti stürmte den Flur entlang, geradewegs auf uns zu. Mit sehr hoher Wahrscheinlichkeit hatte er dasselbe Ziel wie ich. Ohne zu überlegen, stellte ich mich ihm in den Weg.

Er sah übernächtigt aus. Das breite Gesicht wirkte irgendwie aufgequollen, die Tränensäcke unter seinen Augen ausgeprägter als sonst, aufgeplatzte Äderchen umgaben sie, und eine wilde Mischung aus Emotionen kam mir aus seinem Blick entgegen.

Für ein paar Sekunden erinnerte ich mich an damals. An unseren längsten Aufenthalt im Grand Hotel. An eine Zeit, in der

Vincenzo sogar jünger als ich gewesen war. Er war gerade erst adoptiert worden, in einem Alter, das ungewöhnlich für eine Adoption war. Viele von uns hatten sich damals gefragt, was den ehemaligen Hoteldirektor und Giuliettas Großvater Edoardo Visconti geritten hatte. Sein leiblicher Sohn Lorenzo hatte keinerlei Interesse an der Magie gehabt, doch weshalb hatte er sich einen x-beliebigen Jungen ausgesucht? Pure Nächstenliebe? Oder das Bedürfnis, einen willigen Zuhörer zu haben? Edoardo war mir nie besonders selbstsüchtig vorgekommen. Er hatte uns studieren wollen, aus Faszination, nicht aus Gier. Unzählige Male hatte ich mich mit ihm bei einem Aperitivo am Kanal oder auf der Dachterrasse unterhalten. Mein Plan war es gewesen, ihm so viele Informationen wie möglich zu entlocken, doch darüber hinaus war er eine äußerst angenehme Gesellschaft gewesen. Sein Adoptivsohn war anders. Bereits damals hatte ich den Wahnsinn in seinen Augen gesehen. Nur hatte ich ihm nie sonderliche Beachtung geschenkt, denn Vincenzo besaß das Gen nicht und war somit unbrauchbar für mich gewesen. Außerdem war er an Durchschnittlichkeit nicht zu übertreffen. Er war immer zurückhaltend gewesen, hatte sich im Hintergrund gehalten. Wie ich. Das hätte meine größte Warnung sein sollen. Unscheinbare Menschen wie wir waren diejenigen, vor denen man sich am allermeisten in Acht nehmen sollte.

»Signor Visconti!«, rief ich aus und packte ihn an den Schultern, als seien wir gute Freunde und hätten uns viel zu lange nicht mehr gesehen. »Wie geht es Ihnen?«

Er riss sich los und versuchte, sich an mir vorbeizudrücken, was ich gekonnt verhinderte. »Lass mich durch, Junge.«

Mein Lächeln wurde breiter. Interessant, dass er so gar keine Angst vor mir zu haben schien. Immerhin war ich bei Lorenzos Tod dabei gewesen und könnte diese Information jederzeit gegen ihn verwenden. Hatte Cosima ihm erzählt, dass er nichts zu befürchten hatte? Dass ich ungefährlich war und nicht die geringste Ahnung hatte, wer Lorenzos Mörder war?

»Signor Visconti, wir hatten bisher noch keine Möglichkeit, uns näher zu unterhalten«, fuhr ich seelenruhig fort, obwohl in meinem Inneren eine Explosion nach der anderen stattfand.

Er schien um Fassung zu ringen und packte mich, um mich beiseitezuschieben. »Hast du Giulietta gesehen?« Die Worte kamen gepresst. Schweißtropfen glänzten auf seiner Stirn.

Ich runzelte die Stirn. »Giulietta?«, wiederholte ich, als hörte ich den Namen zum ersten Mal.

»Meine Nichte«, zischte er.

»Oh! Oh, ja, ein hübsches Mädchen. Sie haben sie knapp verpasst. Vor Kurzem kam sie hier vorbei.« Ich deutete in Richtung Treppe. »Sah aus, als wollte sie sich den Karneval ansehen. Ich bin mir recht sicher, dass sie inzwischen das Hotel verlassen hat.«

Er warf einen Blick über seine Schulter, dann schaute er wieder zurück zu mir. Seine Brust hob und senkte sich hektisch. Was auch immer in ihm vorging, meine Antwort war nicht die, die er hatte hören wollen.

Gut. Hoffentlich würde sie ihn lang genug ablenken.

Bevor ich noch etwas sagen konnte, flog ein paar Meter von uns entfernt eine Zimmertür auf, und heraus kam Fortuna. Mit zerzausten Haaren, einem verrutschten Ballkleid und Verwirrung auf dem Gesicht.

»Heee, Kleiner, willst du mit auf einen Grappa kommen?«, rief sie in meine Richtung. Das Lallen in ihrer Stimme war nicht zu überhören.

Vincenzo nutzte den Moment, in dem ich abgelenkt war, und stieß mich weg. Mein Herz setzte einen Schlag aus. Ich ignorierte Fortuna und rannte dem Hoteldirektor hinterher. Der goldene Schlüssel blitzte in seiner Hand auf.

Ich musste irgendetwas tun. Er durfte Giulietta nicht in Cosimas Zimmer finden. Genauso wenig wie das Kartendeck. Durfte Cosimas Leiche nicht sehen … Er würde den Verstand verlieren. Und viel zu schnell verstehen, was geschehen war. Vincenzo kannte die Regeln der Magie. Er hatte sie sein Leben lang genauso intensiv studiert wie ich. Vermutlich noch intensiver. Auch wenn Edoardo immer vorsichtig gewesen war, welche Informationen er mit seinem Adoptivsohn teilte. Obwohl der Hoteldirektor bei der Adoption womöglich noch geglaubt hatte, in Vincenzo einen Verbündeten gefunden zu haben, war schnell klar geworden, dass dieser ein bisschen zu interessiert an der Magie war – und das aus egoistischen Gründen.

Endlich erreichte ich ihn. Ich packte ihn an beiden Schultern, zerrte ihn weg vom Zimmer, an die gegenüberliegende Wand. Er war größer als ich und mit großer Wahrscheinlichkeit auch stärker. Aber er schien kurz vor dem Kontrollverlust zu stehen. Und ich war unsterblich, soweit er wusste. Er nur ein Mensch. Also hatte ich einen Vorteil.

Mit Mordlust in den Augen packte er mich und machte Anstalten, mich wegzuschieben.

»Davide«, brachte ich hervor, weil es das Erste war, was mir in den Sinn kam. Für den Moment war es mir gleich, dass ich damit zu viel Aufmerksamkeit auf mich zog. Zu viel Aufmerksamkeit darauf, dass ich nicht lediglich eine depressive Kartenfigur war, die sich um nichts als ihren eigenen Schmerz scherte. »Der Küchenjunge. Sie haben seinen Mord vertuscht, habe ich recht?«

Vincenzo erstarrte. Sein Blick veränderte sich. Als sähe er mich zum ersten Mal richtig.

»Wovon redest du?«, erwiderte er nach einer kurzen Pause, in der weitere Zimmertüren hinter uns aufflogen. Ich schenkte ihnen keine Beachtung, hielt seinem Blick stand. Solange die allerletzte Tür sich nicht öffnete, war alles in Ordnung.

»Ich habe Sie belauscht«, fuhr ich fort und zwang mich zu einem Lächeln, obwohl es mir sämtliche Kräfte raubte. »Cosima und Sie.«

Als ich Cosimas Namen aussprach, schüttelte es ihn plötzlich am ganzen Leib. Der Sturm in seinen Augen war nicht zu übersehen, und ehe ich etwas dagegen tun konnte, hatte er mich zur Seite gestoßen und war zur Tür 121 gelaufen. Gerade wollte ich mich wieder auf ihn stürzen, doch da erschien Maurizio vor mir. Ich hatte ihn nicht kommen hören.

»Alles in Ordnung mit dir?«

»Nicht jetzt«, knurrte ich und drückte mich an ihm vorbei. Als ich die letzte Suite erreicht hatte, war es zu spät. Vincenzo hatte die Tür in Sekundenschnelle geöffnet und verschwand gerade im Zimmer. Ich lief ihm hinterher, als könnte ich das Unheil damit abwenden. Wollte etwas sagen, ein letzter verzweifelter Versuch, ihn abzulenken, da ging er ein paar Meter vor mir in die Knie. Auf dem Teppichboden, auf dem vor wenigen Minuten Cosimas Leiche gelegen hatte. Seine Finger tasteten nach dem Blut. Mein Herzschlag schien nicht nur meinen Körper, sondern das gesamte Hotel zum Beben zu bringen. Ich setzte einen Fuß vor den anderen, durchsuchte die gesamte Suite, nachdem ich mich vergewissert hatte, dass Vincenzo zu abgelenkt war. Nichts. Wir waren allein.

Weder Giulietta noch Cosima waren zu sehen. Und auch das Kartendeck war spurlos verschwunden.

KAPITEL 3

Schatten

Es dauerte weniger als eine Minute, um wieder ins Zentrum Venedigs zu gelangen, und das, obwohl ich mich keinen Zentimeter von der Stelle rührte.

Ich starrte auf die unsichtbare Barriere vor mir, versuchte sie zum tausendsten Mal zu durchbrechen, scheiterte, zum tausendsten Mal, und dann … dann verschwanden die Gleise, und ich befand mich zwischen maskierten, feiernden Menschen auf einer der unzähligen Brücken Venedigs.

Kaum jemand schien sich daran zu stören, dass eine junge Frau von einem Moment auf den anderen vor ihnen auftauchte. Nur ein kleiner Junge starrte mich mit großen runden Augen an und zog am Rock seiner Mutter, um ihr zu zeigen, was er entdeckt hatte.

Als sie den Blick hob, war es bereits zu spät.

Es dauerte weniger als eine Sekunde, bis meine Umgebung erneut vor mir verschwamm. Der Geräuschpegel blieb, die Musik, das Gelächter, ebenso wie der Geruch nach Schminke und Schweiß und Kanalwasser, doch mit einem Mal befand ich mich nicht mehr in Venedig, sondern in meinem Heimatdorf.

Mein dröhnender Herzschlag verschluckte alle anderen Geräusche.

Ich war nicht in unserer Küche gelandet wie beim letzten Mal, sondern zwischen den Ruinen einer antiken Villa, in einem verschneiten Rosengarten, der sich keine vierhundert Meter von unserem Haus entfernt befand. Ich war allein. Der Garten war das ganze Jahr über frei zugänglich, obwohl im Februar selten jemand hier zu sehen war. Nur Papa und ich waren Wochenende für Wochenende hergekommen, egal zu welcher Jahreszeit, egal ob es wie aus Eimern schüttete oder die Sonne am Himmel stand. Das schlechte Wetter war uns sogar lieber, denn so waren wir für uns. Wie oft waren wir hier entlangspaziert? Wie oft hatte ich ihn mit Fragen gelöchert? Wie oft hatte er mich getröstet, wenn sie sich in der Schule über mich lustig machten?

Wenn er auf Geschäftsreisen war, war ich manchmal allein hergekommen. Es war nie dasselbe. Papas Anwesenheit hatte mir immer gefehlt. Und trotzdem hatte mich etwas davon abgehalten, einen anderen Menschen zu diesem Ort mitzunehmen. Nicht mal die Tarotkarten nahm ich mit. Der Ort gehörte Papa und mir. Ich wollte ihn für uns bewahren.

Auch heute war ich allein.

Ich ging zu Boden, und meine Finger trafen auf den unberührten Schnee. Sie wirkten irgendwie gräulich und durchsichtig … unecht. Ich grub sie tief hinein, bis ich die gefrorene Erde darunter spürte und die Kälte die anderen Empfindungen übertönte. Ein trockenes Schluchzen entwich mir. Es klang nicht menschlich. Die Farbe der Ruine zerfloss mit dem Schneeweiß. Alles drehte sich. Der Sauerstoff erreichte mich nicht.

»Unmöglich«, brachte ich hervor. Es war unmöglich. Ich wiederholte das Wort so oft, bis es seinen Sinn verlor. *Un-mög-lich.*

Aber es gab noch etwas, was unmöglich war. Von einer Sekunde auf die andere seinen Standort wechseln. Mit kaum mehr als einem Wimpernschlag. Mit kaum mehr als einem Gefühl.

Meine Umgebung drehte sich immer schneller. Was war real? Was der Schock? War ich überhaupt wach? Lag ich im Koma? Wurde ich wahnsinnig?

Geh zurück. Zähl die Fakten auf. Klammere dich an ihnen fest. Du schaffst das. Und atme. Verdammt noch mal, du musst atmen!

Ich war in Cosimas Hotelzimmer erwacht. In ihrem Bett. Allein. Dann war ich aufgestanden, und meine Knie hatten nachgegeben. Die Erinnerungen waren zu viel für mich gewesen. Ich hatte mir eingebildet, in unserem Haus zu stehen. Dann in Papas Arbeitszimmer. Doch die Einbildung hatte nicht lange angehalten – ich war zurück ins Hotelzimmer gekehrt. Das war real.

Aber die Küche und der chaotische Raum hatten sich auch real angefühlt ... Genau wie der eisige Schnee an meinen Händen. Ich blickte auf, zwang mich, über die Schulter zu schauen, zum Eingangstor des Gartens. Es war verschlossen. Dahinter waren die ockerfarbenen Häuser meines Heimatdorfes zu sehen.

Ich hob beide Hände und presste sie mir aufs Gesicht, schauderte vor Kälte, schrie fast auf. Das war kein Traum. Kein Traum fühlte sich so beschissen echt an. Und es war auch kein Traum gewesen, dass ich in diesen Zug gestiegen und nach Rovigo hatte fahren wollen. Bis mich eine unsichtbare Macht dazu verleitet hatte, die Scheibe zu zerbrechen und aus dem Zug zu springen.

Weil es unmöglich für mich war, Venedig zu verlassen.

Ich schüttelte den Kopf, hin und her, immer wieder, bis der Schwindel unerträglich und mir kotzübel wurde. Und dann dachte ich an Cosima. An die Frau in dem altrosafarbenen Ballkleid vor unserem Haus, kurz nach Papas Tod. An meine Mutter, deren tränenverschmiertes Gesicht mich schon verfolgt hatte, bevor ich auch nur einen Fuß in diese verdammte Stadt gesetzt hatte.

Schließlich kehrten Malvolios Worte zurück, glasklar hallten sie in mir wider, als würde er sich direkt in meinem Kopf befinden.

Ihr Talent ist die Replikation. Cosima kann eine Kopie von sich selbst erzeugen. Diese Kopie enthält Teile ihres Bewusstseins und sieht so aus wie sie, sie hört und sieht alles, was sich in ihrer Umgebung abspielt, doch sie ist kein eigenständiger Mensch. Sie wird durch Cosima gesteuert, die ihr Bewusstsein aufteilen muss, um an zwei Orten gleichzeitig sein zu können. Dieser Schatten kann Venedig verlassen, Cosima selbst nicht.

Ich würgte, keuchte heftiger, kippte vornüber. Doch plötzlich befand ich mich nicht mehr am selben Ort. Die Karnevalsgeräusche waren immer noch im Hintergrund zu hören, aber ich war nicht im Zentrum Venedigs. Und ich kniete nicht mehr auf dem Boden in dem Garten, sondern stand vor einem Haus, das wie Papas und meines aussah. Und das sich nur wenige Meter neben unserem befand.

Ich presste meine Nase gegen die Fensterscheibe und eine Hand vor meinen Mund, damit mein Schluchzen nicht entweichen konnte. Von hier aus hatte man den perfekten Blick ins Wohnzimmer. Die geblümten Vorhänge ließen einen Spalt frei. Hier hatte niemand Angst, beobachtet zu werden. Jeder kannte jeden. Man hatte nichts zu befürchten.

Noemi und Speranza lagen Arm in Arm auf dem Sofa. Der alte Fernseher lief. Der Rauch der Räucherstäbchen stieg hinter ihnen in die Luft. Speranza döste, Noemi löste den Blick nicht von ihr, während sie ihr zärtlich durchs Haar fuhr. Sie trugen beide Pyjamas, die ich schon unzählige Male an ihnen gesehen hatte. Dunkelgrün und pastellblau. Auf dem kleinen Holztisch vor ihnen war ein Kartendeck zu sehen. Mein Magen drehte sich um. Ich musste nur meine Hand ausstrecken, nur wenige Zentimeter, und auf die Klingel drücken. In ein paar Sekunden könnte ich mich in ihre Arme werfen und mich trösten lassen. Das hatte ich doch gewollt. Nach Hause kommen. Zu ihnen zurückkehren und gemeinsam nach einer Lösung suchen.

Nur dass ich nicht wirklich hier war. Ich war nichts als ein Schatten.

Die Verzweiflung übermannte mich. Ich konnte den Schrei nicht unterdrücken. Ich zuckte selbst vor seinem Klang zurück. Und auch Noemi fuhr zusammen. Ihr Kopf ruckte hoch. Doch bevor sie sich einen Reim darauf machen konnte, wer da vor ihrem Haus stand, war ich verschwunden.

Die Hintergrundgeräusche wurden lauter, als würde jemand die Lautstärke aufdrehen, ich blinzelte – und befand mich in Venedig. Es waren mehr Menschen hinzugekommen. Ein Mann grölte, eine Frau schob mich unsanft beiseite, als sie über die Brücke hastete, der kleine Junge war verschwunden.

Ein Schatten.

Kein gewöhnlicher Schatten.

Wir nennen es nur so.

Nein. Nein. Nein. Nein. Nein.

Malvolio. Er könnte mir sagen, ob ... Die Gewissheit traf mich so abrupt, dass ich mit dem Rücken gegen das niedrige Brückengeländer stieß und um ein Haar mein Gleichgewicht verloren hätte.

Malvolio war der Tod. Malvolio hatte mich benutzt, damit er sein Leben beenden konnte. Weil er es nicht ertrug. Ich war die einzig lebende Nachfahrin. Also auch die Einzige, die die Karten ein- und aussperren konnte.

Wie wurde man zu einer Kartenfigur? Was hatte er darüber gesagt, wie sie damals im sechzehnten Jahrhundert vom Fluch getroffen worden waren?

Sie waren die Menschen gewesen, die zufällig am nächsten gewesen waren, als die drei Männer ihren Hokuspokus mit dem magischen Deck getrieben hatten.

Der Tod. Malvolio war der Tod. *Sie kann nicht sterben,* hatte er geschrien, als er meiner Mutter das Messer in die Brust gerammt hatte. *Sie kann nicht mal bluten.*

Und doch war da Blut auf dem Teppich gewesen.

Die Karten waren unsterblich. Aber was, wenn es eine Ausnahme für diese Regel gab? Was, wenn es eine Figur gab, die andere töten konnte? Welche wäre das wohl?

Er hatte mich dazu gebracht, mein Blut auf den Karten zu verteilen. Und davor hatte er sichergestellt, dass Cosima starb.

Das ist kein Leben, Giulietta.

Seine blutunterlaufenen Augen. Die Höllenqualen in seinem Gesicht. Ich hatte es ihm geglaubt. Keine Sekunde hatte ich daran gezweifelt, dass er es ernst meinte. Dass er wirklich und wahrhaftig sterben wollte.

Wenn ich zu einer Figur wurde und mich selbst in die Karten sperrte, dann würde er nie wieder diesen Schmerz ertragen, nie wieder leben müssen. Dann wäre es vorbei.

Ich schrie erneut, doch diesmal ging es im lauten Grölen einer Gruppe betrunkener Männer unter. Niemand beachtete mich.

Und dann stand ich nicht mehr auf der Brücke. Nicht nur. Das Grölen verschwand nicht, aber es wurde leiser, gedämpfter. Ich befand mich in einem heruntergekommenen Zimmer, in einem heruntergekommenen Haus. In einem Zimmer, in dem ich Malvolio das erste Mal nach diesem schrecklichen Maskenball nähergekommen war. Auch diese Nacht kam mir vor, als hätte sie vor Ewigkeiten stattgefunden. In einem anderen Leben.

Ich lachte, doch es klang wie ein Hilfeschrei. Meine letzte Tarotkartenlegung mit Speranza und Noemi. Die Karten hatten mir die Zukunft vorhergesagt, und ich hatte sie ignoriert. Ich hatte den Tod gesehen, und die Polizistin vor unserer Haustür hatte ihn bestätigt. Aber der Tod hatte nicht nur für Papas Tod gestanden. Sondern auch für Veränderung. Und für den Jungen mit den Antworten. Für den Jungen, der mein Schicksal besiegelt hatte. Den Jungen, dem ich vertraut hatte. Für Malvolio. Und die restlichen neun Karten waren ebenso wichtig gewesen. Auch sie hatte ich ignoriert. Bis es zu spät war.

Die Welt. Ich war die letzte Karte der großen Arkana. Ich hatte die Rolle meiner Mutter eingenommen.

»Alles gut bei dir, ragazza?«, ertönte eine Stimme aus weiter Ferne. Ich spürte den heißen Atem auf meinem Gesicht. Die Alkoholfahne. Ich zwang mich, mit aller Macht in dem alten Haus zu bleiben und nicht zur Brücke zurückzukehren. Ich konnte keiner Menschenseele unter die Augen treten. Ich würde bald für nichts mehr garantieren können.

Genau in diesem Moment flog die Tür vor mir auf. Ich hatte keine Schritte gehört. Entweder waren sie in meinem hysterischen Lachen untergegangen, oder die Geräusche aus der Realität meiner zweiten Version waren zu einnehmend gewesen.

Im Türrahmen erschien der allerletzte Mensch, den ich sehen wollte. Dunkelgrüne Augen, dunkle Locken, die das beschissen perfekte Gesicht umrahmten.

Wie konnte Malvolio mir in den wenigen Tagen so vertraut geworden sein? Wie hatte ich zulassen können, dass ein Fremder so viel Kontrolle über mich bekam? Hatte ich nichts aus meinem armseligen Leben gelernt?

Panik flammte in seinem Blick auf. Dann Erleichterung. Dann noch mehr Panik.

»Giulietta, Gott sei Dank. Ich hatte gehofft, dich hier zu –«

Der Klang seiner Stimme zerstörte etwas in mir. In einem Satz war ich bei ihm, packte ihn an den Schultern, schleuderte ihn gegen die Wand. Ein Ruck ging durch meinen Körper, und plötzlich war der Karnevalslärm nicht mehr im Hintergrund, sondern ausschließlich aus dem Fenster dieses düsteren Zimmers zu hören. Ich war hier. Nicht nur mein Bewusstsein, nicht nur mein Schatten.

»Ich bringe dich um!«

Meine Stimme klang nicht menschlich.

»Das war von Anfang an dein Plan, habe ich recht?« Ich wurde immer lauter. Es war mir egal, ob die Bewohner dieses Hauses mich hörten. Jetzt war alles egal. *»Du hast ein glückliches, erfülltes Leben vor dir«,* äffte ich seine Worte an mich nach.

»Giulietta, bitte …«

Tränen glänzten in seinen Augen. Was für ein hervorragender Schauspieler er war. Er hatte so viel Zeit gehabt, seinen Plan vorzubereiten und ihn zu perfektionieren. Und ich war das optimale Opfer gewesen. Trauernd, blind vor Verzweiflung und Schmerz, nur auf meinen Plan fokussiert. Der Mörder meines Vaters. Erneut lachte ich auf. Das war alles, was ich gewollt hatte. Herauszufinden, wer Papa getötet hatte.

»Halt den Mund!«, schrie ich ihn an.

Seine Hände schnellten vor, er klammerte sich an meinen Unterarmen fest. »Bitte, hör mir zu, niemand darf erfahren, dass du –«

»Dass ich den Platz meiner Mutter eingenommen habe?« Ich riss mich von ihm los und stolperte zurück. »Ist das dein Ernst? Glaubst du wirklich, du kannst noch irgendwelche Wünsche äußern? Du wolltest mich umbringen, weil es dir nur um dich selbst geht, und du denkst, ich werde noch *irgendetwas* tun, was du von mir verlangst?«

»Ich wollte dich nie –«

Ich rührte mich nicht von der Stelle, doch mit einem Mal befand ich mich wieder vor ihm und presste ihm die Hand auf den Mund, damit er endlich seine Klappe hielt. Nein, nicht *ich*. Mein Schatten. In jeder anderen Situation hätte ich die Nerven verloren.

Es war eine Sache, das Prinzip zu kennen, die Logik hinter der Magie zu verstehen, zu spüren, dass ich mich an zwei Orten gleichzeitig befand, und eine ganz andere Sache, mich selbst zu sehen, so wie ich Cosimas zwei Versionen vor mir gesehen hatte. In dieser Situation hatte ich schon einmal zu oft die Nerven verloren, um mich jetzt davon ablenken zu lassen.

»Tja, dumm gelaufen, Malvolio!«, rief ich verächtlich. »Sieht so aus, als sei dein hübscher Plan nicht aufgegangen, was? Du bist immer noch hier. Und jetzt kenne ich dein Vorhaben. Ich werde dafür sorgen, dass du nie wieder –«

Er schaffte es, meine Hand beiseitezuschieben. »Die Karten! Wo sind die Karten?«

»Ist mir scheißegal, wo die Karten sind!«, brüllte ich.

Sein Körper erbebte. »Sie sind nicht bei dir?«

»Das ist alles, was dich interessiert, oder?«, zischte ich. »Du glaubst ernsthaft, ich würde dir noch mal helfen?«

Er schüttelte den Kopf, sodass seine Haare flogen. Als unsere Blicke erneut aufeinandertrafen, glühte seiner vor Wut.

»Darum geht es nicht!«, schrie er, zum ersten Mal genauso wütend wie ich. »Wenn die Karten nicht bei dir sind, hat sie jemand anderes an sich genommen.«

Ich hatte genug gehört. Das hier war die pure Zeitverschwendung.

Was interessierte es mich, wer die Karten hatte?

Meine Augen flogen zu. Ich ertrug seinen Anblick nicht. Ich musste weg hier. An einen sicheren Ort. Irgendwohin, wo mich niemand kannte. Und dann musste ich das Einzige tun, was mir noch übrig blieb. Fieberhaft durchforstete ich meine Erinnerungen. Ich hatte tagelang Recherche betrieben, bevor ich nach

Venedig gekommen war. Meine Lider flatterten auf. Ich wusste, wo ich hinwollte. Und genau in dem Moment, in dem das Bild des Gebäudes in meiner Erinnerung erschien, stand ich davor. Es war unglaublich, wie schnell ich das Talent beherrschte. Wie schnell es ein Teil von mir geworden war. Als sei es schon immer meine Bestimmung gewesen ...

»Giulietta, ich kann dafür sorgen, dass du mit deinem Vater sprichst.«

Malvolios Stimme war so leise, als hätte man die Lautstärke fast vollständig runtergedreht, sie sollte im Lärm der Touristenmassen vor mir untergehen, doch ich hörte jedes einzelne Wort.

Ich hasste mich dafür, doch im nächsten Moment stand ich wieder mit vollem Bewusstsein vor diesem Verräter.

»Was?«, knurrte ich.

Es ist ein billiger Trick!, schrie die Wut in mir. *Wirst du ernsthaft darauf reinfallen?*

Malvolios Brustkorb hob und senkte sich viel zu schnell. Er starrte mich an, als hätte er Angst, dass ich jede Sekunde wieder verschwinden könnte. Erst machte er einen Schritt auf mich zu, dann blieb er wie festgefroren stehen. »Maurizio. Karte Nummer zwölf. Der Gehängte.«

»Du kannst mich mal.« Und trotzdem bewegte ich mich nicht.

»Er hat die Fähigkeit, mit Verstorbenen zu sprechen.«

Mein verräterisches Herz begann schneller zu schlagen. Dafür hasste ich mich am meisten.

Für ein paar Sekunden sahen wir uns wortlos an, er voller Verzweiflung, ich mit schwindender Mordlust.

»Das sagst du mir *jetzt*?« Meine Stimme sollte feindselig klingen, doch sie brach. Die Emotionsflut in mir war zu stark. Nur der Hauch einer Möglichkeit, mit Papa reden zu können, raubte mir den Atem. Eine halbe Ewigkeit lang ertrank ich in ihr.

»Es tut mir leid«, flüsterte er, und die Tränen in seinen Augen liefen über. »Es tut mir leid. Es ist die Wahrheit. Ich ...«

Den Rest seines Satzes hörte ich nicht. Auch meine Tränen flossen jetzt heiß und erbarmungslos über meine Wangen, aber ich würde keinen weiteren Herzschlag lang mit ihm in einem Raum verbringen. Er log. Es ging ihm nur um sein eigenes Wohl, das hatte er mehr als einmal bewiesen. Und selbst wenn er nicht log, selbst wenn mein Herz explodierte, selbst wenn ich alles dafür tun würde, um noch einmal mit Papa zu sprechen – was nützte mir ein Gespräch mit ihm? Was nützte es *wirklich*? Was würde es ändern?

Kopfschüttelnd starrte ich auf das Gebäude vor mir. Es hatte wieder nur einen Atemzug gebraucht, um vollständig an diesen Ort zurückzukehren. Fondaco dei Tedeschi. Früher die Niederlassung deutscher Händler am Canal Grande, nur wenige Meter von der Rialtobrücke entfernt, heute ein Luxuskaufhaus mit vier Arkadengeschossen. Ein paar Sekunden lang versuchte ich mich durch die Menschen nach vorn zum Eingang zu drängen, schrie vor Frust auf, weil mir immer mehr den Weg versperrten, ehe ich wieder Gebrauch von meiner Gabe machte und plötzlich im Innenhof stand. Je dringender ich an einem Ort sein wollte, desto schneller befand ich mich dort.

Das Einkaufszentrum war bereits geschlossen, keine Menschenseele war zu sehen. Ich schloss die Augen, atmete tief durch und blieb genau dort stehen, während mein Schatten auf Wandertour ging. Erster Stock, zweiter, dritter, vierter. Teure Kosmetikmarken. Designerkleidung. Luxus hinter Glasvitrinen. Das Funkeln des Kapitalismus inmitten eines historischen Bauwerks. Es passte kein bisschen zueinander. Genauso wenig wie ich in diese Rolle passte. In dieses Leben. Ich schloss die Augen und konzentrierte mich auf das Bild vor meinem inneren Auge. *Der schönste Ausblick auf die Stadt, und das auch noch kos-*

tenfrei … So hatte es in diesem Artikel gestanden, als ich mich über Venedig informiert hatte. Wie anders mein Leben damals gewesen war. Wie gewöhnlich. Der Schmerz über den Verlust hatte im Hintergrund gelauert, aber ich hatte ihn noch größtenteils ausgesperrt. Es war ein gewöhnlicher Schmerz gewesen. Ein menschlicher. Das hier war etwas ganz anderes.

Als ich die Augen wieder aufschlug, stand ich auf der Dachterrasse. Sobald ich die kalte Brise auf meinem Gesicht spürte, verschwand auch meine zweite Version vom Innenhof und erschien neben mir. Ich konnte sie … ich konnte *mich* nicht ansehen. Blind tastete ich nach der Hand meines Schattens. Wie aus einem Reflex. Als unsere Finger sich verschränkten, fühlte es sich nicht wie ein Schatten an. Sondern wie eine Menschenhand aus Fleisch und Blut. Für den Bruchteil einer Sekunde fühlte es sich an, als sei ich nicht allein.

Die Sonne war tiefer und tiefer gesunken, der Himmel strahlte in den verschiedensten Gold- und Orangetönen. Die Schönheit war nicht zu leugnen. Vielleicht war das sogar der schönste Ort, an dem ich je gewesen war.

Willkommen in der schönsten Stadt der Welt.

Die Tränen liefen mir immer weiter übers Gesicht, nahmen mir die Sicht. Ich kämpfte mich nach vorn, ans Geländer, Hand in Hand mit meiner zweiten Version.

Es war wahnsinnig. Niemals hätte ich gedacht, dass meine Reise nach Venedig mich zu diesem Punkt führen würde. Doch es war meine einzige Chance, dem Schmerz zu entkommen.

Beide kletterten wir wie in Trance darüber, machten ein paar Schritte über das rostfarbene Dach daneben und liefen an die Hinterseite. Die Menschen unten wirkten von hier aus wie Ameisen. Die Gondeln wie Spielzeugboote. Ich kehrte ihnen den Rücken zu und lief in die entgegengesetzte Richtung. Es würde nichts bringen, wenn ich mich auf der Kanalseite in die

Tiefe fallen ließ. Das Wasser würde meinen Sprung abfedern. Es würde wehtun, aber es würde mich höchstwahrscheinlich nicht umbringen.

Wenn alles stimmt, was dir Malvolio über diese Welt erzählt hat, kann dich gar nichts umbringen, flüsterte eine Stimme in meinem Hinterkopf.

Ich schüttelte den Kopf. Atmete tief durch. Der Wind wehte meine Tränen fort und hinterließ nichts als brennende Spuren auf meiner Haut. Das Armband an meinem Handgelenk rutschte nach vorn. Das Baumsymbol schien mich zu verhöhnen. Ich hatte mit eigenen Augen gesehen, wie Cosima gestorben war. Ihr Blut auf dem Teppich. Ihr Körper, der sich nicht mehr bewegt hatte. Das Messer, tief in ihrer Brust. Cosima war gestorben, obwohl sie die Welt-Karte war.

Und ich war eine Nachfahrin. Wer wusste schon, wie die Regeln waren, wenn eine Nachfahrin des Gründertrios zu einer Karte der großen Arkana wurde? Wer wusste schon, ob sie ebenso unsterblich war?

Kurz bevor Malvolio ins Hotelzimmer gestürmt war, als klar geworden war, dass ich keine Chance gegen Cosima hatte, dass ich wirklich sterben würde, war mir ein Gedanke gekommen, der jegliche Verzweiflung im Keim erstickt hatte. Ein Gedanke, der nach Erleichterung schmeckte. *Ich bin fertig mit Kämpfen.*

Erleichterung. Daran klammerte ich mich.

Ich war am Rand des Dachs angekommen. Meine Tränen waren versiegt. Unten waren keine Menschen in der schmalen Gasse zu sehen. Die Einkaufsläden dort waren geschlossen, und es war keine Gegend, durch die die Karnevalsbesucher um diese Uhrzeit liefen.

Mein Körper vibrierte. Ein letztes Mal warf ich einen Blick zurück. Mein Schatten war verschwunden. Wir waren wieder eins geworden.

Dann schloss ich die Augen und trat ins Leere. Es gab keinen Widerstand in mir.

In einem Moment hatte ich festen Boden unter meinen Füßen, im nächsten fiel ich. Papas Gesicht erschien vor mir.

Bitte, flehte ich ihn in Gedanken an, als sei er derjenige, der die Kontrolle darüber hatte. *Bitte lass es funktionieren.*

Es ging so schnell. Mein Magen drehte sich um. Der Aufprall konnte nur noch Millisekunden entfernt sein, ich beschleunigte. Wenn ich Glück hatte, würde ich das Bewusstsein verlieren, bevor meine Knochen brachen und meine Organe zerfetzt wurden.

Aus dem Nichts traf mich ein anderer Gedanke. Ich hatte die letzten Tage immer wieder mit Papa geredet. Ich hatte ihn angebrüllt, ihn verflucht, ihn mit Vorwürfen überschüttet. Und manchmal hatte er geantwortet.

Was, wenn das real gewesen war?

KAPITEL 4

Schadensbegrenzung

Chi di spada ferisce, di spada perisce.
(Wie man in den Wald hineinruft, so schallt es heraus.)

Es dauerte viel zu lang, zum Hotel zurückzukehren. Jede Gasse und jede Brücke war menschenverpestet. Unterwegs kaufte ich mir eine billige Ganzkopfmaske aus Plastik, die einen Pferdekopf darstellte. Die Verkäuferin am Stand starrte mich mit Vorsicht in den Augen an, während sie mir die Scheine aus der Hand nahm. Ich zitterte am ganzen Leib und konnte nicht damit aufhören. Außerdem war ich schweißüberströmt. Und dabei hatte mich noch kein einziger Tod getroffen, seit ich in meiner Suite aufgewacht war. Ich war quer durch die Stadt gerannt, hatte herumgefragt, ob irgendjemand ein Mädchen im goldschwarzen Ballkleid gesehen hatte. Natürlich war es zwecklos. Sie hatte einen entscheidenden Vorteil. Sie konnte sich mit einem Wimpernschlag, mit einem Gedanken bewegen. Es wäre einfacher, eine Nadel im Heuhaufen zu finden. Von den meisten Leuten wurde ich nur ausgelacht oder angesehen, als hätte ich meinen Verstand verloren. In meiner Verzweiflung war ich zu dem Haus gelaufen, in dem ich mit Giulietta diese perfekte Nacht in all diesem Unglück verbracht hatte. Das Haus, das ich am ehesten noch mit einem Zuhause verband. Das Haus, das über die Jahrhunderte mein Geheimnis geblieben war.

Und dann war das Unfassbare geschehen. Giulietta war tatsächlich aufgetaucht.

Zunächst hatte ich mein Glück nicht fassen können. Wie hoch war die Wahrscheinlichkeit, dass sie zur gleichen Zeit wie ich dort war? Doch aus dem Glück war schnell noch mehr Verzweiflung geworden. Ich hatte ihren Zorn erwartet, doch nichts hätte mich auf die Emotionsflut vorbereiten können, die mich bei ihrem Anblick mitgerissen hatte. Zwanzig Minuten lang hatte ich nach ihrem viel zu schnellen Abgang noch in dem Raum gewartet, in dem mich inzwischen alles an sie erinnerte. Erfolglos. Also das Hotel. Ich musste mit Maurizio sprechen. Herausfinden, wie hoch sein Preis war, damit er mir half. An seine Menschlichkeit appellieren. Ihn an unsere damalige Freundschaft erinnern.

Früher oder später würde ich Giulietta wiederfinden. Es war nur eine Frage der Zeit. Alles, was mir gerade übrig blieb, war zu hoffen, dass niemand der anderen oder Vincenzo sie dabei erwischte, wie sie sich verdoppelte.

Mit zitternden Fingern suchte ich nach dem Ausweis, den ich vor Tagen jemandem vom Reinigungspersonal entwendet hatte, als ich einen der Mitarbeitereingänge des Hotels erreicht hatte. Ich kam nicht weit. Zwei breitschultrige Wachmänner versperrten mir den Weg ins Innere.

»Ausweis«, knurrte der linke.

»Maske abziehen«, der andere.

Verdammt. Seit wann wurde dieser Eingang bewacht?

Vielleicht seit Vincenzo die Sicherheitsmaßnahmen verschärft hatte …

Meine Taschen waren leer. Der Ausweis musste sich in meinem Hotelzimmer befinden.

Unter der Maske lief der Schweiß mir noch schneller übers Gesicht.

Ein paar Sekunden zog ich in Erwägung, es mit ihnen aufzunehmen, dann biss ich die Zähne zusammen und trat den Rückzug an, nachdem ich hastig »Entschuldigung, falscher Eingang« gemurmelt hatte.

Ich durfte nicht noch mehr auffallen. Ich hatte meine Rolle als unauffälliger Beobachter bereits verlassen, als ich mit Vincenzo gesprochen hatte. Mehrere der anderen Karten suchten mich außerdem, weil sie seit dem Maskenball wussten, dass ich Giulietta mehr verraten hatte, als sie wissen sollte. Also wäre es mehr als unklug, gerade jetzt einen Aufstand zu machen. Wir alle waren von einem Moment auf den anderen in unseren Zimmern gelandet. Auch wenn keine Jahre, sondern nur wenige Minuten vergangen waren – es herrschte Panik, da war ich mir sicher. Niemand wollte eingesperrt werden. Azazel, Dahna und die anderen würden am schnellsten handeln. Nicht nur Vincenzo, sondern auch alle Kartenfiguren hatten jetzt eine besonders große Motivation, Giulietta zu finden. Und natürlich würden sie zuerst mich in die Mangel nehmen. Schließlich hatte ich Geheimnisse ausgeplaudert.

Während ich mir meinen Weg zum Haupteingang des Hotels bahnte, unterdrückte ich das Bedürfnis, mir die Maske vom Gesicht zu reißen und zu schreien.

Vor der Drehtür blieb ich stehen. Eine Weile starrte ich einfach darauf und durchforstete mein Gehirn nach Alternativplänen. Wie hoch war die Wahrscheinlichkeit, dass jemand sich im Atrium befand und nach mir Ausschau hielt? Würde man mich anhalten, wenn ich selbstbewusst am Portier und den Concierges vorbeilief?

Zwischendurch blitzte die quälende Erinnerung an das auf, was ich getan hatte. Giulietta. Die Verzweiflung in ihrem Gesicht. Der Hass. Der Schmerz. Sie war bereits am Boden gewesen, als sie meine Bekanntschaft gemacht hatte, und ich hatte sie in den Abgrund gestoßen. Und das nur, weil ich nicht mehr leben wollte.

Ihr Leben gegen meines.

Sie dachte wirklich, ich hatte es geplant. Sie ...

Meine Überlegungen fanden ein Ende, als zwei Menschen aus der Drehtür ins Freie traten. Ein Mädchen in Lumpen und ein junger Mann mit schwarzen, rasierten Haaren und durchtrainiertem Körper, der denen der Sicherheitsmänner Konkurrenz machte, allerdings in einem feinen Anzug aus anthrazitfarbener Seide steckte.

»Bist du sicher?«, raunte Stella, als sie an mir vorbeiliefen.

Maurizio nickte und beugte sich näher zu ihr. »Du hast doch selbst gesagt, du warst auf dem Markusplatz, und plötzlich bist du in deinem Zimmer aufgewacht. Wie erklärst du es dir sonst?«

Der Stern und der Gehängte.

Zum zweiten Mal an diesem Tag hatte ich unverdientes Glück. Und diesmal würde es nicht umsonst sein.

Ich heftete mich an ihre Fersen. Inmitten der verkleideten Menschenmassen waren sie leicht zu verfolgen.

»Aber es sind nicht einmal zwei Stunden vergangen«, erwiderte Stella im Flüsterton. »Wer sollte uns einsperren und dann so schnell wieder befreien?«

»Es kommt nur eine Person infrage, oder nicht?« Maurizio klang resigniert.

»Glaubst du, Malvolio hat seine Finger im Spiel?« Stella wirkte im Gegensatz dazu eher neugierig.

Maurizio machte eine Bewegung, die man sowohl als Nicken als auch als Kopfschütteln deuten konnte.

Inzwischen wussten also alle Bescheid. Azazel hatte sich nach seiner Niederlage auf dem Maskenball sicherlich nicht in Schweigen gehüllt. Es war eindeutig, dass ich Giulietta in die Geheimnisse eingeweiht hatte. Worüber sie lediglich spekulieren konnten, war meine Motivation. Es brauchte jedoch nicht viel, um eins und eins zusammenzuzählen. Niemand von ihnen wünschte sich meine Gabe.

Während ich Maurizio und Stella verfolgte, drängte sich immer wieder Giuliettas Gesicht in meine Gedanken. Was sie gerade durchmachte, war die pure Qual. Außerdem war sie allein. Es gab niemanden, mit dem sie darüber reden konnte. Selbstverständlich wollte sie meine Hilfe nicht. Ich war derjenige, der ihr all das eingebrockt hatte …

Maurizio und Stella setzten sich in den Außenbereich eines Restaurants. Ein paar Male ging ich hinter verschiedenen Menschen vor dem Laden auf und ab, bis Stella ins Innere verschwand, wo sich die Toiletten befanden. Ich nutzte die Chance sofort und trat vor, nickte dem Kellner zu, der am Eingang neben der Speisekarte stand und mir zulächelte.

Maurizio reagierte nicht, als ich auf Stellas Platz glitt. Über uns waren Wärmelampen angebracht, die meinen nächsten Schweißausbruch hervorriefen. Ich riss mir die Maske vom Gesicht und beugte mich zu ihm vor.

»Du solltest wirklich an deiner Beschattungstechnik arbeiten«, sagte Maurizio trocken und lehnte sich in seinem Stuhl zurück, bevor er mich mit einer hochgezogenen Augenbraue ins Visier nahm.

»Ich muss mit dir reden«, stieß ich hervor.

Jetzt war nicht der Zeitpunkt, um mir den Kopf darüber zu zerbrechen, womit ich seine Aufmerksamkeit auf mich gezogen hatte.

»Du hast diese ganz spezielle Gangart«, fuhr Maurizio fort,

als hätte ich nichts gesagt. »Es ist, als würdest du über dem Boden schweben. Als seist du dir zu fein, um ihn zu berühren. Und außerdem erkennt man deine Augen unter jeder Maske dieser Welt. Ich wusste schon, dass du es bist, als wir aus dem Hotel kamen.«

Ich unterdrückte ein Stöhnen. »Gratuliere. Können wir ungestört reden?«

Seine Braue wanderte höher. »Es wäre unhöflich, Stella zu versetzen. Und außerdem kannst du dir nicht vorstellen, was für einen Hunger ich habe.«

»Bitte.« Mit dem Unterarm wischte ich mir über die Stirn, dann brannte ich meinen Blick in seinen. »Bitte, Maurizio. Ich brauche dich.«

Jetzt flackerte etwas in seinen Augen auf, das verdächtig nach Wut aussah, auch wenn er nicht der Typ für emotionale Ausbrüche war. Normalerweise hielt er seine Gefühle unter Verschluss. Ein paar Sekunden vergingen. Höchstwahrscheinlich kontemplierte er, ob ich eine Antwort wert war. Dann schien er eine Entscheidung zu treffen.

»Und wo warst du, als ich dich damals gebraucht habe? Du warst der Einzige, der die Dunkelheit verstanden hat, und du hast mich im Stich gelassen, weil es einfacher war, im Selbstmitleid zu baden.«

Seine Stimme klang gelassen wie immer, doch der Unterton war nicht zu überhören. Nicht Wut. Sondern Schmerz. Es war die Wahrheit. Ich hatte ihn tatsächlich im Stich gelassen. Weil die Freundschaft zu ihm meinen Plan gefährdet hätte.

»Ich bin ein egozentrischer Mistkerl, der deine Hilfe nicht verdient hat«, beeilte ich mich zu sagen. »Das ist mir bewusst.«

Er seufzte. »Und nicht zu vergessen: Gesuchter Nummer eins, spätestens seit wir alle in unseren Hotelzimmern aufgewacht sind. Ich könnte Azazel Bescheid geben. Er würde keine fünf Minuten brauchen, um hier aufzutauchen. So wie er gestern klang, hat er noch nie jemanden mehr gehasst als dich.«

Jetzt verdrehte ich die Augen. Maurizio war berechtigterweise wütend auf mich, aber niemals so sehr, dass er den Teufel rufen würde. Er verabscheute diesen fast so sehr wie ich.

»Ich bin hier das kleinste Problem«, zischte ich.

Maurizio stützte sich mit den Ellenbogen auf dem Tisch zwischen uns ab und beugte sich vor. »Und dennoch befindest du dich im Zentrum des Problems, nicht?«

»Ich weiß, was geschehen ist«, entgegnete ich, jetzt verzweifelt. »Vorhin, als wir in unseren Zimmern aufgewacht sind.« Stella würde jeden Augenblick zurückkehren, und ich war mir nicht sicher, ob meine Überredungskünste bei ihr funktionieren würden. Maurizio war meine letzte Chance. »Und ich kann dir mehr darüber erzählen, wenn du einwilligst, mit mir zu sprechen. In fünf Minuten. Hundert Meter die Gasse herunter gibt es ein Antiquitätengeschäft. Ich warte dort auf dich.« Mit diesen Worten stülpte ich mir die Maske über und erhob mich. Ohne ihm eine Gelegenheit zu geben, etwas zu erwidern, kehrte ich ihm den Rücken zu und lief los.

Mein Herz klopfte wie verrückt. Wenn er zum Treffpunkt kam, musste ich wenigstens teilweise ehrlich sein. Ich kannte ihn. Nur so würde er mir helfen.

Der Gedanke an das Kartendeck, an meinen ursprünglichen Plan, war so weit weg, wie er seit Jahrhunderten nicht mehr gewesen war. Ich sollte vor Schmerz in die Knie gehen und schreien und toben, weil meine einzige Möglichkeit, dieses Leben friedlich zu verlassen, verschwunden war. Giulietta würde uns nie wieder einsperren können. Wenn es beim ersten Mal nicht funktioniert hatte, wäre auch ein neuer Versuch vergeudete Hoffnung. Stattdessen dachte ich nur an sie. Auch wenn es unmöglich war, ich musste irgendwie versuchen, es wiedergutzumachen. Es würde mir nie gelingen, meine Schuld zu begleichen, doch ich würde alles geben.

Das Atmen fiel mir schwer. Ich hatte jemandem das Leben genommen. Ich hatte Cosima erstochen. Auch wenn es nie meine Absicht gewesen war … Wem nutzte das etwas? Was konnten sie sich von meiner Reue kaufen?

Ich duckte mich, um meinen Kopf an dem niedrigen Hauseingang nicht anzuschlagen, und lief ein paar Meter, bis das Antiquitätengeschäft in Sichtweite kam. Die Schaufenster waren dunkel, im Inneren befand sich niemand mehr. Auch der Hof war leer. Keuchend lehnte ich mich gegen die rostrote Hauswand. Ich war nicht nur ein Monster, nicht nur verflucht. Ich war ein Mörder. Und ich hatte Giulietta zu einem Leben voller Schmerz verdammt. Nachdem ich ihre Mutter umgebracht hatte. Die Tränen quollen mir aus den Augen und mischten sich unter den Schweiß. Wie sollte ich das je wiedergutmachen? Wie sollte ich mit der Last leben?

Erneut zog ich mir die Maske ab, nachdem ich mich vergewissert hatte, dass ich wirklich allein war. Dann rutschte ich an der Hauswand herunter, vergrub mein Gesicht in meinen Händen und begann hemmungslos zu schluchzen.

Ich hatte gedacht, der Moment, als sie verstanden hatte, wer ich wirklich war und dass ich sie benutzt hatte, war der schlimmste gewesen. Als sie neben mir auf dem Boden gekniet und ihr Blut auf den Karten verteilt hatte, die großen dunklen Augen voller Tränen, ein Spiegel meiner eigenen. Als der Abschied so nah gewesen war. Ich hatte all die Möglichkeiten vor mir gesehen. Ich hatte mir ausgemalt, wie sie weiterleben würde, und es hatte wehgetan, weil es ohne mich sein würde, aber es war gut gewesen. Richtig.

Der Moment war nichts gegen jetzt.

Mein Schluchzen wurde immer lauter. Ich presste mir meine

Faust in den Mund, um die abgehackten Geräusche zu ersticken. Der Hof verschwamm vor mir. Es schüttelte mich am ganzen Körper. Ich war das Schlimmste, was ihr je passiert war. All die Jahre hatte ich keine Kontrolle gehabt – im Grunde war ich unschuldig gewesen. Ich war einfach zur falschen Zeit am falschen Ort gewesen und hatte den Preis dafür gezahlt. Das wahre Monster war in den letzten Tagen geboren worden, genährt von Pein und Selbstsucht. Ich wünschte, ich könnte zurückgehen zu dem Augenblick, als sie ins Grand Hotel gekommen war. Als mein Plan Form angenommen hatte. Ich wünschte, ich könnte alles zurücknehmen. Weitere Jahrhunderte voller Qualen ertragen, statt ihr Leben zu opfern.

»He, was ist los mit dir?«

Mein Kopf ruckte hoch. Es dauerte ein paar Sekunden, bis ich die Gestalt vor mir ausmachen konnte, doch die Stimme war unverkennbar. Im nächsten Moment kam Maurizio auf mich zu und kniete neben mir.

Ich schnappte nach Luft, versuchte das Schluchzen zu unterdrücken. Doch als er eine Hand auf meine Schulter legte und zudrückte, während er voller Sorge meinen Namen flüsterte, gab es kein Entkommen mehr. Die Tränen übermannten mich.

»Ist es ein Tod?«, drang seine Stimme an mein Ohr. »Ist wieder jemand gestorben? War es besonders schlimm?«

Ich schüttelte den Kopf, hin und her, versuchte etwas zu sagen, versagte. Er klang viel zu freundlich. Viel zu verständnisvoll. Als wären wir immer noch beste Freunde. Als hätte ich ihm nie einen Grund gegeben, mich zu verachten.

Sekunden später nahm er mich in den Arm und presste mich an sich. Die Geste war so ungewohnt, so absolut unverdient nach allem, was ich getan hatte, dass ich ihn wegstoßen wollte, doch sein Griff war erbarmungslos. Er war schon immer stärker als ich gewesen. Also ergab ich mich und weinte ihm seinen Mantel voll.

Ich konnte nicht sagen, wie lange wir so auf dem Boden kauerten. Als ich es endlich schaffte, mich von ihm zu lösen und wieder in einem normalen Tempo zu atmen, hatte die Dunkelheit sich vollständig um uns gelegt und die Nacht brach über uns herein.

»Es tut mir leid, dass ich mich von dir distanziert habe«, wisperte ich.

Er zuckte die Schultern und wandte den Blick ab.

»Ich weiß, die Entschuldigung kommt zu spät.«

»Ungefähr drei Jahrhunderte«, sagte er hart, sah mich aber wieder an.

Nachdem wir damals verstanden hatten, wie der Fluch funktionierte und dass wir gefangen waren, hatten wir uns sehr schnell angefreundet. Maurizios und meine Gabe hatten beide mit dem Tod zu tun. Außerdem kam seine Familie aus der gleichen gesellschaftlichen Schicht wie meine, und wir waren nahezu im gleichen Alter. Ich mochte seine gelassene Art und seinen unumstößlichen Optimismus. Er hatte mich damals aus der schlimmsten Trauer gezogen, hatte stundenlang mit mir über meine Familie geredet, mit mir das Hotel verlassen und war spazieren gegangen, während die anderen sich auf rauschenden Festen vergnügten und anfingen, Gefallen an diesem Leben zu finden. Doch dann war die Pest ausgebrochen. Und ich hatte verstanden, dass ich nicht stark genug war.

»Ich wollte sterben«, sagte ich, inzwischen mit festerer Stimme, »und du warst ein Hindernis.«

Seine Freundschaft hatte mein Dasein erträglicher gemacht, aber sie hatte nicht gereicht, um es ertragen zu wollen. Nichts hätte während der Seuche gereicht, da war ich mir sicher. Auch meine Familie nicht, wäre sie noch am Leben gewesen. Weder eine platonische noch eine romantische Liebe. Also hatte ich mich Stück für Stück von Maurizio entfernt und versucht, den Schmerz in seinen Augen zu ignorieren, wenn wir uns über den Weg liefen. Ein paarmal hatte er das Gespräch mit mir gesucht, hatte wissen wollen, was mit mir geschehen war. Schließlich hatte er aufgegeben und mich in Ruhe gelassen.

Er lachte trocken auf. »So etwas in der Art habe ich mir bereits gedacht.«

Ich starrte ihn an.

»Sieh mich nicht so an, Malvolio. Ich bin kein Narr. Mir war durchaus bewusst, wie scheußlich es für dich war. Meine Gabe ist nicht halb so schlimm wie deine. Aber ich habe nie verstanden, wie du einem Traum hinterherjagen konntest, der sowieso nie in Erfüllung gehen würde. Es war von Anfang an zwecklos. Wir können nicht sterben. Nicht auf die Art, auf die du es dir wünschst. Nicht wenn du keinem Menschen schaden möchtest.«

Wenn du wüsstest, Maurizio, wenn du wüsstest …

»Aber wir können in die Karten gesperrt werden.«

Seine Augen wurden schmal. Und dann blitzte die Erkenntnis in ihnen auf. »*Damit* warst du beschäftigt?«

Ich nickte. Was hatte es jetzt noch für einen Zweck, es zu leugnen? Es war alles vorbei.

»Deshalb hast du Giulietta die Wahrheit erzählt und sie dazu gebracht, uns einzusperren?«

Er klang verdächtig ruhig.

Erneut nickte ich. »Es hat nicht funktioniert. Und es spielt nun ohnehin keine Rolle mehr.«

»Was meinst du damit – es hat nicht funktioniert?«

»Wir sind in unseren Zimmern aufgewacht, das war alles. Es ist keine Zeit vergangen. Wir wurden nicht wirklich eingesperrt. Sonst wären wir jetzt nicht wieder frei.«

Das war die beste Erklärung, die ich ihm liefern konnte, ohne ihm zu verraten, dass ich Cosima getötet und Giulietta ihren Platz eingenommen hatte.

Maurizio runzelte die Stirn. »Selbstverständlich wurden wir eingesperrt. Wir haben uns zwei Stunden in den Karten befunden, ehe Giulietta uns wieder befreit hat. Der Prozess war exakt der gleiche wie sonst immer. Das kann dir doch nicht entgangen sein. Fragt sich nur, aus welchem Grund sie sich dazu entschlossen hat, uns wieder zu befreien. Hast du dafür eine Erklärung?«

Du verstehst nicht!, wollte ich ihm entgegenbrüllen, *Giulietta kann uns nicht befreit haben, weil sie sich selbst in den Karten befunden hat!*

Doch bevor ich eine Dummheit begehen konnte, traf mich die Erinnerung an ihre Worte. Und ich sah Vincenzo und mich in Cosimas Suite stehen. In der leeren Suite. Wo steckten die Karten? Wenn Giulietta sie nicht besaß … Hatte sie mich angelogen? Nein, nein, das vorhin war niemals gespielt gewesen. Sie war außer sich gewesen.

Und was war mit Vincenzo? Auch er war außer sich gewesen, weil seine Nichte und vor allem ihre Mutter sich nicht in der Suite befunden hatten. Um die Karten hatte er sich jedoch nicht geschert. Er hatte das Zimmer nicht durchsucht, er war sofort wieder an mir vorbei auf den Flur gestürzt. Obwohl er zuvor das Kartendeck Cosima übergeben hatte. Was nur eines bedeuten konnte.

»Malvolio.« Maurizio schnipste ein paar Mal vor meinem Gesicht. »Du hast gesagt, du wirst mir erklären, was passiert ist.«

Ich räusperte mich. »Bist du sicher? Dass so viel Zeit vergangen ist? Dass wir eingesperrt waren?«

»Natürlich. Ich habe mit Stella, Deluna und auch kurz mit Monaco gesprochen. Wir haben alle die gleiche Erfahrung gemacht. Du etwa nicht?«

Doch. Doch, in der Tat hatte ich ebenfalls die Erfahrung gemacht, allerdings hatte ich sie sofort anders interpretiert. Weil das, was Maurizio sagte, nicht möglich war.

Oder es war möglich, und ich wusste zu wenig über die Regeln der Magie.

Ich wurde zu Eis.

Eine Nachfahrin war zu einer Karte geworden. Wer wusste schon, wie es in solch einem Fall ablief? Es bestand die Möglichkeit, dass Giulietta die Regeln außer Kraft gesetzt hatte. Passten ihre hasserfüllten Worte dazu?

Tja, dumm gelaufen, Malvolio. Sieht so aus, als sei dein hübscher Plan nicht aufgegangen, was? Du bist immer noch hier.

Hatte sie es irgendwie geschafft, uns zu befreien, nachdem sie uns alle, einschließlich sich selbst, eingesperrt hatte?

Ich schüttelte den Kopf. Das. War. Nicht. Möglich. Doch es gab noch eine andere Möglichkeit. Die ich nie in Betracht gezogen hatte.

»Malvolio!«

Maurizio packte mich an den Schultern und schüttelte mich leicht. »Würdest du bitte mit mir reden?«

Ich schluckte heftig. Eins nach dem anderen. Über die Karten und die Magie konnte ich mir auch später Gedanken machen. Alles, was jetzt zählte, war Giulietta.

»Sie hat uns eingesperrt«, brachte ich hervor. »Und dann muss sie sich wieder dazu entschlossen haben, uns zu befreien.«

»Du hast gerade gesagt, es hat nicht funktioniert. Du bist ja noch verwirrter als ich. Oder du willst *mich* verwirren.« Er legte den Kopf schief und musterte mich eindringlich. »Es gibt etwas, das du mir verschweigst.«

Gottverdammter Mist. Ich musste überzeugender sein. Doch als ich den Mund öffnete, schüttelte er vehement den Kopf.

»Sag mir die Wahrheit«, verlangte er, während er mich mit

seinem starren Blick festhielt. »Wenn du mir die Wahrheit sagst, tue ich alles, was du willst. Ich helfe dir.«

Jetzt schüttelte ich wieder den Kopf.

»Was auch immer es ist, ich behalte es für mich. Du trägst etwas in dir, ich sehe es. Etwas, das dich von innen auffrisst. Ich sehe es seit geraumer Zeit.« Sein Griff an meinen Schultern verstärkte sich. »Vermutlich glaubst du mir nicht, aber ich habe nie aufgehört, dich als meinen Freund zu betrachten.«

Unvermittelt schossen mir die Tränen wieder in die Augen. Wütend blinzelte ich sie weg.

»Ist Lorenzo bereits im Totenreich?«, flüsterte ich.

Abrupt wich er zurück. Seine Hände fielen von mir ab. Argwohn und Überraschung machten sich auf seinem Gesicht breit. »Woher weißt du das?«

»Woher weiß ich was?«

»Lorenzo«, stieß er hervor. »Er war der Erste, der mir begegnet ist, als ich aufgewacht bin. Er hat sich geweigert, mit mir zu sprechen, doch er war am Ende. Etwas muss geschehen sein, um ihn von dieser Welt in die nächste zu befördern. Etwas Starkes. Er hat sich so lange gewehrt …«

Mein Herz raste wieder. Alles gut. Das war gut. Es bedeutete, ich konnte mein Versprechen wahr machen. Wenigstens das.

»Ich … ich weiß nicht, was …«

»Malvolio«, fauchte er. »Die Wahrheit.«

»Niemand darf die Wahrheit erfahren.«

Er nickte ernst. »Ich habe dir soeben versprochen, dass ich sie für mich behalten werde.«

»Es tut mir leid, aber wie soll ich dir das glauben?«

Meine Worte trafen ihn wie Messerstiche, sein Gesicht war verzerrt von Schmerz. »Habe ich dich jemals belogen?« Er erhob sich. »Jemals mein Versprechen gebrochen?«

Ich bemühte mich um einen ruhigen Tonfall. »Verzeih mir,

ich wollte dich nicht verletzen. Es ist nur so … Die Wahrheit betrifft uns alle. Sie betrifft auch dein Leben.«

Sein Blick glühte. »Ich nehme mein Leben, wie es kommt. Ich bin dankbar für jeden Tag. Und mir ist bewusst, dass es in jeder Sekunde vorbei sein könnte.« Er schob seinen Ärmel hoch und schaute auf seine goldene Armbanduhr. »Ich habe Stella schon zu lange warten lassen. Wenn du nicht mit der Wahrheit herausrücken willst, verschwendest du unser aller Zeit.«

»Hast du immer noch Freunde in der San Zaccaria?«, beeilte ich mich zu fragen.

Er verschränkte seine Arme vor der Brust. »Und wenn?«

»Triff mich um Mitternacht dort. Wir können in die Krypta. Giulietta möchte mit ihrem Vater sprechen.«

Schnaubend wandte er sich zum Gehen.

»Wenn du kommst, sage ich dir die Wahrheit!«, rief ich. »Das verspreche ich.«

Noch ein letztes Mal streifte mich sein kühler Blick, dann setzte er sich in Bewegung und verschwand.

Ich verschwendete keine Zeit. Ich setzte die Maske auf und stürzte ihm hinterher. Doch als ich mich wieder in der belebten Gasse befand, schlug ich nicht die Richtung ein, in der sich das Restaurant befand. Sondern die entgegengesetzte.

Falls nötig, würde ich jeden Zentimeter dieser Stadt unter die Lupe nehmen. Wenn Giulietta auch nur ansatzweise wie ich war, dann wusste ich, was sie gerade im Begriff war zu tun.

Wenn sie es nicht schon getan hatte.

KAPITEL 5

Der Urwunsch des Menschen

Unzählige Augenpaare. Masken. Kostüme. Ich lag auf hartem Untergrund, war der Mittelpunkt einer Menschenansammlung. Sie starrten alle mit schockierten Mienen auf mich herab, und das Stimmengewirr klang so panisch, dass ich kaum mehr als Fetzen ausmachen konnte. Außerdem war da ein Rauschen in meinem Kopf, das die anderen Geräusche verschluckte.

Ich konnte mich an den Aufprall erinnern, obwohl ich nicht sagen konnte, wie lang er her war. Noch nie in meinem Leben hatte ich so einen Schmerz verspürt. Er war so gewaltig gewesen, dass ich binnen Sekunden das Bewusstsein verloren hatte. Wo war der Schmerz jetzt? Es fühlte sich ein wenig ungemütlich an, auf dem kalten unebenen Asphalt zu liegen. Das war alles.

Ruckartig setzte ich mich auf. Vielleicht befand ich mich nur im Schock. Das Adrenalin war zu viel und schirmte mich noch von der Realität ab. Die Stimmen wurden lauter. Hände versuchten, mich zurück auf den Boden zu drücken. Ich schüttelte den Kopf. Streckte meine Arme und Finger von mir, neigte meinen Nacken nach rechts und links. Es war, als hätte ich mich kurz auf den Boden gelegt, um ein Nickerchen zu machen, nicht als wäre ich gerade von der Dachterrasse eines hohen Gebäudes gesprungen.

Ich hätte es wissen sollen. Es sollte keine Überraschung sein. Und dennoch ...

Da war nicht mal ein Kratzer auf mir. Keine Spur vom Aufprall. Und der Schock der Menschen nahm mit jeder weiteren Sekunde zu. Ich versuchte, mich auf ihre Stimmen zu konzentrieren, als die Menge sich plötzlich teilte. Eine schlanke Gestalt mit Pferdemaske kämpfte sich durch die Meute, bis sie bei mir angekommen war. Noch bevor ich seine Augen in den runden Öffnungen der Maske sah, wusste ich, wen ich da vor mir hatte.

Vor mir blieb er stehen und hielt mir eine Hand hin.

»Und das, verehrte Herrschaften, war unser Beitrag zum Karneval!«, rief er mit sensationsheischender Stimme.

Auf einen Schlag herrschte Stille.

Ich sollte abhauen. Sollte mich an irgendeinen anderen Ort als diesen wünschen, mich verdoppeln und verschwinden.

Mein Blick traf auf seinen. Wo sollte ich hingehen? Ich war bereit gewesen, diese Welt hinter mir zu lassen, und ich war immer noch hier.

Giulietta, ich kann dafür sorgen, dass du mit deinem Vater sprichst.

Ohne richtig zu realisieren, was ich tat, griff ich nach seiner Hand und ließ mich von ihm hochziehen. Die nächsten Sekunden vergingen wie im Zeitraffer. Ich schaltete auf Durchzug. Ignorierte die Fragen, die besorgten Gesichter, den Aufruhr, riss mich los, als jemand nach mir tastete, und klammerte mich an Malvolio fest, als wäre er mein Anker zur Realität. Als wäre er nicht derjenige, der mein ganzes Leben zerstört hatte.

Irgendwann begannen wir zu rennen. Keine Ahnung, wie ich noch dazu in der Lage war. Ich orientierte mich einfach an ihm, passte meine Schritte an seine an, ließ ihn nicht los. Wir liefen durch schmale, dunkle Gassen, über geschwungene Brücken, vorbei an Tänzern und Feuerspuckern, an Gondeln mit farbenprächtigem Schmuck. Er drückte mir eine Maske in die Hand, sagte Worte, die ich nicht verstand, weil mein klopfendes Herz alle Geräusche verschluckte. Wir wurden langsamer, und ich ließ ihn los, um mir die Maske überzustülpen. Sofort fühlte es sich an, als würde mir jemand den Boden unter den Füßen wegreißen. Als befände ich mich immer noch im freien Fall.

Suizid.

Ich hatte ihn nie in Erwägung gezogen. Egal, wie tief meine Verzweiflung in der Vergangenheit gewesen war. Nicht mal als Papa gestorben war. Natürlich waren mir Sinnlosigkeit und Schmerz nicht fremd. Aber es hatte immer einen Punkt gegeben, den ich nicht überschritt. So schlimm die Gegenwart auch sein mochte, es gab immer die Hoffnung auf eine bessere Zukunft. *Wenn deine Welt heute untergeht, cara mia, hast du schon morgen die Chance, sie wieder zum Leben zu erwecken.*

Papas Worte hatten sich in eine Grausamkeit verwandelt. Denn er hatte recht. Jetzt würde ich immer die Chance haben. Ob ich wollte oder nicht. Ob ich *starb* oder nicht.

»Giulietta.«

Ich riss den Kopf herum. Malvolio stand schwer atmend vor mir. Die Augen waren voller Emotionen, sein Oberkörper bebte. Der Pferdekopf wirkte so grotesk, dass ich um ein Haar gelacht hätte. Wir befanden uns zwischen einem schmalen Kanal und einer braunroten Hauswand, von der der Putz abblätterte.

Wie sehr ich ihn dafür hasste, dass seine Stimme so vertraut klang. Und wie sehr ich mich dafür hasste, dass ich mich mitziehen lassen hatte.

»Wie hast du mich so schnell gefunden?«

»Das war Zufall. Dein Sprung hat Aufsehen erregt. Du warst minutenlang bewusstlos, in der Zeit –«

»Bring mich zu ihm«, fiel ich ihm hart ins Wort.

Er rührte sich nicht. »Es tut mir leid.«

Ich trat einen Schritt auf ihn zu, konnte mich kaum davon abhalten, ihm an die Gurgel zu gehen. »Du sollst dich nicht entschuldigen, du sollst mich *zu ihm bringen*.«

»Das werde ich. Ich habe mit Maurizio ausgemacht, dass wir uns um Mitternacht in einer Kirche treffen.«

»Wann ist Mitternacht?«, brachte ich zwischen zusammengebissenen Zähnen hervor.

»In einer Stunde.«

»Welche Kirche?«

»San Zaccaria. Sie befindet sich –«

Ich drehte mich um und begann zu laufen.

»Giulietta, bitte. Du kannst mit mir reden.«

Ich wirbelte herum. »Warum sollte ich mit dir reden?«, zischte ich. »Weil ich sonst niemanden habe? Du glaubst, ich bin so verzweifelt, dass ich mich ausgerechnet bei dir ausheulen würde?«

»Du bist gerade von einem Dach gesprungen.« Er riss sich die Maske vom Kopf und fuhr sich durch die schweißnassen Locken.

»Und du hast meine Mutter getötet und mich unsterblich gemacht, damit du für immer in den Karten bleibst. Du bist der *Letzte*, mit dem ich gerade reden möchte.«

Und dennoch befand ich mich immer noch hier. Dennoch hatte ich mich von ihm hochziehen lassen. Dennoch glaubte ein Teil von mir, dass ich mit meinem Vater sprechen könnte.

Ich hatte wirklich kein bisschen aus meinen Fehlern gelernt.

»Giulietta, du hast jedes Recht, mich zu hassen. Aber ich wusste nicht, was geschehen würde. Ich wusste nicht, dass ich sie töten würde. Ich habe noch nie versucht –«

»Das interessiert mich nicht!«, brüllte ich so laut, dass wir beide zusammenzuckten. »Verstehst du nicht? Es interessiert mich nicht, was du zu sagen hast!«

Nein, das war nicht der einzige Grund, wieso wir zusammenzuckten. Schlagartig befand ich mich nicht bloß mehrere Meter von ihm entfernt. Ich hatte mich verdoppelt und stand nun keine Armlänge von ihm entfernt. Sah jeden einzelnen Schweißtropfen auf seiner Haut. Sah die roten Äderchen, die in seinen Augen explodierten. Stieß ihn zurück, sodass er aus dem Gleichgewicht kam und stolperte.

»Bitte gib mir fünf Minuten.« Seine Stimme brach. Er stützte sich an der Hauswand ab. »Lass mich etwas sagen, danach kannst du mich weiter hassen.«

Ich schloss die Augen, atmete tief durch und konzentrierte mich auf das Gefühl, geteilt zu sein. Nicht nur ein einziger Mensch zu sein, sondern zwei Ausführungen zu haben. Einen Schatten. Obwohl es so ungewohnt war, fühlte es sich so *normal* an. Als sei es mein Leben lang so gewesen.

Im nächsten Moment verschwand mein Schatten zwischen uns.

Malvolio keuchte. »Es ist unglaublich, wie gut du die Gabe schon steuern kannst. Du –«

»Halt die Klappe«, fauchte ich. »Und sag, was du zu sagen hast.«

Schmerz zuckte über sein Gesicht.

»Die Karten«, flüsterte er. »Es geht mir nicht darum, ob du uns wieder zurück in die Karten sperren kannst, glaub mir, das ist gerade meine kleinste Sorge. Aber ich muss wissen, wo sie sind. Und ich muss wissen, ob du uns bewusst wieder ausgesperrt hast.«

»Wovon sprichst du?« Sollte das ein Ablenkungsmanöver sein? »Wie sollte ich uns aussperren? Du hast mich zu einer Karte gemacht, schon vergessen?«

»Was ist geschehen, nachdem du dein Blut auf allen Karten verteilt hast, Giulietta?« Plötzlich mischte sich Panik in seine Stimme.

»Ich bin in Cosimas Bett aufgewacht.«

Er kam einen Schritt auf mich zu, verharrte aber mitten in der Bewegung, als er meinen Blick sah.

»Und wie hast du dich dabei gefühlt?«, hauchte er.

»Grandios.« Ein hohles Lachen entwich mir. »Was denkst du, wie ich mich gefühlt habe?«

Er schüttelte den Kopf. »War das erste Gefühl eine Art Frieden? Als wäre alles in Ordnung? Bevor du dich daran erinnert hast, was geschehen ist?«

Ich erstarrte. Das schien Antwort genug für ihn zu sein.

»Giulietta, die Karten. Was war mit den Karten? Und mit Cosimas Körper?«

»Nichts«, stieß ich hervor. »Sie waren nicht da. Weder deine beschissenen Karten noch ihr Körper. Ich war allein.«

Seine Panik schien sich mit jedem meiner Worte zu vergrößern. »Wir müssen unbedingt herausfinden, wer –«

Es reichte. Die Situation erinnerte mich so sehr an das *Davor*. Mir wurde übel. Wir würden nicht gemeinsam ein Rätsel lösen. Er war nicht mein Vertrauter. Und es war egal, wovon er sprach. Alles, worauf ich mich jetzt konzentrieren konnte, war Papa. Die Möglichkeit, mit ihm sprechen zu können.

»*Wir* müssen gar nichts«, unterbrach ich ihn und drehte mich wieder um. Und dann begann ich zu rennen.

Seine Worte hallten in meinem Kopf wider – »Bitte, bitte, hör mir zu!« –, mein Name aus seinem Mund, noch mehr Flehen – »Bitte, Giulietta, Giulietta, bitte, bleib« –, Warnungen – »Die anderen dürfen es nicht erfahren, sie werden Unvorstellbares tun, sie werden mich erpressen, unschuldige Menschen werden zu Schaden kommen, wenn sie wissen, dass ich diese Macht besitze, wenn sie erfahren, was wir getan haben« –, aber er wagte es nicht, mir hinterherzulaufen.

Wir.

Was *wir* getan hatten.

Als wären wir Komplizen. Als hätte er mir jemals die Wahl gelassen.

In der nächsten Stunde lief ich ziellos umher, wich der feiernden Meute aus, nutzte meine Gabe, um mich zu vergewissern, dass ich weder von dem Mistkerl noch von jemand anderem verfolgt wurde. Er hatte recht: Ich beherrschte sie jetzt schon verdammt gut.

Ich hielt mich in der Nähe der Kirche auf, achtete allerdings darauf, dass ich nicht in Reichweite des verfluchten Hotels kam.

Meine Gedanken drehten sich im Kreis, jeder vernünftige brachte zehn unvernünftige mit sich, doch mein Grundgefühl hatte sich verändert. Der Hass in mir wurde größer, auf Malvolio, auf meinen Onkel, auf meine Mutter, ebenso wie die Hoffnung, mit Papa sprechen zu können. Und dann war da noch etwas in mir, was dunkler war, zerstörerischer, sich aber nicht mehr gegen mich selbst richtete. Mein Körper bebte. Das Blut rauschte durch meine Adern. Ich war kein bisschen erschöpft. Zum ersten Mal seit Tagen war ich voller Energie. Ich war unzerstörbar. Unsterblich. Ganz im Gegensatz zu Vincenzo Visconti. Der Gedanke hielt mich davon ab, vollständig den Verstand zu verlieren und einen weiteren Suizidversuch zu unternehmen.

Die Zeit bis Mitternacht verging wie im Flug. Ich behielt die Maske auf, ein schwarzes, schlichtes Teil, das wie eine zweite Haut auf meinem Gesicht klebte, und näherte mich der gotischen weißen Kirche, die sich im Südwesten des Markusplatzes befand und vor der sich wie überall in Venedig feiernde Menschen versammelten. Ich drückte mich an ihnen vorbei bis zum Eingang, wo zwei dunkle Gestalten an der Hauswand lungerten. Einer war mit hoher Wahrscheinlichkeit Malvolio, sein Körperbau war unverkennbar, er hatte die Pferdemaske gegen einen Stierkopf ausgetauscht, der andere, kleinere, breitschultrigere trug eine weiße, schnabelförmige Maske, die nur die obere Hälfte seines Gesichts bedeckte. Beide waren ganz in Schwarz gekleidet.

Als ich in ihre Nähe kam, nickte der Stierkopf dem anderen zu, und sie setzten sich in Bewegung. Vor dem protzigen Eingang der Kirche blieben wir stehen.

»Danke, dass du gekommen bist«, erklang Malvolios gedämpfte Stimme.

Sein Begleiter streckte mir eine Hand hin. »Wir hatten noch nicht die Chance, uns kennenzulernen. Ich bin Maurizio.«

Hastig schüttelte ich seine Hand und ließ sie wieder los. »Wo wollen wir es machen?«

»Du verlierst keine Zeit«, erwiderte er, und ich hörte das Lächeln aus seiner Stimme heraus. Er hatte eine kehlige Stimme. Sein Alter war mir wegen der Maske ein Rätsel. Aber das spielte sowieso keine Rolle. Es gab nur einen einzigen Grund, aus dem ich hier war.

Ich deutete in Richtung Malvolio. »Der kommt nicht mit.«

Die beiden tauschten einen Blick, dann nickte der Stierkopf erneut, und Maurizio zuckte die Achseln. »Mir wurde die Wahrheit versprochen.«

»Danach«, flüsterte Malvolio.

»Danach«, echote Maurizio. Dann hielt er mir seinen Arm hin. »Wollen wir?«

Ich hakte mich unter. Im nächsten Moment liefen wir schon am Haupteingang vorbei, die linke Seite des Gebäudes entlang, bis wir vollständig von Dunkelheit verschluckt wurden. Ich schaute nicht zurück.

Es war schummrig hier, und doch war die Emotion in Maurizios dunklen Augen unverkennbar: Mitleid.

Malvolio hatte gesagt, dass ich auf keinen Fall meine Gabe zeigen durfte, dass die anderen Karten nichts von meiner neuen Identität erfahren sollten, weil keiner von ihnen ahnte, dass sie sterblich waren, und die Hölle ausbrechen würde, sobald sie es erfuhren. Was hinzukam: Ich war die einzige Nachfahrin. Sie wussten, dass ich sie eingesperrt hatte. Und im Gegensatz zu Malvolio wollten sie nicht sterben.

Wie passte das mit Maurizios Blick zusammen? In diesem Moment schien ich für ihn nur das Mädchen zu sein, das mit seinem toten Vater sprechen wollte. Wusste er weniger als die anderen Kartenfiguren? Oder interessierte es ihn lediglich nicht? Vielleicht war er auch einfach gut darin, seine wahren Gefühle von mir abzuschirmen. Was für ein Mensch wurde man, wenn man die Fähigkeit besaß, mit Toten zu kommunizieren?

Ich schüttelte den Kopf. Wie dämlich war ich eigentlich, dass ich immer noch so viel auf Malvolios Worte gab? Das hier könnte nur Theater sein.

»Wie funktioniert es?«, fragte ich. »Wieso befinden wir uns hier?«

Ich musste ein Pokerface bewahren. Sollte sich das hier alles als real herausstellen …

Maurizio tastete nach meiner Hand und verschränkte unsere Finger. Seine Haut war überraschend zart, und es kostete mich einiges an Willenskraft, ihm meine Hand nicht zu entziehen. Jede Berührung verstärkte die Einsamkeit.

»Wir befinden uns in einer Kirche, weil es einer der Orte ist, der Verstorbene am meisten anzieht. Es fällt mir hier besonders leicht, eine Verbindung aufzubauen. Doch das ist nur möglich, wenn der Verstorbene mit uns kommunizieren will.«

Ich sah mich um. Wir hatten eine Treppe in die Tiefe genommen und standen nun im Hochwasser mitten im Grabkeller der Kirche. Er verfügte über Säulen und Gewölbedecken. Anstatt die Schönheit des Grabes zu zerstören, fungierte das Wasser, das durch die umliegenden Kanäle in den Keller der Kirche gelangt war, als eine Art Spiegelbecken, das die Säulen fast doppelt so lang aussehen ließ. Die Marmorgräber hoben sich vom Boden ab, als würden sie schweben. Als wären sie wahrhaftig heilig.

»Weil das hier ein Grab ist? Eine Krypta?« Ich versuchte dankbar und neugierig, nicht spöttisch und abweisend zu klingen.

Er schüttelte den Kopf. »Friedhöfe, Gräber, Totenstätten – das interessiert die Verstorbenen nicht. Man wird ihre Seelen nicht dort finden, wo ihre Körper begraben wurden. Sie nähren sich vom Leben, nicht vom Verfall. Überall, wo die Hoffnung, die Verzweiflung und die Möglichkeiten sich sammeln, dort findet man sie am häufigsten. Glaube und Religion sind sehr mächtige irdische Gefühlsträger. Ein wahres Festmahl für weitergegangene Seelen.« Seine Stimme war leiser geworden, ein ehrfürchtiger Ausdruck breitete sich auf seinem bulligen Gesicht aus. Es sah ganz danach aus, als mochte er seine Gabe. Oder als sei er zumindest fasziniert von ihr.

Ich schluckte. »Und wovon hängt es ab, ob mein ... ob mein Vater mit dir sprechen möchte?«

»Keine Sorge.« Er lächelte sanft und drückte meine Hand. »Er wird mit uns sprechen. Du bist alles für ihn.«

Gegen meinen Willen schossen mir die Tränen in die Augen. In den letzten Stunden hatte ich Todesangst gehabt, meine

Mutter kennengelernt, erfahren, wer der Mörder meines Vaters war, war von dieser Welt verschwunden und als etwas Übernatürliches wieder aufgewacht, hatte versucht, mir das Leben zu nehmen. Ich sollte inzwischen über den Dingen stehen, und dennoch reichte ein einziger Satz über Papa aus, um mich in ein Häufchen Elend zu verwandeln.

Du weißt nicht, ob er lügt! Fordere einen Beweis.

»Er ist hier«, drang Maurizios Stimme an mein Ohr. Er schloss seine Augen, während sein Griff stärker wurde. »Du kannst mit ihm sprechen. Er hört dich.«

Langsam ließ ich den Blick über das Innere der Kirche gleiten. Über die Reflexionen des Wassers, das uns bis zu den Knöcheln stand. Eine Gänsehaut breitete sich auf meinem Körper aus, und mein Herz klopfte schneller.

Wenn das real war – bedeutete es dann wirklich, dass die Toten zu jedem Zeitpunkt wussten, was sich auf der Erde abspielte? Sie konnten uns nach Belieben beobachten? War es das, womit man sich die Zeit vertrieb, nachdem man gestorben war? Womit Papa seine Zeit jetzt verbrachte?

»Ich muss mir sicher sein«, flüsterte ich. »Woher wissen wir, dass er es wirklich ist?«

Was ich damit meinte: Woher weiß ich, dass du mich nicht verarschst?

Maurizio sprach weiter, als hätte ich nichts gesagt. »Er sagt, es tut ihm leid. Er wünschte, er hätte dir alles erklären können. Er wünschte, er hätte nie wieder einen Fuß in diese Stadt gesetzt.«

Ich riss mich von ihm los. Das waren leere Worte. Jeder könnte das zu mir sagen. Wie sollte ich je wissen, ob er die Wahrheit sagte oder lediglich versuchte, mich zu manipulieren? Ob das ein Spiel war, in dem Malvolio und er mich weichklopfen und gefügig machen wollten?

Bevor ich etwas sagen konnte, erklang seine Stimme wieder, diesmal lauter.

»Er wünschte, er hätte zu dir zurückkehren können, bevor du die Nachricht im Hohlraum des Globus gefunden hast.«

Ich erstarrte.

Wie viele Menschen wussten von Papas und meinem Geheimversteck?

Cosimas Schatten hat das Haus beobachtet.

Mein Herzschlag kam aus dem Takt, doch meine Zweifel blieben.

»Und er kann nicht glauben, wie dumm es von ihm war zu denken, du würdest jemals auf ihn hören, nachdem er dich im Stich gelassen hat. Er will, dass du weißt, er ist dir nicht böse. Er hätte es genau wie du gemacht. Er hat dir keine Wahl gelassen.«

Ich schloss die Augen. »Kannst du einfach seine Worte wiederholen?«, wisperte ich mit erstickter Stimme. »So als wärst du er?«

Eine kleine Pause entstand. Als Maurizio erneut sprach, klang seine Stimme verändert. Leiser, aber auch rauer. Als kämpfte er mit den Tränen.

»Cara mia. Was ist mit dir geschehen?«

Der Kosename ließ mich erbeben. Ich wagte es nicht, die Augen zu öffnen.

»Du musst mir nicht antworten, tesoro, ich sehe dich. Ich fühle dich.« Ein zittriger Atemzug. »Und ich weiß, was mit dir geschehen ist. Es war nicht deine Schuld. Es ist alles meine Schuld.«

Ich presste meine Lippen aufeinander, damit kein Wort entweichen konnte.

»Hätte ich dir von Anfang an gesagt, wieso ich dich von deinem Onkel und der ganzen Familie fernhalte … Vielleicht wäre alles anders gekommen. Aber für Reue ist es jetzt zu spät. Dafür bin ich nicht hier. Ich will, dass du weißt, ich werde dich niemals allein lassen. Egal, was jetzt passiert.«

Meine Augen flogen auf. Mein Lachen zerriss die unheimliche Stille und hallte an den hohen Wänden wider. »Wovon redest du? Nicht *alleine* lassen? Soll das ein Scherz sein?«

Maurizios Züge waren verzerrt von Schmerz. Wenn das gespielt war, dann war er ein noch besserer Schauspieler als Malvolio. Aber vielleicht war es für beide nicht besonders schwer, schmerzerfüllt auszusehen, wenn doch ihre Gaben mit all dem Schmerz Venedigs zusammenhingen.

»Es tut mir leid«, flüsterte er. »Du hast recht, Giulietta. Ich –«

»Meine Mutter hat versucht, mich umzubringen!«, brüllte ich. »Warst du da auch dabei? Hm? Und wie sieht's aus mit den Toiletten auf dem Maskenball, als dieser widerliche Kerl meine Gedanken manipuliert hat und drauf und dran war, mich zu vergewaltigen? Warst du bei mir, Papa? Hast du meine Hand gehalten? Soll ich dankbar sein? Oder denkst du insgeheim, es ist meine eigene Schuld, weil ich ja auch einfach auf dich hätte hören können? Du stirbst bei einem Raubüberfall in Venedig, und ich soll zu Hause bleiben und darauf vertrauen, dass mein verehrter Vater schon weiß, was er da tut? Schwamm drüber, dann weiß ich halt nichts über meine Familie, dann hab ich halt keine mehr, das Leben geht weiter, stimmt's?«

»Giulietta –«

»Halt den Mund!« Ich war völlig außer Kontrolle, aber es war mir egal. Vor wenigen Stunden hatte ich ihm verziehen. Ich hatte den Schmerz hinter mir gelassen, all die unbeantworteten Fragen. Ich war bereit gewesen, mich im Tod mit ihm zu vereinen. Er und ich, wir gehörten zusammen, das hatte sogar Cosima gesagt.

Und jetzt?

Ich bebte am ganzen Körper. Die Tränen strömten mir heiß

übers Gesicht, sie schienen mich verbrennen zu wollen. Die Kälte des Wassers kam nicht dagegen an, meine Füße in den durchnässten Socken waren längst taub. Alles in mir schrie danach, etwas Unüberlegtes zu tun. Außerdem spürte ich, wie die Dunkelheit in mir größer wurde. Wie mein Schatten mein Inneres ausdehnte, zu entweichen versuchte. Mit dem letzten bisschen Willenskraft hielt ich ihn zurück.

»Ich möchte nur, dass du mir eine Frage beantwortest«, zischte ich. »Als ich die gesamte Zeit über in Gedanken mit dir geredet habe, warst du da?« Es war kein Vorwurf mehr, keine rhetorische Frage. Es war die pure Verzweiflung. »Wenn ich deine Stimme gehört habe, deine Warnungen, dein Flehen, war das echt?«

Maurizio schlug die Augen auf und griff nach meinen Händen, hielt sie beide in seinen fest, ehe ich sie wegziehen konnte. »So funktioniert es nicht, Giulietta«, sagte er, und in diesem Moment wusste ich, dass er nicht die Worte meines Vaters wiederholte, sondern direkt zu mir sprach. Es war die Art, wie er mich ansah. Und der Klang seiner Stimme. »Die Toten können dich sehen, sie können dich hören, wenn sie eine besonders starke emotionale Verbindung zu dir haben, aber sie befinden sich nicht in deinem Kopf. Und sie sind nicht in der Lage, auf irgendeine Weise mit dir zu kommunizieren.«

Ich nickte. Es sollte nicht von Bedeutung sein. Papa war tot, und ich war unsterblich. Verdammt zu einer Ewigkeit ohne ihn. Es gab so viele Dinge, wegen denen ich zusammenbrechen konnte. Doch ein Teil von mir hatte sich noch an die Hoffnung geklammert. Wenn es diese Art von Magie auf der Welt gab, die ich vor wenigen Tagen noch nicht für möglich gehalten hatte, weshalb konnte das in meinem Kopf nicht auch real gewesen sein?

Keine Ahnung, wie lange wir so dastanden. Wie lange ich

auf den leeren Fleck in der Luft starrte, den Maurizio ansah, als stände dort tatsächlich ein Mensch aus Fleisch und Blut. Irgendwann begann ich zu schluchzen. Meine Knie gaben nach, und ich ging zu Boden. Binnen Sekunden tränkte das eisige Kanalwasser mein Kleid. Die Kälte durchfuhr mich wie Stromschläge. Maurizio folgte mir. Ich zog ihn mit. Unsere Hände waren noch immer miteinander verbunden.

»Beschreib ihn mir«, brachte ich zwischen abgehackten Atemzügen hervor. »Ich will wissen, wie er aussieht.«

»Er trägt braune Lederschuhe, eine dunkle Stoffhose, ein zerknittertes Jackett, darunter ein olivgrünes Hemd mit Nadelstreifen. Er ...«

Maurizio stockte, und eine Weile war nichts außer mein Schluchzen zu hören.

»Sag es mir«, fauchte ich.

»Die Hälfte seines Hemdes ist blutgetränkt. Seine Augen sind rot gerändert. Seine Hautfarbe fast grau. Und er kann nicht aufhören zu weinen.«

Ich schnappte nach Luft. Die Beschreibung von Papas typischem Outfit war schon genug, um mich fertigzumachen, doch es gab etwas Schlimmeres. »Wenn ... wenn jemand stirbt, siehst du ihn so, wie er als Leiche ausgesehen hat?«

»Ich sehe die letzte menschliche Version. In dieser Gestalt sind sie gefangen.«

»Warum musste er sterben?«, hörte ich mich sagen, nachdem ich mich so weit beruhigt hatte, dass ich wieder normal sprechen konnte.

»Jahrealter Neid«, sagte Maurizio nach ein paar Sekunden, in denen er angestrengt auf den Punkt über uns gestarrt hatte. »Und Rache.« Er runzelte die Stirn. »Mehr möchte er nicht dazu sagen.«

»Was meinst du damit?«

»Er hat Angst, offen vor mir zu reden. Er ist sich darüber im Klaren, dass du Dinge weißt, von denen *ich* nichts weiß. Er ist sich nicht sicher, wie vertrauenswürdig ich bin.«

Von was für Dingen er wohl sprach ... Mir fiel die ein oder andere Sache ein.

»Wie vertrauenswürdig bist du denn?«

Der Anflug eines Lächelns erschien auf seinem Gesicht. »Das fragst du mich, nachdem ich mich dazu bereit erklärt habe, dir zu helfen, obwohl du uns vor wenigen Stunden in die Karten gesperrt hast?«

Vermutlich sollte ich mir Sorgen machen, weil er Bescheid wusste. »Ich verstehe sowieso nicht, wieso du mir hilfst. Was hat Malvolio dir versprochen? Oder versucht ihr gemeinsam, mich hinters Licht zu führen?«

»Malvolio hat heute zum ersten Mal seit Jahrhunderten mehr als nur einsilbig mit mir gesprochen. Deinetwegen. Falls hier jemand den anderen hinters Licht führt ... Ich sollte *euch* fürchten, nicht ihr mich.«

»Malvolio und ich sind kein Wir«, knurrte ich.

Er hob eine Augenbraue. »Was hat er dir angetan? Auf dem Maskenball wart ihr noch ein Herz und eine Seele.«

Wie lang hast du Zeit?, wollte ich ihn fragen. Stattdessen atmete ich tief durch. »Konzentrieren wir uns lieber wieder auf meinen Vater.« Meine Stimme klang kalt. »Gibt es noch etwas, was er loswerden will?«

Maurizio wirkte, als wollte er noch etwas sagen. Dann schien er es sich anders zu überlegen und schaute wieder nach vorn. Die Kälte fuhr mir unter die Haut und setzte sich dort fest.

»Er braucht deine Vergebung nicht«, sagte er schließlich. »Darum geht es ihm nicht. Es gibt etwas anderes, was er von dir will. Er ... er fragt, ob du bereit bist, ihm zuzuhören, auch wenn die Worte gerade sehr schmerzhaft für dich sind.«

»Wie nett, dass er mir die Entscheidung überlässt«, zischte ich.

Aber als die Stille sich wieder um uns legte, nickte ich. Ich wäre nicht hergekommen, wäre ich nicht bereit für das, was er mir sagen wollte.

Egal, was es ist, ich werde es überleben. Es gibt jetzt nichts mehr, was ich nicht überleben kann.

»Das, was dir geschehen ist, das, was dir *angetan* wurde, ist nicht deine Schuld. Es wird nie deine Schuld sein. Es ist die Schuld der dunklen Magie. Ich habe versucht, dich von ihr fernzuhalten, aber dabei habe ich so viele Fehler begangen. Hör mir zu. Wenn du nur eines hörst, was ich dir zu sagen habe, dann das: Du bist perfekt, wie du bist. Egal, in welcher Form. Du wirst immer liebenswert sein. Und wenn du keinen Sinn in diesem Leben finden kannst, versuche, den anderen Menschen zu helfen. Ich verspreche dir, das wird dir eines Tages den Sinn zurückgeben. Du hast Macht, nicht nur wegen … nicht nur …« Maurizio brach ab. Zwischen seinen Augenbrauen bildete sich eine steile Falte. »Du hattest schon immer die Macht, Leben zu verändern. Du warst schon immer besonders.«

Ich weinte nicht mehr. Ich starrte auf die leere Stelle in der Luft. Wusste Papa, dass ich die Welt-Karte war? Hatte er es mitbekommen? Versteckte er die Information jetzt bewusst vor Maurizio?

»Ich bin unendlich stolz auf dich«, fuhr dieser fort. »Auf jede einzelne Entscheidung. Auch die, die ich nicht gutheiße. Du bist so stark. Und dein Herz ist rein. Das ist alles, was zählt.«

Die Worte schienen mir den Sauerstoff aus den Lungen zu pressen. *Dein Herz ist rein.* War es nicht genau das, was er auch zu Cosima gesagt hatte? Bevor er sie zurück in die Karten gesperrt und ihr damit die Chance genommen hatte, je meine Mutter zu sein?

»Hast du sie geliebt?«

Die Frage war mir entwichen, bevor mein Gehirn richtig in die Gänge kommen konnte.

Maurizio hielt mich mit seinem dunklen Blick gefangen. »Ja, das habe ich«, hauchte er. »Aber die Liebe für dich war anders. Ich musste versuchen, dich zu schützen.«

»Ich verstehe dich.« Meine Stimme brach. Meine Kehle stand in Flammen. Die Wut war verschwunden. Es war die Wahrheit. Natürlich verstand ich ihn. So wütend ich auf ihn war, keinen Menschen auf der Welt hatte ich so gut gekannt wie ihn. Obwohl er mir all diese Informationen vorenthalten hatte. Ich wusste, wer er war. Und ich wusste, dass er mir nie hatte schaden wollen.

»Vincenzo?«, brachte ich schließlich hervor.

»Er ist gefährlich«, kam es wie aus der Pistole geschossen.

Beinahe hätte ich gelacht. »Sag bloß, Papa.«

Die Situation war so surreal. Aber was noch viel surrealer war: Plötzlich breitete sich Wärme in mir aus, die all die Kälte in Sekundenschnelle verschwinden ließ.

»Du verstehst nicht«, sagte Maurizio ... sagte Papa.

»Er hat dich umgebracht«, entfuhr es mir. »Was soll ich daran nicht verstehen?«

In Maurizios dunklen Augen blitzte eine Emotion auf, die definitiv seine eigene zu sein schien. Sekunden später war sie verschwunden.

»Es ist wichtig, dass du die Menschen vor der dunklen Magie beschützt, Giulietta«, sagte er mit einem Drängen in der Stimme. »Und vor meinem Bruder. Ich weiß, es ist viel verlangt, ich weiß, er hat dein Leben zerstört, aber er ist nur eine arme Seele. Vergiss das nie. Wir wissen beide nicht, wie es ist, elternlos aufzuwachsen und unsere Kindheit im Waisenhaus zu verbringen, wo sich niemand um uns schert. Dein Großvater hat ihm nicht nur ein neues Leben geschenkt, sondern eine ganz neue Welt für ihn eröffnet. Ich kann ihn verstehen.«

Unschlüssig, ob ich lachen oder schreien sollte, schüttelte ich den Kopf. Hätte ich immer noch daran gezweifelt, ob mein Vater sich tatsächlich hier mit uns befand, dann wären hiermit alle Zweifel beseitigt. Seinen Mörder vor mir in Schutz nehmen ... Das war *so sehr* Papa, dass man es sich nicht ausdenken konnte.

»Trotzdem müssen wir verhindern, dass er weiteren Schaden anrichtet«, fuhr er fort. Seine Stimme wurde leiser. »Was dir angetan wurde, ist unverzeihlich, Giulietta.« Maurizio machte eine Pause und atmete tief durch.

Ich warf ihm einen fragenden Blick zu. Er bedeutete mir zu warten. Anscheinend musste mein Vater sich gerade sammeln.

»Du weißt ... du weißt, ich heiße keine Gewalt gut«, erklang Maurizios heisere Stimme nach einer Weile. »Doch es gibt Menschen, bei denen jede Hoffnung verloren ist. Es ist die Schuld der Magie. Manche Gaben bringen die Dunkelheit stärker hervor als andere. Was dir ... dieses Geschöpf angetan hat, muss Folgen haben. Tue, was du tun musst, mein Mädchen. Auch um andere vor den schrecklichen Taten zu bewahren.«

Ich unterdrückte das Bedürfnis, mich selbst zu kneifen. Hätte mir jemand vor ein paar Wochen gesagt, dass ich in Kürze im Grabkeller einer Kirche in eisigem Kanalwasser sitzen und Tipps von meinem toten Vater entgegennehmen würde ...

Als ich den Mund öffnete, um etwas zu sagen, ertönten Schritte von oben. Polternde Schritte. Jemand schien die Treppe in den Keller zu nehmen. Die Geräusche waren so laut, dass sie unmöglich nur zu einer Person gehören konnten.

Maurizio stand abrupt auf und zog mich mit sich. »Versteck dich«, zischte er.

Nein, wollte ich schreien, *nein, das reicht mir nicht, ich habe noch Fragen, es gibt so viel, was Papa mir noch sagen muss.*

Doch die Schritte kamen immer näher, also presste ich die Lippen aufeinander und gehorchte. Mein Herz schlug mir bis zum Hals.

Ich überlegte nicht. Es geschah ganz von allein. Es war das Natürlichste auf der Welt.

In einem Moment stand ich noch vor ihm, im nächsten hatte ich mich verdoppelt und befand mich oben, vor der Kirche.

Maurizios entgeistertes Gesicht war das Letzte, was ich sah, ehe ich meinen Schatten zurückzog und nun mit vollem Bewusstsein wieder auf der belebten Straße stand.

KAPITEL 6

Eine helfende Hand

Vale più un amico nella sfortuna che cento amici nella fortuna.
(Ein Freund im Unglück ist mehr wert
als hundert im Glück.)

Giulietta war verschwunden, als ich im Grabkeller angekommen war. Da stand nur Maurizio, mit nassen Hosenbeinen. Irgendetwas stimmte nicht. Er war völlig erstarrt, seine Augen weit aufgerissen.

Magnus und Dahna stürmten an mir vorbei, während Collisio unschlüssig auf den Stufen neben mir stehen blieb.

»Tut mir leid«, flüsterte er mir zu. »Ich habe versucht, sie aufzuhalten, aber sie waren nicht zu stoppen.«

Ich ignorierte ihn, auch wenn die nackte Angst in seinen Augen mein Mitleid erregte. Nur zu gut erinnerte ich mich an das Gespräch neulich mit ihm, als er mir gesagt hatte, dass er Angst vorm Sterben hatte. Angst davor, zurück in die Karten zu wandern. Und heute war genau das geschehen.

Statt ihn zu beruhigen, beschleunigte auch ich meine Schritte, während ich mich umsah.

»Raus mit der Sprache!«, brüllte Magnus und schaute zwischen Maurizio und mir hin und her. »Wo ist sie?«

Ich setzte eine spöttische Miene auf. »Wovon sprichst du?«

Dahna war bei Maurizio angekommen, packte ihn an den Schultern und schüttelte ihn kräftig. Von oben war ein lautes Donnern zu vernehmen. Natürlich war auch sie außer sich und natürlich konnte sie es nicht lassen, ihren Gefühlen in Form von Wettermanipulation Luft zu machen.

»Du bist sein Komplize, oder?«, zischte sie. »Bist du auch lebensmüde?«

Maurizio löste sich aus seiner Trance und stieß sie zurück. Für den Bruchteil einer Sekunde schaute er zu mir. Heißkalte Stöße durchfuhren mich. Da war etwas in seinem Blick, das mir ganz und gar nicht gefiel.

Dann wandte er sich Dahna wieder zu, die puterrot anlief, und verdrehte die Augen. »Schönen Dank, dass ihr mein Gebet gestört habt. Kann man nicht ein einziges Mal seine Ruhe haben, ohne wieder in das Drama hineingezogen zu werden?«

»Das Drama?«, kreischte Magnus. »Ich zeige dir gleich, was Drama bedeutet!«

»Beantwortet die Frage!«, rief Dahna schrill. »Wo ist das Mädchen?«

»Sie … sie meinen Giulietta«, stammelte Collisio hilflos hinter mir, als weder Maurizio noch ich zu einer Antwort ansetzten.

»Warum sollte mich das interessieren?«, sagte Maurizio ärgerlich.

In diesem Moment hätte ich ihn am liebsten geküsst. Erleichterung durchfuhr mich.

Dahna stieß einen Schrei aus. »Also habe ich recht? Du bist genauso lebensmüde wie er?« Sie deutete mit dem Zeigefinger auf mich und durchbohrte mich mit einem mörderischen Blick. »Sie hat uns *eingesperrt*!«

Maurizio hob eine Augenbraue. »Und dann hat sie uns sofort wieder ausgesperrt, oder nicht? Also wo liegt das Problem? Wir haben nicht einmal einen halben Tag verloren.«

»Ha! Doch nicht aus freien Stücken.« Magnus wandte sich von ihm ab und trat einen Schritt auf mich zu. »Du hast ihr alle Geheimnisse verraten. *Deinetwegen* wusste sie, was sie zu tun hat!«

Ich warf den Kopf in den Nacken und lachte. Keine Ahnung, ob ich überzeugend war, denn mein Blick war nach wie vor auf Maurizio gerichtet, und ich versuchte fieberhaft herauszufinden, was zwischen ihm und Giulietta passiert war, wie viel sie ihm verraten hatte – aber ich gab mein Bestes. »Giulietta ist eine Visconti. Wieso sollte sie ausgerechnet mich brauchen, um zu wissen, was sie zu tun hat? Und, Magnus, deiner Theorie zufolge weiß ich, wie man uns ein- und aussperrt, richtig? Wie soll ich dieses Wissen erlangt haben? Hast du vergessen, wie die Magie funktioniert? Wir sitzen alle im selben Boot. Wenn ihr sinkt, sinke ich mit euch.«

Die Regeln der Magie besagten, dass man keinen der Nachfahren dazu zwingen konnte, die Geheimnisse zu teilen. Auch nicht mit Azazels Gedankenmanipulation. Aber ich hatte Edoardo nie zwingen müssen. Ich hatte einfach nur sein Freund werden müssen. Davon ahnten die anderen selbstverständlich nichts.

»Ja, aber im Gegensatz zu uns *willst* du sinken!«, schrie Dahna.

Ich hatte wirklich keine Zeit für diesen Zirkus. Beide waren sie ahnungslos. Und außerdem ungefährlich. Solange Giulietta versteckt blieb, hatten wir nichts zu befürchten.

»Wie Maurizio schon festgestellt hat – wir sind frei«, sagte ich, ohne auf sie einzugehen. »Also lasst uns doch die Zeit genießen.«

»Die Zeit genießen«, äffte Magnus mich nach. »Signor Visconti hat uns versichert, dass seine Nichte außer Kontrolle ist. Sie könnte es jeden Moment wieder versuchen.«

Mein Herz setzte einen Schlag aus, und für einen Augenblick entglitten mir meine Gesichtszüge. »Signor Visconti?«

Dahna und Magnus nickten triumphierend. »Er hat Azazel verraten, dass Giulietta und ihr Vater der Grund für alles sind. Um für immer in Freiheit zu leben, müssen wir das Mädchen töten, wie er Lorenzo getötet hat. Vincenzo Visconti hat dieses Opfer für *uns* gebracht. Für die Magie. Jetzt werden wir ihm helfen. Er hat uns versichert, dass nichts passieren wird, wenn wir sie töten. Azazels Mord an Edoardo hatte damals nichts damit zu tun, dass wir wieder in die Karten wanderten. Das war einzig und allein Lorenzos Schuld.«

Dieser gottverfluchte Mistkerl. Er hatte den Teufel und die anderen Monster auf Giulietta gehetzt. Wahrscheinlich hatte er ihnen auch noch erzählt, dass …

»*Er* war es, der Giulietta dazu gebracht hat, uns vorhin wieder zu befreien«, bestätigte Magnus meine Befürchtung. »Ohne ihn befänden wir uns noch immer in den Karten! Doch dann hat das Aas es geschafft zu fliehen. Wir müssen sie finden, ehe sie zurückkehrt.«

Als die Sekunden vergingen und ich es nicht schaffte, etwas zu erwidern, kam Maurizio mir zu Hilfe. »Na, hier ist sie jedenfalls nicht«, sagte er gelangweilt. »Überzeugt euch doch gerne selbst.«

Und mit diesen Worten lief er an den beiden vorbei in meine Richtung. Ich rührte mich nicht, bis er bei mir angekommen war und mich mitzog. »Komm, du schuldest mir noch einen Aperitivo.«

»Falls es nicht deutlich wurde: Mit Aperitivo meinte ich die Wahrheit.«

Maurizio betrachtete mich mit seinem stechenden Blick. Wir saßen uns gegenüber auf zwei schwarzen Ledersesseln im zweiten Stock von Il Mercante. Die Cocktailbar befand sich am Fuß der Brücke Ponte dei Frari und war überfüllt, doch Maurizio hatte es in den letzten Tagen irgendwie geschafft, zum Liebling der Barkeeperin zu werden, die einen Platz direkt am Fenster mit Blick auf den Kanal für ihn reserviert hatte. Die Fensterscheiben waren beschlagen, die Luft war stickig und roch nach Alkohol und Schweiß. Aus den Lautsprechern über uns schallte irgendeine Retro-Nummer aus einer Zeit, die ich nicht miterlebt hatte, und der Musik zufolge konnte ich dankbar dafür sein; die Gespräche im Raum verliefen hauptsächlich schreiend.

Den knapp halbstündigen Fußweg hierher hatten wir schweigend zurückgelegt, mehrmals Umwege genommen, waren in feiernden Menschenmassen abgetaucht, hatten uns neue Masken zugelegt und darauf geachtet, dass wir nicht verfolgt wurden.

Ich wusste nicht, wie ich meine Dankbarkeit in Worte fassen sollte, doch noch weniger wusste ich, wie ich Maurizio fragen konnte, was Giulietta zu ihm gesagt hatte. Es half nicht, dass ihr Gesicht unaufhörlich vor meinem inneren Auge erschien. Ich erinnerte mich daran, wie ich mich gefühlt hatte, nachdem ich das erste Mal dank Maurizio mit meiner verstorbenen Mutter hatte sprechen können …

Maurizio nippte an seinem Cocktail und sah mich abwartend an.

»Weißt du, wo sie ist?« Es war nicht die Antwort, die er wollte, doch es war alles, woran ich gerade denken konnte.

Er schüttelte den Kopf. »Dafür weiß ich, wie sie so schnell verschwinden konnte.«

Ich bemühte mich darum, ihm keine meiner Gefühlsregungen zu zeigen. Und scheiterte, seinem Blick zufolge.

»Malvolio.« Ein tiefes Seufzen, das im lauten Lachen einer Frau am Nebentisch unterging. »Ich stehe auf eurer Seite. Sollte dir das nicht spätestens jetzt klar sein?«

»Es gibt kein Uns«, entfuhr es mir.

»Interessant.« Seine Mundwinkel zuckten. »So etwas in der Art hat auch Giulietta vorhin gesagt.« Dann zuckte er mit den Schultern. »Lass es mich anders formulieren: Ich stehe auf der Seite, auf der Azazel nicht steht. Und es gibt genug von uns, die bereit sind, mit mir zu kämpfen.«

Ich schüttelte den Kopf, immer wieder. In der Theorie glaubte ich ihm ja. Mir war bewusst, dass einige Karten Azazel widerwärtig fanden. Doch Azazel hin oder her, im Grunde wollten sie alle dasselbe: Freiheit.

»Du bist nicht so undurchschaubar, wie du denkst, weißt du.«

Abrupt beugte ich mich vor und umfasste die Tischkante mit beiden Händen, klammerte mich regelrecht daran fest. »Du stehst nicht auf meiner Seite«, zischte ich. »Wenn du wüsstest …«

»Wenn ich was wüsste?« Seine Augen blitzten, und auch er beugte sich vor, sodass sich unsere Nasenspitzen fast berührten. »Dass du die Macht hast, uns alle zu töten?«

Ich erstarrte. Er lachte verächtlich.

Dann sagte er ein einziges Wort. Die Musik im Stück schwoll an, machte es unmöglich, ihn zu hören. Ich musste ihn nicht hören. Ich sah, welchen Namen seine Lippen formten.

»Cosima.«

Ich wich zurück. Am liebsten wäre ich aufgestanden und aus der Bar gestürmt. Ich war nicht bereit. Ich hatte selbst noch nicht verstanden, was diese Macht bedeutete.

Maurizios Hände schnellten nach vorn und umfassten meine Unterarme, zogen sie auf den Tisch und hielten sie dort fest.

»Weißt du, was dein Problem ist?« Er legte den Kopf schief und musterte mich durchdringend. »Du hast mich schon immer unterschätzt. Du dachtest, deine Dunkelheit ist größer als meine, weil du den Schmerz der Sterbenden fühlst. Weil du dabei bist, wenn sie von dieser Welt gehen. Du hast dich selbst davon überzeugt, dass ich deinen größten Wunsch nie nachvollziehen könnte, weil ich sie ja nur *sehe*. Malvolio, du hast dich dazu entschieden, diesen Schmerz allein zu ertragen, obwohl ich da gewesen wäre. Obwohl ich dir hätte helfen können. Ja, verdammt, ich sehe sie, ich befinde mich nicht in ihren Körpern, aber weißt du, wie viele Stunden ich mich Tag für Tag mit ihnen unterhalten habe? Weißt du, wie viel ich über Reue und Höllenqualen und Fehler erfahren habe? Glaubst du ernsthaft, du seist der Einzige, der sich das Ende herbeigesehnt hat?«

Ich schluckte hart. Meine Kehle war wie zugeschnürt. Sekunden später schossen mir die Tränen in die Augen, ohne dass ich etwas dagegen unternehmen konnte.

Doch Maurizio war noch nicht fertig.

»Ich werde immer auf deiner Seite stehen. Und hättest du mich eingeweiht, hättest du mich um Hilfe gebeten, ich hätte es getan. Ich hätte dir bei jedem einzelnen Schritt beigestanden, den du allein gegangen bist, um unser Ende herbeizuführen. Ja, du brauchst mich nicht so anzusehen. Ich weiß, dass wir Monster sind. Die Welt wäre besser dran, wenn es uns nicht gäbe. Und ich weiß auch, dass du Magnus vorhin angelogen hast. Ich weiß, dass du die Geheimnisse kennst und Giulietta eingeweiht hast, damit sie es beendet. Ich bin nicht unterbelichtet. Und außerdem habe ich mich heute mit Lorenzo unterhalten. Er hat seiner Tochter kein Wort erzählt, als er noch am Leben war.«

»E-es tut mir …«

»Spar dir das«, fuhr er mir dazwischen und verstärkte seinen Griff. »Sag mir, was geschehen ist. Und, zur Hölle, sag mir endlich, wie ich dir helfen kann.«

Mein Widerstand war mit jedem seiner Worte gebröckelt. Inzwischen war nichts mehr von ihm übrig.

»Cosima«, krächzte ich. »Ich wollte das nicht. Ich wusste nicht, dass es möglich ist.«

Er nickte ernst. »Das glaube ich dir sofort. Du dachtest, es funktioniert nur bei dir selbst, oder?«

Auch ich nickte. Maurizio wusste, dass ich die Macht hatte, mein eigenes Leben zu nehmen. Er hatte meinen ersten und einzigen Versuch mitbekommen. Kurz danach hatte ich mich von ihm distanziert.

»Die ganze Zeit über dachte ich, du hast immer noch Hoffnung, weil du dich gegen einen Suizid entschieden hast«, fuhr er fort und runzelte die Stirn. »Aber es hätte mir klar sein sollen … Das ist einer der Gründe, wieso du mein bester Freund warst. Du bist so gottverflucht selbstlos. Du wolltest das Schicksal niemand anderem auferlegen, habe ich recht?« Er schüttelte den Kopf. »Ich fasse es nicht, dass ich nicht früher darauf gekommen bin.«

Ich biss die Zähne zusammen. »Cosima wollte Giulietta töten. In letzter Sekunde konnte ich sie davon abgehalten. Ich wollte sie einfach für ein paar Sekunden außer Gefecht setzen. Ich wusste nicht …« Ich holte tief Luft. »Giulietta hat angefangen, uns einzusperren, doch erst, als sie bei der letzten Karte angekommen war, habe ich verstanden. Es ging alles viel zu schnell. Ich … Ich wollte nicht …«

Seine Augen wurden schmal. »Warum wollte Cosima Giulietta töten?«

Ich warf einen Blick über die Schulter, vergewisserte mich, dass niemand uns zuhörte, und dann begann ich zu erzählen.

Die Verzweiflung in mir war zu groß, um seine Loyalität noch anzuzweifeln. Ich begann von vorn und erzählte ihm alles.

Als ich fertig war, lehnten wir uns beide in unseren Sitzen zurück und leerten die Cocktails auf einen Zug. Dann trafen unsere Blicke erneut aufeinander.

»Vincenzo«, sagten wir wie aus einem Munde.

KAPITEL 7

Sein letzter Wille

Ich wartete eine halbe Stunde, dann schickte ich meinen Schatten zurück in den Grabkeller der Kirche. Als ich den kahlköpfigen Kerl sah, der mir zum ersten Mal auf dem Dachboden des Hotels begegnet war und bei dem es sich mit großer Wahrscheinlichkeit um den Magier handelte, verschwand ich sofort wieder. Zehn Minuten später startete ich einen neuen Versuch, doch diesmal war der Keller menschenleer. Und auch oben fand ich weder Maurizio noch Malvolio oder sonst jemanden von den Kartenfiguren.

Eine grauenhafte Einsamkeit machte sich in mir breit. Wie sollte ich sie wiederfinden? Wollte ich sie überhaupt wiederfinden? Malvolio konnte mich mal kreuzweise, aber was war mit Maurizio? Würde ich es ertragen, ein weiteres Gespräch mit meinem toten Vater zu führen?

Wie im Wahn lief ich durch die Gassen, begann zu rennen, als wäre jemand hinter mir her.

Sobald ich am Santa-Lucia-Bahnhof angelangt war, brach die Realität über mich herein. Ich war unbewusst hierhergelaufen wie beim letzten Mal, als erinnerte sich mein Körper nicht an meine misslungene Flucht und hoffte, ich würde einen neuen Versuch starten. Schwer atmend ließ ich mich auf die Stufen sinken. Neben mir schlief ein alter Mann im Schlafsack, ansonsten war niemand zu sehen.

Ich umklammerte mich selbst und verbarg mein Gesicht in meiner Armbeuge. Es kamen keine Tränen. Ich hatte in den vergangenen Stunden vermutlich alle aufgebraucht. Dafür zitterte ich am ganzen Körper, während ich mir Papas Worte wieder und wieder in Erinnerung rief. Der Saum meines Kleides war immer noch nass.

Das sanfte Plätschern des Kanalwassers vor mir, das Schnarchen des Mannes, das Flattern der Möwen. Das war real. Doch ebenso real war das, was ich im Grabkeller der San-Zaccaria-Kirche erlebt hatte.

Halte dich von Venedig und Tarotkarten fern. Das war sein letzter Wunsch gewesen, bevor er mich verlassen hatte. Jetzt hatte sich dieser Wunsch ganz schön gewandelt. Papa hatte nicht erwähnt, dass ich mich selbst zurück in die Karten sperren sollte. Die Liebe für mich war anders als seine Liebe für Cosima, ich hatte es gewusst, und er hatte es selbst gesagt. Das bedeutete, auch seine Selbstlosigkeit kannte Grenzen. Er wollte, dass ich lebte. Er betrachtete mich nicht als Monster. Er wollte, dass ich mein Leben nutzte, um anderen zu helfen. *Das* war sein letzter Wille.

Ich hob den Kopf und starrte auf die Straßenlaternen und die Ponte degli Scalzi links von mir. *Willkommen in der schönsten Stadt der Welt.*

Du wirst sie nie wieder verlassen.

Wie um mich selbst vom Gegenteil zu überzeugen, schloss ich die Augen und stellte mir das Haus von Noemi und Speranza in jeder Einzelheit vor. Es dauerte nur Sekunden, bis ich nicht nur auf den kalten Stufen saß, sondern gleichzeitig im Wohnzimmer meiner liebsten Nachbarinnen stand. Sie befanden sich nicht mehr dort, sie hatten sich vermutlich schlafen gelegt. Ich inhalierte den vertrauten Duft nach Räucherstäbchen und Kräutertee, nach Wärme und Zuhause.

Reue durchfuhr mich. Wie hatte ich sie vergessen können? Wie hatte ich keinen einzigen Gedanken an die beiden verschwenden können, als ich gesprungen war?

Ich ließ mich auf das weiche, abgenutzte Sofa sinken. Es war noch warm von ihren Körpern.

Und dann erlaubte ich mir, die Hoffnung in mein Herz zu lassen.

Auch das hier war real. Ich spürte zwar, wie ich immer noch fest verankert in Venedig war, in der Kälte vor dem Kanal saß, mutterseelenallein, doch gleichzeitig befand ich mich in meinem Heimatdorf. Das war keine Einbildung. Das könnte mein Leben sein. Es war nicht dasselbe, aber ich könnte sie ab und zu besuchen. Mich mit ihnen unterhalten, an ihrem Leben teilhaben ... Sie davon abhalten, jemals nach Venedig zu kommen.

Mein Blick fiel auf das Kartendeck auf dem Wohnzimmertisch. Es befand sich in einer Holzschatulle. Wie das originale Deck ... Ich griff danach und öffnete die kleine Kiste. Drehte die erste Karte um und blickte auf die römische Einundzwanzig. Beinahe hätte ich laut aufgelacht.

Die Welt. Das war jetzt mein Schicksal.

Ob ich ihnen eines Tages davon erzählen könnte?

Erneut schloss ich meine Augen und konzentrierte mich auf die Februarkälte. Auf den Wind.

Im nächsten Moment befand ich mich wieder vollständig in Venedig. Ja, vielleicht könnte ich ihnen eines Tages davon erzählen. Aber erst, wenn das Schlimmste vorüber war. Das hier war nicht das Schlimmste. Sondern der Anfang. Ich wusste viel zu wenig.

Papa hatte recht. Natürlich hatte er das. Solange ich in dieser Existenz gefangen war, würde ich sie nutzen. Es ging nicht um Rache, das hatte er klargemacht. Mir war auch überhaupt nicht nach Rache zumute. Ich hatte kein Interesse daran, Vincenzo gegenüberzutreten oder ihn zur Rede zu stellen, seine Motive zu erfahren. Die einzige Person, an der ich noch Interesse gehabt hatte, war meine Mutter. Selbst nach dem, was sie zu tun versucht hatte. Es gab so viele offene Fragen. Vielleicht konnte Maurizio auch Kontakt zu ihr aufnehmen …

Jetzt ging es zunächst darum, mit dem Schmerz weiterzuleben und zu verhindern, dass es zu weiterem Schmerz kam.

Ich schaute zu dem schlafenden Mann neben mir. Seine Nase war knallrot, das war selbst in der Dunkelheit zu erkennen, sein Körper bebte im Schlafsack. Die Temperaturen fielen mit jeder weiteren Minute. Mein Herz zog sich zusammen.

Okay. Eins nach dem anderen. Ich hatte nur mein Handy bei mir und kaum mehr Bargeld. Die einfachste Option war es, in meine Suite im Grand Hotel zurückzukehren. Das war ein Risiko, weil mich jemand entdecken könnte, aber wenn ich etwas nicht mehr fürchtete, seit ich mit der Gabe erwacht war, dann Risiken.

Ich warf dem Mann noch einen letzten Blick zu, um mich zu vergewissern, dass er noch ein paar Momente ausharren würde, dann schloss ich die Augen und visualisierte das Zimmer. Ein blaues Himmelbett im viktorianischen Stil, goldene Tapete, Kronleuchter. Ich wusste noch genau, was mein Gedanke gewesen war, als ich es zum ersten Mal betreten hatte: *Lachen oder schreien?*

Einen Herzschlag später befand ich mich vor dem Bett. Nein, mein Schatten befand sich vor dem Bett in einem kuschelig warmen Zimmer, während mein *wahres* Ich draußen in der Kälte zitterte. Was für eine absolut surreale Empfindung.

Doch ich hatte keine Zeit, mich länger damit zu befassen, denn meine Umgebung forderte meine ungeteilte Aufmerksamkeit.

Es war zweifellos das Zimmer, in dem ich seit meiner Ankunft übernachtet hatte, und doch war alles anders. Der Bettbezug war achtlos weggerissen worden, die Matratze aus dem Gestell gezogen und aufgeschlitzt worden. Sämtliche Möbelschubladen standen offen, der Inhalt meines Koffers war auf dem dicken Teppichboden ausgeleert, und die Tarotkarten lagen noch immer verstreut vor dem Fenster. Jemand war auf der Suche nach mir. Vermutlich nicht nur eine Person. Wenn ich raten müsste: mein Onkel und die Mehrheit der großen Arkana. Von denen außer Maurizio und Malvolio vermutlich keiner wusste, was aus mir geworden war.

Ich drückte mich an die Wand und lauschte. Nichts. Auch auf dem Flur draußen schien sich niemand zu befinden. Stumm zählte ich bis zehn, dann setzte ich mich auf Zehenspitzen in Bewegung. Als ich bei meinem Koffer angekommen war, ging ich in die Knie und inspizierte den Inhalt. Aus der Ferne erklang eine Stimme, doch ich ignorierte sie. Meine Kreditkarte befand sich in einem golden bestickten Täschchen, zusammen mit meinem Pass und meinem Organspendeausweis. Der Reißverschluss war offen, doch der Inhalt war vollständig. Wer auch immer mein Zimmer durchsucht hatte, hatte nicht daran gedacht, meine Flucht komplizierter zu gestalten. Vielleicht waren sie auch einfach zu sehr in Eile gewesen. Ich griff danach und schloss erneut die Augen. Konzentrierte mich mit ganzer Macht auf das Gefühl, auf den harten kalten Stufen zu sitzen. Die Kälte zu spüren, die unter mein Kleid drang. Sekunden später hatte sich mein Schatten zurückgezogen, und ich blickte wieder auf den Kanal. Nicht nur auf den Kanal.

Vor mir stand ein Kerl in Uniform. »Signorina? Können Sie mich hören?«

Sein Blick tanzte über meine Gestalt, sein Tonfall verriet, dass er mich schon zu lange beobachtete. Er hatte einen Drei-Tage-Bart und dunkle, stechende Augen. Eine Mischung aus Vorsicht und Argwohn lag auf seinem Gesicht. Er schien kaum fünf Jahre älter als ich zu sein.

Ich zwang mich zu einem strahlenden Lächeln. »Oh, bitte entschuldigen Sie, ich war ganz in Gedanken!« Ruckartig erhob ich mich, während meine Finger sich fester um das Täschchen klammerten.

»Ist alles in Ordnung?«, fuhr er fort, als hätte ich nichts gesagt. Ich folgte seinem Blick und schaute an mir herab. Mein Kleid wirkte heruntergekommen, als hätte ich mich tagelang auf der Straße herumgetrieben, und ich wollte gar nicht wissen, wie mein Gesicht aussah … »Haben Sie Rauschmittel zu sich genommen?«

Ich straffte die Schultern. »Nein, habe ich nicht«, sagte ich, so ruhig ich konnte. »Wissen Sie zufällig, wo ich um diese Zeit noch eine Karnevalsmaske erwerben kann? Ich habe meine alte verloren.«

Er zog die buschigen Brauen zusammen und schien zu überlegen, ob ich ihn auf den Arm nehmen wollte. Dann zuckte er mit den Schultern und deutete mit dem Kinn auf die Brücke neben uns. »Dahinter habe ich vor nicht mal fünf Minuten noch einen offenen Stand gesehen. Der Besitzer sah allerdings so aus, als würde er zusammenpacken wollen. Wenn Sie sich beeilen …«

»Vielen Dank!«, rief ich und lief los, bevor er antworten konnte. Ich bemühte mich, weder zu rennen noch meinen Schatten vorauszuschicken. Wenn ich wirklich Papas Wunsch erfüllen wollte, dann sollte ich so wenig Aufmerksamkeit wie möglich auf mich ziehen.

Erst als ich bei der Brücke angelangt war, warf ich einen Blick zurück. Von dem Kerl war nichts mehr zu sehen, vermutlich war er in die Wärme des Bahnhofsgebäudes zurückgekehrt. Allerdings konnte ich den Mann im Schlafsack sehen. Ich hastete über die Brücke und fand einen Bankautomaten neben einer kleinen Bar, vor der sich rauchende und trinkende Menschen in bunten Verkleidungen versammelt hatten. Nachdem ich mich vergewissert hatte, dass niemand mir über die Schulter schaute, hob ich zweitausend Euro von meinem Konto ab – mein Limit auf der Karte. Damit würde ich mehrere Tage über die Runden kommen und müsste keine weitere Spur hinterlassen, indem ich ständig Geld abhob. Ich machte mich auf die Suche nach dem Verkaufsstand und wurde zwei Gassen weiter fündig. Tatsächlich war der in die Jahre gekommene Verkäufer gerade dabei, dichtzumachen, doch als ich ihn fragte, ob ich ihm zehn verschiedene Masken abkaufen dürfte, verharrte er und nannte mir einen Preis, der für das Plastikzeug absolut übertrieben war. Ich hatte keine Energie, um zu feilschen, also hielt ich ihm die Scheine hin.

Mit einem breiten Grinsen deutete er auf die farbenfrohe Auswahl unter einer Plastikplane. »Welche hätten Sie denn gerne, Signorina?«

»Die, die am meisten von meinem Gesicht verbergen.«

Seine Augen wurden schmal, während er mich eingehender musterte. »So ein hübsches Gesicht, und Sie wollen –«

»Ich habe es eilig«, knurrte ich. Der Typ konnte sich glücklich schätzen, dass ich genug Anstand besaß, für die Masken zu zahlen. Es wäre so leicht gewesen, sie ihm zu klauen, während er abgelenkt war, und dann im Bruchteil einer Sekunde zu verschwinden.

Ich nahm die Tüte entgegen, die er mir hinhielt, und bedankte mich, bevor ich den Weg zurück zum Bahnhof lief und dabei nach Hotels mit freien Zimmern Ausschau hielt. Ich stülpte mir die oberste Maske über, sie war mit Pailletten in Regenbogenfarben bestickt, kratzte auf meinem Gesicht, aber immerhin war ich darunter kein bisschen zu erkennen.

Es brauchte drei Anläufe, um den Mann im Schlafsack wach zu kriegen. Er seufzte und stöhnte. Aus blutunterlaufenen Augen schaute er zu mir hoch.

»Bist du ein Engel?«, krächzte er.

»Willst du heute Nacht in einem warmen Bett schlafen?«, gab ich zurück.

Er wehrte sich nicht. Entweder war er zu müde, um das Ganze für einen Scherz zu halten, oder er glaubte wirklich, er befände sich bereits im Jenseits. Die Frau an der Rezeption des kleinen Motels ein paar Meter vom Bahnhof entfernt war nicht ganz so leicht zu überzeugen, immerhin sahen wir beide nicht gerade aus, als könnten wir uns die exorbitant hohen Hotelpreise zur Karnevalszeit leisten, doch sie schluckte ihren Protest herunter, als ich mit meinen Scheinen wedelte. Ich gab zwei falsche Namen an, zahlte für eine Woche im Voraus, begleitete den Mann auf sein Zimmer und schloss mich anschließend in meinem ein, das einen Stock darüber lag. Es waren die letzten beiden freien.

Ich legte meine Taschen ab und wühlte darin, bis ich Ersatzkleidung fand. Es dauerte etliche Minuten, bis ich es schaffte, dieses gottverdammte Kleid auszuziehen. Das letzte Mal hatte Malvolio mir dabei geholfen. Jetzt war ich auf mich allein gestellt. Sobald ich Jeans und Pullover trug, ließ ich mich mit einem Ächzen auf das Bett fallen. Prompt ächzte die Matratze zurück. Das Zimmer war keine zehn Quadratmeter groß, außer einem Bett, einem Holzstuhl und einem kleinen Kühlschrank befand sich nichts darin. Es gab ein winziges vergittertes Fenster, der Teppich war dunkelbraun und voller Flecken, der Geruch nach billigem Putzmittel konnte den nach Schimmel nicht ganz überdecken. Aber es war warm, und niemand würde mich hier suchen, und das war das Wichtigste. Es war so verlockend, mich aufs Bett zu legen. Ich schüttelte den Kopf. Zwar war ich müder als vorhin, aber es war immer noch kein Vergleich zu der Erschöpfung *vor* meinem Erwachen heute. Außerdem war mein Unterbewusstsein gefährlich. Im Augenblick war alles unter Kontrolle. Zumindest so sehr, wie es unter diesen Umständen sein konnte. Diese Energie musste ich nutzen. An Schlaf durfte ich erst denken, wenn ich so müde war, dass mich die quälenden Gedanken nicht heimsuchen würden.

Ich griff nach einer neuen Maske aus der Tüte – Zebramuster –, zog sie auf und band sie an meinem Hinterkopf zusammen. Dann ertastete ich die kratzige Überwurfdecke unter mir, schloss meine Augen und stellte mir das Grand Hotel Visconti vor. Die Geräusche in meinem Zimmer wurden leiser, das Gluckern der Heizung, ein paar Schritte von draußen, das Husten meines Zimmernachbarn, leiser und immer leiser, bis das Rauschen des Kanalwassers alles übertönte. Ich blinzelte. Mein Herz klopfte schneller. Und dann befand ich mich schon dort.

Weiß und rot blitzte das imposante Gebäude vor mir auf. Palazzo Dandolo. Ich war direkt neben der Vaporetto-Anlegestation angekommen, ein paar Meter von mir entfernt befand sich eine Gruppe verkleideter Menschen, allerdings nicht mehr so viele wie vorhin.

Für ein paar Sekunden ließ ich meinen Blick über die Fassade gleiten. Ich erinnerte mich noch genau daran, wie ich bei diesem fürchterlichen Unwetter gemeinsam mit Riccardo Esposito durch die goldene Drehtür geschlittert war. Das Gebäude war mir zunächst kaum aufgefallen. Dann die Überraschung. Der Schock.

Herzlich willkommen im Hotel deiner Familie, Giulietta. Herzlich willkommen zu Hause.

Genau wie ich durch diese Drehtür gestolpert war, völlig blauäugig, hatte ich die Bekanntschaft mit den Regeln der Magie gemacht. Es widerte mich an, wie ich Malvolio jedes Wort abgekauft hatte. Wie ich mein Vertrauen in einen einzigen Fremden gelegt hatte, nur weil ich einsam und traurig und verloren gewesen war.

Die Wut in mir kochte hoch, der Selbsthass, doch ich drängte beide Emotionen zurück. Ich durfte nicht so hart mit mir ins Gericht gehen. Kein Wunder, dass ich ihm vertraut hatte. Ich hatte gerade den wichtigsten Menschen meines Lebens verloren gehabt, nichts hatte Sinn ergeben – und er hatte Licht in meine Dunkelheit gebracht. Mein Verhalten war verständlich. Die vergangenen Tage waren traumatisch gewesen.

Genau wie ich einsam und traurig und verloren gewesen war, gab es einen Haufen Menschen in dieser Stadt, die genauso leichte Opfer wie ich waren. Und jetzt hatte ich die Macht, ihnen zu helfen.

Insgesamt gab es außer mir einundzwanzig Kartenfiguren. Malvolio war ein Mistkerl und ein Verräter, aber er stellte immerhin keine Gefahr für die Bevölkerung Venedigs dar. Was war mit den anderen, mit denen ich bisher schon Bekanntschaft gemacht hatte? Wer von ihnen war gut? Wer böse? Gab es überhaupt wirklich gute Kartenfiguren?

Papas Stimme erklang so deutlich in meinen Gedanken, als stünde er neben mir.

Das, was dir geschehen ist, das, was dir angetan *wurde, ist nicht deine Schuld. Es wird nie deine Schuld sein. Es ist die Schuld der dunklen Magie.*

Er hatte recht. Niemand von ihnen konnte etwas dafür. Sie hatten sich dieses Schicksal ebenso wenig ausgesucht wie ich. Aber wie auch in allen anderen Bereichen des Lebens gab es einen Unterschied zwischen Schuld und Verantwortung. Niemand von ihnen konnte etwas dafür, aber einige entschieden sich bewusst dazu, Böses zu tun. Diejenigen konnte ich ganz klar zuordnen. Angefangen bei Azazel. Sein aalglattes Aussehen. Seine bodenlos schwarzen Augen. Sein ekelhaftes Parfüm. Mein Magen drehte sich um. Ja, Azazel war definitiv einer von den Bösen. Und er war definitiv einer, der seine Gabe jeden Moment nutzen könnte, um anderen zu schaden. Sollte ich mich an seine Fersen heften? Ihn irgendwie davon abhalten, sein Unwesen zu treiben?

Die Übelkeit in mir wurde größer und größer. Allein der Gedanke an ihn brachte die Erinnerung an den Maskenball und an meine Machtlosigkeit zurück. Ich zwang mich zu einem weiteren tiefen Atemzug. *Alles okay. Es war alles okay.* Er würde mir das nie wieder antun. Kartenfiguren waren immun gegen die Fähigkeiten der anderen Figuren, oder?

Noch immer starrte ich auf die Drehtür. Verdammt, ich wusste viel zu wenig. Malvolio hatte mich bewusst nur mit den Informationen gefüttert, die mich zu seiner Komplizin machen würden. Ich brauchte eine verlässlichere Informationsquelle.

»He, Zebra, willst du einen Aperol mit uns trinken?«, grölte eine Stimme links von mir.

Ich zuckte so heftig zusammen, dass mein Körper reflexartig handelte. Im nächsten Moment war ich von der Straße vor dem Hotel verschwunden und spürte keine kühle Februarluft mehr, sondern die Heizung in meinem Rücken. Ein Fluchen verließ meine Lippen. Ich befand mich in einem verlassenen Hotelflur. Einem sehr protzigen Hotelflur, ausgestattet mit flauschigem Teppich, kostbaren Gemälden und Barockspiegeln an den Wänden. Ich befand mich im ersten Stock. Direkt vor der Zimmernummer 115.

Die fünfzehnte Karte der großen Arkana war der Teufel.

Mein verfluchtes Unterbewusstsein. Obwohl es hier deutlich wärmer war, begann ich zu zittern. Weg hier. Ich musste weg. Zurück in das schäbige Motel, in dem mich niemand kannte und suchte …

Doch als ich die Augen schloss und wieder öffnete, hatte ich es nicht geschafft, meinen Schatten zurückzuziehen. Ich hatte nicht einmal die Etage verlassen. Allerdings stand ich nicht mehr auf dem Flur, sondern in einer Suite, in der die Farben Rot und Gold dominierten. Zimmer 121. Cosimas. Meines. Ich hatte nicht viel Zeit, mich umzusehen, denn diesmal war ich nicht allein.

Auf dem Bett saß eine Frau mit kurzen dunklen Haaren, einem rundlichen Gesicht und Sorge in den großen Augen.

Sie war mir nicht fremd.

KAPITEL 8

Familienbande

»Cosima?«, keuchte sie auf. »Oh, dem Himmel sei Dank, wo –«

Wir starrten uns an. Aufgrund der Maske konnte sie nur meine Augen erkennen. Sie verstummte abrupt.

Salome. Es war Salome. Ich erinnerte mich nicht mehr daran, welche Karte sie darstellte, aber ich wusste sehr wohl, was ihre Fähigkeit war: Sie konnte die Fähigkeiten der anderen Kartenfiguren neutralisieren oder rückgängig machen. Auf dem Maskenball hatte sie mich von Azazels Gedankenmanipulation befreit. Sie war nett zu mir gewesen. Malvolio hatte mir erzählt, dass sie eine von den Guten war. Aber …

Scheiße, wieso stand ich immer noch hier?

»Du …«, flüsterte sie. »Mein Gott … Du bist nicht Cosima.« Ihre Augen weiteten sich, dann wanderte ihr Blick über meinen Körper. Ich trug zwar nicht mehr das Ballkleid, in dem sie mich zuletzt gesehen hatte, aber ich war kleiner als Cosima.

Ihre Hand tastete nach ihrem Herzen, als fürchtete sie, es würde gleich stehen bleiben.

Ich stolperte zurück. Ich musste weg hier. Warum zog ich mich nicht zurück?

Weil es etwas in ihrer Miene gab, was mich davon abhielt. Es war völlig bescheuert, ich kannte sie kaum, Malvolio hätte mich belügen können, auch sie könnte böse sein, doch die Art, wie sie mich auf dem Maskenball angesehen hatte … Die Trauer in ihren Augen. Der Schmerz.

»Bitte, bleib.«

Ich schluckte hart. Wusste sie, dass ich innerhalb von Sekunden –

»Ich dachte, sie hat dir etwas angetan.«

Wer?, wollte ich fragen. *Weißt du überhaupt, mit wem du gerade sprichst?*

Kein Wort kam mir über die Lippen. Ich rührte mich nicht. Stand einfach vor ihr und beobachtete, wie die Tränen sich in ihren Augen sammelten.

»Cosima«, brachte sie schließlich hervor, doch diesmal verriet ihr Tonfall, dass sie mich nicht mit diesem Namen ansprach, sondern über sie sprach. »Ich habe versucht, zu ihr durchzudringen. Es war zwecklos. Es tut mir so leid, Giulietta. Ich habe ihren Schmerz unterschätzt.«

Mein Name aus ihrem Mund war wie ein Weckruf. Ruckartig fiel die Starre von mir ab. *Fuck*. Fuck, fuck, fuck.

»Bitte, bleib«, wiederholte sie, diesmal eindringlicher. »Bitte, rede mit mir. Egal, was es ist, ich werde dir helfen.«

Anstrengung zeichnete sich auf ihrem Gesicht ab. In Sekundenschnelle scannte sie den Raum, schien sich auf irgendetwas zu konzentrieren. Ein seltsames Flirren ging von ihrem Körper aus.

»Du weißt nicht mal …« Meine Stimme verlor sich im Nichts.

»Ich sehe dich.« Ganz langsam, wie um mich nicht zu verschrecken, erhob sie sich vom Bett. Das Flirren hatte aufgehört. »Ich sehe, was du bist.« *Was* du bist. Verdammt noch mal. Doch sie war noch nicht fertig. Ihre Stimme brach bei den nächsten

Worten. »Ich habe es oft genug bei meiner Schwester gesehen.«

Selbst wenn ich mich hätte bewegen wollen, spätestens jetzt wurde es unmöglich. Der Raum begann sich zu drehen, es war eine Herausforderung, mein Gleichgewicht zu behalten.

Schwester. Wenn Salome Cosimas Schwester war ...

Sie machte einen behutsamen Schritt in meine Richtung. Ihre Tränen liefen über. Ihre Miene verriet mir, dass sie sich vorstellen konnte, was ich gerade durchmachte. »Ich wollte schon viel früher mit dir sprechen. *Richtig* sprechen. Aber Cosima ging es nicht gut. Und auch dir ging es nicht gut. Ich war mir nicht sicher, wie viel du ... Ich nahm an, du bist ahnungslos. Das taten wir alle. Deshalb habe ich Cosima den Vortritt gelassen. Es war ihr gutes Recht.« Wehmütig schüttelte sie den Kopf. »Ich hätte von Anfang an meiner Intuition vertrauen sollen. Cosima hat nicht nur getrauert, sie war völlig verändert.«

Wie ferngesteuert machte nun auch ich einen Schritt auf sie zu. »Sie wollte mich töten.«

Die Worte waren mir herausgerutscht.

Der Schock auf Salomes Gesicht schien echt zu sein. Erneut schüttelte sie den Kopf. »Es tut mir so unendlich leid, Giulietta. Es tut mir so leid, was dir widerfahren ist.«

»Wir können hier nicht frei sprechen«, brachte ich hervor. Worte, die mir Malvolio wieder und wieder eingebläut hatte. Das Hotel war nicht sicher. Die erste Etage erst recht nicht.

Salome lächelte traurig. »Mach dir keine Sorgen. Meine Gabe besteht nicht lediglich daraus, die Fähigkeiten der anderen zu neutralisieren oder rückgängig zu machen. Ich kann sie auch von mir fernhalten. Der Raum ist gesichert, ich habe soeben dafür gesorgt, als ich verstanden habe, wer du bist.«

»Was ... was meinst du?«

»Seit wir in unseren Zimmern erwacht sind, suche ich nach

Cosima. Ich habe heute hier auf sie gewartet und ihre Suite daher auch nicht gesichert. Hätte ich sie gesichert, hätte sie keine Chance hereinzukommen. Es ist wie ein Abwehrmechanismus für all die Magie. Vielleicht hast du es gerade mitbekommen. Von außen wirkt es ein bisschen wie ein Flimmern in der Luft, wenn ich die Gabe ausführe. Ich kann Orte, an denen ich mich befinde, mit meiner Gabe sichern. Sodass niemand hereinkommen oder hinausgehen kann.«

Hinausgehen.

»Ist das der Grund, wieso ich mich nicht ... zurückziehen kann?«, brachte ich hervor. »Du hältst mich mit deiner Gabe fest?«

Es war mir egal, dass ich mit dieser Frage ihre Vermutung bestätigte. Sie wusste es ohnehin schon.

»Nein, Giulietta.« Sie wischte sich mit dem Handrücken die Tränen von den Wangen. »Ich würde dich niemals deines Willens berauben. Das verspreche ich.«

Ein paar Augenblicke ließ ich ihre Worte auf mich wirken. Dann hob ich meine Hand und zog mir die Maske vom Gesicht. Vielleicht war es irrsinnig, ihr zu vertrauen, nach allem, was ich erlebt hatte. Meine Menschenkenntnis war für die Katz. Aber was hatte ich schon zu verlieren? Was könnte sie mir antun?

Wir sahen uns an, hielten uns mit unseren Blicken fest, versuchten die Emotionen der anderen zu verstehen. Irgendwann stolperte sie zurück, ließ sich wieder aufs Bett sinken und klopfte behutsam auf den Platz neben sich.

Ich setzte mich neben sie und krallte meine Finger ineinander, um etwas zu tun zu haben.

»Cosima ist von uns gegangen«, sagte sie leise, mit tränenerstickter Stimme. Es war keine Frage.

Ohne sie anzusehen, nickte ich.

»War es Notwehr?«, fuhr sie fort.

Erneut nickte ich. Wäre Malvolio nicht eingeschritten, wäre ich jetzt tot. Ganz egal, was seine Motive waren – das war eine Tatsache.

Plötzlich spürte ich ihre Hand an meinem Rücken. »Du musst völlig traumatisiert sein.«

Ich wusste nicht, woran es lag – an der unerwartet sanften Berührung, an ihrer Stimmlage oder daran, dass meine Grenze längst überschritten war –, doch im nächsten Moment brach ein lautes Schluchzen aus mir hervor.

Sie zögerte keine Sekunde lang, sondern zog mich in ihre Arme und hielt mich mit überraschender Kraft fest. Im ersten Moment wehrte ich mich. Ihr ungewohnter Geruch stieg mir in die Nase. Irgendetwas Blumiges, Beruhigendes.

Ich habe es oft genug bei meiner Schwester gesehen.

Meine Mutter war tot, mein Vater ebenfalls, doch wenn Salome die Wahrheit sagte, dann waren wir beide Familie. Ich ergab mich, klammerte mich an ihr fest und weinte hemmungslos.

Ich weinte um Papa, um Cosima, um mich selbst, ich weinte, weil ich bereit gewesen war, mein eigenes Leben zu beenden, ohne auch nur an Noemi und Speranza zu denken, obwohl die beiden mich praktisch großgezogen hatten, ich weinte, weil ich auf Malvolio hereingefallen war, ich weinte um das, was Greta genommen worden war, als Azazel ihre Gedanken manipuliert hatte, ich weinte, weil es beinahe auch mit mir geschehen wäre, ich weinte, weil ich an den Mann im Schlafsack dachte, an sein fassungsloses, dankbares Gesicht, als er vorhin verstanden hatte, dass ich keine Witze machte, ich weinte, weil die Welt voller Ungerechtigkeit war und weil ich es nie schaffen würde, allen zu helfen. Jeder Gedanke brachte einen neuen, noch schlimmeren mit sich.

Keine Ahnung, wie lang es dauerte. Vielleicht Minuten, vielleicht auch Stunden. Ich verlor mein Zeitgefühl, ich bestand nur noch aus Schmerz, die Tränen wollten nicht aufhören.

Salome hielt mich die ganze Zeit über fest, ab und zu strich sie über mein Haar oder über meinen Rücken, flüsterte mir Worte ins Ohr, die ich nicht verstand, weil mein Schluchzen zu stark war.

Irgendwann wurde es weniger. Mein Brustkorb brannte, meine Augen waren geschwollen, aber meine Gedanken wurden klarer.

Ich schaffte es zurückzuweichen und nahm das Stofftaschentuch entgegen, das sie mir hinhielt.

Nachdem ich mir mein Gesicht abgetupft und mir die Nase geputzt hatte, holte ich tief Luft.

»Okay«, flüsterte ich. »Ich bin jetzt bereit. Lass uns reden.«

Salome schlug vor, auf ihr Zimmer zu gehen, damit sie Essen und warme Getränke für uns bestellen konnte. Bei diesen Worten bemerkte ich zum ersten Mal das Loch in meinem Magen. Wie lange war es her, dass ich etwas zu mir genommen hatte?

Sie suchte mir aus Cosimas Schrank ein besonders unauffälliges Kleid heraus – dunkelblau und schlicht, aus weicher Merinowolle. Während ich es anzog, knüllte sie meine alte Kleidung zusammen und nahm sie an sich. Sie band mir die Haare zurück und wies mich an, die Maske wieder aufzusetzen. Dann schaute sie draußen nach, ob die Luft rein war.

Wir hielten uns an den Händen, während wir den Flur entlanghasteten. Zehn Zimmer lagen zwischen Cosimas und ihrer Suite. Salome war die Gerechtigkeit, ich hatte mich daran erinnert, Karte Nummer elf, also besaß sie das Zimmer 111. Sie war der Meinung, dass es zu riskant war, meinen Schatten in ihr

Zimmer zu schicken, da ich noch nie in ihrer Suite gewesen war, was bedeutete, dass ich versehentlich in einer anderen landen könnte. Sie sprach ganz selbstverständlich über meine Gabe, als wäre ich schon immer die Welt-Karte gewesen.

Wir begegneten niemandem auf dem Flur. Hinter manchen Türen waren Stimmen, Musik oder Gelächter zu hören, aber niemand kam heraus.

Sobald wir die Tür ihrer Suite hinter uns schlossen, nahm ich wieder das Flirren in der Luft wahr. Konzentriert sah sie sich im Raum um.

Ich folgte ihrem Blick. Die vorherrschenden Farben hier waren zartes Hellgrün und Silber, dazu helle viktorianische Möbel und Lampen aus feinem Glas. Die Suite roch nach ihr, nur konzentrierter. Vielleicht lag das aber auch an den Orchideen, die in zwei großen Vasen auf einer Kommode und einem Nierentisch standen.

Salome führte mich in den zweiten Raum ihrer Suite und bedeutete mir, mich auf eine smaragdgrüne Chaiselongue mit Samtüberzug zu setzen. Sekunden später drückte sie mir ein randvoll gefülltes Kristallglas in die Hand. Ich trank es in einem Zug leer und spürte, wie das eiskalte Wasser meine Speiseröhre hinunterfloss. Unwillkürlich schauderte ich.

Ihr besorgter Blick scannte mich. »Ich lasse dir ein Bad ein.« Sie wies mit ihrem Kinn auf eine Tür links von mir, die wohl ins Badezimmer führte. »Und in der Zwischenzeit bestelle ich uns ein paar Happen zu essen.«

Der Gedanke an ein heißes Bad brachte meine Tränen wieder hervor. Ich konnte nur nicken.

Fünf Minuten später befand ich mich in einem prunkvollen Marmorbad, das doppelt so groß war wie das in meinem ehemaligen Hotelzimmer im zweiten Stock. Ich sank in eine gigantische Wanne auf silbernen Krähenfüßen und betrachtete mich im gegenüberliegenden Spiegel. Lediglich mein Kopf schaute aus den Schaumbergen hervor.

Es war absolut wahnsinnig, dass ich mich hier befand, in der ersten Etage, bei einer Kartenfigur, die ich kaum kannte. Aber seit ich in Venedig angekommen war, war mein ganzes Leben ein einziger Wahnsinn. Ich musste jedem Hoffnungsschimmer hinterherjagen, den ich fand.

Das heiße Wasser beruhigte meine verspannten Glieder, der Duft des Badeschaums war betörend. Ich ließ meinen Kopf gegen den Wannenrand sinken, schloss die Augen und öffnete sie erst wieder, als ich für ein, zwei Sekunden einnickte und unter die Wasseroberfläche zu rutschen drohte. Wie durch ein Wunder hatte ich es geschafft, meine Realität für ein paar köstliche Minuten auszublenden.

Meine Haut war ganz verschrumpelt und das Badewasser nur noch lauwarm, außerdem hatte sich der Schaum fast vollständig aufgelöst. Aus dem Hotelzimmer war ein Orchesterstück zu hören, das nach Stravinsky klang, ansonsten vernahm ich keinen Laut. Ich schnappte mir eins der riesigen flauschigen Handtücher neben der Wanne, in die das Hotellogo hineingestickt worden war, und ließ mir Zeit beim Abtrocknen. Als mein Blick erneut zum beschlagenen Spiegel wanderte, spürte ich plötzlich ein leichtes Ziehen in meinem Inneren.

Ich würde dich niemals deines Willens berauben.

Konnte ich Salome wirklich vertrauen? Sie war meine Tante, aber ich war der Grund für den Tod ihrer eigenen Schwester, an deren Seite sie Jahrhunderte verbracht hatte. Ich hatte es zugegeben. Von Malvolio wusste sie noch nichts.

Wie sollte ich ihr vertrauen, wenn meine eigene Mutter versucht hatte, mich zu töten?

Einen Moment lang schaute mich mein verschwommenes Spiegelbild mit großen verheulten Augen an, im nächsten machte mein Herz einen Satz, und ich fand mich gleichzeitig in dem schäbigen Motelzimmer wieder, das ich vorhin für mich gebucht hatte. Die Erleichterung durchströmte mich von oben bis unten. Immerhin hatte sie mich nicht angelogen. Wenn sie ihre Gabe nicht bei mir anwendete und mich nicht übernatürlich an die Suite gefesselt hatte, bedeutete das, ich konnte jederzeit das Weite suchen. Alles okay. Ich war nicht in Gefahr.

Ich schloss die Augen und fokussierte mich auf die Empfindungen im Marmorbad. Der heiße Wasserdampf, der den Raum füllte, der Duft nach Lavendel-Badezusatz, meine nackten Füße auf den Fliesen. Im Bruchteil einer Sekunde hatte mein Schatten sich wieder zurückgezogen.

Zügig zog ich mich an. Außer dem Merinokleid hatte Salome mir frische Unterwäsche hingelegt, die mir ein bisschen zu groß war, dafür aber sehr gemütlich.

Sobald ich in die Suite zurückkehrte, empfing mich der köstliche Geruch von Knoblauch und Basilikum. Salome saß am niedrigen Wohnzimmertisch und trug inzwischen einen anthrazitfarbenen Seidenpyjama. Ihr Körper war gekrümmt und bebte leicht, doch als sie mich kommen hörte, richtete sie sich sofort auf und griff nach einem Taschentuch. Geräuschvoll schnäuzte sie sich die Nase.

Als sie zu mir schaute, lag ein Lächeln auf ihren Lippen, das ihre Augen zum Strahlen brachte und beinahe von den Tränenspuren auf ihren Wangen ablenkte.

»Alles in Ordnung?«, fragte sie mich leise.

»M-hm.« Na ja, zumindest den Umständen entsprechend. »Und bei dir?«

Sie nickte. »Ich freue mich, dass du hier bist, Giulietta.«

Ich setzte mich zu ihr auf einen gegenüberliegenden Stuhl an den gedeckten Wohnzimmertisch. Der Essensduft wurde intensiver, und mein Magen krampfte sich in freudiger Erwartung zusammen. Er knurrte so laut, dass es auch für Salome nicht zu überhören war.

Sie deutete auf die gefüllten Teller vor uns. »Zur Auswahl stehen gefüllte Ravioli mit Ricotta und Burrata, dazu gratinierter Hummer, Minestrone, venezianisches Risotto mit Erbsen, Spinat-Gnocchi mit Basilikum und zum Nachtisch Kastanienkuchen.«

»D-danke.«

Wir aßen schweigend. Das Essen zerging mir wie schon bei meinem ersten Hotelrestaurantbesuch auf der Terrazza buchstäblich auf der Zunge. Nachdem mein Hunger weitestgehend gestillt war, hielt ich es nicht länger aus.

»Ich weiß fast nichts über meine Mutter«, flüsterte ich.

Salome zuckte zusammen. Es war das erste Mal, dass ich Cosima vor ihr als meine Mutter bezeichnete.

»Könntest du ... könntest du mir bitte von ihr erzählen? Von euch? Von der Vergangenheit und allem, was uns zu diesem Punkt geführt hat? Mein Vater hat nie über diesen Teil meiner Herkunft gesprochen.«

Für einen Moment musste ich an Maurizio im Keller der Kirche denken. Wäre es möglich, über ihn mit Cosima zu kommunizieren, so wie ich mit Papa hatte sprechen können? Und falls es möglich wäre – würde ich es überhaupt wollen?

Salome wischte sich den Mund mit einer Serviette ab, dann schlug sie die Beine übereinander, lehnte sich zurück und nickte. »Ich kann es ihm nicht verdenken.«

Ich wartete. Die Sekunden vergingen. Vermutlich fiel es ihr nicht leicht, darüber zu sprechen. In einer anderen Situation wäre ich nicht so taktlos gewesen. Ihre Schwester war gestorben, sie hatte soeben erst davon erfahren. Ja, sie war auch meine Mutter gewesen, aber ich kannte sie nicht. Ich hatte mein Leben ohne sie verbracht.

Salome räusperte sich. »Cosima ist ... war vier Jahre jünger als ich. Wir wurden im sechzehnten Jahrhundert in die venezianische Bürgerklasse hineingeboren. Unser Leben war sehr einfach, aber ich war zufrieden. Zumindest bevor ich von unserem Vater mit einem geeigneten Mann verheiratet wurde, der der gesamten Familie einen besseren Stand und finanzielle Sicherheit bescheren sollte. Leider war dieser spiel- und trinksüchtig und mein Alltag mit ihm ... schwierig.«

Ihrer Miene entnahm ich, dass diese Beschreibung eine Untertreibung war.

»Cosima und ich hatten immer ein enges Verhältnis zueinander, unsere Mutter starb früh, unser Vater kümmerte sich wenig um uns, als Frauen war es unsere einzige Aufgabe, eine gute Ehefrau zu sein und die Familie mitzufinanzieren, sodass wir beide die wichtigsten Menschen füreinander waren. Cosima bekam mit, wie sich alles nach meiner Heirat verschlimmerte, und schwor, für ein besseres Leben für uns zu sorgen. Es ist immer noch unglaublich, wenn ich heute darüber nachdenke. Ich war die große Schwester, ich hätte sie beschützen müssen, nicht sie mich ...« Sie wich meinem Blick aus, als schämte sie sich, mir in die Augen zu schauen, während sie diesen Teil der Geschichte erzählte. »Du musst wissen, zu dieser Zeit gab es nicht viele Möglichkeiten für uns. Die Bildungschancen für Frauen aus unserer Schicht waren extrem begrenzt. Im sechzehnten Jahrhundert arbeitete fast ein Zehntel der venezianischen Bevölkerung in der Prostitution. Frauen, die Geld für körperliche Liebe anboten, waren in einer solchen Hafenstadt ein wichtiger Bestandteil, um Ruhe zu garantieren. Sie waren in allen Gesellschaftsschichten zu finden, in der Unterschicht, im Adel, ja, selbst in den Klöstern. Cosima wusste, es war die beste Option, zu einer Kurtisane zu werden, einer Edelprostituierten.« An dieser Stelle linste sie in meine Richtung. Ich bemühte mich um einen möglichst wertfreien Gesichtsausdruck und hoffte, ich wirkte nicht allzu schockiert.

Salome holte tief Luft. »Cosima war von früh an wunderschön, bereits als sehr junges Mädchen erregte sie die Aufmerksamkeit verschiedener Männer, was ihr unangenehm war, bis sie verstand, wie viel Macht sie damit besaß. Eine Kurtisane zu sein, bedeutete nicht nur, ihren Körper zu verkaufen, es bedeutete auch, dass sie an hohe Bildung gelangen konnte, dass sie mit Männern höchsten Ranges verkehren und von ihrem Reichtum profitieren konnte.« Sie faltete ihre Hände ineinander, und eine einzelne Träne lief ihr über die Wange. »Am Anfang versuchte ich, sie von ihrem Vorhaben abzuhalten. Mein eigenes Leben war eine Zumutung, doch ich war nur einem einzigen Mann versprochen und musste mich nach seinen Launen richten. Wie würde es sein, Hunderten von Männern ausgeliefert zu sein? Doch Cosima war nicht von ihrem Plan abzubringen. In kürzester Zeit knüpfte sie die richtigen Bekanntschaften, begann sich elegant zu kleiden und in den prunkvollsten Palästen der Stadt ein- und auszugehen. Sie mochte den elementarsten Teil ihres Berufs nicht, das verheimlichte sie mir nicht, doch sie pflegte zu sagen, dass ihr Körper nur ein kleiner Preis war, den sie zahlen musste. Was sie genoss, war die Freiheit, die mit diesem Leben einherging. Die Möglichkeiten, die sich uns dadurch boten. Sie hatte Kontakt zu bedeutenden Dichtern und Malern, widmete sich unter anderem dem Studium der Philosophie, wurde zum Mitglied eines der literarischen Kreise der Stadt. Freiheit war alles, was sie je wollte. Für mich und für sich selbst. Und sie hielt ihren Schwur. Schon nach einem Jahr konnte ich meinen Mann verlassen. Gemeinsam mit Cosima bewohnte ich herrliche Wohnungen, für die ihre einflussreichen Liebhaber aufkamen. Zu unserem Vater hatten wir keinen Kontakt mehr, auch wenn Cosima ihm regelmäßig Geld schickte. Sie teilte ihr Wissen mit mir, nahm mich zu rauschenden Festen mit, gab mir alles, was ich mir wünschte. Was sie mir allerdings verbot, war, dem gleichen Beruf wie sie nachzugehen. Sie drohte mir, mich zu verstoßen, sollte ich es versuchen. Sie ließ mir keine Wahl. *Wir haben ein gutes Leben, Sasa,* sagte sie. *Ein wirklich gutes Leben. Es reicht, wenn ich dafür aufkomme. Du hast genug Schmerz hinter dir.*«

Salomes Stimme hatte sich verändert, sie war voll und ganz in der Vergangenheit abgetaucht und schien kaum zu bemerken, wie ihr die Tränen inzwischen pausenlos übers Gesicht liefen. Auch ich kämpfte gegen meine Tränen. Es war schwer, sich ihrer Erzählung zu entziehen. Obwohl mir Cosimas wutverzerrtes, hasserfülltes Gesicht nur allzu deutlich in Erinnerung geblieben war, konnte ich im Moment nichts als Mitleid und Respekt für die Frau empfinden, von der Salome sprach.

»Als wir vom Fluch getroffen wurden, befanden wir uns in der Blüte unseres Lebens. Cosima hatte einen guten Ruf in Venedig und pflegte Freundschaften mit den Männern, die für sie zahlten. Diese beschützten uns. Cosima war in der Lage, Kunden abzulehnen, wenn sie ihr nicht gefielen, was für diese Zeit äußerst ungewöhnlich war. An jenem Tag, der alles verändern sollte, begleitete ich sie zu einem ihrer Termine mit einem Maler, zu dem sie ein enges Verhältnis hatte und für den sie Modell saß. Der Treffpunkt war der Palazzo Dandolo, in dem sich heute das Grand Hotel Visconti befindet.« An dieser Stelle war ihr Tränenfluss so stark geworden, dass sie nicht weitersprechen konnte. Während sie sich die Nase erneut putzte, rückte ich meinen Stuhl näher zu ihrem und strich ihr befangen über die Schulter.

Jeglicher Zweifel hatte sich inzwischen verflüchtigt. Salome sagte die Wahrheit. Ich konnte echten Schmerz von Schauspielerei unterscheiden. Auch Malvolios Schmerz war echt gewesen. Ich hatte nur viel zu lange nicht verstanden, was sein Ursprung war.

Salome legte das Taschentuch beiseite und griff nach meiner Hand. Sie rang sich ein Lächeln ab. »Entschuldige bitte, ich habe schon lange nicht mehr darüber gesprochen. Die Erinnerung ist noch immer so intensiv …«

Ich schüttelte den Kopf. »Bitte entschuldige dich nicht dafür.«

Es dauerte eine Weile, bis sie weitersprechen konnte. Ich drückte ihre Hand, sah ihr in die feuchten Augen, versuchte mir vorzustellen, wie dieses Leben für sie und meine Mutter gewesen sein musste. Wie es für alle von ihnen gewesen sein musste, von einem Moment auf den anderen unsterblich zu sein und magische Fähigkeiten zu haben, aber auch damit rechnen zu müssen, jederzeit von dieser Welt zu verschwinden.

»Cosima hat unser Schicksal als Kartenfiguren nie verkraftet«, fuhr Salome schließlich fort und ließ meine Hand los, während sie ihren Blick wieder auf einen Punkt in die Ferne richtete. »Alles, was sie je wollte, war, selbstbestimmt zu leben, frei zu sein, und die Magie hat uns diese Möglichkeit für immer genommen. Über die Jahre habe ich stets versucht, sie von den Vorteilen dieses Daseins zu überzeugen. Für mich war es tatsächlich eine Erleichterung. Sie musste sich keinen fremden Männern mehr ausliefern, hier im Hotel waren wir in Sicherheit, es fehlte uns an nichts, und zudem hatte ich dank meiner Gabe einen neuen Sinn gefunden. Ich konnte den Menschen helfen, konnte sie vor den Grausamkeiten der anderen beschützen. Unsere Mitgefangenen hatten immer Respekt vor mir – kein Wunder, ich konnte ihre Magie mit meinem bloßen Willen verblassen lassen. Doch Cosima verabscheute ihre Fähigkeit. Sie verabscheute ihre Grenzen. Mit den anderen wollte sie sich nicht anfreunden, denn die meisten von uns begannen, die Magie zu genießen, ebenso die Unsterblichkeit. Auch von mir distanzierte sie sich zunehmend. Jedes Mal, nachdem wir zurück in die Karten gesperrt wurden und in einem neuen Zeitalter landeten, wurde es schlimmer. Wenn es etwas gab, dass meine kleine Schwester wahrhaftig hasste, dann war es Abhängigkeit. Doch dann erwachten wir im zwanzigsten Jahrhundert, und plötzlich war alles anders. Denn plötzlich war da ein junger Mann, der die Magie ebenso wie sie verabscheute.«

Wir tauschten einen Blick. Gänsehaut breitete sich auf meinen Armen aus.

»Dein Vater hat sich auch wie ein Gefangener gefühlt, obwohl seine Situation natürlich völlig anders war. Er wuchs im Grand Hotel auf, sein Vater, der Hoteldirektor, war ein Tarot-Fanatiker und fasziniert von uns. Edoardo Visconti hoffte so sehr, dass sein Sohn in seine Fußstapfen trat, doch Lorenzo dachte nicht daran. Er hatte nicht direkt Angst vor uns, doch für sein Alter war er schon sehr reflektiert. Er konnte die Gefahren unserer Fähigkeiten sehr genau abschätzen und hielt seinen Vater für naiv, weil er uns freigelassen hatte und der Meinung war, er könnte uns relativ risikofrei studieren.«

Wie sehr ich mir wünschte, mich nur für einen Moment in diese Zeit katapultieren zu können. Was sie sagte, passte so zu Papa. Es war bemerkenswert, dass er sich bereits in meinem Alter der Magie hatte entziehen können. Ich war schon ohne den übernatürlichen Aspekt fasziniert von Tarot gewesen – wie wäre es wohl für mich gewesen, in einem Palast aufzuwachsen und magischen Kartenfiguren zu begegnen?

»Eines muss man Edoardo zugutehalten«, fuhr Salome fort, wieder vollkommen in der Vergangenheit abgetaucht. »Er hatte kein Interesse daran, uns zu beherrschen oder zu besitzen. Seine Faszination war unschuldig. Doch genau aus diesem Grund wurde sie ihm zum Verhängnis. Er vertraute uns zu sehr, sah uns als Freunde, verbrachte viel zu viel Zeit mit uns. Die Magie der Nachfahren schützte ihn zwar bis zu einem gewissen Grad – Kartenfiguren können einen Nachfahren nicht auf übernatürliche Art zwingen, ihnen Details zum Befreiungs- und Einsperrungsprozess zu erzählen, es gibt eine Art Barriere, unsere Fähigkeiten funktionieren dann nicht. Doch dieser Schutz ist viel zu gering.«

»Warte.« Ich hatte gesprochen, ohne darüber nachzudenken. Es sollte mich nicht interessieren, es gab jetzt so viel wichtigere Dinge, doch ich konnte mich nicht dagegen wehren. Mein Wissensdurst zu diesem Thema würde nicht gestillt sein, bis ich jedes Detail kannte. »Du meinst, einer Kartenfigur ist es niemals möglich, etwas über diesen magischen Prozess zu erfahren?«

Wie passte das damit zusammen, dass Malvolio Bescheid wusste?

Salome schüttelte den Kopf. »Nicht ganz. Wir können Nachfahren mit unseren Fähigkeiten nicht dazu zwingen. Azazel hat es beispielsweise nie geschafft, Edoardos oder Lorenzos Gedanken zu manipulieren, damit diese ihm die Geheimnisse anvertrauen. Außerdem ist es nicht möglich, die Vorgehensweise niederzuschreiben oder auf andere Weise zu verewigen. Die Informationen können nur mündlich übertragen werden.«

»Woher wusste Malvolio davon?«, platzte es aus mir heraus. Vielleicht war es dumm, diese Frage zu stellen und zuzugeben, dass ich Bescheid wusste. Aber andererseits ... Ich war nun selbst eine Kartenfigur. Und Salome wusste wie alle anderen, dass ich sie ... oder besser gesagt *uns* eingesperrt hatte.

Salome verzog keine Miene. »Edoardo muss ihm freiwillig davon erzählt haben.«

Ich runzelte die Stirn. »Ist das nicht völlig wahnsinnig?«

Ein sanftes Lächeln erschien auf ihren Lippen. »Wie gesagt, er war gutgläubig.«

Ihr Blick verriet mir, dass Malvolios Beteiligung an der Situation keine Überraschung für sie war.

Je länger wir uns anschauten, desto intensiver wurde die Erinnerung an den Moment im Hotelzimmer, als ich mit Malvolio vor den blutverschmierten Karten gekniet hatte, Cosimas Leiche nur Zentimeter neben uns. Übelkeit stieg in mir auf.

»Vincenzo«, sagte ich schnell. »Was ist mit ihm? Wie war das damals? Hatte er schon früher Kontakt zu Cosima?«

Salome nickte unglücklich. »Vincenzo wurde vom Hoteldirektor adoptiert, in der Hoffnung, einen Sohn zu haben, der seine Liebe zur Magie verstand. Und er hatte Erfolg damit. Vincenzo verstand sie. Allerdings schoss er weit übers Ziel hinaus. Im Gegensatz zu seinem Adoptivvater wollte er uns nicht lediglich studieren. Er wollte so sein wie wir. Außerdem hasste er Lorenzo dafür, dass er keinen Gebrauch von seinem Geburtsrecht machte. Und wofür er ihn noch mehr hasste, war seine Beziehung mit Cosima. Du musst wissen, als es zwischen deinen Eltern anfing, hat Cosima deinem Vater lange nicht die Wahrheit erzählt. Lorenzo hat ohnehin so wenig Zeit wie möglich im Hotel verbracht, er wollte nichts damit zu tun haben. Er erzählte Cosima davon, wie einengend es für ihn war, dass er einfach nur frei sein wollte, ohne zu ahnen, dass sie selbst eine Kartenfigur war. Diese Zeit war sehr verwirrend für Cosima. Es war das erste Mal seit Jahren, dass sie sich mir wieder anvertraute. Sie hat sich dagegen gewehrt, doch ihre Liebe für Lorenzo war echt. Bei ihm hat sie sich normal gefühlt. Menschlich. Er wollte genau die Freiheit, die sie wollte. Er war ihr Neuanfang. Und er hat sie vergöttert. Bevor sie ihm die Wahrheit sagte, wandte sie sich an Vincenzo, der schon als Jugendlicher besessen von ihr war. Sie führte eine lockere Freundschaft mit ihm – für sie war diese nur Mittel zum Zweck, um mehr über Lorenzo zu erfahren, doch er bildete sich deutlich mehr darauf ein. Er sagte ihr, dass sein

Bruder nie mit ihr zusammen sein würde, wenn er die Wahrheit wüsste. Und dann hat Cosima ihren Mut zusammengenommen und Lorenzo alles gebeichtet.«

Die Tränen waren mir erneut in die Augen geschossen. *»Ich sehe dein Herz, cara mia«,* zitierte ich Papas Worte. Cosima hatte mir diesen Teil der Geschichte erzählt. Er passte zur Erzählung ihrer Schwester. *»Dein Herz ist rein. Was interessiert mich der Rest?«*

Salome starrte mich entsetzt an. »Hat dir dein Vater davon erzählt?«

Ich schüttelte den Kopf. »Cosima«, würgte ich hervor. »Bevor sie versucht hat, mich zu töten.«

Es war das erste Mal, seit dieser Wahnsinn begonnen hatte, dass ich nicht nur Schock und Panik und Trauer empfand, wenn ich daran dachte. Ich verstand sie. Ich verstand jetzt, was geschehen war. Ich verstand, wie sie zu der Person hatte werden können, die ihre eigene Tochter an einen Stuhl fesselte und umbringen wollte. Ich verstand, weshalb sie Vincenzo benutzt hatte. Ich verstand, weshalb sie ihn dafür hasste, dass er ihr die Möglichkeit auf Rache genommen hatte, indem er meinen Vater getötet hatte. Er hatte ihr auch die Möglichkeit zur Selbstbestimmung genommen. Alles, was sie je gewollt hatte.

Cosima hatte Papa geliebt. Nach allem, was ihr widerfahren war, hatte sie ihn geliebt. Sie hatte gedacht, dass er ihr Neuanfang war, dass sie mit ihm eine Chance auf das Leben hatte, das sie sich immer gewünscht hatte. Abhängigkeit war das Schlimmste für sie, hatte Salome gesagt. Der Fluch der Karten hatte sie abhängig gemacht, das war beinahe unerträglich für sie gewesen. Doch Papas Verrat hatte ihr den Rest gegeben. Sie hatte ihn geliebt, und er hatte sie zurück in die Karten gesperrt.

Wie viel konnte man ertragen, bevor man genug hatte? Wie viel musste ein Mensch erleben, um zu brechen?

»Es tut mir so leid, Giulietta«, brachte Salome mit erstickter Stimme hervor. »Ich habe versucht, es zu verhindern ...«

Ich schüttelte den Kopf. »Danke, dass du mir das alles erzählt hast. Es tut mir leid, dass du deine Schwester verloren hast.«

»Sie war nicht nur meine Schwester«, flüsterte sie. »Sie war auch deine Mutter.«

»Ich weiß. Aber ich habe den Verlust meiner Mutter schon als Kind betrauert. Die Cosima, die ich zu Gesicht bekommen habe, war nicht mehr meine Mutter. Das hat sie selbst gesagt. Mein Vater hat ihr die Chance darauf genommen.«

Salome schniefte. »Es gab eine Zeit, da hat sie dich geliebt.«

Ich nickte. »Aber es war zu viel für sie ... Ich ... ich verstehe das. Keine Ahnung, wie ich drauf wäre, hätte ich das alles erlebt.«

Eine Weile blieben wir beide still. Als sie erneut sprach, klang es, als wäre etwas in ihr irreparabel gebrochen.

»Wenn du bereit dafür bist ... könntest du mir erzählen, wie es geschehen ist?«

Sie musste nicht ins Detail gehen. Ich wusste sofort, was sie meinte. Es ging hier nicht um den Prozess, es ging nicht darum zu erfahren, wie es möglich war, eine unsterbliche Kartenfigur zu töten.

Salome wollte wissen, wie ihre Schwester gestorben war. Weil es das Letzte war, was ihr noch von ihr blieb.

Kälte machte sich in mir breit. Ich wandte den Blick ab und krallte meine eisigen Finger ineinander.

»Malvolio hat sie von mir weggezogen und sie mit dem Messer erstochen, mit dem sie mich töten wollte.« Meine Stimme war kaum mehr als ein Krächzen. »Er hat gesagt, es ist nur ein Ablenkungsmanöver. Sie kann nicht sterben. Sie kann nicht mal bluten. Tja, und trotzdem war da Blut auf dem Teppich ...«

Salome versuchte, ihre hektischen Atemzüge zu beruhigen,

ehe sie antwortete. »Und dann? Weißt du, wo sich ihr Körper befindet?«

Ich schüttelte den Kopf. »Als ich ... als ich aufgewacht bin, war sie weg.«

»Dann stimmen die Gerüchte wohl.«

Mein Blick zuckte wieder zu ihr. »Welche Gerüchte?«

»Dass unsere Körper zurück in unsere Ursprungszeit wandern, sollten wir in unserer jetzigen Form umkommen«, sagte sie leise.

»Ur-ursprungszeit?«

»Als sie noch ein Mensch war. Vor dem Fluch.«

Ich riss die Augen auf. »Du meinst, ihre Leiche ist im sechzehnten Jahrhundert gelandet?«

Salome nickte. »Oder jemand hat sie fortgeschafft. Aber ich glaube, dazu war keine Zeit. Von den Figuren kommt niemand infrage, und Vincenzo ist außer sich. Er hat sie die vergangenen Stunden überall gesucht.«

Der Gedanke war so krass, dass ich ein paar Sekunden nur vor mich hin starren konnte.

Salome fasste mich sanft an der Schulter an. »Wo ist der Junge?«

»Hm?«

»Malvolio. Ich kann mir nicht vorstellen, wie es ihm gerade gehen muss.«

Ich zuckte heftig zusammen. Meine Reaktion schien sie erst zu verwirren, dann sah sie mich bestürzt an.

»Du wusstest von nichts?«

»Was meinst du?«

»Du wolltest nicht Cosimas Platz einnehmen?«

»Was?« Fassungslos sah ich sie an. »Wieso sollte ich das wollen? Malvolio hat meine Mutter getötet und mich zu diesem Leben verdammt, nur damit ich euch nicht mehr befreien kann.

Ich war gerade dabei, den Einsperrungsprozess durchzuführen.« Inzwischen war es mir scheißegal, dass ich diese Informationen preisgab. Ich war viel zu aufgebracht. »Und wir sehen ja, wie hervorragend das geklappt hat.«

Ein paar Sekunden musterte sie mich eindringlich, dann schüttelte sie den Kopf. »Unmöglich.«

»Wie bitte?«

»Es ist nicht möglich, dass Malvolio dich wissentlich zu einer Kartenfigur gemacht hat, nur um seine eigene Haut zu retten. Er –«

Ich sprang auf und unterdrückte das Bedürfnis, mir die Ohren zuzuhalten. Inzwischen bebte ich am ganzen Körper. Salome verstummte abrupt.

»Ich möchte nicht über ihn sprechen«, presste ich hervor, während die Übelkeit in mir immer größer wurde. »Ich möchte nicht mal über ihn nachdenken.«

Sofort nickte sie, Angst flackerte in ihren Augen auf. Angst davor, dass ich mich jeden Moment zurückzog. »Verzeihung.«

Bevor ich noch etwas sagen konnte, erklang ein Klopfen. Erst leise, dann immer stärker, als wir beide uns nicht rührten.

»Salome, ich brauche deine Hilfe!«

Die Stimme war weiblich. Sie war mir nicht unbekannt, aber ich konnte sie niemandem zuordnen.

»Sofia«, formte Salome mit den Lippen und erhob sich. »Einen Augenblick, bitte!«, rief sie dann in Richtung Tür.

Sofia war ebenfalls eine Kartenfigur. Sie und Salome hatten mich aus Azazels Klauen befreit. Auch an ihre Fähigkeit erinnerte ich mich genau: psychische Heilung. Wie auch immer diese funktionieren sollte.

Salome griff nach meinen Händen und drückte sie sanft, während ihr Blick mich durchbohrte. »Hast du einen Schlafplatz, der sich abseits dieses Hotels befindet?«, flüsterte sie.

Ich nickte.

»Gut. Dann kehre dorthin zurück. Es ist wichtig, dass du genug schläfst. Unsere Fähigkeiten lassen nach, je erschöpfter wir sind, und auch ich spüre, wie es immer anstrengender wird, den Schutzwall hier aufrechtzuerhalten. Ich kann nicht für deine Sicherheit sorgen, wenn wir schlafen, auch wenn ich dich gerne hierbehalten würde.« Sie ließ eine Hand los und strich mir behutsam übers Haar. Die Berührung war so voller Zuneigung, dass ich den nächsten Zusammenbruch schon näher kommen spürte.

»Wir treffen uns zum Sonnenaufgang wieder, in Ordnung?«

Erneut konnte ich nur nicken.

Sie ließ von mir ab und lief zum Schreibtisch, der sich hinter uns befand. Als sie zurückkam, hielt sie einen wertvoll aussehenden Kugelschreiber in der Hand und griff nach meinem Arm. In geschwungenen Buchstaben schrieb sie mir eine Adresse auf die Haut.

»Komm hierhin«, raunte sie mir zu. »Am besten maskiert. Sobald die Sonne aufgeht, werde ich da sein.«

»Salome, bitte, beeile dich!«, ertönte Sofias gedämpfte Stimme wieder, diesmal deutlich verzweifelter. »Sie quälen unschuldige Menschen!«

Mit einem Mal fröstelte ich, obwohl es hier angenehm warm war.

Salomes Blick verdüsterte sich. »Du bist nicht allein«, hauchte sie. »Vergiss das nie. Wir sind eine Familie, und ich werde dich niemals im Stich lassen. Und jetzt geh. Geh, und schau nicht zurück. Das Hotel ist nicht sicher, wenn du nicht bei mir bist.«

Mit diesen Worten wandte sie sich von mir ab und stürzte zur Tür. Mein Herz klopfte mir bis zum Hals. Ich sah mein schäbiges Motelzimmer vor mir, ich spürte es auch im Hintergrund, roch den Geruch der modrigen Bettwäsche und des Putzmittels, es wäre so leicht, mich zurückzuziehen, doch etwas fesselte mich an Ort und Stelle.

Sie quälen unschuldige Menschen!

Ich hörte Salomes und Sofias Stimmen aus der Ferne, hörte ihre Schritte, die sich hastig entfernten.

Der Gedanke, in das Motelzimmer zurückzukehren und mich dem Chaos in meinem Kopf zu überlassen, war unerträglich. Vor allem nach dem, was Salome mir gerade anvertraut hatte. Ich schloss die Augen, atmete tief durch und ließ meinen Körper zurück ins Motelzimmer gleiten, allerdings nur für ein paar Sekunden.

Es gab keinen Zweifel in mir, auch wenn es absolut leichtsinnig war. Ich vergewisserte mich, dass ich mich im richtigen Zimmer befand, griff nach der Tüte mit den Masken, die ich vorhin gekauft hatte, und zog mir eine neue über. Eine schwarz-weißgemusterte Schnabelmaske. Sie erinnerte mich an Malvolio, doch das spielte jetzt keine Rolle. Sobald ich meine Haare zu einem Knoten verdreht und die Maske aufgesetzt hatte, ließ ich mich auf das Bett sinken und presste meine Augen erneut zu. Ich visualisierte den Hotelflur, nicht Salomes Suite. Sekunden später stand ich auf dem dicken Teppich, rechts von mir Salomes verschlossene Tür, Nummer 111, links die kostbaren Gemälde. Erleichterung durchflutete mich. Ich war also noch nicht so müde, dass es nicht funktionierte.

Im letzten Moment sah ich Salome und Sofia am Ende des Flurs, ehe sie nach links verschwanden, um höchstwahrscheinlich die Treppe nach unten zu nehmen. Ich rannte ihnen hinterher, der Teppich federte meine Schritte ab, sodass ich nahezu lautlos über den Boden glitt.

Hinter mir öffnete sich eine Zimmertür, doch ich wurde nicht langsamer und schaute auch nicht zurück. Ich trug ein neues Outfit, und ich war maskiert. Wer auch immer es war, außer

Salome würde mich niemand erkennen. Und ob Salome mich erkannte oder nicht, spielte keine Rolle.

Ich hielt mich am Treppengeländer fest und sprang die Stufen, so schnell ich konnte, hinunter. Hinter dem kleineren Concierge-Tisch rechts von der Treppe war ein älterer Mann in Hoteluniform zu sehen, der mir am Anfang vorgestellt worden war. Er setzte sich seine Brille auf und beugte sich vor, als wollte er einen besseren Blick auf das erhaschen, was sich draußen vor dem Hotel abspielte. Salome und Sofia waren gerade dabei, durch die goldene Drehtür nach draußen zu gleiten. Der Portier daneben sah ihnen stirnrunzelnd hinterher, machte jedoch keine Anstalten, ihnen zu folgen. Ein Blitz erhellte die Nacht, und für einen Moment sah ich die Menschenansammlung zwischen dem Hotel und dem Canal Grande. Es waren deutlich mehr Leute als vorhin, als mir ein Aperol angeboten worden war. Ich beschleunigte meine Schritte.

»Signorina, ist alles in Ordnung?«, rief mir der Portier zu, als ich an der Tür angekommen war, aber ich schlüpfte schnell durch die Drehtür, ohne ihm eine Antwort zu geben. Was hätte ich auch sagen sollen? *Ein paar magische Kartenfiguren treiben ihr Unwesen mit den Menschen, weil sie vermutlich frustriert sind, dass ich sie eingesperrt habe, aber wir kümmern uns drum, seien Sie ganz unbesorgt …?*

Draußen empfingen mich Platzregen und Donnergrollen. Es dauerte einen Moment, bis es mir gelang, mir einen Überblick zu verschaffen. Salome rannte gerade ans Ufer, wo ein Mann, der nach Magnus aussah – Karte Nummer eins, dessen Fähigkeit es war, die Wahrnehmung zu beeinflussen –, neben fünf offensichtlich betrunkenen Menschen stand. Diese marschierten mit leeren Blicken, wie torkelnde Soldaten, geradewegs aufs Wasser zu. Was auch immer er sie sehen ließ, ich ahnte Böses.

Salome stieß einen Wutschrei aus und packte ihn von hinten am Kragen, zerrte ihn von den Leuten weg. Ein paar Meter abseits stand eine Frau in purpurfarbenem Ballkleid, deren Körper leicht zitterte, während sie ihren Blick stur auf den Nachthimmel gerichtet hatte. Je länger sie ihn ansah, desto heftiger wurde der Regen.

»Gottverdammt noch mal, Dahna, als hätte diese Stadt nicht ohnehin schon mit Hochwasser zu kämpfen!«, zischte eine Frau mit blonden Locken ihr zu, die ich am Klang ihrer Stimme als Lucia, Karte Nummer neunzehn – die Sonne –, identifizierte. Mit ihr hatte ich auch schon Bekanntschaft gemacht. Es war nur ein paar Tage her, doch es kam mir wie eine Ewigkeit vor, dass Deluna – der Mond – und sie vor meiner Zimmertür gestanden und mich gefragt hatten, ob ich ihnen die Karten legen wollte. Die beiden waren mir relativ sympathisch gewesen, aber im Nachhinein war diese Aktion merkwürdig gewesen, vor allem, da sie ihre Fähigkeiten zum Besten gegeben hatten – und außerdem war Magnus später hinzugestoßen. Wenn sie mit ihm befreundet waren und er gerade dabei war, Menschen zu ertränken …

Ich ließ meinen Blick weiter über die Menge schweifen. Noch war niemand auf mich aufmerksam geworden. Glücklicherweise konnte ich auch niemanden erkennen, der nach Azazel aussah. Oder nach Malvolio. Dafür stand ein Mann im dunklen Samtsmoking neben Dahna, der die Aufmerksamkeit von weiteren Passanten auf sich gezogen hatte, die trotz des starken Regens mit staunenden Mienen vor ihm standen. Ich war mir sicher, ihn noch nie gesehen zu haben. Sein Gesicht war breit, sein Haar voll und durch den Regen gelockt, und ein Ziegenbart zierte sein Kinn. Er hob gerade die Hände in die Höhe, und ich musste näher treten, um zu sehen, was vor sich ging. Überall dort, wo der Regen auf seine Haut traf, wurde dieser augenblicklich zu Eis. Die Zuschauer stießen überraschte Laute aus – allerdings nur, bis er seine Handinnenflächen auf den

Boden richtete und sie alle in Sekundenschnelle ins Straucheln kamen. Dann wurde aus der Überraschung schnell Verzweiflung. Der Boden zu ihren Füßen war zu Eis geworden, und sie fielen mit einem unschönen Krachen übereinander.

Salome, die sich gerade ein hitziges Wortgefecht mit Magnus lieferte, riss den Kopf herum und stöhnte laut auf.

»Wage es nicht, dein Werk fortzuführen«, zischte sie ihm zu, ehe sie sich auf den Mann stürzte, der die Menschen zum Ausrutschen gebracht hatte. Es war beachtlich, wie sich ihr sanftes Gemüt innerhalb von Sekunden wandeln konnte. Jetzt wirkte sie wie eine Rachegöttin.

Sofia kümmerte sich unterdessen um die Betrunkenen, die nur wenige Zentimeter vom Ufer entfernt standen und sich verwirrt umsahen. Vorwurfsvoll schaute sie zu Magnus.

»Sag mal, hast du nichts Besseres zu tun?«

Er erwiderte ihren Blick mit grausamer Kälte. »Visconti hat uns angewiesen, ein bisschen Unruhe zu verbreiten. Wenn das Mädchen in die Fußstapfen ihres Vaters tritt, dann wird es nicht lange dauern, bis sie sich hier blicken lässt und versucht, die armen Menschlein vor der bösen Magie zu schützen.« Am Ende triefte seine Stimme vor Hohn.

Wie gestört war mein Onkel eigentlich?

Ich bekam keine Gelegenheit, mir über meine nächsten Schritte Gedanken zu machen, denn in diesem Moment stieß Magnus Sofia beiseite und nahm seine verwirrten Opfer mit konzentriertem Blick wieder ins Visier. Ich folgte einfach meinem ersten Impuls.

Tja, eins musste man meinem Onkel lassen – er lag mit seiner Einschätzung nicht falsch.

Nach ein paar großen Schritten war ich bei Magnus angekommen. Er stand mit dem Rücken zu mir, sodass er mich nicht kommen sah. Sein Pech. Einen halben Meter vor ihm holte ich aus und gab ihm mit voller Wucht einen Tritt gegen sein Hinterteil, der ihn nach vorn schleuderte. Magnus stieß einen erstickten Schrei aus. Millimeter vor dem Kanalwasser kam er zum Stehen, ruderte wild mit den Armen, versuchte sein Gleichgewicht zu finden, scheiterte und fiel wie ein nasser Sack ins Wasser.

Nun lagen mehrere Blicke auf mir. Sofias, die der Betrunkenen und selbst Dahnas und Lucias. Lediglich der Mann mit der Fähigkeit, Regen zu Eis zu machen, und seine Opfer waren zu abgelenkt.

Dahna richtete einen Finger auf mich und trat einen Schritt in meine Richtung. Sie sagte etwas, das ich wegen des starken Regens nicht verstand. Adrenalin pumpte durch meinen Körper, und mein Herz klopfte wie wild. Sekunden später versiegte der Regen. Mit halbem Ohr hörte ich Gesprächsfetzen von Salome und dem Mann mit.

»... unverantwortlich ... wie kleine Kinder ...«

»Visconti –«

»Seid ... Marionetten?«

Das Gespräch verstummte, als Magnus' Kopf aus dem Kanalwasser auftauchte. Keuchend und japsend versuchte er, sich über Wasser zu halten, während sein Gesicht dunkel anlief.

»Na, wie fühlt es sich an, Magnus?«, rief Lucia in seine Richtung, ohne den Blick von mir zu nehmen. »Hilflos ausgeliefert zu sein?«

Irgendetwas unter der Wasseroberfläche schien ihn davon abzuhalten, sich von der Stelle bewegen zu können. Hasserfüllt schrie er Lucias Namen. Als ich mit ihr auf dem Dachboden des Hotels gewesen war, hatte sie einen vertrockneten Farn innerhalb von Minuten zum Wachsen und Gedeihen gebracht. Es sah ganz danach aus, als beinhaltete ihre Fähigkeit, Pflanzenwachstum zu beschleunigen, auch Unterwasserpflanzen.

Ihre Stimme klang nicht hämisch oder als würde sie sich

lediglich einen Spaß erlauben, sondern eher feindselig. Vielleicht war sie doch nicht mit ihm befreundet.

Magnus fluchte, doch dann schien er zu entscheiden, dass er seine Energie besser darauf verwenden sollte, sich über Wasser zu halten. Durch den Regen war der Kanal aufgepeitscht worden, und die Wellen hatten ihn ein paar Meter nach hinten gespült.

Lucia wandte sich an die betrunkenen Menschen. »Los, haut ab.«

Das ließen sich diese nicht zweimal sagen.

Salome starrte mich an, eine Mischung aus Entsetzen und ... etwas wie Stolz zierte ihr Gesicht. Okay, Letzteres war wohl Wunschdenken.

Sie blinzelte, dann veränderte sich etwas in ihrem Blick. »Ich habe doch gesagt, du sollst es mir überlassen!«, rief sie in meine Richtung.

Der Schweiß rann mir unter der Maske übers Gesicht. Ich kam nicht dazu, etwas zu erwidern. Ich hatte nicht einmal die Gelegenheit, darüber nachzudenken, wieso sie das so offen vor den anderen zugab. Denn im nächsten Augenblick stürzte sich Dahna auf mich. Es ging viel zu schnell. Ich war zu abgelenkt gewesen, um mich zu wappnen. Ihre langen Fingernägel bohrten sich in meine Haut, als sie meine Schultern packte. »Du!«, schrie sie wutentbrannt.

Wieder überlegte ich nicht. Ich folgte einfach meinen Reflexen.

In einer Sekunde befand ich mich in ihrem erbarmungslosen Griff, dann stand ich schon drei Meter weiter weg, im Rücken die Eingangstür des Hotels.

Nun lagen sämtliche Blicke auf mir. Selbst Magnus schaute aus dem Wasser zu mir herüber.

»Cosima, es reicht!«, brüllte Salome. War ich die Einzige, die den verzweifelten Unterton heraushörte? »Gehe dich bitte wieder ausruhen. Ich habe alles unter Kontrolle.«

Auf einen Schlag veränderte sich die Stimmung. Dahna wirkte nun nicht mehr wütend, sondern genervt, und auch der Mann neben Salome verdrehte die Augen. »Es ist nur die Irre, cara!«, rief er Dahna zu. »Sie ist es nicht wert.«

Salome war die Einzige, die mich weiterhin mit ihren Blicken erdolchte, die anderen hatten das Interesse verloren.

»Carabinieri«, zischte jemand.

Tatsächlich – aus der Ferne waren Polizeisirenen zu hören. Ein Blick auf die rechte Seite des Canal Grande zeigte mir, dass sich zwei Polizeiboote näherten. Wahrscheinlich hatte der Nachtportier oder der Concierge sie gerufen. Das war dann wohl mein Stichwort. Ich warf Salome einen letzten entschuldigenden Blick zu, schloss die Augen und konzentrierte mich auf die Empfindungen im Motelzimmer. Sekunden später hatte ich meinen Schatten zurückgezogen und saß vollständig auf dem kleinen Bett im schummrigen Raum.

Ich zitterte am ganzen Körper, als sei ich diejenige, die ins eisige Kanalwasser gestoßen worden war. Mit groben Bewegungen zog ich mir die Maske aus und ließ sie zu Boden gleiten.

Scheiße, das war knapp gewesen. Allerdings zeugte mein Zittern nicht von Angst, sondern immer noch vom Adrenalin. Es fühlte sich *gut* an, etwas zu tun. Bittere Galle stieg in mir auf, als ich an die hilflosen Menschen dachte, die auf dem Eis ausgerutscht waren. Und die, die mit leeren Blicken in Richtung Wasser gelaufen waren.

Mit beiden Händen fuhr ich mir übers Gesicht, dann ließ ich mich nach hinten aufs Bett plumpsen. Salome würde bestimmt sauer auf mich sein, weil ich ihr gefolgt war. Andererseits ... Die anderen hatten ihre Lüge sofort geschluckt und dachten, ich sei Cosima. Das war etwas Gutes, oder? Niemand würde Verdacht schöpfen. Jetzt gab es sogar Zeugen, die glaubten, Cosima gesehen zu haben.

Mein Herzschlag beruhigte sich, und mit einem Mal brach die Erschöpfung über mich herein.

Ich hievte mich vollständig aufs Bett und schlüpfte, so wie ich war, unter die Bettdecke. Sie war löchrig und hatte einen unangenehmen Geruch, doch das war mir egal. Ich war hier in Sicherheit. Mein Blick fiel auf die Buchstaben auf meiner Haut. Die Adresse, die Salome mir aufgeschrieben hatte.

Es tat so gut, einen Plan für morgen zu haben. Es tat so gut, nicht mehr allein zu sein, sondern eine Komplizin zu haben. Denn spätestens jetzt war ich mir sicher – Salome stand auf meiner Seite.

Mit diesem Gedanken glitt ich in einen tiefen, traumlosen Schlaf.

KAPITEL 9

Acqua Alta

Calle Lunga Santa Maria Formosa, 5176/B, 30122 Venezia.

Ich schaute von der Karte zum Hauseingang und wieder zurück auf die Karte. Die Adresse stimmte. Aber wo befand ich mich hier? Ich war in einer Sackgasse gelandet, etwa fünfhundert Meter nordöstlich vom Markusplatz. Auf den Straßen waren dem Anschein nach nur Einheimische unterwegs, und darunter waren auch nur Verkäufer oder Restaurantbesitzer, die die Boote mit den Lieferungen vom Festland in Empfang nahmen.

Nachdem ich vor zwei Stunden mit Herzklopfen aufgewacht war, hatte ich für ein paar Sekunden keine Ahnung gehabt, wo ich mich befand. Während die Erinnerung erst bruchstückhaft, dann mit voller Wucht zurückgekehrt war, hatte ich festgestellt, dass es draußen noch stockdunkel war. Immerhin. Es war kurz nach fünf Uhr gewesen. Ich hatte mir die Haare zu einem Zopf geflochten, mir eine neue Maske aufgesetzt, war an die Rezeption gegangen, die nicht besetzt war, hatte mir einen Stadtplan vom Tresen genommen und einen Kaffee aus dem Automaten rausgelassen, der nach heißem Kanalwasser schmeckte, mich aber zumindest wärmte. Die gestrigen Ereignisse spukten mir den ganzen Weg hierher im Kopf herum, doch jetzt drohte ich nicht mehr vollständig in die Verzweiflung abzurutschen. Es war ein neuer Tag. Ich hatte mit Papa gesprochen und über Salome hatte ich eine ganze Menge über die Vergangenheit erfahren. Ich wusste, was ich zu tun hatte.

Es war bitterkalt. Mein Atem hinterließ weiße Wolken. Bei Gelegenheit musste ich mir dringend einen Mantel besorgen. Meine alte Jacke lag noch in meinem Hotelzimmer im zweiten Stock, und es war zu auffällig, in ihr rumzulaufen. Ich hob den Kopf. Der Himmel war von pastellrosa Streifen durchzogen, mit jeder Minute wurde es heller.

»Buongiorno.«

Ich fuhr herum. Keine zwei Meter von mir entfernt stand Salome in einem bodenlangen Kamelhaarmantel. Die dunklen Halbmonde unter ihren Augen ließen sie deutlich älter als gestern wirken, aber ein strahlendes Lächeln lag auf ihren Lippen. Dieses verblasste allerdings, als ihr Blick mich von oben bis unten scannte.

»Mein Gott, ist dir nicht kalt?«

Bevor ich etwas erwidern konnte, schälte sie sich schon aus dem Mantel und trat auf mich zu, um ihn mir umzulegen. Ich bedankte mich – mir war zu kalt, um aus Höflichkeit zu protestieren, außerdem trug sie einen dicken Strickpullover – und ließ meine Arme in die Ärmel gleiten. Anschließend drückte Salome mich an sich. Ich erwiderte die Umarmung sofort. Wir kannten uns zwar kaum, doch ich begann jetzt schon, mich bei ihr wohlzufühlen. Außerdem war sie gerade die einzige Person in Venedig, deren Gesellschaft ich genoss.

»Ich habe mich schon gefragt, ob ich hier falsch bin«, murmelte ich, als wir uns voneinander lösten.

Sie schüttelte den Kopf und deutete hinter uns. »Von außen

wirkt es unscheinbar, zudem sind wir weit vor der regulären Öffnungszeit hier, aber warte, bis du das Innere siehst.«

Mehr schien sie im Moment nicht verraten zu wollen. Sie nahm meine Hand und führte mich zu einer Holztür. Dann klopfte sie an. Mit einem Knarzen öffnete sich die Tür.

Das verschlafene Gesicht einer Frau erschien. Sie war etwa so alt wie Salome, um die dreißig, und trug Jeans und einen Pullover mit der Aufschrift »Libreria Acqua Alta«. Buchhandlung Hochwasser?

»Zwei Stunden«, murmelte sie. »Mehr nicht, sonst kriege ich Probleme mit meinem Vater.«

Salome nickte. »Das reicht völlig. Vielen Dank, Paola.«

Ich zuckte zusammen, weil ich eine Bewegung an meinen Beinen wahrnahm. Eine grau melierte Katze strich um meine Waden herum und maunzte vorwurfsvoll.

Die Frau legte den Kopf schief. »Wenn du was gegen Katzen hast, wird's schwierig. Wir haben insgesamt sechs.«

»Ich liebe Katzen«, sagte ich wahrheitsgemäß.

»Na dann.«

Als wir ins Innere traten, verschlug es mir die Sprache. Es war, als würde man die Schwelle zu einer anderen Welt betreten. Wir standen inmitten einer Unzahl von Büchern, sie reichten in Regalen bis an die Decke. Das Herzstück des Raums war eine riesige Gondel, in der sich weitere Bücher befanden. Paola führte uns in einen Nebenraum, wo weitere Bücher – und wie versprochen: Katzen – zu sehen waren, manche davon in Badewannen und kleineren Booten.

Sie deutete auf ein Tor, vor dem eine Bank stand. »Hierauf hättet ihr euch mit einem schönen Blick auf den Kanal setzen können, und es wäre nicht allzu kalt geworden, allerdings ist es heute unmöglich. Seit gestern haben wir wieder fürchterliches Hochwasser.«

So langsam wurde mir auch klar, was es mit dem Namen des Ladens auf sich hatte ...

Salome nickte mit zusammengezogenen Brauen. Jede Wette, sie dachte gerade an Dahna, der wir dieses Hochwasser hauptsächlich zu verdanken hatten. »Kein Problem, eine Weile halten wir es auch draußen aus, nicht wahr, Cosima?«

Ich nickte etwas perplex. Also würden wir die Scharade heute weiterführen. Wahrscheinlich eine notwendige Sicherheitsmaßnahme.

Wir landeten auf einer Terrasse, die durch eine hohe Steinmauer geschützt war. Unzählige bunte hochwassergeschädigte Bücher, wie es aussah, führten fast bis ganz oben zur Mauer, und es war ein Geländer daneben angebracht, ganz so, als dürfe man dort hochklettern.

»Ich habe euch Decken und Kaffee bereitgestellt«, sagte Paola und deutete nach oben. Jetzt erst fielen mir der weiße Strickstoff und die beiden Espressotassen auf der obersten Bücherreihe auf. »Ich komme in knapp zwei Stunden wieder.«

Salome lächelte sie voller Dankbarkeit an. »Und in dieser Zeit betritt niemand den Laden, richtig?«

»Ihr seid ganz für euch. Wie abgemacht.«

Sobald Paola außer Sichtweite war, griff Salome nach dem Geländer und kletterte die Buchstufen nach oben. Sie warf einen Blick über die Mauer, schüttelte den Kopf und murmelte etwas, in dem der Name »Dahna« vorkam, ehe sie auf die Seite rutschte und mich zu sich winkte. Ich folgte ihr und machte es mir neben ihr gemütlich. Das Kanalwasser stand höher als sonst, das war nicht zu übersehen, und das musste einigen Venezianern Probleme bereiten, auch wenn sie an Hochwasser gewöhnt waren. Trotzdem war nicht zu leugnen, wie wunderschön der Kanal von hier aus wirkte. Sonnenstrahlen brachen gerade durch die dichte Wolkendecke und ließen die Wasseroberfläche funkeln. Gegenüber von uns befand sich ein altes, typisch venezianisches Haus mit Verfärbungen in der unteren Hälfte und hübschen Fensterläden aus dunklem Holz. Rechts und links davon waren zwei kleine Brücken zu sehen. Direkt neben uns hatte jemand bunte Wäsche vor dem Fenster aufgehängt. An der Mauer unter uns war die venezianische Flagge angebracht, das Rot und Gold bildete den perfekten Kontrast zum Wasser, und der geflügelte Löwe darauf schien jeden Moment losfliegen zu wollen. Sie wirbelte im Wind mit der Wäsche um die Wette.

»Gefällt dir unser Treffpunkt?«

Ich riss mich von dem Anblick los und schaute wieder zu Salome, die mir eine Espressotasse hinhielt.

»Es ist wunderschön hier.«

Salome drapierte die Strickdecke über unsere Beine und griff nach der zweiten Tasse. »Und es wäre noch schöner, wenn Dahna und die anderen sich nicht in den Kopf gesetzt hätten, die Stadt und ihre Bewohner zu gefährden.«

Eine Weile tranken wir still unseren Kaffee. Er war stark und wärmte mich von innen. Schließlich hielt ich es nicht mehr aus.

»Bist du böse auf mich?«

Sofort war Bestürzung auf ihrem Gesicht zu sehen. »Natürlich nicht! Du befindest dich in einer unmöglichen Situation. Und ich bin stolz auf dich, dass du geholfen hast, obwohl du dich einfach in Sicherheit hättest bringen können. Das zeugt von Charakterstärke. Was nicht bedeutet, dass es nicht leichtsinnig war! Die Dunkelheit und, ja, auch der Regen kamen uns zugute. Außerdem hast du eine ähnliche Statur wie Cosima. Sonst wären sie niemals darauf reingefallen.«

»Ich konnte nicht tatenlos herumsitzen. Ich werde wahnsinnig, wenn ich nichts zu tun habe. Es war also nicht ganz selbstlos.«

Salome strich mir sanft über den Rücken. »Wie war deine Nacht? Wie geht es dir?«

Ich verzog mein Gesicht zu einer Grimasse. »Alles okay. Den Umständen entsprechend. Und dir?«

Sie schüttelte den Kopf. »Mach dir um mich keine Gedanken, tesoro. Ich bin so froh, dich in meinem Leben zu haben. So froh, dass wir endlich frei miteinander reden können.« Sie schien mit den Tränen zu kämpfen, denn sie wandte sich von mir ab und drehte sich erst wieder um, als sie den Kampf gewann. »Gibt es etwas, worüber du mit mir sprechen möchtest? Je mehr ich über deine Situation weiß, desto besser kann ich dich vor den anderen beschützen.«

Sofort kam mir mein Gespräch mit Papa in den Sinn. Ich schluckte hart. »Maurizio weiß über mich Bescheid. Er ... er hat mit meinem Vater gesprochen. Ich meine – *ich* habe mit meinem Vater gesprochen. Durch ihn.«

Salomes Gesichtsausdruck war neutral.

»Wie war das für dich?«, flüsterte sie.

»Erst ... erst war es furchtbar. Aber ich glaube, dann hat es geholfen. Es hat mir geholfen, dass er nett zu mir war.«

»Maurizio?«

Ich schüttelte den Kopf. »Papa. Er hat mir versichert, es ist nicht meine Schuld, dass ich ... so bin. Obwohl er die Magie so sehr hasst. Und sich ein ganz anderes Leben für mich gewünscht hat.«

Salome stellte ihre leere Espressotasse neben sich ab. »Um Maurizio müssen wir uns keine Sorgen machen. Er ist einer von den Guten.«

Stirnrunzelnd sah ich sie an. »Auch wenn sein Leben auf dem Spiel steht?«

»Auch dann. Manche von uns sind dem ewigen Schlaf weniger abgeneigt als andere.«

»Und manche würden für den ewigen Schlaf über Leichen gehen«, entfuhr es mir bitter.

Sie wollte etwas sagen, das sah ich ihr deutlich an, doch im letzten Moment schien sie sich die Antwort zu verkneifen. Dankbarkeit durchströmte mich. Ich würde es nicht ertragen, wenn sie Malvolio erneut in den Schutz nahm.

»Kannst du mir mehr über die anderen erzählen?«, wechselte ich das Thema. »Ich weiß immer noch viel zu wenig. Sowohl über die Fähigkeiten als auch über ihre Vertrauenswürdigkeit.«

Sofort nickte sie. »Das habe ich mir schon gedacht.« Sie lehnte sich gegen die Wand und steckte eine Hand in ihre Hosentasche. »Sehr praktisch, diese Hosen«, murmelte sie, während sie eine kleine Papierpackung hervorzog. Dann rutschte sie ein bisschen von mir weg und legte die Packung zwischen uns. Tarotkarten. Nicht meine mit den bunten Tierillustrationen, sondern ein Deck mit nostalgischen Bildern, dem originalen Deck nicht ganz unähnlich, allerdings nagelneu. Es war das Rider-Waite-Tarotdeck, das irgendwann im zwanzigsten Jahrhundert in England erschienen und inzwischen auf der ganzen Welt beliebt war. Auf der Papierpackung war die Magier-Abbildung zu sehen.

»Ich habe sie im Laden *Mistero e Magia* ganz in der Nähe von hier gekauft«, sagte Salome. »Es sind nur die großen Arkana, die kleinen habe ich herausgenommen.« Sie rümpfte die Nase. »Auch wenn es eine Schande ist, dass sie ausgerechnet den Magier auf die Verpackung drucken.«

Vorsichtig nahm ich die Karten aus der Packung und legte sie der Reihe nach zwischen uns. Meine Finger zitterten. Der Prozess erinnerte mich zu sehr an den Moment mit Malvolio in der Suite. Ich zwang mich zu tiefen Atemzügen. Es war alles okay. Das waren nur irgendwelche Karten. Keine Spur von Blut.

»Wir waren alle überrascht, dass du eine Affinität zu Tarot

hast, allerdings nichts von deinen Familiengeheimnissen ahnst«, sagte Salome sanft. »Wie kamst du dazu? Dein Vater hat dir sicherlich kein Kartendeck gegeben, oder?«

Ich schüttelte den Kopf. »Ich habe ... hatte zwei Nachbarinnen, die sich sehr für Spiritualität und Astrologie interessieren. So kam ich dazu.« Der Gedanke an Noemi und Speranza brachte erneut eine Mischung aus schlechtem Gewissen und Vermissen hervor. »Papa war immer sauer auf uns, wenn er uns mit den Karten gesehen hat ...«

Salome nickte. »Es ergibt Sinn. Du bist mit der Magie in deinem Blut geboren. Es ist nur natürlich, dass sie dich auf anderem Wege angezogen hat, selbst wenn Lorenzo alles dafür getan hat, um dich von ihr fernzuhalten.«

Ich war fertig mit dem Ausbreiten der großen Arkana und schaute abwartend zu ihr.

Sie deutete auf die erste Karte. »Karte null. Der Narr. Du hast seine Bekanntschaft bereits gemacht, als ... als wir uns um Azazel gekümmert haben.«

Ihr Blick wurde kalt. Es dauerte ein paar Sekunden, bis ich verstand, was sie meinte. Als sie mich aus Azazels Klauen befreit hatten. Sofia, Salome und Malvolio waren in die Frauentoiletten gekommen, aber es war ein kleiner breitschultriger Mann gewesen, der den Teufel von mir weggezerrt hatte.

»Sein Name ist Arlotto, und seine Fähigkeit ist ein adaptives Muskelgedächtnis«, fuhr sie mit belegter Stimme fort. »Das bedeutet, er kann jede gesehene Bewegung ausführen. Seine Leidenschaft ist Kampfsport jeglicher Art. Und Pizzica.«

»Pizzica?«

»Ein Volkstanz aus Apulien. Ursprünglich war der Tanz ein Heilungsritual nach dem Biss einer Tarantel.«

Verdutzt schaute ich sie an.

Sie schmunzelte. »Das Ziel des Tanzes war es, das Gift der

Tarantel mit der Kraft der Bewegung und des Schweißes loszuwerden. Die Familienmitglieder und Nachbarn im Dorf tanzten meist mit, bis der Gebissene geheilt war. Für Arlotto ist der Tanz eine Erinnerung an seine Vergangenheit, eine Erinnerung an Verbundenheit, Hoffnung und Familie.«

»Ich nehme an, er ist auch einer von den Guten? Wenn er euch dabei geholfen hat, mich zu befreien?«

Salome nickte. »Das ist er. Meistens hält er sich nicht lange mit uns auf, im Hotel wird ihm schrecklich langweilig. Er braucht Bewegung wie die Luft zum Atmen.«

Ich deutete auf die Karte daneben. »Der Magier. Die können wir überspringen.« Dass Magnus die Wahrnehmung von Menschen beeinflussen konnte, hatte ich am eigenen Leib gespürt. Ebenso wie die Tatsache, dass er nicht zu den Guten gehörte.

»Magnus ist nicht tiefböse, aber er ist käuflich und leicht zu beeinflussen. Vor ihm solltest du dich in Acht nehmen, auch wenn er dich nun nicht mehr mit seiner Fähigkeit täuschen kann.«

Also stimmte es tatsächlich – Figuren konnten nur Menschen manipulieren, keine anderen Figuren.

»Wieso sollte ich Angst vor irgendjemandem haben?«, wollte ich wissen. »Wenn sie mir doch sowieso nichts antun können? Und was bedeutet das genau? Wird meine eigene Fähigkeit in Anwesenheit der anderen außer Kraft gesetzt?«

Sobald ich die Worte ausgesprochen hatte, schüttelte ich den Kopf. Das war Quatsch, ich hatte meine Fähigkeit sowohl vor Salome als auch vor anderen Figuren ausgeübt. Problemlos.

»Die Fähigkeiten von Azazel oder Magnus haben einen direkten Einfluss auf die Menschen, sie sind äußerst schädigend und kraftvoll. Dass sie bei einer von uns nicht funktionieren, ist ein Ausgleich der Magie, so habe ich es mir immer erklärt. Gaben wie deine können jederzeit ausgeübt werden, genau wie

Arlottos oder Malvolios.« Sie warf mir einen vorsichtigen Seitenblick zu. »Denn sie beziehen sich nur auf sich selbst und sie richten weniger Schaden an.«

Tun sie das wirklich?

Ich dachte daran, wie Cosima mich in doppelter Ausführung in ihr Zimmer geschleift hatte. Wie Malvolio ihr das Messer in die Brust gerammt hatte, wieder und wieder, begleitet von meinem Schrei ...

»Und was deine erste Frage angeht«, erklang Salomes Stimme wieder, bevor ich meine Zweifel äußern konnte. »Du hast gesehen, was gestern geschehen ist. Zwar musst du dich nicht vor ihnen fürchten, weil sie dir etwas antun können, doch sie kennen unseren wunden Punkt genau.«

»Unseren?«

Ihr Blick glühte. »Der Figuren, die sich nicht der Dunkelheit überlassen haben, sondern weiterkämpfen. Wir machen uns verletzlich, indem wir die Menschen beschützen wollen. Wenn du nichts zu verlieren hast, bist du nicht angreifbar. Aber es ist der einzige Weg. Ich kann nicht zulassen, dass sie ...« Ihre Stimme verlor sich im Rauschen des Windes.

Ich nickte. »Auch ich werde es nicht zulassen.« Dann deutete ich wieder auf die Karten zwischen uns. »Die Hohepriesterin?«

Im hintersten Winkel meines Gedächtnisses erwachte eine Erinnerung. Malvolio hatte mir von der Hohepriesterin erzählt, ich war mir sicher. Ich wusste nur nicht mehr, in welchem Kontext ...

»Sofia«, sagte Salome sanft.

Ah, richtig, jetzt klingelte es! »Psychische Heilung«, murmelte ich. Sofia hatte mir in der Frauentoilette angeboten, auch mich zu heilen. *Bei Greta war es auch möglich.* Das hatte Malvolio zu mir gesagt, um mich zu ermutigen. Greta war das Zimmermädchen, das Azazel vergewaltigt hatte und das anschließend von einem Tag auf den anderen viel zu fröhlich auf mich gewirkt hatte. Aber ich hatte abgelehnt. Ich hatte mich nicht manipulieren lassen wollen.

»Das kann doch unmöglich wirklich funktionieren, oder?«, entfuhr es mir.

»Es funktioniert.« Schmerz zuckte über Salomes Gesicht. »Zumindest für eine Weile. Aber die menschliche Seele ist komplex. Je tiefer der Schmerz, desto schwieriger ist es, ihn nachhaltig zu heilen. Du kannst es dir ein bisschen so vorstellen, als würde Sofia den Heilungsprozess beschleunigen. Wenn du beispielsweise trauerst, weil ein geliebter Mensch gestorben ist, wirst du nicht plötzlich überglücklich und darüber hinweg sein. Der Schmerz verschwindet nicht vollständig, er klingt jedoch ab. Du bist in der Lage, ihn zu reflektieren, gut zu dir zu sein, dir selbst zu helfen. Dennoch – ich habe verstanden, wieso du dich dagegen entschieden hast, als Sofia es auch bei dir tun wollte. Es ist unnatürlich. Zudem kommt hinzu, dass die Heilung hinfällig ist, sobald wir in die Karten gesperrt werden. Sie hält – genau wie die meisten der Fähigkeiten – nur so lange an, wie wir uns hier befinden. Die Ausnahmen sind Agostino, Stella und Lucia. Die Auswirkungen ihrer Fähigkeiten sind dauerhaft.«

Ein paar Sekunden herrschte Stille zwischen uns. Mir ging Gretas Gesicht nicht mehr aus dem Kopf. Erst völlig verheult im Putzraum, dann fröhlich vor meiner Suite, als sie mir das Ballkleid vorbeigebracht hatte. Der Gedanke, dass es ihr dank Sofia eine Weile besser gegangen war, war schön – aber was war geschehen, nachdem ich uns eingesperrt hatte? Hatte die Wirkung der Heilung nachgelassen? Oder war die Zeit, in der wir eingesperrt gewesen waren, zu kurz dafür gewesen? Ich sprach meinen Gedanken laut aus, Salome seufzte.

»Wir haben versucht, Kontakt zu Greta aufzunehmen, doch bisher konnten wir sie nicht lokalisieren.«

Ich nickte. Ich durfte nicht zu lang darüber nachdenken, sonst würde ich wahnsinnig werden. Jede Sekunde, in der sich Azazel, dieses Ekelpaket, hier befand, war ein Risiko für ganz Venedig.

»Karte Nummer drei ist Dahna, nicht wahr?«, sagte ich schnell, um mich selbst abzulenken. »Die Herrscherin, die in der Lage ist, das Wetter zu manipulieren?«

Salome nickte, dann seufzte sie tief. »Dahna ist sehr impulsiv und egozentrisch. Wie du siehst, schert sie sich nicht darum, welchen Schaden sie mit ihrem Talent anrichtet. Als Mensch gehörte sie einer wohlhabenden Adelsfamilie an. Sie hat die Einstellung, dass sie aufgrund dessen etwas Besseres ist und stets das Recht auf die Erfüllung all ihrer Wünsche hat, nie abgelegt. Allerdings ist sie nicht so schlimm wie ihr Gatte.« Sie deutete auf die Karte daneben, den Herrscher, und ihr Blick verdüsterte sich. »Domenichino hast du gestern auch kennengelernt. Er kann Aggregatzustände verändern, und wie du gesehen hast, macht er sich einen Spaß daraus, seine Fähigkeit zu nutzen, um andere zu quälen. In Kombination sind die beiden unerträglich.«

»Sympathisch«, knurrte ich.

»Als Nächstes haben wir den Hohepriester, das ist Agostino. Er ist das Äquivalent zu Sofia. Seine Fähigkeit ist die physische Heilung. Diese funktioniert wie gesagt deutlich schneller und nachhaltiger als Sofias Gabe. Das bedeutet, wenn er die Wunden eines Menschen heilt, bleiben diese geheilt, auch nachdem wir eingesperrt worden sind. Die Heilung des Körpers ist nicht so komplex wie die Heilung der Psyche.«

»Lass mich raten«, sagte ich. »Er zählt auch zu den vernünftigen Kartenfiguren.«

Salome lächelte. »Du scheinst den Dreh herauszuhaben.«

»Also bestimmt die Art der Fähigkeit, ob man ein Monster ist oder nicht?«

Salomes Lächeln erlosch sofort. »Nein, Giulietta. Wir selbst haben die Macht zu entscheiden, ob wir ein Monster sein wollen. Manche Fähigkeiten machen uns die Entscheidung lediglich leichter.«

Klang sinnvoll. Es war ja auch kein Zufall, dass unter den Menschen auf der Welt, die am meisten Macht und Privilegien besaßen, die größten Mistkerle zu finden waren. Wie lautete noch mal dieses Zitat? Willst du den wahren Charakter eines Menschen kennen, so gib ihm Macht. Das schien auch für Kartenfiguren zu gelten ...

Als Nächstes waren die Liebenden dran.

»Callisto und Cara«, erklärte Salome. »Emotionale Manipulation.«

Ich schnaubte. »Haben die mich auch manipuliert? Damit ich Malvolio schneller verfalle?«

»Sie haben es ihm angeboten.« Ihre Miene war unergründlich. »Aber er hat abgelehnt.«

Eigentlich wollte ich wirklich nicht über ihn sprechen, geschweige denn nachdenken, aber ich konnte nicht den Mund halten.

»Ihr *wusstet* alle davon, dass er sich an mich ranmacht?«, zischte ich. »Wie kann das sein? Sein einziges Ziel war es doch, die Karten, inklusive sich selbst, einzusperren.«

»Man könnte ihn als Doppelagent bezeichnen. Vor uns hat er so getan, als würde er sich dir nur nähern, um herauszufinden, wie viel du durch deinen Vater erfahren hast.«

Ich hob die Brauen. »Und das hat niemand von euch durchschaut?«

»Doch.« Sie lächelte seltsam zufrieden. »Allerdings war es bereits zu spät. Er weiß, was er tut. Und er hat sich jahrhundertelang vorbereitet. Der Kleine besitzt ziemlich viel Grips.«

»Und das stört dich nicht? Dass er euch hintergangen hat?«

Keine Ahnung, wonach ich suchte – Bestätigung, dass meine Wut auf ihn gerechtfertigt war? Eine Verbündete, um ihn gemeinsam zu hassen?

Salome schüttelte den Kopf. »Ich hätte an seiner Stelle genauso gehandelt. Was er erlebt hat, ist nicht in Worte zu fassen. Und trotzdem ist er all die Jahre stark geblieben. Selbst nach der Pest …«

Ich biss die Zähne heftig zusammen. Es war unerträglich, sie so über ihn reden zu hören.

»Bitte entschuldige«, sagte sie sofort, als sie meinen Blick registrierte. »Ich möchte damit nicht seine Taten dir gegenüber rechtfertigen oder ihn in Schutz nehmen.«

»Machen wir lieber weiter«, presste ich hervor.

Sie nickte wehmütig, dann schaute sie zu den Karten. »Karte Nummer sieben ist der Wagen. Pellegrino kann sich unglaublich schnell fortbewegen, so schnell, dass er für das bloße Auge beinahe unsichtbar wird.« Als ich nicht einhakte, deutete sie auf die nächste Karte. »Nummer acht ist die Kraft. Arlo. Du hast seine Bekanntschaft ganz kurz in der Hotellobby gemacht. Seine Fähigkeit ist es, Elektrizität zu manipulieren. Er hat einen Stromausfall ausgelöst, um zu verhindern, dass der Concierge dir verrät, in welchem Zimmer Malvolio schläft.«

Ich riss die Augen auf. An diesen Moment erinnerte ich mich nur zu gut. Es war einer der unzähligen Zufälle im Hotel gewesen, die mir seltsam erschienen waren. Salome gab mir keine Gelegenheit, meinen Schock zu verarbeiten. »Pellegrino und Arlo stehen beide zwischen den Stühlen. Sie möchten am Leben bleiben, aber sind relativ friedfertig und halten sich aus den meisten Streitereien heraus. Dasselbe kann man leider nicht über Monaco sagen. Er ist der Eremit und –«

»Er kann sich unsichtbar machen«, vervollständigte ich.

»Du bist gut.« Sie lächelte mir kurz zu, ehe sie wieder ernst wurde. »Monaco ist leicht zu bestechen und arbeitet eng mit Azazel zusammen, auch wenn er sich niemals selbst die Hände schmutzig machen würde. Er ist durch und durch ein Spion. Leider ein sehr erfolgreicher, wie du dir vorstellen kannst.«

Ich nickte. Monaco war der Grund, wieso Malvolio immer mit mir Gondel gefahren war, wenn er wichtige Informationen besprechen wollte.

»Fortuna ist die Nummer zehn«, fuhr Salome fort. »Das Schicksalsrad. Sie ist sehr verträumt und lebt immer ein wenig in ihrer eigenen Welt. Ihre Fähigkeiten umfassen Hellseherei und Traumdeutung. Über all die Jahre hat sie nie Partei ergriffen. Sie betrachtet sich selbst als neutral.«

»Hellseherei?«, hakte ich nach. »Wie nützlich.«

»Ihr Talent bezieht sich nur auf Menschen. Sie kann verschiedene Möglichkeiten sehen, die in der Zukunft eintreffen könnten, je nachdem, wie sich jemand entscheidet. Über die Zukunft der Kartenfiguren weiß sie nichts. Und außerdem ist sie sehr verschwiegen.«

Puh ... Hätte ich das mal gewusst, bevor ich Cosimas Platz eingenommen hatte ... Vielleicht hätte diese Fortuna mir voraussagen können, was mit mir geschehen würde, wenn ich auch nur eine weitere Sekunde in Venedig blieb.

Salome nickte in Richtung Karte Nummer elf. »Die Gerechtigkeit bin ich«, sagte sie mit hörbarem Stolz in der Stimme. »Ich denke, das bedarf keiner Erklärung.«

»Dazu habe ich nur eine Frage«, sagte ich schnell. »Du bist also eine Kartenfigur, deren Fähigkeit sich direkt auf andere Kartenfiguren bezieht, richtig?«

Erneutes Nicken. »Ich schaffe den Machtausgleich. Ich halte sie alle in Schach.«

»Dann können wir ja froh sein, dass du dich dagegen entschieden hast, ein Monster zu sein.«

Wir mussten beide grinsen.

Ich konnte es nicht leugnen – es war faszinierend, endlich alles zu erfahren. Und je mehr ich hörte, desto interessanter wurde alles.

»Als Nächstes kommt der Gehängte. Maurizio. Du hast ihn kennengelernt, hast du gesagt?«

Ich nickte. Augenblicklich kehrte der Gedanke an Papa zurück. »Was für ein abgefahrenes Talent …«

»Malvolio und er haben sich früher recht gut verstanden«, murmelte Salome und schaute an mir vorbei über die Mauer. Das Kanalwasser hatte sich inzwischen beruhigt. Da kein Wind mehr wehte und auch keine Gondel in Reichweite war, war es ganz still. »Beide Fähigkeiten hängen mit dem Tod zusammen. Allerdings ist Maurizios nicht ganz so schmerzhaft.«

Sie schien zu spüren, dass ich das Thema auf gar keinen Fall vertiefen wollte, denn sie schaute wieder zu den Karten. »Nummer dreizehn ist selbsterklärend. Er sieht die Todestage aller Menschen und spürt alle Tode, die in Venedig stattfinden. Unnatürliche deutlich stärker als natürliche. Wenn jemand friedlich im Schlaf stirbt, weil er oder sie ein gewisses Alter erreicht hat, bekommt er es nur schwach mit.«

Mit aller Kraft wehrte ich mich dagegen, an ihn zu denken. Mir sein bisheriges Leben vorzustellen. Mir war klar, was geschehen würde, wenn ich zu lange darüber nachdachte. Das Mitleid würde überwiegen. Ich war nicht bereit dafür.

»Allerdings ist es eine Überraschung, dass Malvolio die Fähigkeit hat, eine von uns …« Salome brach ab und schien mit sich zu kämpfen. Mein Inneres zog sich zusammen. Es musste so hart für sie sein, an Cosima zu denken.

»Er hat es selbst nicht gewusst«, raunte sie nach einer Weile. »Da bin ich mir sicher. Hätte er es gewusst …« Schon wieder vervollständigte sie den Satz nicht.

»Machen wir weiter«, brachte ich hervor.

Sie fuhr sich über die Augen, dann atmete sie einmal tief durch. »Nummer vierzehn ist Onofrio. Ich weiß nicht, ob du …«

»Ich habe ihn getroffen«, sagte ich mit einem Nicken. »Er kann mit Tieren sprechen, richtig? Ist er vertrauenswürdig?«

»Das ist er. Allerdings sehr eigensinnig. Tiere sind ihm wichtiger als Menschen oder als andere Kartenfiguren. Er ist der Meinung, dass sie die unschuldigsten, vertrauenswürdigsten Geschöpfe auf Erden sind.«

Ganz falsch lag er da nicht, oder?

»Weil sie ihm lieber als Menschen sind, schließt er auch Freundschaften und bittet sie höflich, wenn er Hilfe von ihnen benötigt. Er würde seine Fähigkeit niemals nutzen, um egoistische Kämpfe auszutragen, wie er zu sagen pflegt. Ihn können wir also auch zu den eher neutralen Figuren zählen.«

Während Salome sprach, hatte sie begonnen, die Karten, deren Fähigkeiten wir bereits besprochen hatten, auf den Büchern zwischen uns zu arrangieren. Die Guten auf der einen Seite, die Bösen auf der anderen, die Neutralen in der Mitte.

Die nächste und fünfzehnte Karte – der Teufel – legte sie kommentarlos zu den Bösen, diese bedurfte keiner Erklärung, bevor sie nach der sechzehnten griff.

»Collisio ist der Turm«, sagte sie. »Ein lieber, ängstlicher Junge, der meist seine eigene Haut rettet, statt für das große Ganze zu kämpfen. Das soll keine Kritik sein, seine Vergangenheit war äußerst schmerzhaft, er hat in zu jungen Jahren viel zu viel Zeit in Gefangenschaft verbracht, wo er weiß Gott was erlebt hat. Er spricht nicht darüber, aber wir vermuten, dass er mindestens gefoltert wurde. Seine Fähigkeit ermöglicht es ihm, feste Materie zu durchdringen. Wie etwa Wände oder Türen. Er hat schreckliche Angst vor dem Tod.«

»Vor … vor Malvolio?«

»Nein, den mag er«, sagte sie mit einem kleinen Lächeln. »Vor seinem Tod, meine ich.«

Ich nickte. »Also glaubst du, er wird Vincenzo und den bösen Karten dabei helfen, mich zu finden?«

Sie hob die Schultern. »Ich bin mir nicht sicher. Er ist eher von der passiven Sorte.« Nach kurzem Abwägen legte sie ihn in die Mitte zu Onofrio und Fortuna.

Die nächsten Karten waren der Stern, der Mond und die Sonne. Salome griff nach allen dreien und schob sie auf die gute Seite. »Stella ist die Jüngste von uns, knapp siebzehn Jahre alt. Du wirst dich bestimmt gut mit ihr verstehen, sie hat ein großes Herz und einen ausgeprägten Gerechtigkeitssinn. Sie kann jede leblose Materie in Gold verwandeln.«

Das klang cool. Ziemlich harmlos, aber vermutlich auch praktisch, wenn man sich keine Sorgen um Geld machen musste. Ich starrte ein paar Sekunden auf die Karte. Der Gedanke, mich mit den anderen Figuren anzufreunden, war seltsam. Als ich ins Hotel gekommen war, war ich bloß eine Außenseiterin gewesen. Schließlich hatte ich erfahren, dass ein paar von ihnen Angst vor mir hatten, weil ich diese Macht besaß, von der ich mein Leben lang nichts gewusst hatte. Und jetzt? Jetzt war ich eine von ihnen. Auch wenn das der Großteil noch nicht ahnte ...

»Deluna und Lucia kennst du ja schon«, sagte Salome und deutete auf den Mond und die Sonne.

Ich nickte. »Deluna kann Schatten beeinflussen, Lucia Pflanzenwachstum, richtig?«

»Genau. Deluna besitzt außerdem noch Nachtsicht.«

Auch diese Fähigkeiten klangen ziemlich cool. Und nicht besonders fies. Was auch erklärte, wieso die beiden nicht zu den bösen Figuren zählten.

Es waren nur noch zwei Karten übrig. Das Gericht und die

Welt. Salome legte das Gericht in die Mitte zu den neutralen Figuren und die Welt in meinen Schoß.

»Daniele ist ein Lügendetektor«, erklärte sie, während sie auf das Gericht deutete.

»Ich weiß.« Meine Stimme klang mit einem Mal kalt. »Auf dem Maskenball hat er mit mir getanzt und mich ausgefragt, um herauszufinden, was Malvolio mir alles erzählt hat. Und dann wurde er von Azazel abgelöst ...« Die Übelkeit kehrte auf einen Schlag zurück. »Wieso hast du ihn zu den neutralen Figuren gelegt?«

»Weil auch er meist viel zu sehr mit sich selbst beschäftigt ist, um die anderen bei ihren fragwürdigen Plänen zu unterstützen. Er hat nur Feiern und sein eigenes Amüsement im Kopf.« Sie schluckte schwer, dann schob sie die Karte ein bisschen in die Richtung des Haufens, den die bösen Figuren bildeten. »Aber vielleicht hast du recht. Wenn sie ihn lang genug nüchtern bekommen und er seine Freiheit gefährdet sieht, könnte er sich ihnen anschließen.«

Ich umschloss die Welt-Karte mit beiden Händen und atmete tief durch. »Tja, und dann bleibt noch die letzte Karte«, murmelte ich.

Salome schenkte mir ein trauriges Lächeln. »Hast du Fragen zu deinem Talent? Du kannst mich alles dazu fragen, ich kenne mich gut damit aus.«

Ohne dass ich es verhindern konnte, schossen mir die Tränen in die Augen. Es gab eine andere Frage, die sich in den Vordergrund gedrängt hatte. »Wie ... wie kannst du so nett zu mir sein?«, wisperte ich. »Deine Schwester ist tot. Meinetwegen. Und ich habe ihren Platz eingenommen.«

»Oh, Giulietta.« Sie rückte näher zu mir und legte einen Arm fest um meine Schultern. »Meine Schwester ist nicht deinetwegen tot. Es ist schrecklich, was sie dir angetan hat, und es ist schrecklich, was mit ihr geschehen ist, wie sie ein Opfer ihrer Gefühle geworden ist. Trotz allem verstehe ich sie. Ich werde sie immer verstehen, denn sie war meine kleine Schwester, und ihr Schmerz ist meiner.«

Ein Stechen durchfuhr mich. Salomes Stimme war voller Zuneigung. Wie sehr ich mir wünschte, eine Realität erleben zu können, in der meine ganze Familie intakt war.

»Aber es geht hier nicht um die Schuldfrage«, fuhr Salome fort, als das Stechen in mir beinahe unerträglich wurde. »Es tut mir so leid, dass ich nicht zu ihr durchdringen konnte, dass ich das Unheil nicht abwenden konnte, bevor es zu spät war. Mit jedem Atemzug vermisse ich sie noch mehr. Das Loch, das sie in mir hinterlassen hat, wird immer da sein, denn sie war ein Teil von mir. Aber du bist auch ein Teil von mir. Du bist meine Nichte. Und zudem bist du unschuldig. Du hast dir dieses Leben nicht ausgesucht.«

Mit der freien Hand wischte sie mir die Tränen vom Gesicht. »Cosima auch nicht, ich weiß, niemand von uns. Aber Cosima ist jetzt hoffentlich an einem besseren, friedlichen Ort, an dem ihr nie wieder Schmerz widerfahren wird. Und es ist unsere Aufgabe, ihrem Tod einen Wert zu geben. Genau wie dein Vater in dir weiterlebt, tut es deine Mutter. Auch wenn es schmerzhaft ist, an sie zu denken. Auch wenn du wütend auf sie bist.«

Ich schüttelte den Kopf. »Ich bin nicht wütend. Ich bin einfach nur ...« Was war das richtige Wort? Wie konnte ich das Chaos in meinem Inneren zusammenfassen, wenn ich an Papa und an Cosima dachte? »Verzweifelt. Und ich fühle mich hilflos. Ich wünschte, ich hätte das alles früher erfahren. Ich wünschte, ich hätte etwas dagegen ausrichten können.«

Salome nickte. Sie schien mit ihren eigenen Tränen zu kämpfen. »Deine Gefühle sind mehr als verständlich.«

Eine Weile verharrten wir so, Arm in Arm, die Schwere zwischen uns, der Schmerz allgegenwärtig, beinahe zu viel. Und trotz allem tat es gut, nicht allein zu sein. Es tat gut, verstanden zu werden. Und auch wenn wir uns viel zu wenig kannten – da war diese Sehnsucht in mir, dieses Bedürfnis, sie näher kennenzulernen, sie zu einem festen Bestandteil meines Lebens zu machen. Sie war meine Tante.

»Es gibt da etwas, das ich dir sagen muss«, flüsterte sie nach einer Weile.

Ich löste mich von ihr und wich ein Stück zurück, um sie richtig ansehen zu können. Ihr Tonfall war besorgniserregend, und eine steile Falte hatte sich zwischen ihren Augenbrauen gebildet.

»Vincenzo ist auf der Suche nach dir, und er hat ein paar der Kartenfiguren angestiftet, dich zu finden und zu ihm zu bringen.«

Ich nickte. Das war keine Neuigkeit für mich.

»Er ist außer sich vor Wut. Dass er Cosima nicht finden kann, trägt dazu bei. Es ist wichtig, dass er so lange wie möglich nichts von ... von dir erfährt.«

»Okay ... ja.« Ich verstand immer noch nicht ganz, wieso mein Onkel so ein Problem war. Er war nur ein Mensch. Er besaß nicht mal die Fähigkeit, die Papa und ich besessen hatten. Klar, er war machtgierig und irre, kannte die ganzen Familiengeheimnisse, außerdem war er der Hoteldirektor, aber wie viel Einfluss konnte er schon haben?

Auch Papa hatte mich durch Maurizio vor ihm gewarnt. Ich hatte es als seinen übermäßig großen Beschützerinstinkt abgetan. Immerhin hatte Vincenzo ihn getötet. Es war verständlich, dass er sich Sorgen machte.

»Das weiß ich aber auch schon«, sagte ich. »Ich habe nicht vor, ihm einen Besuch abzustatten.«

»Das ist mir bewusst.« Salome sah mich immer noch voller

Sorge an. »Und ihm auch. Deshalb hat er beschlossen …« Sie atmete tief durch. »Er hat beschlossen, heute Nachmittag deinen Vater zu beerdigen.«

Ich starrte sie an.

»Es wurde alles in die Wege geleitet. Vincenzo Visconti hat einflussreiche Freunde. Sie werden auf der Beerdigung sein, ebenso wie die Kartenfiguren, die sich von ihm aufstacheln haben lassen. Aus diesem Grund ist es besonders wichtig, dass du –«

Ich warf die Welt-Karte in die Mitte zwischen uns, quer über die anderen Karten. Salome verstummte abrupt.

Mein Herzschlag beschleunigte sich. Ich war die Welt. Ich war unsterblich. Na ja, zumindest falls Malvolio nicht plante, mich um die Ecke zu bringen.

Was hatte ich schon zu befürchten?

»Dass ich nicht an der Beerdigung meines Vaters teilnehme?«, rief ich. »Tut mir leid, aber das ist keine Option. Die Beerdigung ist der Grund, wieso ich überhaupt nach Venedig gekommen bin.«

Um mich von meinem Vater zu verabschieden. Ha. Wie unschuldig, wie *normal* das klang. Wenn ich damals gewusst hätte, welche Ereignisse ich damit lostreten würde …

Salome seufzte tief. »Bitte, Giulietta. Es ist zu gefährlich.«

Ich zwang mich zu einem Lächeln. »Okay.«

Misstrauisch musterte sie mich. »Okay?«

»Ich habe eine Idee.«

KAPITEL 10

Die Insel der Toten

L'occasione fa l'uomo ladro.
(Gelegenheit macht Diebe.)

»Bist du sicher, dass du das verkraftest?«

»Ich bin sicher.«

Es gab keine andere Möglichkeit. Ich hatte es zu verkraften.

Maurizio legte den Kopf schief. »Du siehst nicht gut aus, amico.«

Ich verdrehte die Augen. »Du würdest auch nicht gut aussehen, wärst du in den letzten zwölf Stunden zweimal gestorben.« Es waren zwei natürliche Tode gewesen, aber trotzdem. Außerdem erinnerte ich mich nicht daran, wann ich zuletzt mehr als zwei Stunden am Stück geschlafen hatte.

Wir standen an der Anlegestation und hatten uns unter die Leute gemischt, die in Richtung San Michele fuhren. Beide trugen wir schwarze Anzüge und schwarze schlichte Masken. Die Insel war für Touristen frei zugänglich, und durch die anderen hatten wir erfahren, dass Vincenzo sie auch heute nicht sperren lassen hatte, obwohl er das problemlos hätte veranlassen können. Er wollte ein großes Spektakel, das passte zu ihm. Selbst wenn es seinen Plan gefährdete.

Bereits von Weitem war die rote Ziegelmauer zu sehen, die die Friedhofsinsel umgab, ebenso wie die Zypressen.

Den Friedhof gab es erst seit dem neunzehnten Jahrhundert, aber schon davor waren die Toten nicht in der Stadt geblieben. Immerhin war Venedig auf Schwemmland erbaut worden, mit Häusern auf Holzpflöcken, wo sollte man da die Leichen begraben?

»Hast du jemanden von uns gesehen?«, raunte Maurizio mir zu, während wir über den Pier auf die Fähre gelangten und unsere Tickets an die Maschine hielten.

Ich schüttelte den Kopf. »Würde mich nicht wundern, wenn sie mit Privatgondeln kommen.«

Die Insel war eigentlich nur über die Fähre zu erreichen, doch seit wann hielt sich irgendjemand von uns an Regeln?

Im Inneren fanden wir keinen freien Sitzplatz mehr. Wir drängten uns neben einem Fenster aneinander. Maurizios besorgte Miene war trotz seiner Maskierung unverkennbar.

»Es geht schon«, murmelte ich, bevor er die Frage erneut aussprechen konnte. Wie seltsam die letzten Stunden gewesen waren. Wie seltsam es war, ihn wieder als Verbündeten zu haben, nach allem, was geschehen war. Der fiese Teil in mir wies mich darauf hin, dass Maurizio nur nett zu mir war, weil er Angst vor meiner neu entdeckten Fähigkeit hatte. Der vernünftige erinnerte sich daran, dass Maurizio mir noch nie einen Anlass gegeben hatte, ihm zu misstrauen. Was auch immer der Grund für seine Hilfe war, ich war ihm dankbar.

Nachdem ich ihn in die Geschehnisse der letzten Tage eingeweiht hatte, hatte ich ihm von meiner Vermutung bezüglich Vincenzo erzählt. Was, wenn der ehemalige Hoteldirektor Edoardo Vincenzo nicht zufällig adoptiert hatte? Der Gedanke war mir noch nie gekommen, da ich, als wir vor nahezu zwei Jahrzehnten im Hotel gelebt hatten, mitbekommen hatte, wie Vincenzo vor Neid auf seinen Bruder schier verrückt geworden war. Er hatte sich immer gewünscht, die Macht ebenfalls zu besitzen, Teil der Magie zu sein. Ich war mir sicher, er war nur so schnell auf Cosimas Avancen hereingefallen, weil sie für ihn all das personifizierte, was er sein Leben lang gewollt hatte. Außerdem waren Adoptionen innerhalb der Blutlinien Visconti, da Tortona und da Besozzo wirklich nicht unüblich. Doch etwas stimmte hier nicht. Das Kartendeck konnte nicht einfach verschwinden.

In den vergangenen Stunden hatten Maurizio und ich mithilfe von Collisio das gesamte Hotel nach Vincenzo und dem Kartendeck abgesucht. Collisio war zunächst unbrauchbar gewesen. Die Tatsache, dass wir eingesperrt worden waren, hatte eine Panikattacke bei ihm ausgelöst, und es hatte mich etliche beruhigende Worte und Versicherungen gekostet, bis er sich bereit erklärt hatte zu helfen. Es grenzte an ein Wunder. Das letzte Mal, als er mir geholfen hatte, waren wir nur wenige Minuten später in die Karten gesperrt worden. Meinetwegen. Diesen Zusammenhang verschwieg ich ihm und schob die ganze Schuld auf Vincenzo. Ich hatte ein schlechtes Gewissen, dass ich Collisio manipulierte, zudem schien er sich vor mir zu fürchten. Dennoch – ich tat das Richtige. Ich hatte nicht vor, uns erneut einzusperren. Dieser Wunsch war weit, weit in den Hintergrund gerückt. Es gab gerade nur eines, was ich wollte.

»Onofrio wartet am Grab von Ezra Pound«, unterbrach Maurizio meine Gedanken. »Er greift nur ein, wenn jemand dem Mädchen oder einem anderen Menschen schaden will. Andernfalls hat er nicht vor, sich einzumischen.«

Ich nickte knapp. Ich hoffte, *das Mädchen* würde erst gar nicht auftauchen. Und Onofrios Hilfe würde nicht nötig sein.

»Was ist eigentlich mit Salome?«, zischte Maurizio. Die

Fähre hatte sich inzwischen in Bewegung gesetzt, und das Rauschen der Wellen und das Vibrieren des Motors übertönten die meisten Gespräche. Ich verstand ihn trotzdem, seine Lippen befanden sich direkt an meinem Ohr. »Nach der Aktion gestern Abend hat sie sich nicht mehr blicken lassen. Ich habe so oft an ihrer Zimmertür geklopft. Es passt nicht zu ihr, sich rauszuhalten.«

Erneut nickte ich. Salomes Verhalten wunderte mich auch, doch im Gegensatz zu Maurizio war ich froh, dass sie nicht bei uns war, obwohl ihre Gabe zweifellos nützlich wäre. Wenn sie herausbekam, was ich ihrer Schwester angetan hatte …

Den Rest der zehnminütigen Fahrt verbrachten wir schweigend. Erst als die elektronische Ansagestimme uns auf der Insel der Toten willkommen hieß, konnte ich mich nicht mehr zurückhalten.

»Bitte versuche, Kontakt zu ihm aufzunehmen«, flehte ich Maurizio an. Es war sicherlich das hundertste Mal, dass ich ihn darum bat.

»Es tut mir leid«, gab er resigniert zurück, während wir inmitten der Menschentraube ins Freie traten. »Ich habe es immer wieder versucht. Und auf einem Friedhof wird er garantiert nicht zu finden sein, das weißt du.«

Ja, ich wusste, dass Tote sich nicht auf Friedhöfen herumtrieben. Die Hoffnung verließ mich trotzdem nicht. Wieso sprach Lorenzo nicht mehr mit Maurizio? Nachdem er in der Kirche mit Giulietta kommuniziert hatte, war er nirgendwo mehr zu finden gewesen. Wollte er nur etwas sagen, wenn seine Tochter anwesend war? Er musste doch verstehen, dass wir auf der richtigen Seite standen! Er war der Schlüssel. Wenn uns jemand die Wahrheit über Vincenzo sagen konnte, dann er.

Ich schüttelte den Kopf. So oder so – mein Plan stand fest. Das Kartendeck befand sich nicht im Hotel. In keinem Safe, in keinem Tresor, das hatte mir Collisio versichert. Es war nicht das erste Mal, dass ich danach suchte. Schon vor Giuliettas Ankunft in Venedig hatte ich sämtliche Geheimverstecke danach durchkämmt. Es blieb nur noch eine letzte Möglichkeit.

Es bleiben Millionen Möglichkeiten, widersprach eine kleine Stimme in meinem Hinterkopf. *Er könnte sie in der ganzen Stadt verteilt haben. Zweiundzwanzig Verstecke für zweiundzwanzig Karten.*

Nein. Das würde er nicht tun. Nicht Vincenzo, für den die Magie der Karten heiliger als alles war.

»Mach dich nicht verrückt«, flüsterte Maurizio. »Azazel und seine Gefolgschaft sind ebenso sehr auf der Suche nach dir wie nach ihr. Na ja, beinahe.«

Ich schnaubte. »Sollen sie bloß versuchen, mir nahe zu kommen.«

Noch war ich der Meinung, dass niemand erfahren durfte, was ich Cosima angetan hatte, doch je größer meine Erschöpfung und Verzweiflung wurden, desto mehr bröckelte meine Willenskraft. Jemanden wie Azazel einfach auszulöschen … Es war verlockend. Doch ich durfte mich nicht gehen lassen. Ich konnte keinem Menschen dieses Schicksal aufbürden. Und außerdem konnte mir niemand garantieren, dass ein anderer Mensch besser mit dem Talent des Teufels umzugehen wusste.

Wir betraten das Friedhofsareal. Im Inneren war der Kreuzgang des Klosters, das sich dort schon lange vor dem Friedhof befunden hatte, noch erhalten. Saftig grüne Zypressen säumten die beiden Hauptwege. Sie glänzten noch feucht vom Regen, den Dahna gerufen hatte und mit dem sie vermutlich die ganze Insel unter Wasser gesetzt hätte, wäre sie nicht gestoppt worden. Egozentrische Monster.

Neben der Friedhofskapelle gab es ein Krematorium und Kolumbarien, Urnenkammern in einer Mauer – sowie Ossuarien, Knochenkästen für die Überbleibsel der Leichen nach der Verwesung. Ihr Anblick deprimierte mich jedes Mal. So oft hatte ich den Tod unterschiedlichster Menschen miterlebt. Einige klammerten sich an ihr Leben, wollten es nicht zurücklassen, waren nicht bereit, hatten Angst vor der unendlichen Leere. Selbst die Gläubigen. Am Ende wusste niemand genau, was einen auf der anderen Seite erwartete. Manche waren erleichtert, weil der Schmerz endlich vorbei war. Und dann gab es diejenigen, die zu schockiert waren, um etwas anderes als Überraschung zu empfinden. Kein Tod glich dem anderen. Doch nach dem Tod … Nach dem Tod waren sie alle gleich. Ein Häufchen Asche. Ein paar Knochen. Ich würde mich niemals an diesen Anblick gewöhnen, obwohl ich mir so oft gewünscht hatte, meinem eigenen Leben ein Ende zu bereiten.

Immerhin wurden die Leute heutzutage mit Würde begraben, nicht wie damals, als man sie verbrannt und mangels Alternativen in die Kanäle geworfen hatte. Von meiner Familie war nichts mehr übrig. Vermutlich war es besser so. Bedeutete ein Menschenleben mehr, wenn der Körper zehn Jahre auf der Friedhofsinsel begraben lag, ehe er verbrannt und zu den anderen in die Mauer gesteckt wurde, um Platz für neue Tote zu schaffen? Ging es den Trauernden damit besser?

»Ich weiß, es ist verdammt deprimierend«, erklang Maurizios Stimme neben mir, als hätte er meine Gedanken gelesen. »Aber es ist der Ort, an dem ich meine Ruhe habe.«

Ich riss mich von dem Anblick der Gräber los und rang mir ein Lächeln ab. »Das kann ich mir vorstellen. Für dich ist das hier die reinste Entspannung, nicht wahr?«

»So in etwa.« Er erwiderte mein Lächeln nur halbherzig. »Wusstest du, dass die Toten früher nach Konfessionen getrennt beigesetzt wurden? Ist das nicht lächerlich? Als würde das nach dem Tod noch –«

Er verstummte abrupt und riss seine Augen auf. Starrte auf einen Punkt zwischen der Mauer und zwei Löwenstatuen. Ich folgte seinem Blick.

Nichts und niemand war dort zu sehen.

»Mein Gott, du hattest recht«, hauchte er. »So viel zu Entspannung.«

Augenblicklich schoss mein Puls in die Höhe. Für *mich* war dort niemand zu sehen.

Maurizio setzte sich in Bewegung, und ich heftete mich an seine Fersen. Wir liefen geradewegs auf den Punkt zu, auf den er noch immer wie hypnotisiert starrte. Die Touristen beachteten uns nicht. Sie schossen eifrig Fotos vom Areal und unterhielten sich angeregt, wenn auch mit gesenkten Stimmen. Respekt vor den Toten hatten sie alle.

»Einen wunderschönen guten Tag, Lorenzo«, wisperte Maurizio, als wir neben den Löwen zum Stehen kamen. »Du willst wohl deine eigene Beerdigung nicht verpassen?«

Mein Herz ratterte immer schneller in meiner Brust. Es lag nicht nur daran, dass Lorenzo die Antwort auf unsere dringendste Frage hatte. Es lag daran, dass er Bescheid wusste. Er wusste, was ich seiner Tochter angetan hatte. Und das, nachdem ich seinen Schmerz und seine Verzweiflung gespürt hatte, als wären sie meine eigenen Gefühle. Ich hatte Giuliettas Gesicht zum ersten Mal bei seinem Tod in seinen Gedanken gesehen. Alles, was ich danach getan hatte, war reine Selbstsucht gewesen. Er musste mich noch mehr verachten, als seine Tochter es tat.

»Es tut mir leid«, sagte Maurizio, diesmal etwas lauter. »Und ihm tut es auch leid, nicht wahr?« Er warf mir einen warnenden Blick zu.

Ich nickte hastig. »Signor Visconti, ich habe nicht geahnt, was –«

»Er will, dass du den Mund hältst«, unterbrach mich Maurizio.

Das war mehr als verständlich. Ich presste die Lippen aufeinander, um dem Bedürfnis zu widerstehen, noch etwas zu sagen.

Eine Weile herrschte Stille. Maurizio schien seinen Worten zu lauschen. Mit ernster Miene schaute er den für mich unsichtbaren Lorenzo an, nickte ein paarmal.

»Das ist unser einziges Ziel«, flüsterte er schließlich. »Ich verspreche es.«

Wieder blieb es ruhig. Ich schloss die Augen, lauschte dem Wellenbrechen hinter der Mauer, dem Klicken der Kameras, den Klageschreien der Möwen aus der Lagune.

»Ach du liebe Güte.«

Ruckartig öffnete ich die Augen und schaute zu Maurizio. Entsetzen zeichnete sein Gesicht.

»In Ordnung … ja … Ich verstehe …« Seine Stimme verlor sich im brausenden Wind.

Irgendwann schaute er zu mir. Zog die dunklen Brauen zusammen und seufzte. »Er hat Verständnis für dich.«

Meine Züge entglitten mir. »W-wie bitte?«

»Er kann nachvollziehen, wieso du es getan hast. Er weiß, dass du kein schlechter Mensch bist.«

»Denkst du dir das aus?«, raunte ich aufgebracht. »Es geht hier wirklich nicht um mich, Maurizio! Ich brauche keine Vergebung, ich weiß, dass ich ein Monster bin und in der Hölle schmoren sollte, mir ist bewusst, dass ich dieses Leben nicht verdiene und Giulietta erst recht nicht, ich –«

»Beleidige mich nicht«, zischte Maurizio, und er sah ehrlich verletzt aus. Eine Erinnerung wurde in mir wach. Ganz am Anfang, als wir uns angefreundet hatten, hatte er mir zu erklären versucht, dass es ein großer Fehler war, den Toten unrecht zu tun, ihre Worte zu verdrehen oder sie für etwas zu benutzen. Ich hatte es nicht verstanden. *Sie sind tot, Maurizio*, hatte ich gesagt. *Was schert es sie, wie du über sie sprichst?*

Du hast nicht die geringste Ahnung, hatte er zurückgegeben und das Thema damit für beendet erklärt. In seinem Ehrenkodex schien an erster Stelle zu stehen, die Gefühle der Toten nicht zu verletzen. Vielleicht wäre ich genauso, hätte ich seine Fähigkeit.

»Sie braucht keinen Beschützer«, fuhr Maurizio nach ein paar Sekunden fort. Sein Blick brannte sich in meinen, und irgendetwas sagte mir, dass er Lorenzos Mimik imitierte. »Sie ist kein schwaches Mädchen. Und sie ist erst recht keine Spielfigur, die du für deine eigenen Ziele benutzen kannst. Wenn das alles ist, was sie je für dich war, dann halte dich von ihr fern, oder ich werde dafür sorgen, dass du es bereust.« Er holte tief Luft. »Ich verstehe, wieso du so gehandelt hast. Ich verstehe deine Absichten. Aber es geht hier um meine Tochter.«

»Sie ist keine Spielfigur für mich«, wisperte ich.

»Gut«, erwiderte Maurizio hart. »Dann tue das Richtige. Sie braucht radikale Ehrlichkeit. Wenn du ihr wirklich helfen willst, wiederhole meine Fehler nicht.«

Ich nickte. Öffnete den Mund, wollte ihm versichern, dass er sich auf mich verlassen konnte, dass es mein einziger Wunsch war, Giulietta zu helfen, doch da schüttelte Maurizio den Kopf.

»Er ist weg.«

»Weg? Einfach so?«

»Er hat gesagt, was er zu sagen hatte«, murmelte Maurizio.

Und dann funkelten seine Augen plötzlich. Er sah beinahe … triumphierend aus.

Ich runzelte die Stirn. »Was ist?«

»Du hattest recht.«

Verständnislos sah ich ihn an.

»Du hattest recht, was Vincenzo angeht.«

Ich erstarrte. »Was hat Lorenzo dir erzählt?«, hauchte ich, nachdem ich mich vergewissert hatte, dass immer noch niemand auf uns achtete.

»Michelino da Besozzo«, gab er in derselben Tonlage zurück. »Vincenzo ist ein Nachfahre des Malers. Deshalb hat Edoardo ihn adoptiert. Doch als er gesehen hat, wie Vincenzo auf die Magie reagierte, hat er sich dazu entschlossen, seinem Adoptivsohn nicht die Wahrheit über seine Herkunft zu sagen.«

Fassungslos schüttelte ich den Kopf. Wieso war ich nicht eher darauf gekommen? Ich hatte mich so oft mit dem ehemaligen Hoteldirektor unterhalten. Weshalb hatte ich nicht infrage gestellt, dass er einen x-beliebigen Teenagerjungen aus einem Kinderheim adoptierte?

Ich kannte die Antwort darauf. Weil es üblich für die drei Blutlinien war, Kinder zu adoptieren. Und weil Edoardo ein großes Herz besessen hatte. Ich hatte ihm abgenommen, dass er Vincenzo aus dem einzigen Grund adoptiert hatte, dass ihn sonst niemand haben wollte.

Doch das war nicht alles, alter Mann, oder?

»Und Lorenzo wusste davon?«, fragte ich, als ich meine Sprache wiederfand.

Maurizio schüttelte den Kopf. »Lorenzo erfuhr erst davon, als Vincenzo sich nach Jahren bei ihm meldete und drohte, die Karten zu befreien, wenn Lorenzo nicht nach Venedig käme.«

»Die Karten waren all die Jahre bei Vincenzo?«

»In der Tat. Lorenzo hielt es für ungefährlich, da er sich sicher war, dass er selbst und Giulietta die einzigen Nachfahren sind.«

»Ich verstehe.« Und Lorenzo war vermutlich zu beschäftigt damit gewesen, mit seiner Tochter aus Venedig zu fliehen und neu zu beginnen. »Das heißt, Lorenzo hat uns nie befreit?«

Eine meiner Theorien war zuvor gewesen, dass Vincenzo Lorenzo, unmittelbar nachdem dieser uns befreit hatte, erstochen hatte. Das war mir plausibel erschienen: Vincenzo hatte Lorenzo gezwungen oder überredet, uns zu befreien, dann hatte er ihm das Messer in die Brust gerammt. Denn immerhin war ich aufgewacht und hatte augenblicklich Lorenzos Tod miterlebt, auch wenn ich zu diesem Zeitpunkt noch nicht realisiert hatte, um wen es sich dabei handelte.

»Korrekt. Vincenzo hat den Prozess selbst durchgeführt, kurz bevor er Lorenzo an einem von ihm ausgewählten Treffpunkt in einem engen Kanal traf. Er hat fast die gesamten letzten beiden Jahrzehnte damit verbracht, einen Nachfahren zu finden. Lorenzo hat gesagt, er hat Vincenzo unterschätzt, er hatte gehofft, sein Adoptivbruder würde aufgeben und sich anderen Dingen zuwenden, sobald er bemerkte, dass seine Suche sinnlos war. Und Lorenzo hielt sie tatsächlich für sinnlos. Vincenzo hat es allerdings zu seinem obersten Ziel erklärt, jemanden zu finden und die Magie wieder zum Leben zu erwecken. Du kannst dir vorstellen, was es in ihm ausgelöst hat, als er bei seiner Recherche auf die Wahrheit traf.«

Ich nickte und prüfte, ob wir noch immer unbeobachtet waren. »Worum geht es ihm, konntest du das aus Lorenzo herausbekommen? Macht? Rache? Oder etwa Cosima?«

Immerhin hatte er Cosima so sehr vertraut, dass er Giulietta für sie nach Venedig geholt hatte. Und dass er das magische Kartendeck in ihrer Suite hinterlassen hatte, was mehr als leichtsinnig war.

Maurizios Blick verdüsterte sich. »Du erinnerst dich an den Anschlag auf Sofia?«

Meine Augen verengten sich. »Was hat das mit …«

Ich verstummte abrupt.

Mein Gott. Das war es. Hatte ich mich nicht gefragt, wer töricht genug sein würde, jemanden von uns töten zu wollen?

Vincenzo hatte ich von Anfang an ausgeschlossen, da er die Regeln der Magie kannte. Aber Vincenzo war verzweifelt gewesen. Und er war nach jahrelanger Suche belohnt worden. Er musste sich unbesiegbar vorgekommen sein, als er uns befreit und seinen Bruder ermordet hatte. Und dann …

»Vincenzo möchte eine Kartenfigur werden«, wisperte Maurizio. »Er will unsterblich sein. Das wollte er schon, als er zum ersten Mal von uns erfuhr. Deshalb hat Edoardo ihm nie die Wahrheit gesagt.«

»Vermutlich hat Cosima ihn dabei unterstützt, oder?«, murmelte ich nach einer Weile. »Sie hat so getan, als wolle sie ihm helfen?« Ich konnte es mir so gut vorstellen. Bestimmt hatte sie ihn mit ihren leeren Versprechungen in Sicherheit gewiegt. Was war romantischer, als für die Ewigkeit zusammen sein? Wenn er unsterblich wurde, konnte er für immer bei ihr sein. Oder war das gar nicht seine Hauptmotivation gewesen? Hatte er sie genauso benutzt, wie Cosima ihn benutzt hatte?

»Glaubst du, er liebt sie wirklich?« Ich runzelte die Stirn. »Oder war sie immer nur Mittel zum Zweck?«

»Ich weiß es nicht«, erwiderte Maurizio mit einem Seufzen. »Ich weiß nur, dass er gerade Himmel und Hölle in Bewegung setzt, um sie zu finden. Er vermutet, sie ist bei Giulietta.«

Was auch immer Vincenzos wahre Absichten waren, die Lage hatte sich nicht verändert: Er durfte nicht erfahren, was mit Cosima geschehen war. Was aus Giulietta geworden war. Und wozu ich in der Lage war.

»Er hat Azazel und den anderen verraten, dass ihnen nichts Schlimmes geschehen wird, wenn sie Giulietta töten, richtig?«, flüsterte ich.

Maurizio nickte. »Das ist die Wahrheit, oder?«

»Ja. Aber diese Wahrheit können wir genauso gegen ihn verwenden, wie er sie gerade gegen seine Nichte verwendet.«

»Du meinst …«

Jetzt nickte ich, plötzlich wie elektrisiert. »Giulietta kann nichts mehr passieren. Sie ist sicher vor den anderen. Aber Vincenzo ist nach wie vor ein sterblicher Mensch. Die anderen denken, er ist auf ihrer Seite. Sie kennen seine Herkunft nicht. Sie glauben, er war jahrelang nur ein unschuldiger Beobachter.«

Maurizio lachte freudlos auf. »Also meinst du, wir sollten die Widerlinge auf Vincenzo hetzen?«

Langsam schüttelte ich den Kopf. »Ich möchte keine weiteren Toten sehen.« Um ein Haar hätte ich selbst über die Ironie dieses Satzes aus meinem Mund gelacht. »Aber behalten wir das im Hinterkopf.«

Ein paar Sekunden sahen wir uns wortlos an. Schließlich zuckte Maurizio mit den Schultern. »Und jetzt?«

Ich deutete in die Richtung, in der sich die Erdgräber befanden. »Jetzt nehmen wir an einer Beerdigung teil.«

Durch ein gotisches Steintor betraten wir den Ort, an dem die Beerdigung stattfinden würde. Wir waren nicht die Ersten. Über zwanzig Menschen bahnten sich ihren Weg durch das Meer aus weißen Grabkreuzen, Marmorengeln sowie bunten Plastikblumen und Bildern von Verstorbenen. In der Mitte der Grabstätte stand ein Pfarrer. Ich beobachtete die Menschenmenge, versuchte Gesichter zu erkennen, doch sie glichen sich alle zu sehr: dunkle Garderobe, Trauermienen, manche trugen Hüte und Netze vor dem Gesicht, was es noch komplizierter machte. Also ließ ich meinen Blick höher wandern und suchte die Stellen über den Anwesenden ab. Jeder mit Todesdatum über dem Kopf war ungefährlich.

»Es sind mindestens fünf von uns hier.«

Maurizio nickte mit zusammengebissenen Zähnen. »War zu erwarten. Lass uns nach Onofrio sehen.«

Doch bevor wir das richtige Grab ausmachen konnten, kam Bewegung in die Menge, und ein melancholisches Geigenstück ertönte von weiter vorn. Gleichzeitig wurde das große schmiedeeiserne Tor, von dem aus man den perfekten Blick auf Venedig hatte, von einem der Friedhofsmitarbeiter geöffnet. Die meisten Köpfe der Anwesenden drehten sich in die Richtung des Tors. Heutzutage war es üblich, die Särge mit motorisierten Bestattungsboten – makabererweise der städtischen Müllabfuhr – nach San Michele zu bringen. Doch natürlich wurde für Lorenzo Visconti eine Ausnahme gemacht. Ein solches Begräbnis gab es meines Wissens nach nur etwa zehnmal im Jahr. Vier Gondolieri in drei pompös schwarz dekorierten Booten kamen in Sicht. Das vorderste hatte ein schwarzes Verdeck. Eine feine Gänsehaut überzog meinen Körper. Wie surreal, nur Minuten zuvor mit Lorenzo kommuniziert zu haben und nun sein Begräbnis zu bezeugen.

Zwei der Gondolieri sprangen auf die Insel, zwei blieben in den Gondeln und begannen den edlen Sarg mit üppigem Blumenbouquet aus Chrysanthemen und Gladiolen darauf in die Höhe zu stemmen. Ich wandte den Blick ab und betrachtete stattdessen die Menge, die sich nun teilte und im Halbkreis um das offen stehende Grab in der Mitte des Friedhofs versammelte, um die Männer durchzulassen. Nun war es ein Leichtes, Vincenzo auszumachen. Er stand direkt vor dem Grab neben dem Pfarrer, der ihm eine Hand auf die Schulter legte und leicht zudrückte. Die Miene des Hoteldirektors war versteinert, die Augen blutunterlaufen, als hätte er die letzten Tage in tiefer Trauer verharrt. Sein Anzug war ebenso wie sein Hemd und die Krawatte tintenschwarz, die Haare sorgfältig nach hinten gekämmt. Neben ihm und dem Pfarrer befand sich tatsächlich ein

Geigenspieler, der die Zeremonie mit einem schaurig-schönen Stück untermalte, das ich noch nie gehört hatte.

Niemand weinte. Mit ehrfürchtigen Gesichtsausdrücken verfolgten sie den Sarg, der sich auf den Schultern der vier Gondolieri seinen Weg durch die anderen Gräber bahnte. Ein paar der Anwesenden schossen sogar Fotos. Jede Wette, Vincenzo hatte auch die Presse eingeladen. Mein Blick wanderte zurück zu ihm.

Was für ein Mensch musste man sein, um seinen Bruder zu töten? Um die Magie über ein Menschenleben zu stellen? Der Gedankengang fand ein jähes Ende, als ich die Stelle über ihm fixierte. Vor dem Hintergrund der Zypressen und dem grauen Februarhimmel schwebte ein Datum, dem ich bisher keinerlei Beachtung geschenkt hatte. Vincenzo hatte mich von Anfang an wenig interessiert, denn ich hatte ihn für ungefährlich gehalten. Jetzt war ich eines Besseren belehrt worden. Ich schluckte hart. Mein Herzschlag beschleunigte sich. Das Datum war morgen. Was hatte das zu bedeuten?

Nein, darauf konnte ich mich nicht konzentrieren. Es ging um die Karten. Das Allerwichtigste war es, das Kartendeck an mich zu nehmen. Wenn ich das Kartendeck fand, würde ich mich mit dem Rest auseinandersetzen. Aber *morgen*? War das Datum schon die ganze Zeit so gewesen? Und ich war nur zu blind gewesen, es zu bemerken? Manchmal veränderten sich Todesdaten. Es war äußerst selten, doch es kam vor. Die Zukunft war nicht in Stein gemeißelt. Man besaß nicht schon bei seiner Geburt ein festes Todesdatum. Für jeden Menschen gab es jeden Tag Millionen Möglichkeiten zu sterben. Und es gab Möglichkeiten, dem Tod zu entkommen. Doch sobald sich ein Datum über dem Kopf eines Menschen manifestiert hatte, war es nahezu immer zu spät. Das Schicksal hatte zugeschlagen, die Sache war entschieden. Irgendetwas musste geschehen sein, womit Vincenzo sein Todesurteil unterschrieben hatte. Oder irgendetwas würde noch geschehen …

»Salome ist hier«, raunte Maurizio, der meinen inneren Aufruhr nicht zu bemerken schien. »Kannst du ihre Begleitung erkennen?«

Widerstrebend folgte ich seinem Blick. Tatsächlich. Das war eindeutig Salome. Sie trug ein schwarz besticktes Samtkleid, darüber einen kurzen Fellmantel, und schaute soeben in unsere Richtung, als hätte sie unsere Anwesenheit gespürt. Unsere Blicke trafen sich für den kürzesten Moment, ehe sie sich wieder dem Pfarrer und Vincenzo zuwandte.

Scham durchflutete mich. Ahnte sie, was ich getan hatte?

»Warte …«, erklang Maurizios Stimme erneut neben mir. Er riss die Augen auf. »Glaubst du …« Er brach ab und starrte auf Salomes Begleitung. Sie war nur von hinten zu sehen und hatte sich bei Salome untergehakt. Ein weiter Regenmantel verbarg ihre Statur, ein breiter Hut mit Krempe ihren Hinterkopf. Kein Datum über dem Kopf, genau wie Salome. Die Finger, die sich um Salomes Arm schlangen, waren das Einzige, was von ihr zu sehen war, und diese steckten in Lederhandschuhen.

Maurizio und ich näherten uns ihnen. Dabei hatte ich die Gelegenheit, die Anwesenden zu mustern, die ebenfalls kein Datum über dem Kopf hatten: Azazel war hier. Er stand am nächsten zu Vincenzo und ließ seinen kalten Blick über die Leute wandern. Uns hatte er noch nicht entdeckt. Ich erkannte sein Gesicht zwar nicht richtig, doch seine Statur war unverkennbar. Neben ihm befanden sich Hand in Hand Dahna und Domenichino, er gelangweilt, sie auf der Hut.

War Salome mit Sofia gekommen, um die Menschen zu schützen? Nein, Sofia war deutlich kleiner als die Person neben Salome.

Maurizio stieß mich in die Seite und schaute mich drängend

an. Er formte ein einziges Wort mit den Lippen. Es reichte aus, um mich erstarren zu lassen.

Meine Scham wurde von Schock abgelöst. Heißkalte Stöße durchdrangen meinen Körper von oben bis unten. In Gedanken vervollständigte ich seine Frage: *Glaubst du, das ist Giulietta?*

War es möglich? Hatten sie miteinander gesprochen? Wie war es dazu gekommen? Salome und Giulietta waren sich nur ein einziges Mal auf dem Maskenball über den Weg gelaufen, oder?

Aber wenn es Giulietta war, dann bedeutete das, Salome kannte die Wahrheit. Immerhin war sie ihre Tante. Und wer von den anderen sollte sich sonst neben Salome befinden? Wer sollte es nötig haben, sich einen überdimensionalen Hut und Mantel anzuziehen und auf Lorenzos Beerdigung zu erscheinen?

Das Geigenstück verstummte. Der Sarg war neben dem richtigen Grab angekommen. Sie ließen ihn auf den Boden neben dem offenen Loch gleiten. Vincenzo trat einen Schritt vor und faltete die Hände vor seiner Brust.

»Liebe Anwesenden!«, rief er. »Ich freue mich sehr, dass Sie trotz der knappen Vorbereitungszeit so zahlreich erschienen sind. Aufgrund der tragischen Umstände war es der Polizei nicht möglich, den Leichnam meines Bruders früher freizugeben.«

Ein Schnauben ertönte. Direkt vor uns. Mein Herz blieb fast stehen. Das musste Giulietta sein, oder?

Wer sonst wusste Bescheid und würde sich darüber empören, dass Vincenzo diese tragischen Umstände selbst herbeigeführt hatte?

Ein paar Köpfe drehten sich in ihre Richtung, während Vincenzo unentwegt weitersprach.

»Umso erleichterter bin ich darüber, dass wir heute nun endlich die Gelegenheit bekommen, Abschied von diesem unvergleichlichen Menschen zu nehmen.« Er holte tief Luft, als müsste er sich sammeln. »Einige von Ihnen wissen, dass ich von der Visconti-Familie adoptiert wurde. Lorenzo war demnach nicht mein leiblicher Bruder. Und dennoch gab es in meinem gesamten Leben keine zwischenmenschliche Beziehung, die an unsere herankam. Gewiss, in den letzten Jahren hatten wir uns auseinandergelebt, doch vergessen habe ich ihn nie. Es ist kein Tag vergangen, an dem er nicht in meinen Gedanken war. Alles, was ich tat, alles, was ich heute bin, habe ich ihm zu verdanken.«

Bildete ich mir die Dunkelheit in seinen Augen nur ein, weil ich die Wahrheit kannte?

Vincenzo log nicht. Nicht wirklich. Ich war mir sicher, er hatte wirklich jeden einzelnen Tag an seinen Bruder gedacht, während er nach einem Weg gesucht hatte, uns wieder zu befreien. Er hatte an ihn gedacht und ihn verflucht und sich vermutlich ausgemalt, wie er sich an ihm rächen würde.

Totenstille herrschte auf dem Friedhof. Selbst der Wind hatte aufgehört. Auch die Möwen kreischten für den Moment nicht, als wollten auch sie Lorenzo den letzten Respekt erweisen.

»So verschieden unsere Lebensvorstellungen waren, so gleich waren wir, wenn es um die Erhaltung unserer Werte ging. Genau wie Lorenzo hörte ich nie auf, für meine Träume zu kämpfen. Genau wie Lorenzo stellte ich meine persönlichen Ziele über das Allgemeinwohl. Ich schäme mich nicht, das zuzugeben. Mein Bruder hat es mir schon früh beigebracht, und ich bin ihm dankbar dafür. Wir haben nur Erfolg in dem, was wir tun, wenn wir die Welt außen vor lassen und uns auf das Wesentliche konzentrieren.«

Er sprach weiter, doch ich achtete nicht mehr auf seine Worte. Stattdessen richtete ich meine Aufmerksamkeit auf die Person neben Salome, die um ihre Beherrschung zu kämpfen schien. Sie hatte von Salome abgelassen und die Hände zu

Fäusten geballt. Es war der reinste Hohn, dass Vincenzo dort stand und die Trauerrede für seinen Bruder hielt.

Die Gondolieri begannen, den Sarg in das Loch im Boden zu lassen. Salome griff nach dem Handgelenk ihrer Begleitung und umschloss es sanft mit ihren Fingern. Maurizio warf mir entgeisterte Blicke zu, und gleichzeitig kamen von allen Seiten mehr Menschen auf uns zu. Schaulustige, Touristen sowie Einheimische, die von der Beerdigung Wind bekommen hatten. Ich kniff die Augen zusammen. Das waren nicht nur Menschen. Von der Südseite her bewegten sich vier Gestalten in unsere Richtung. Vier Gestalten ohne Todesdaten. Die kleinste erkannte ich mühelos, denn sie war wie immer in Lumpen gekleidet. Stella. Die anderen identifizierte ich Sekunden später – Lucia und Deluna, beide in spektakulären Outfits, als sei das hier keine Beerdigung, sondern eine Karnevalsfeier. Zwar war ihre Kleidung schwarz, doch sie glitzerte und funkelte. Und dann war da noch Sofia, in einem schlichten braunen Kleid und mit von Sorge gezeichneter Miene. Wie eine geschlossene Front liefen sie geradewegs auf uns zu.

Ich wandte mich an Maurizio. »Wieso sind sie hier?«, formte ich mit den Lippen.

Er zuckte die Achseln und gab ein einziges Wort zurück: »Schutz.«

Es war mir ein Rätsel, wie Stella mit ihrem Talent, Materie in Gold zu verwandeln, zum Schutz der anwesenden Menschen beitragen wollte, doch immerhin war sie eine von den Guten. Vermutlich konnte es nicht schaden, wenn so viele Vertrauenswürdige wie möglich anwesend waren.

Doch wo steckte Onofrio?

Auch Salome sah sich um, und obwohl ich keinen direkten Blick auf ihr Gesicht hatte, war ich mir sicher, dass sie mit Erleichterung reagierte. Vielleicht hatte sie die anderen sogar herbestellt. Inzwischen hielt sie nicht nur das Handgelenk der Person neben sich, sondern legte einen Arm um deren Schulter.

»Seit dem Tag, an dem du von uns gegangen bist, fehlt der Welt etwas«, erhob sich Vincenzos Stimme von vorn über die anderen Geräusche. »Ich werde dafür sorgen, dass dein Tod nicht umsonst gewesen sein wird. Das schwöre ich dir.«

Die vier Männer hatten den Sarg vollständig in die Erde gelassen. Der Geigenspieler nahm nach einem Zeichen von Vincenzo sein Stück wieder auf, während dieser sich hinunterbeugte und mit einer Hand voll frischer Erde wieder auftauchte.

»Lebe wohl, geliebter Bruder!«, rief er und ließ die Erde ins Loch rieseln.

Genau in diesem Moment riss sich die Gestalt neben Salome von ihr los und trat einen Schritt vorwärts.

Ein Geräusch, halb Wut, halb Verzweiflung, ließ das Geigenspiel jäh verstummen.

»Mörder!«

Das Wort reichte. Spätestens jetzt war jeder Zweifel aus dem Weg geräumt. Den Klang dieser Stimme würde ich überall wiedererkennen.

Giulietta war hier. Und sie schien jede Vorsicht in den Wind zu schießen.

Ein Raunen ging durch die Menge, und alle drehten sich in die Richtung, aus der die Stimme erklungen war.

Vincenzo hob den Kopf und fixierte die Gestalt vor Salome mit einem Glitzern in den Augen. Dann drehte er sich zu seiner Leibgarde und nickte einmal kurz. Azazel und Domenichino setzten sich sofort in Bewegung. Dahna richtete ihren Blick unterdessen gen Himmel.

»Du bist ein Mörder!«, schrie Giulietta erneut. Entweder schien sie sich nicht an den anderen zu stören, oder sie hatte die Lage noch nicht richtig erfasst. »Du hast ihn getötet, weil dir mehr an der Magie als an deinem eigenen Bruder lag, und jetzt willst du hier stehen und so tun, als hättest du ihn geliebt?«

Rechts von mir war eine Kamera zu sehen, die zwischen Giulietta und ihrem Onkel hin und her schwenkte. Ich war mir sicher, das hier war ein gefundenes Fressen für die Presse. Was hatte sich Vincenzo nur dabei gedacht, die Beerdigung der Öffentlichkeit zugänglich zu machen?

Visconti verzog keine Miene. »Wo ist sie?«, rief er ihr zu. Er klang gefasst, doch ich hörte das Brodeln unter der Oberfläche. Wir wussten beide, von wem er sprach.

Azazel und Domenichino waren nur noch drei Meter von Giulietta entfernt. Salome trat vor sie wie ein Schutzschild. *Wagt es nicht*, schien ihr Blick zu sagen.

Ich wollte nach vorn treten, wollte Azazel die Faust in sein widerliches Gesicht rammen, ihn büßen lassen für alles, was er je getan hatte, doch Maurizio, der erstaunlich schnell meine Stimmung erfasste, packte mich am Arm und hielt mich zurück. Sie waren noch nicht auf uns aufmerksam geworden. Das konnten wir zu unserem Vorteil nutzen.

Giulietta wandte sich von Vincenzo ab und drehte sich leicht um, sodass ich ihr Profil sehen konnte … oder das, was unter dem Hut zu sehen war. Ihr Mantel war bis oben zugeknöpft, und sie trug einen dicken Schal, der die untere Hälfte ihres Gesichts verbarg. Jetzt schien ihre Verkleidung umsonst zu sein, aber sie machte keine Anstalten, sie abzulegen.

»Du denkst, ich habe Angst vor dir?«, zischte sie in Azazels Richtung. Ihre Stimme bebte vor Zorn.

»Das reicht!«, rief Vincenzo von vorn. Er schien die Anwesenden, die ihn entweder neugierig oder schockiert anstarrten, kaum wahrzunehmen. »Ergib dich, oder es wird ungemütlich.«

Giulietta schaute wieder zu ihm. »Wie schön, dass du endlich dein wahres Gesicht zeigst.«

Salome griff nach ihrem Arm und zog sie zurück. Dann schaute sie zwischen Azazel und Vincenzo hin und her. »Nur über meine Leiche«, sagte sie schließlich mit fester Stimme.

»Und über unsere«, erklang es hinter uns. Das war Lucia. Gemeinsam mit Deluna und Stella trat sie vor und positionierte sich neben Giulietta und Salome.

Domenichino lachte hämisch. »Mögen die Besseren gewinnen.«

»Schluss damit«, wies Vincenzo sie an, inzwischen deutlich unbeherrschter. »Ihr wisst, was ihr zu tun habt.«

Azazel zuckte die Achseln und wandte sich nach links, wo zwei junge Frauen standen, die das Geschehen mit großen Augen mitverfolgt hatten. Die eine trug einen gelben Regenmantel, die andere hatte einen großen Rucksack auf dem Rücken. Touristinnen.

»Die Damen«, säuselte er, und seine Lippen verzogen sich zu einem grausamen Lächeln, während er sie abwechselnd ins Visier nahm. »Würden Sie sich kopfüber ins Wasser stürzen?«

Er deutete auf das Tor ein paar Meter von uns entfernt, wodurch die Gondolieri den Sarg zum Grab getragen hatten, bevor er sie beide wieder intensiv ansah. »Das ist ein Befehl.«

Die Frauen nickten wie in Trance und begannen augenblicklich sich in Richtung Tor zu bewegen. Salome stöhnte, ließ von Giulietta ab, nachdem sie einen Blick mit Lucia getauscht hatte, und stürzte den Frauen hinterher.

Lucia, Deluna und Stella nahmen Giulietta sofort in ihre Mitte. Domenichino und Azazel kamen langsam – wie Raubtiere, die ihre Beute umkreisten – auf sie zu.

Glühend heiße Wut kochte in mir hoch.

»Wir können dieses Spiel den ganzen Tag spielen«, sagte Azazel sanft. »Je länger du dich wehrst, desto mehr Menschen werden leiden. Deinetwegen.«

»Du bist Abschaum«, stellte Deluna nüchtern fest.

Lucia hatte den Blick auf den Boden gerichtet, wo einen Moment später ein Rascheln zu hören war. Bevor ich nachsehen konnte, woher es stammte, ertönte ein Donnergrollen, der Himmel verdunkelte sich, bis er fast schwarz war, und schon ergoss sich der nächste Platzregen über uns. Dahna war unoriginell wie immer.

Sobald der Donner verklungen war, hörte ich ein Krächzen. Und ein Flattern.

Ich zwang mich, den Blick von Giulietta abzuwenden und nach vorn zu schauen. Dorthin, wo Vincenzo stand und darauf wartete, dass seine Diener die dreckige Arbeit für ihn erledigten. Der Regen schien ihm nichts auszumachen, allerdings schaute er nach rechts, in Richtung Ausgang. Die Richtung, aus der das Flattern kam. Es dauerte einen Moment, bis ich erkannte, was da auf uns zukam. Der Himmel war so dunkel, dass es die Sicht erschwerte. Raben. Hunderte von Raben, die nur ein einziges Ziel zu kennen schienen. Erbarmungslos gingen sie in den Sturzflug.

Onofrio. Maurizio hatte es prophezeit: *Er greift nur ein, wenn jemand dem Mädchen oder einem anderen Menschen schaden will.*

Aber wieso stürzten sich die Raben auf den Hoteldirektor? Von ihm ging gerade am wenigsten Gefahr aus, oder?

Angst flackerte über Vincenzos Gesicht. Nur für den Bruchteil einer Sekunde. In dieser Sekunde, in der er instinktiv auf die Gefahr reagierte, schnellte seine Hand hoch, und er tastete nach etwas auf seiner linken Brusthälfte. Die Bewegung war so schnell, dass sie kaum aufgefallen wäre, wenn man nicht genau wusste, womit man es zu tun hatte. Er hatte sich sofort wieder unter Kontrolle und ließ die Hand sinken. Schaute sich Hilfe suchend nach Azazel um und begann zu rennen, als er bemerkte, dass dieser nichts gegen Raben ausrichten konnte.

Mein Herz setzte einen Schlag aus, nur um im nächsten Moment wie wild geworden weiterzuschlagen.

Ich blickte zurück zu Giulietta. Sie hielt ihren Hut fest, der wegen des starken Winds und Regens wegzufliegen drohte. Ihr Mantelärmel rutschte nach oben und entblößte ein Stück Haut ihres Arms.

Es war dunkel hier, meine Sicht war beeinträchtigt, und wir standen mehrere Meter voneinander entfernt. Dennoch verstand ich sofort. Wenn man wusste, wonach man Ausschau halten musste, war es auch hier ganz einfach. Ihre Haut wirkte unnatürlich. Grau. Fast durchsichtig.

Am liebsten hätte ich vor Erleichterung gelacht.

Ich wandte mich ab und setzte mich in Bewegung. Scherte mich nicht um Maurizio, der meinen Namen zischte, sondern stürzte vorwärts, auf Vincenzo zu. Ich hatte nichts mehr zu verlieren. Und ich musste mich nicht um Giulietta sorgen, denn Giulietta konnte auf sich selbst aufpassen. Ihr Vater hatte recht. Sie brauchte keinen Beschützer. Sie war kein schwaches Mädchen. Und wenn es hart auf hart kam, hatte sie die anderen.

Der Regen wurde stärker, hämmerte auf uns ein, nahm mir die Sicht, doch ich kämpfte mich weiter, vorbei an den Menschen, vorbei an Dahna, die mit bitterbösem Blick noch immer nach oben starrte.

Vincenzo war bei der Mauer angekommen und kauerte sich zusammen.

Ich erreichte ihn nur Sekunden, bevor sich die Raben auf ihn stürzten. Er sah mich nicht kommen, er war viel zu abgelenkt.

Danke, Onofrio. Danke, danke, danke.

Schreie erklangen hinter uns. Bewegung kam in die Menge, ich hörte das Fußgetrappel zwischen dem donnernden Regen und dem brausenden Wind. Doch ich kümmerte mich nicht darum. Das Flattern der Vogelflügel war allgegenwärtig. Die ersten Raben begannen mit ihren langen scharfen Schnäbeln auf Vincenzo herumzupicken. Ein Flügel schlug mir ins Gesicht. Schimmernde Schwärze nahm mir die Sicht. Ich ließ mich nicht beirren. Mit schnellen Bewegungen riss ich Vincenzos Jackett auf. Ein ersticktes Geräusch drang aus seinem Mund. Überraschung. Ich hatte ihn unvorbereitet erwischt. Die Raben ließen nicht nach, es kamen immer mehr dazu. Ein Blitz erhellte den Friedhof, und unsere Blicke trafen aufeinander. Ich wartete nicht darauf, dass er verstand. Ich griff nach seiner Innentasche. Keinen Herzschlag lang dauerte es, bis ich die Härte dort spürte.

Mein gesamter Körper begann vor Hoffnung zu vibrieren. Das war zu einfach. Das war viel zu einfach, oder?

»Du!«, brüllte er und versuchte mich wegzuschieben, doch zwei Raben stürzten sich auf sein Gesicht und pickten es ihm blutig. Vor Schmerz wand er sich. Er schien das Gleichgewicht zu verlieren. Diesen Moment nutzte ich. Meine Finger umschlossen die Schatulle, und ich zerrte daran, zerriss den Stoff seiner Anzugjacke, bis ich erfolgreich war. Ich stolperte zurück. Barg das Kästchen unter meiner eigenen Jacke, um es vor dem Regen zu schützen.

Und dann begann ich erneut zu rennen.

KAPITEL 11

Möge er in Frieden ruhen

Die Wellen türmten sich auf, die Gondel schwankte bedrohlich von rechts nach links. So viele Schreie. So viel Lärm. Verzerrte Gesichter vor uns am Ufer. Hände, die versuchten, nach mir zu greifen.

Es war mir egal. Alles war mir jetzt egal. Es ging nicht um meine Sicherheit. Die Wut in mir war erbarmungslos. Sie war alles, woran ich denken konnte. Ich war nach Venedig gekommen, um meinen Vater zu beerdigen und die Wahrheit zu erfahren. Und jetzt sollte ich tatenlos zusehen, wie sein Mörder Papas Andenken beschmutzte?

Salomes verzweifelter Blick traf mich, ehe sie sich die hölzernen Ruder schnappte und in die Tiefen des Wassers stieß. Sie war es gewesen, die mich soeben in die Gondel gestoßen hatte und hinterhergesprungen war.

Ich wusste, was sie dachte. Von Anfang an war es eine schwachsinnige Idee gewesen mitzukommen. Nicht nur, weil es uns alle in Gefahr brachte, sondern auch auf emotionaler Ebene. Das hier war kein Abschied. Es war ein Trick, um mich in die Falle zu locken. Und obwohl ich das gewusst, obwohl ich keine Sekunde daran gezweifelt hatte, war ich nur zu bereitwillig hineingetappt. Weil ich es mir nicht entgehen lassen konnte. Papas Worte waren in Dauerschleife durch meine Gedanken gerast, während ich versucht hatte, mich zu beherrschen, die Aufmerksamkeit nicht auf mich zu ziehen.

Ich weiß, es ist viel verlangt, ich weiß, er hat dein Leben zerstört, aber er ist nur eine arme Seele. Vergiss das nie.

Eine arme Seele. Nein, Vincenzo hatte mein Mitleid nicht verdient, da konnte Papa sagen, was er wollte. Und während ich regungslos dagestanden und seiner niederträchtigen Rede gelauscht hatte, hatte ich plötzlich an Cosima denken müssen. Rache war ihr einziger Antrieb gewesen. In diesem Augenblick hatte ich sie verstanden. Ich hatte mich ihr so nah gefühlt. Und dann hatte ich mich nicht mehr zurückhalten können …

Ein markerschütternder Schrei erklang. Gleichzeitig zerriss ein Blitz den Himmel, und der Wind peitschte das Wasser weiter auf. Es fühlte sich an, als säßen wir in einem Spielzeugboot.

Im nächsten Moment kam Malvolios Gestalt in Sicht. Er wurde gejagt. Von mindestens drei Leuten, wenn ich es richtig erkennen konnte.

»Packt ihn!«, kristallisierte sich eine wutentbrannte Stimme zwischen den anderen heraus. Vincenzo. Packt *ihn*? Ich hatte gedacht, es ging hier ausschließlich um mich.

Dahna kreischte und fixierte den Himmel, während ihr gesamter Körper zu zittern begann. Neben ihr erschien der Mann von gestern. Ihr Mann. Der Herrscher, richtig? Ein einziger Blick auf die Wasseroberfläche genügte, um zu realisieren, was sein Plan war. In Sekundenschnelle gefror das Wasser, wie damals, als ich zum ersten Mal in einem Vaporetto durch Venedig gefahren war. Mit einem Knacken und Knirschen wollte er uns an Ort und Stelle fesseln.

»Nicht *sie*!«, brüllte Vincenzo hinter ihnen. Er konnte sich immer noch nicht von der Stelle rühren, die Raben hatten ihn fest im Griff – je mehr er strauchelte, desto wilder pickten sie auf ihm herum. »Fasst den Jungen!«

Doch es war zu spät. Genau in dem Moment, in dem Salome ihren Blick auf den Mann neben Dahna richtete und damit dessen Talent zunichtemachte, hechtete Malvolio vorwärts.

Eisiges Wasser spritzte in alle Richtungen und durchnässte mich binnen Sekunden, als er nur Zentimeter vor unserer Gondel mit einem lauten *Platsch* im Wasser landete.

Salome drückte mir die Paddel in die Hand. Dann hob sie beide Hände in Richtung Ufer. Eine zeigte auf Dahna, die andere auf den Mann neben ihr. Die Anstrengung zeichnete ihre Züge. Fast augenblicklich hörte das Gewitter auf. Ich wandte mich ab und stieß die Paddel ins Wasser, während ich versuchte, nicht auf Malvolio zu achten, der sich mit einem Ächzen an die Außenseite der Gondel klammerte und versuchte, sich über Wasser zu halten. Aus den Augenwinkeln sah ich, dass er einen Arm mit einer zur Faust geballten Hand in die Luft stieß, als sorgte er sich darum, dass sie nass wurde. Sein Keuchen war so laut, so verzweifelt, es war beinahe unmöglich, sich auf etwas anderes zu konzentrieren.

»Giulietta«, japste er. »Giulietta, bitte.«

Glaubte er wirklich, ich würde ihm ins Boot helfen? War das sein Ernst?

Ich stieß die Ruder heftiger ins Wasser, weigerte mich, in seine Richtung zu schauen.

»Nimm sie«, fuhr er fort, seine Stimme kaum mehr ein Krächzen. »Bitte, nimm sie und verschwinde.«

Mein Kopf ruckte in seine Richtung. Ich konnte nicht anders. Einen Herzschlag später bereute ich es. Seine dunkelgrünen Augen waren rot gerändert, tiefe Ringe waren darunter zu sehen, als seien sie in seine Haut gebrannt, die dunklen Locken klebten an seiner Stirn, und er wirkte so hilflos, dass mein Herz sich zusammenzog. Verdammt, ich hasste es, dass er noch diese Wirkung auf mich hatte. Doch ich hatte keine Gelegenheit, diesen Gedanken zu vertiefen, denn im nächsten Moment hievte er sich mit einem Arm nach oben, bis wir auf Augenhöhe waren. Keine Armlänge mehr trennte uns. Sein Duft mischte sich unter den nach Salzwasser und Algen. In seiner freien Hand, der, die er in die Höhe gestreckt hatte, befand sich etwas. Er hatte seine Hand nicht lediglich zur Faust geballt, er hatte etwas darin umklammert. Ein kleines Holzkästchen.

Eine Schatulle aus Kiefernholz.

Ich starrte ihn an. Dieses Kästchen hatte ich zum ersten und letzten Mal gesehen, als meine gesamte Welt aus den Fugen geraten war.

»Nimm sie«, zischte er.

Mit der linken Hand ließ ich das Paddel ins Boot fallen und griff nach dem Kästchen. Alles in mir schrie danach, weit auszuholen und es in die Tiefen des Meeres zu schleudern, der Ursprung all meiner Probleme, der Grund, wieso Papas Leben ein Ende gefunden hatte, wieso meine Mutter mich hatte töten wollen, wieso ich kein Mensch mehr war. Aber in dem Moment sprach Malvolio weiter, diesmal beherrschter.

»Tu, was du willst, es ist deine Entscheidung«, keuchte er. »Du solltest nur wissen – es hat funktioniert. Als du uns eingesperrt hast. Wir wurden anschließend nur wieder ausge–«

Er verstummte abrupt. Das Geschrei hinter uns war lauter geworden, doch das war nicht der Grund. Von einem Moment auf den anderen rollten seine Augen nach hinten, und sein Griff an der Gondel ließ nach.

Ich wusste, was mit ihm passierte, weil ich schon dabei gewesen war, wenn es geschah.

Ein unmenschliches Gurgeln drang aus seinen Lippen. Mein

Herz schien fast stehen zu bleiben. Für den Bruchteil einer Sekunde vergaß ich alles. Ich vergaß, wie er mich ausgenutzt hatte, ich vergaß, dass er mich zu diesem Schicksal verdammt hatte, ich vergaß, dass ich ihn hasste. Alles, was ich wollte, war, ihm zu helfen. Seinen Schmerz zu lindern. Ihm beizustehen. Er war nur ein Junge, der gezwungen war, jeden einzelnen Tod Venedigs mitzuerleben. Und ich war ein Mädchen, das es besser machen wollte.

»Giulietta.« Salome hatte sich abrupt in meine Richtung gedreht, und damit weg vom Ufer, weg von anderen Figuren, und mich an den Schultern gepackt. »Giulietta, was tust du?« Ihre Stimme war ruhig, so ruhig, dass niemand außer mir sie verstehen konnte. Ich erstarrte und schaute auf den Fleck, wo Malvolio sich eben noch befunden hatte. Während er Höllenqualen erlitt, war er in die Tiefe gesunken.

»Wir … wir müssen ihm helfen«, stammelte ich. Meine Stimme klang fremd in meinen Ohren.

Salome schien mich nicht zu hören. »Sobald das Wasser steigt, musst du gehen«, zischte sie mir ins Ohr. »Sobald du außer Sichtweite bist, musst du dich zurückziehen. Wir treffen uns in einer Stunde in meinem Hotelzimmer. Bitte, bitte, wenn du nicht willst, dass weiteren Menschen Schaden zugefügt wird …«

Das war es. Ich riss mich von der Stelle im Wasser los, an der Malvolio untergegangen war. Wollte sie damit sagen –

Die Welle traf mich so plötzlich, dass jeder vernünftige Gedanke ausgelöscht wurde. In einem Augenblick hatte ich noch im Boot gesessen, in einer Hand das originale Kartendeck, in der anderen das Paddel, im nächsten bestand alles aus Wasser. Mitternachtsschwarzem, eiskaltem Wasser.

Mein Griff um die Holzschatulle wurde fester, während ich Salzwasser schluckte. Keuchte, japste, versuchte zu Atem zu kommen.

Sobald das Wasser steigt, musst du gehen.

Wenn ich mich nicht mehr im Blickfeld der anderen befand, musste ich meinen Schatten zurückziehen. Das war es, was sie meinte. Sie würden sich wundern, aber sie würden die Wahrheit nicht erkennen, obwohl sie sich direkt vor ihrer Nase befand.

Plötzlich war es ganz einfach. Die ganze Zeit über hatte ich die anderen Empfindungen ausgeblendet. Die kratzige Bettdecke unter mir, die Geräusche im alten Motel. Die trockene Wärme. Es war so leicht gewesen, das Motelzimmer zu vergessen, denn mein Schatten war vollkommen überfordert gewesen. Jetzt konzentrierte ich mich mit aller Macht darauf. Das Gefühl, das mich eben noch hier gehalten hatte, war verschwunden. Malvolio hatte einen Tod miterlebt.

... dass weiteren Menschen Schaden zugefügt wird.

Was hatten sie getan? War meinetwegen jemand zu Schaden gekommen?

Ich riss die Augen auf und schnappte nach Luft. Das Gefühl, von Wasser umgeben zu sein, war so echt, dass ich ein paar Sekunden nur schwer atmend auf dem Bett sitzen und nach Luft ringen konnte. Es fühlte sich an, als erwachte ich aus einem besonders intensiven Albtraum. Nur dass dieser Albtraum mein Leben war.

Nach einer halben Ewigkeit senkte ich den Blick. Ich starrte die Schatulle an, das Holz, das von Wasser durchtränkt worden war. Mein Herz raste. Aus dem Flur ertönte Flüstern, dann Gelächter – und schließlich Schritte, die an meiner Zimmertür vorbeiliefen. Ich wartete, bis ihr Klang verschwunden war, dann öffnete ich mit zitternden Fingern das Kästchen und kippte den Inhalt auf die Matratze neben mich. Das Innere war trocken geblieben.

Reflexartig zählte ich nach. Zweiundzwanzig. Sie waren vollständig. Und es bestand kein Zweifel, dass es sich hierbei um das originale Kartendeck handelte. Das vergilbte Papier mit den uralten Malereien war über und über blutbefleckt. Auch mit meinem Blut.

Ich schüttelte den Kopf, hin und her, wieder und wieder. Wie war Malvolio an die Karten gekommen? Und was zur Hölle hatte er damit gemeint, dass es funktioniert hatte? Wollte er ernsthaft sagen, jemand anders hatte uns ausgesperrt?

Nein. Was interessierten mich die Karten? Was scherte mich, wie er an sie gekommen war?

Es war mir so was von egal. Malvolio hatte einen Tod mitbekommen ... Sein Röcheln. Wie er völlig hilflos in die Tiefe gesunken war. Mein Kopf wusste, dass es hirnrissig war, Mitleid zu empfinden oder mir gar Sorgen um ihn zu machen. Aber mein Herz ...

Ich schloss die Augen.

Beruhig dich. Er ist genauso unsterblich wie du.

Nach einer Weile öffnete ich sie wieder und erhob mich. Hastig räumte ich die Karten zurück in die Box. Dann schälte ich mich aus meinen Handschuhen. Obwohl ich eben noch von oben bis unten durchnässt gewesen war, war kein Wassertropfen auf meiner Kleidung zu sehen. Klar, ich war ja auch nicht *wirklich* dort gewesen. Auch wenn es sich verdammt noch mal so angefühlt hatte.

Salome hatte mich so angekleidet, dass meine Haut nicht zu sehen war. Denn meine Haut hätte mich verraten. Ich erinnerte mich noch sehr gut daran, wie Cosimas Schatten ausgesehen hatte. Ein unwirklicher, unmenschlicher Teint. Die anderen Figuren wussten, was es bedeutete, wenn sie mich so sahen. Doch außer Malvolio hatte niemand Verdacht geschöpft, oder?

Ich warf den großen Hut beiseite, schlüpfte aus meinem Mantel, darunter trug ich schlichte Jeans und einen schwarzen Pullover – je unauffälliger, desto besser, hatte Salome gesagt –, und flocht meine Locken zu kleinen Zöpfen. Zuletzt griff ich nach einer neuen Maske.

Die Holzschatulle steckte ich in den Bezug meines Kopfkissens und warf den Mantel darüber. Innerhalb der nächsten Zeit würde sich niemand darum kümmern. Da niemand von den Kartenfiguren wusste, wo ich schlief, würde sich auch niemand hier umschauen.

In einer Stunde sollte ich Salome in ihrem Hotelzimmer treffen. So weit, so gut. Aber bis dahin musste ich wissen, was auf San Michele vor sich ging.

Ich schloss die Augen, konzentrierte mich mit aller Macht auf den Anblick des Friedhofs. Die Plastikblumen. Die weißen Gräber. Papas Sarg mit dem üppigen Blumengesteck.

Es dauerte keine drei Herzschläge lang. Ich verließ die Stille meines Motelzimmers und landete auf der Insel der Toten.

Der Himmel war immer noch so schwarz, als wäre die tiefste Nacht über uns hereingebrochen. Allerdings hatte der Regen aufgehört, und auch sonst war es deutlich ruhiger als noch vor wenigen Minuten. Eine gespenstische Stille hatte sich über den Friedhof gelegt. Die Ruhe nach dem Sturm.

Ich war etwas abseits gelandet, zwischen zwei Zypressen, gute fünfzehn Meter vom Geschehen entfernt. Es waren weniger Menschen als vorhin zugange. Ich erkannte Azazel, und mein Magen drehte sich prompt um. Vor ihm standen in der Reihe fünf Leute, und er ging von einer Person zur nächsten. Sobald er etwas zu ihnen gesagt hatte, setzten sie sich nacheinander in Bewegung und verschwanden wie ferngesteuert in Richtung Ausgang. Vermutlich manipulierte er die Menschen, um sie vergessen zu lassen, was sich hier eben abgespielt hatte. Grausame Kälte machte sich in mir breit. Wie oft hatte er das schon gemacht? Wie oft war er schon dank seiner beschissenen Gabe davongekommen?

Ich kniff die Augen zusammen, um besser zu sehen können, und ließ meinen Blick weiterwandern. Vincenzo war nicht zu sehen, dafür Lucia und Sofia, die je einen Arm um eine schluchzende Frau gelegt hatten. Erst nach ein paar Sekunden wurde mir klar, was sich auf dem Boden vor ihnen befand. Von hier aus war es schlecht zu erkennen, doch da lag etwas vor ihnen auf der Erde neben den Gräbern. Nein, nicht etwas. Jemand. Ein Mensch, der sich nicht mehr regte.

Die Übelkeit in mir wurde unerträglich. War das der Tod, den Malvolio mitbekommen hatte? Wer hatte ihr das angetan? Wieso?

Ich erstarrte. Auf die letzte Frage wusste ich eine Antwort. Meinetwegen. Es war meinetwegen geschehen. Sie hatten mich schnappen wollen und hatten dabei Unschuldige bedroht. Zwar ahnte niemand von ihnen, dass ich ebenfalls unsterblich war, doch das spielte keine Rolle. Ich hatte bisher keine Zeit gehabt, mir ausführlich Gedanken darüber zu machen, aber es ergab Sinn. So kämpften die Kartenfiguren untereinander. Es gab die Guten und die Schlechten. Gegenseitig konnten sie sich nicht bedrohen, denn sie waren überzeugt davon, dass sie sich nichts Ernstes antun konnten. Also brauchten sie menschliche Spielfiguren, nicht wahr? Und mein Onkel hatte sich genau das zunutze gemacht.

Eine Weile konnte ich nur so dastehen und in der Flut meiner Gefühle ertrinken. Papa hatte verstanden, worum es hier ging. Aus diesem Grund hatte er mich gebeten, die Menschen vor der Grausamkeit zu beschützen. Wie hatte ich so unvorsichtig sein können? Wie hatte ich Menschenleben aufs Spiel setzen können, nur weil ich an seiner Beerdigung teilnehmen wollte?

Die Schuldgefühle zerfraßen mich von innen. Ich schlang die Arme um mich selbst und unterdrückte ein Schluchzen.

Ich durfte mich nicht in dieser Gedankenspirale verlieren. Ich musste nach vorne sehen. Ich war nicht schuld. Diese Monster waren schuld. Und von nun an würde ich das Richtige tun. Ich würde kämpfen.

Die Karten. Dank Malvolio besaß ich die Karten. Und er hatte gesagt, es hatte funktioniert. Damit könnte ich die anderen erpressen, oder nicht? Sie zwingen, die Menschen in Ruhe zu lassen, weil ich sie sonst jeden Moment wieder einsperren könnte? Sie und mich ... Aber das wussten die Wenigsten. Solange sie mich ebenfalls für einen Menschen hielten, hatte ich diese Macht über sie.

Und was war eigentlich mit Malvolio? Hatte er nicht die ultimative Macht über sie? Wäre es nicht etwas Gutes, wenn die anderen vom Ausmaß seiner Fähigkeit erfuhren? Das, was er ihnen antun konnte, war so viel schlimmer als das, was ich ihnen antun könnte. Er hatte die Gabe, ihr Leben dauerhaft auszulöschen. Das war es doch, wovor sie sich alle fürchteten.

Eine Bewegung vor mir riss mich aus meinen Gedanken. Dahna. Verdammt. Sie schaute direkt in meine Richtung. Wie lange schon, das wusste ich nicht.

Also tat ich das Einzige, was mir übrig blieb. Ich schloss die Augen und konzentrierte mich auf das Motelzimmer, während ich das Universum anflehte, dass Dahna mich nur als Einbildung abtat oder mich für Cosima hielt.

Sobald ich sie aufschlug, war ich wieder im Warmen und der Friedhof nichts als eine Erinnerung.

Jede Minute zog sich ins Unendliche. Ich saß auf dem Bett und starrte auf das Baumsymbol meines Armbandes, während meine Gedanken Karussell fuhren und ich darauf wartete, dass endlich die Zeit gekommen war, mich mit Salome zu treffen. Fragen über Fragen stürmten auf mich ein.

Wie konnte ich den Menschen helfen? Wie würde ich Vincenzo dazu bringen aufzugeben? Wie lange konnte ich mich noch bedeckt halten? Wie ging es Malvolio? Sollte es mir nicht egal sein, wie es diesem Verräter ging? Und was bitte sollte ich mit dem Kartendeck tun?

Irgendwann hörte ich ein Vibrieren aus meiner Umhängetasche, die ich in eine Ecke des Zimmers gepfeffert hatte. Ich sprang auf und bückte mich danach, zog das Handy heraus, das noch zwanzig Prozent Akku hatte.

Unzählige Nachrichten blinkten mir entgegen. Mein Gott, ich hatte es in dem Durcheinander völlig vergessen.

Die Hälfte der Nachrichten stammte von Noemi und Speranza, die anderen von Vincenzo. Mit klopfendem Herzen überflog ich sie. Er hatte mich gestern zur Beerdigung bestellt. Mir gedroht. Mich beschimpft. Nach Cosima gefragt. Wieder und wieder. Die letzte Nachricht war nur vor wenigen Sekunden eingetroffen: *Triff mich zum Sonnenuntergang auf der Terrazza des Grand Hotels. Komm allein. Wenn du eine von deinen Freundinnen mitbringst, wird jemand leiden. Auch wenn du dich weigern solltest, werden Unschuldige leiden. Jede halbe Stunde, in der du nicht auftauchst, wirst du ein weiteres Leben auf dem Gewissen haben.*

Ich starrte auf die Buchstaben, als könnte ich sie damit zwingen, ihre Bedeutung zu ändern. Dachte daran, wie ich mit ihm auf der Dachterrasse des Hotels zu Abend gegessen hatte. Wie simpel mein Leben zu diesem Zeitpunkt noch gewesen war. Ich hatte ihm nicht vertraut, doch in meinen wildesten Träumen hatte ich mir nicht ausgemalt, dass er bereit war, über Leichen zu gehen, um seinen Willen zu bekommen. Ging es ihm um Cosima? Darum, die Kartenfiguren für immer in Freiheit zu wissen? Hatte er deshalb Papa getötet, weil dieser sie wieder eingesperrt hätte? Oder gab es etwas, das ich übersah?

Ich klickte die Nachrichten weg, als ich bittere Galle schmeckte und der Raum sich zu drehen begann. Es war zu viel. Alles war gerade zu viel. Um mich abzulenken, klickte ich den Gruppenchat mit Noemi und Speranza an. Ohne zu überlegen, begann ich zu tippen.

Macht euch keine Sorgen um mich, mir geht es gut. Ich werde mich bald mit mehr Informationen bei euch melden, aber bitte habt vorerst Geduld. Es ist wichtig, dass ihr nicht nach Venedig kommt. Ich werde euch alles erzählen, wenn ich bereit bin. Jetzt brauche ich Zeit. Das hier ist eine Familienangelegenheit.

Ich schickte die Nachricht ab, bevor ich es mir anders überlegen konnte. Es zerriss mir das Herz, sie ausschließen zu müssen. Wie gut es tun würde, mit ihnen zu sprechen, mich bei ihnen auszuheulen, Schwäche zu zeigen und mich trösten zu lassen. Ihre unschuldige Giulietta zu sein. Doch die Wahrheit war so kompliziert. Nie im Leben würden sie von Venedig wegbleiben, wenn ich die ganze Geschichte auspackte.

Halte dich von Venedig und Tarotkarten fern.

Der Apfel fiel wohl nicht weit vom Stamm. Genau wie mein Vater versuchte ich, sie mit Halbwahrheiten und Schweigen zu beschützen, statt Klartext zu reden ... Das war wohl einer der vielen Gründe, wieso ich ihm nicht böse sein konnte.

Doch wenn alles gut ging, würde ich damit erfolgreicher sein als er.

Mit einer neuen Maske auf dem Gesicht schickte ich meinen Schatten voraus. Sicher war sicher. Die Maske war purpurfarben und katzenförmig. Obwohl sie nur die obere Hälfte meines Gesichts verdeckte, war es unmöglich, mich auf den ersten Blick zu erkennen. Ich rief mir Salomes Hotelzimmer in Erinnerung. Sekunden später blitzten Hellgrün und Silber vor mir auf, und ich stand in ihrem Zimmer, nur eine Armlänge von ihr entfernt.

Sie hatte mir den Rücken zugekehrt und starrte aus dem Fenster, doch obwohl ich keinen Laut gemacht hatte, schien sie meine Anwesenheit zu spüren. Sie wirbelte herum. Ihre Augen waren geschwollen, als hätte sie geweint, ihre Haare zerzaust. Sie kam auf mich zu und drückte mich an ihre Brust.

»Giulietta.«

Ihre Stimme klang nicht vorwurfsvoll, doch die Schuldgefühle krochen augenblicklich wieder hervor.

»Es tut mir so leid«, wisperte ich in ihr Haar, während ich ihre Umarmung erwiderte. »Es tut mir so leid, ich hätte nie auf diese Beerdigung gehen sollen.«

Unaufhörlich strich sie mir übers Haar. »Pscht, es ist nicht deine Schuld. Sie hätten einen anderen Weg gefunden, wärst du nicht dort aufgetaucht.«

Eine Weile standen wir Arm in Arm da. Ich kämpfte mit den Tränen, kämpfte gegen das Bedürfnis an, ihr von der Nachricht meines Onkels zu erzählen. Gerade als mein Widerstand zu bröckeln begann, wich sie zurück. Auf ihrem Gesicht lag plötzlich ein konzentrierter Ausdruck.

»Warte«, murmelte sie, als ich meinen Mund öffnete, um sie zu fragen, was los war. »Lass mich den Raum sichern.«

Sofort verstand ich. Sie hatte ihre Fähigkeit, die Suite vor den anderen Figuren zu schützen, zuvor nicht genutzt, damit ich meinen Schatten hierherschicken konnte, doch jetzt wäre es zu gefährlich. Jederzeit könnte die falsche Person hier reinplatzen und mich in dieser Gestalt sehen.

Ich wartete, bis sie fertig war, und zog mir unterdessen die

Maske vom Gesicht, dann ließ ich mich von ihr zum Sofa führen und setzte mich ihr gegenüber.

Sie räusperte sich und runzelte die Stirn. »Malvolio hat dir die Karten gegeben, nicht wahr?«

»Ja.« Was hatte es für einen Sinn, es zu leugnen? Sie war auf meiner Seite.

Kopfschüttelnd betrachtete sie mich. »Ich kann nicht glauben, dass Vincenzo sie bei sich getragen hat. Wie unvorsichtig!«

»Vincenzo?«, entfuhr es mir.

Salome nickte.

Sekunden vergingen. Meine Gedanken überschlugen sich.

»Wahrscheinlich hat er das für das sicherste Versteck gehalten«, murmelte ich. Im Hotel gab es vermutlich kein Safe, das die Figuren nicht knacken konnten.

»Möchtest du wissen, wo sie sind?«, entfuhr es mir dann. »Oder was ich damit vorhabe?«

Eine Emotion, die ich nicht benennen konnte, zuckte über ihr Gesicht. »Wie bitte?«

Ich hob die Schultern. »Malvolio hat gesagt, es hat funktioniert. Ich habe uns wirklich alle eingesperrt. Das heißt, ich besitze die Fähigkeit der Nachfahren immer noch, obwohl ich auch eine Kartenfigur bin.«

»Und?«

»Und ich könnte uns jederzeit wieder einsperren.«

Ihre Augen blitzten. »Giulietta, solltest du dich dazu entschließen, uns erneut einzusperren, werde ich sicherlich die Letzte sein, die dich vom Gegenteil überzeugen will. Sag mir nicht, wo das Deck ist. Es ist besser, wenn nur du es weißt. Aber erstens würde es mir wehtun, dein so kurzes Leben beendet zu sehen, und zweitens … Wenn Malvolio recht hat, dann gibt es noch einen Nachfahren.«

Ihre Worte waren aufrichtig. Ich glaubte ihr. Sie würde nicht gegen mich kämpfen. Salome wollte einfach nur das Beste für die Menschheit, nicht für sich.

Ich nickte grimmig. »Aber wer? Meine Wahl würde auf Vincenzo fallen, immerhin hat er das Deck offensichtlich an sich genommen, als er es im Zimmer 121 gefunden hat, aber er ist doch adoptiert! Er ist kein Visconti.«

Salome nickte ebenfalls. »Er könnte zur Blutlinie der anderen beiden gehören. Da Besozzo oder da Tortona. Möglich ist es.«

»Hm.«

Wenn mein Onkel auch das Talent besaß, würde das einiges erklären ... Und es würde die Situation verkomplizieren.

»Aber kommen wir zu einem anderen Thema«, fuhr Salome fort. »Es ist wichtig, dass wir bereit sind, wenn Azazel und die anderen das nächste Mal zuschlagen, Giulietta. Es ist wichtig, dass wir eine geschlossene Front mit denjenigen bilden, die ebenfalls für das Gute kämpfen.«

»Natürlich«, wisperte ich, und der Schmerz traf mich mit voller Wucht. Innerhalb von Sekunden füllten sich meine Augen mit Tränen, und diesmal konnte ich nichts gegen sie ausrichten. »Jemand ist gestorben. Wie ... wie konnte das passieren?«

Durch meinen Tränenschleier sah ich, wie ihre Miene sich versteinerte. »Wie du gesehen hast, hat Azazel zwei Touristinnen manipuliert, und ich war damit beschäftigt, die Manipulation rückgängig zu machen. Und dann, als ich damit abgelenkt war, Dahna davon abzuhalten, die gesamte Insel zu überschwemmen, kurz bevor wir geflohen sind, hat er einen zweiten Versuch gestartet. Er hat sich eine andere Touristin als Opfer ausgesucht. Ich war zu spät. Ich ... ich ...« Ihre Stimme versagte. »Ich erspare dir die Details.«

Rot flackerte über mein Sichtfeld. Wut und Schmerz peitschten Seite an Seite durch meine Adern.

»Wie erträgt man die Machtlosigkeit?«, brachte ich irgendwann hervor. »Wie kommt man damit klar, dass man nicht allen gleichzeitig helfen kann?«

»Ich weiß es nicht«, flüsterte sie und griff nach meiner Hand, drückte sie ganz fest. »Ich weiß nur, dass es unsere einzige Option ist weiterzukämpfen. Über die Jahrhunderte gab es immer schon Meinungsverschiedenheiten innerhalb unserer Reihen. Hin und wieder ist auch eine Situation eskaliert. Doch noch nie stand so viel auf dem Spiel wie jetzt. Denn noch nie hat ein Visconti sich in diese Machtkämpfe eingemischt. Genau deshalb müssen wir um jeden Preis zusammenhalten.«

»Natürlich«, wiederholte ich und wischte mit der freien Hand die Tränen fort. »Natürlich halten wir zusammen.«

Wieso klang es, als würde sie meine Loyalität infrage stellen?

»Ich rede nicht nur von uns beiden, Giulietta.«

Scharf sog ich die Luft ein und befreite mich aus ihrem Griff.

»Ich habe Sofia, Stella und ein paar der anderen gebeten, in einer halben Stunde anzuklopfen«, sagte sie nachdrücklich. »Ich vertraue ihnen vollkommen, doch ich halte es trotzdem für klug, wenn sie dich nicht als Schatten sehen, sondern dich weiterhin für einen Menschen halten. Wir sollten das Geheimnis so lang wie möglich wahren. Je weniger davon wissen, desto besser. Ich bin der Meinung, dass es wichtig für dich ist, Gleichgesinnte zu treffen und dich mit ihnen zu unterhalten. Das gibt uns allen Hoffnung und Mut in dieser trostlosen Zeit.«

»Schön. Ich freue mich darauf.« Ich seufzte tief. Ich hörte selbst, wie patzig ich klang. »Sag, was du sagen musst. Du willst über Malvolio sprechen.«

Sie lehnte sich nach hinten und fuhr sich mit beiden Händen übers Gesicht. »Danke«, flüsterte sie schließlich. »Mir ist bewusst, dass es hart für dich ist, über ihn zu sprechen, weil du ihn für alles verantwortlich machst, was dir hier widerfahren ist.«

Fast hätte ich den Kopf geschüttelt. Ja, es stimmte, er war verantwortlich dafür, dass ich Cosimas Rolle eingenommen hatte, er hatte mich belogen, aber ... aber da war etwas in mir, das ich zum ersten Mal spürte, seit ich als Welt-Figur erwacht war. Etwas, das sich gegen den Hass wehrte.

Oh, verdammt noch mal.

»Wie ich bereits sagte, nichts von dem, was ich dir über ihn erzählen möchte, dient als Rechtfertigung«, begann sie mit ernster Miene. »Ich bin nur der Meinung, dass wir uns in diesen schweren Zeiten keinen Konflikt untereinander leisten können, wenn wir doch für dasselbe kämpfen.«

»Er will sterben«, entfuhr es mir. »Um seinen Schmerz zu beenden. Er will niemandem helfen.«

Salome legte den Kopf schief und sah mich mitleidig an. »Malvolio ist neben Sofia und mir derjenige, der sich über die Jahrhunderte am meisten um das Wohl der Menschen gesorgt hat. Du kannst dir nicht vorstellen, wie oft er mich gerufen hat, wenn einer von den Schwachmaten wieder mit einem Menschen gespielt hat. Liebend gern würde ich dir ausschließlich Schlechtes über ihn erzählen und dich in deiner Wut bestärken, denn natürlich hast du jeden Grund dazu, ihn zu verachten. Doch er ist nicht nur der Junge, der dein Leben zunichte gemacht hat. Bitte versteh mich nicht falsch, das ist er auch. Doch zudem ist er der Junge, der täglich durch die Hölle geht und es trotzdem schafft, das Wohl der anderen über sein eigenes zu stellen.«

Ich sah sie nur an. Es gab so viel, was ich erwidern wollte. Ich wollte ihr von jedem einzelnen Moment erzählen, in dem er sein Wohl über meines gestellt hatte. Aber etwas hielt mich ab. Vielleicht war es der irrsinnige Wunsch, mehr von seiner Vergangenheit zu erfahren.

Als Salome weitersprach, war ihre Stimme schmerzgetränkt.

»Spätestens als die Pest über Venedig wütete und das Massensterben losging, hat Malvolio keinen Sinn mehr in seinem Dasein gesehen. Wer kann es ihm verdenken? Er war nicht der Einzige von uns, der im Laufe der Zeit versucht hat, sich selbst das Leben zu nehmen, als alles zu viel wurde. Ich möchte dir keine Angst machen. Es ist, wie es ist. Unsterblichkeit ist ein Geschenk, doch zweifellos ist sie auch ein Fluch. Nun, wie ich sagte, er war nicht der Einzige, der es versucht hat. Aber er war der Einzige, bei dem es funktioniert hätte.«

Sie verstummte, presste die Lippen aufeinander. Ihr Blick war in die Ferne gerichtet.

»Was?«, drängte ich, als die Sekunden vergingen und sie nicht weitersprach. »Was meinst du damit?«

Sie schluckte hart und schaute mich wieder an. »Malvolio wusste nicht, dass seine Fähigkeit das Töten einer anderen Figur beinhaltet. Was er jedoch sehr wohl wusste, nach seinem ersten und einzigen Suizidversuch, war die Tatsache, dass er die Fähigkeit hatte, sich selbst das Leben zu nehmen.«

»Woher ... woher wusste er das?«

»Kartenfiguren können nicht bluten«, sagte sie. »Wir können kurzzeitig außer Gefecht gesetzt werden, aber unsere Körper vergießen kein Blut. Malvolio hat geblutet, als er sich das Messer über die Haut gezogen hat.«

»Aber ...« *Das ergibt keinen Sinn*, wollte ich sagen. *Du musst dich irren.* Wieso sollte er sich all diesen Stress gegeben haben, mich hinters Licht zu führen, damit ich die Karten einsperrte, wenn er so einfach sein Leben beenden konnte?

Bevor ich meine Zweifel aussprechen konnte, schlug die Erkenntnis in mich ein. Und mit der Erkenntnis verflog der ganze Hass. Denn doch, sein Verhalten ergab sehr wohl Sinn.

»Wenn eine Kartenfigur stirbt, sucht sie sich einen menschlichen Ersatz«, drang Salomes Flüstern an mein Ohr. »Das war immer Teil der Magie, wir wussten es, auch wenn wir keinen Beweis hatten. Jetzt haben wir einen. Und Malvolio hat gelitten, mein Gott, er hat gelitten wie sonst keiner, doch ganz egal, wie schlimm es wurde, er hätte es nicht ertragen, einem anderen Menschen dieses Schicksal aufzubürden. Das ist die Wahrheit, Giulietta. Das ist sein Charakter. Deshalb ... deshalb kann ich dir mit absoluter Klarheit versichern, dass er nicht wusste, was er dir antat. Ich muss nicht mit ihm darüber sprechen, um das zu wissen. Ich kenne ihn. Malvolio hätte Cosima nie getötet, wenn er auch nur vermutet hätte, was er damit ins Rollen bringt. Er hätte dich niemals auf diese Weise in Gefahr gebracht.«

Ich konnte sie nicht ansehen. Die Worte wanderten tief in mein Inneres und gruben sich in mein wild pochendes Herz. Ich ertrug es nicht, ihr zuzuhören und zu verstehen, dass sie die Wahrheit sagte.

Aber sie war noch nicht fertig.

»Er ist am Ende. Alles, was er will, ist dir helfen. Er versteht, dass es jetzt sinnlos ist, dass er nichts tun kann, um seine Taten rückgängig zu machen, und es zerstört ihn.«

Erneut flossen meine Tränen. Ich wehrte mich nicht. Minutenlang verharrte ich in meiner Position und überließ mich dem Schmerz. Irgendwann kam mir ein Gedanke, der mich für einen köstlichen Moment ablenkte.

Ich schniefte. Zu meiner Erleichterung klang meine Stimme relativ normal, als ich sprach. »Wenn er die Macht hat, Kartenfiguren zu töten, dann könnten wir den anderen damit drohen. Azazel und dem restlichen Pack.«

»Ich bin ganz deiner Meinung.« Salome machte zwar keine Anstalten, mich zu berühren, rückte aber näher zu mir. »Allerdings müssen wir zuerst einen Plan schmieden. Es wäre unklug, vorschnell zu handeln. Sonst kommen noch mehr Menschen zu Schaden.«

»In Ordnung.« Ich traute mich wieder, ihrem Blick zu begegnen. »Wann kommen die anderen?«

Salome schenkte mir ein trauriges Lächeln, ehe sie auf eine gläserne Wanduhr schaute. »Sie sollten jeden Moment hier sein. Bist du bereit, in deiner vollständigen Gestalt an der Versammlung teilzunehmen?«

Ich nickte.

»Gut. Dann werde ich den Schutzwall für ein paar Sekunden senken, damit du deine Fähigkeit ausüben kannst. Und damit du Bescheid weißt: Sobald alle hier sind, werde ich ihn wieder errichten. Das bedeutet, damit werde ich dich und auch die anderen daran hindern, eure Fähigkeiten auszuüben. Zum einen, um unsere Gegner davon abzuhalten, den Raum zu stürmen oder uns zu belauschen, zum anderen, damit du dich nicht aus Versehen vor den anderen verdoppelst. Du bist noch sehr unerfahren, und wir dürfen das Risiko nicht eingehen. Bist du einverstanden damit?«

Erneutes Nicken. Ich verkniff mir den Kommentar, dass ich mich meiner Meinung nach schon ziemlich gut unter Kontrolle hatte. Bisher hatte ich meine Fähigkeit fast immer bewusst gesteuert.

Wir erhoben uns.

»Bereit?«, murmelte sie. Als ich bejahte, schloss sie die Augen. Ich tat es ihr nach. Konzentrierte mich auf meine Füße, die auf dem weichen Teppichboden standen, nicht auf dem kratzigen im Motel. Auf den blumigen frischen Geruch, auf die Geräusche. Das Ticken der Uhr. Schritte aus dem Flur.

Als ich die Augen aufschlug, begegnete ich Salomes zufriedenen Blick.

»Du bist gut. Und schnell.«

Ich schaute an meinem Körper herab. Kein unnatürlicher Teint. Ich sah menschlich aus.

Nicht einmal eine Minute später war ein dezentes Klopfen an der Zimmertür zu hören. Dreimal hintereinander.

Salome sah mich noch einmal an, als wollte sie sich vergewissern, dass ich bereit war, dann lief sie zur Tür und öffnete sie. Die Ersten waren Lucia und Deluna. Ich hatte sie auf dem Friedhof nur flüchtig betrachten können, weil die Ereignisse sich überschlagen hatten und weil meine Sicht durch den Hut eingeschränkt gewesen war. Die beiden trugen schwarze prächtige Kleider voller Federn, Pailletten und Stickereien. Lucia hatte goldfarbenen Lidschatten aufgelegt, der perfekt mit ihren blonden Haaren harmonierte, Deluna hatte ihr langes schwarzes Haar zu einem strengen Dutt nach oben gedreht und ihre Lippen knallrot geschminkt. Es folgte neben Sofia eine jüngere Frau in ungefähr meinem Alter, die ich vorhin ebenfalls auf der Beerdigung gesehen hatte. Ihre Kleidung war abgetragen und löchrig, ihr Gesicht schmal und unscheinbar, ebenso wie das aschblonde Haar, doch ihre Augen strahlten eine seltsame Wärme aus. War das Stella? Die Figur, die Materie in Gold verwandeln konnte?

Ich bekam keine Gelegenheit, länger darüber nachzudenken, denn hinter ihr traten drei Männer in den Raum. Arlotto im dunkelblauen Anzug, Maurizio ganz in Schwarz und ... Mein Atem stockte. Malvolio. Sein Aussehen machte seiner Karte alle Ehre. Vorhin hatte er schon ungesund ausgesehen, ausgemergelt, doch das war kein Vergleich zu jetzt. Er wirkte nicht wie neunzehn. Sein Gesicht sah aus wie das von einem alten Mann, der schon viel zu viel Schmerz in seinem Leben gesehen hatte. Hastig wandte ich den Blick ab.

Sie liefen alle an mir vorbei ins Wohnzimmer und versammelten sich um den Couchtisch herum. Salome schloss die Tür hinter ihnen und verzog ihr Gesicht für ein paar Sekunden in höchster Konzentration. Prompt flimmerte der Raum wieder.

Sobald sie fertig war, straffte sie die Schultern und kam zu mir. Sie schenkte mir ein warmes Lächeln, dann griff sie nach meiner Hand und führte mich zu den anderen.

Lucia und Deluna saßen auf zwei grün-silbernen Biedermeier-Stühlen an dem dazu passenden Schminktisch, abgewandt von den anderen, als interessierte sie die Zusammenkunft nicht sonderlich. Arlotto und die junge Frau, höchstwahrscheinlich Stella, saßen aneinandergelehnt im Schneidersitz, er breit, sie schmal, beide mit einem Lächeln auf den Lippen. Sofia stand am Balkonfenster, und Maurizio und Malvolio saßen auf dem Sofa. Letzterer sah aus, als hätte er sich selten so unwohl gefühlt. Er schaute überallhin, nur nicht zu mir. Salome setzte sich zu ihm und zu Maurizio aufs Sofa und lächelte mir aufmunternd zu.

Ich blieb stehen und verschränkte meine Arme vor der Brust.

»Die Karten liegen auf dem Tisch«, erklang Lucias Stimme, ohne dass sie sich die Mühe machte, sich nach uns umzudrehen. »Ich liebe diesen Ausdruck.«

Deluna wandte leicht ihren Kopf und schaute mich herausfordernd an. »Sollen wir uns zuerst entschuldigen, oder wäre es dir lieber, wenn wir mit deiner Entschuldigung beginnen?«

Ich fuhr zusammen.

Sofia schüttelte missbilligend den Kopf. »Giulietta, wie geht es dir?«

Mein Blick zuckte zu ihr. »Ganz okay«, brachte ich schließlich hervor. »Und ... euch?«

War es angebracht, sie das zu fragen?

Lucia lachte hohl auf und drehte sich nun doch zu uns um. »Bestens, danke!«, rief sie und nickte Deluna zu. »Ich bin der Meinung, dass Entschuldigungen unangebracht sind. Ersetzen wir sie doch lieber durch etwas Positiveres.« Sie schenkte mir ein strahlendes Lächeln und wickelte eine blonde Locke um ihren Finger. »Giulietta, wir sind dir zu Dank verpflichtet, da du dich letztendlich doch dagegen entschieden hast, uns endgültig in die Karten einzusperren, obwohl du dank dieses ...«, sie deutete mit der freien Hand auf Malvolio, der mit finsterer Miene auf den Teppich starrte, »wirklich außerordentlich vielschichtigen Jungen hier alle Mittel dazu hattest. Von ganzem Herzen – *danke*.«

Seltsamerweise klang es aufrichtig. Und es beantwortete wohl auch die Frage, wie viel sie inzwischen über Malvolios Mitwirken wussten.

»Stille Wasser sind tief«, fügte Deluna hinzu. »Auch ein schöner Ausdruck.«

Salome seufzte tief. »Wir haben uns aus einem anderen Grund hier eingefunden. Und wir stehen nun alle auf ein und derselben Seite, selbst wenn es zuvor Differenzen gab.«

Deluna nickte. »Nichts gegen dich, tesorino«, murmelte sie in Lucias Richtung, ehe sie sich wieder vollständig mir zuwandte. »Doch ich bin noch immer der Meinung, dass Entschuldigungen hilfreich wären. Giulietta, es tut uns leid, was wir auf dem Dachboden getan haben. Wir mussten wissen, womit wir es zu tun haben, aber uns ist bewusst, dass wir dir dabei vermutlich einen großen Schrecken eingejagt haben.«

Ich machte eine wegwerfende Handbewegung. Das war nun wirklich Schnee von gestern. »Sorry, dass ich euch eingesperrt hab«, nuschelte ich.

Ein Kichern erklang. Überrascht schaute ich zu Stella, die grinsend meinen Blick erwiderte. »Auch ein wenig verständlich, oder?«

Meine Augen weiteten sich.

»Die Erfahrungen, die du bisher mit uns gemacht hast, waren wohl nicht besonders angenehm«, erklärte sie, und ihr Lächeln verschwand. »Allein die Sache mit Azazel ... oder mit deinem Vater. Ich hätte an deiner Stelle auch so gehandelt.«

»Sie hat wegen des Jungen so gehandelt«, sagte Arlotto.

Wieso sprach niemand Malvolios Namen aus? »Ein freier Wille sieht anders aus.«

»Es war *meine* Entscheidung«, entfuhr es mir. »Ich wusste, worauf ich mich einlasse.«

Keine Ahnung, wieso ich ihn in Schutz nahm, aber es war die Wahrheit. Er hatte mich manipuliert und mir Dinge vorenthalten, und nein, ich hatte nicht gewusst, was mit mir passieren würde, doch ich hatte die Karten freiwillig eingesperrt. Nachdem Cosima mich bedroht hatte, war mir die Sicherung durchgebrannt.

Malvolios Kopf ruckte hoch, und unsere Blicke kreuzten sich. Seine Verzweiflung und seine Scham trafen auf meine Wut.

»Es ist alles meine Schuld«, krächzte er. Seine Augen füllten sich binnen Sekunden mit Tränen. »I-ich habe ... ich habe sie manipuliert. Sie ist vollkommen unschuldig.«

Ich funkelte ihn an. Seine Qual war allgegenwärtig, und ich hasste ihn dafür, dass ich sie in mir spürte, als sei sie meine eigene. Dass ich mir wünschte, ich könnte ihm helfen. »Ich bin ein eigenständiger Mensch«, fauchte ich. »Ich bin in der Lage, meine eigenen Entscheidungen zu treffen.«

Salome seufzte erneut, diesmal lauter. »Ich verstehe, wie emotional das alles für euch ist.« Sie sah dabei nicht nur Malvolio und mich an, sondern blickte in die Runde. »Aber es ist wichtig, dass wir uns auf die Gegenwart konzentrieren.«

Sofia nickte zustimmend. »In jeder Minute, die vergeht, könnte noch mehr irreparabler Schaden angerichtet werden.«

Jede halbe Stunde, in der du nicht auftauchst, wirst du ein weiteres Leben auf dem Gewissen haben.

Lucia schnalzte mit der Zunge, und Wut blitzte in ihren Augen auf. »Ich stimme zu. Nur würde ich gerne noch eine letzte Frage loswerden: Giulietta, du hast in absehbarer Zeit nicht vor, uns erneut einzusperren?«

»Giulietta weiß, dass Cosima ihre Mutter ist«, antwortete Salome, bevor ich auch nur die Gelegenheit hatte, den Mund zu öffnen. »Sie hat schon ihren Vater verloren, sie würde nicht riskieren, auch noch ihre Mutter zu verlieren, nachdem sie sie eben erst wiedergefunden hat.«

Ihre Stimme klang vertrauenswürdig und klar. Niemand könnte die Lüge heraushören.

»Was?«, ertönte es vielstimmig. Pures Entsetzen kam mir von allen Seiten entgegen. Maurizio, Malvolio und Sofia waren die Einzigen, die nicht völlig entgeistert zu Salome schauten.

»Cosima ist *wer, bitte*?«, hauchte Lucia mit großen Augen.

Deluna schaute erst zu den Jungs auf dem Sofa, dann zu Sofia. »Ihr *wusstet* davon? Und habt nicht daran gedacht, das vielleicht zu erwähnen?«

Sofia schüttelte den Kopf. »Jede hat das Recht darauf, ihre eigene Geschichte zu erzählen. Wenn Cosima dir davon erzählen wollte, hätte sie es getan.«

»Ihr seid aber auch nicht gerade die Hellsten, oder?«

Die Worte waren von Malvolio gekommen. Jetzt schauten alle zu ihm, einschließlich mir. Er klang mehr als zornig.

»All die Jahre hattet ihr nichts Besseres zu tun, als euch um euch selbst zu kümmern«, zischte er in Delunas Richtung. »Hättet ihr nur ein einziges Mal die Augen aufgemacht und an etwas anderes als euer eigenes Wohl gedacht –«

Maurizio legte ihm eine Hand auf die Schulter. »Ich glaube, das reicht.«

Malvolio schüttelte ihn genervt ab, verstummte aber.

»Ich hatte eine Vermutung«, murmelte Stella und fuhr mit allen fünf Fingern über den Teppichboden. Überall dort, wo sie ihn berührte, waren goldene Streifen zu sehen. »Ich war mir jedoch nicht sicher, ob dies überhaupt möglich wäre.«

»Nun, es ist möglich«, sagte Salome bestimmt. »Und wir

können uns ein anderes Mal gerne darüber auslassen, doch nun ist alles, was zählt, dass Giulietta eine Motivation hat, uns nicht wieder einzusperren. Was werden wir also gegen Vincenzo Visconti und die anderen unternehmen?«

Tatsächlich hatte ich eine Motivation, sie nicht wieder einzusperren. Eine Motivation, die viel besser war als die Wiedervereinigung mit meiner Mutter. Aber wenn Salome der Meinung war, dass es noch zu früh war, die ganze Wahrheit mit den anderen zu teilen, dann würde ich ihr vertrauen.

Die Sekunden vergingen, und niemand meldete sich zu Wort.

»Mein Onkel könnte ein Nachfahre sein«, sagte ich schließlich. »Wie finden wir heraus, ob das stimmt?«

Salome schüttelte den Kopf. »Das ist keine Option«, widersprach sie mir ruhig, als hätte sie vor wenigen Minuten nicht mit mir darüber gesprochen, dass das sehr wohl eine Möglichkeit war. Sie schaute zu den anderen, wieder zu mir, dann schüttelte sie kaum merklich den Kopf. Es ging so schnell, dass ich mich fragte, ob es Einbildung gewesen war.

Wieso wollte Salome diese Vermutung nicht mit den anderen teilen?

»Ich glaube auch nicht daran«, sagte Arlotto mit einem Kopfschütteln. »Vincenzo hätte seine Seele verkauft, um wie Lorenzo zu sein. Der Neid hat ihn in den Wahnsinn getrieben.«

Zustimmendes Nicken von allen. Von fast allen. Maurizio und Malvolio sahen sich bewegungslos an, ehe sie abrupt wegschauten.

Was zur Hölle? Wussten sie etwas, das ich nicht wusste?

»Wo sind eigentlich Agostino und Onofrio?«, wechselte Stella das Thema.

»Sie kümmern sich um Pellegrino und Arlo«, erwiderte Sofia. »Versuchen, sie mit logischen Argumenten zu überzeugen.

Nach dem Tod einer unschuldigen Touristin sollten sie milder gestimmt sein.« Ihre Stimme brach bei den letzten Worten, und auch ich fühlte mich plötzlich, als hätte ich Glassplitter im Bauch.

Wenn ich mich recht erinnerte, hatte Salome über diese beiden Kartenfiguren gesagt, dass sie unentschlossen waren. Nicht wirklich tiefböse, aber auch nicht unbedingt bereit, immer für das Gute einzustehen.

Salome nickte. »Wir sollten uns ebenfalls aufteilen. Unsere beste Chance ist es, die neutralen Familienmitglieder auf unsere Seite zu ziehen. Je mehr wir sind, desto besser.«

Familienmitglieder. Betrachteten sie sich wirklich als eine Familie? Und würde ich eines Tages auch Teil dieser Familie sein?

»Neutral«, stieß Malvolio mit einem Schnauben aus. »Jeder, der nichts tut, hat sich bereits klar positioniert.«

»Ich übernehme Callisto und Cara«, sagte Deluna, ohne eine Reaktion auf Malvolios Worte zu zeigen. »Dann wären da noch Fortuna, Collisio und Daniele.« Sie zählte sie an ihren langen Fingern mit den spitz zulaufenden schwarz lackierten Nägeln ab. »Kleiner, du solltest Collisio übernehmen«, sagte sie dann in seine Richtung.

Dieser zuckte mit den Achseln. »Von mir aus«, nuschelte er, doch es klang, als hielt er dieses gesamte Gespräch für Zeitverschwendung.

»Ich komme mit«, raunte Maurizio ihm zu und stieß ihm freundlich in die Seite. Malvolio reagierte nicht.

Waren die beiden etwa wieder Freunde? Sie verhielten sich irgendwie wie Verbündete. Aber wie hatte Maurizio seinem Freund verzeihen können, wenn dieser doch bereit gewesen war, ihn zu opfern, um sein eigenes Leid zu beenden?

»Ich werde mit Fortuna sprechen«, sagte Stella fröhlich. Inzwischen fuhr sie mit beiden Händen den Teppich rechts und links von ihrem Körper entlang. Das Gold durchbrach das Hellgrün und funkelte mystisch.

»Daniele hat mich vorhin auf einen Cocktail im Bacaro Jazz eingeladen, und ich habe abgelehnt«, sagte Lucia und verdrehte die Augen. »Ich werde nachsehen, ob der Schluckspecht noch immer auf mich wartet.«

»Schluckspecht«, wiederholte Stella mit einem Glucksen. »Woher hast du das denn?«

Lucia zwinkerte ihr zu. »Man lernt nie aus. Wusstest du –«

»Gut, das wären dann alle«, unterbrach Salome sie ungeduldig. »Wir sind insgesamt zehn. Zehn, die für das Gute kämpfen.« Ihr Blick streifte mich für den kürzesten Moment.

Elf, vervollständigte ich in Gedanken.

»Was ist eigentlich mit Cosima?«, wollte Arlotto stirnrunzelnd wissen, als hätte er meine Gedanken gelesen.

Salome verzog keine Miene. »Ihr geht es nicht gut. Sie wird bedauerlicherweise nicht in der Lage sein, uns beizustehen.« Bevor noch jemand einhaken konnte, sprach sie weiter. »Azazel, Magnus, Dahna, Domenichino und Monaco. Das sind lediglich fünf. Sechs, wenn man Vincenzo mitzählt.«

Deluna und Lucia zogen synchron die perfekt gezupften Augenbrauen hoch. Ich konnte mir denken, woher ihr Argwohn kam. Vincenzo war für sie nichts weiter als ein Mensch.

Auch Salome fiel es auf. »Ja, er ist sterblich, doch er ist der Hoteldirektor. Und er weiß mit Worten umzugehen. Er hat es innerhalb kürzester Zeit geschafft, sie davon zu überzeugen, Giulietta zu töten.« Sie holte tief Luft. »Wir sind klar in der Mehrzahl. Auch ohne die anderen sechs.« Mir fiel auf, dass sie die Zwillinge, die die Karte der Liebenden darstellten, nur als eine Person zählte. »Wir werden nicht zulassen, dass sie ihren Willen durchsetzen.«

Sofia nickte. »Hat jemand von euch Azazel und die übrigen

niederträchtigen Geschöpfe gesehen? Wissen wir, wo sie sich gerade herumtreiben?«

»Vermutlich dort, wo der bezaubernde Hoteldirektor sich befindet«, sagte Arlotto.

Mein Herzschlag beschleunigte sich wie auf Knopfdruck.

Triff mich zum Sonnenuntergang auf der Terrazza des Grand Hotels. Komm allein.

Ich linste unauffällig auf die Wanduhr, während die anderen sich über den Aufenthalt der bösen Karten austauschten. Es war bereits kurz nach 17 Uhr. Das bedeutete, die Zeit lief mir davon.

Ohne groß zu überlegen, öffnete ich den Mund. »Mein Onkel möchte mich auf dem Friedhof treffen«, schoss es aus mir hervor. Meine Stimme zitterte, doch das war angesichts der Ereignisse dieses Tages nicht wirklich verdächtig. »Zum Sonnenuntergang. Er hat mir eine Nachricht geschickt, dass er mit mir *reden* will. Ich ... ich werde selbstverständlich nicht dort hinfahren.« An dieser Stelle schaute ich zu Salome, die mich mit sorgenerfülltem Blick musterte. »Aber ich könnte mir vorstellen, dass die anderen bei ihm sind. Vermutlich planen sie, mir dort aufzulauern.«

Mein Herz schlug immer schneller. Ich senkte den Kopf, damit mir niemand die Lüge ansah.

»Dann wissen wir ja, was wir zu tun haben«, sagte Deluna, und Lucia stimmte ihr zu. Ich spürte prüfende Blicke auf mir. Von mehr als einer Person. Doch ich beging nicht den Fehler, sie zu erwidern, sondern nickte nur und versuchte, möglichst niedergeschlagen auszusehen.

Erst als Stuhlgescharre ertönte und die meisten Anwesenden sich zum Gehen erhoben, schaute ich auf.

Ich verabschiedete mich so freundlich ich konnte von allen – außer von Malvolio, der nach wie vor auf dem Sofa saß, als sei er dort festgewachsen, und sein Bestes tat, um Maurizios auffordernde Blicke zu ignorieren. Dieser war bereits aufgestanden.

Salome verabschiedete alle nacheinander, indem sie für ein paar Sekunden den Schutzzauber senkte. So sah es jedenfalls aus, als ich in den Nebenraum trat und das Geschehen beobachtete. Sie verließen Salomes Suite alle einzeln, doch erst, nachdem sie ein Zeichen von dieser bekommen hatten.

»Keine Sorge«, erklang Maurizios Stimme direkt hinter mir, als Salome gerade die Tür hinter Arlotto schloss. Er war der letzte außer Maurizio und Malvolio. Ich fuhr herum und sah ihn fragend an.

»Ich werde dein Geheimnis nicht weitererzählen«, flüsterte er mit ernstem Blick.

Ich hatte kaum mehr einen Gedanken an meinen abrupten Abgang in der San Zaccaria verschwendet. Oder daran, was Maurizio sich anschließend zusammengereimt haben könnte.

»Wieso nicht?«, entfuhr es mir. Wir kannten uns ja kaum. Ich hatte versucht, ihn einzusperren. Nicht nur ihn, aber trotzdem.

Er nickte in Richtung Nebenzimmer. »Unser Freund hier ist der Meinung, dass es großen Schaden anrichten könnte.«

Dein Freund.

Ich brachte es nicht übers Herz, die Worte auszusprechen. Es war dumm, aber ich wollte nicht, dass Malvolio sie hörte. Auch wenn ich nicht zu lange darüber nachdenken sollte, was das zu bedeuten hatte.

»Und deine Tante ist ebenfalls der Meinung«, sagte er mit Blick auf Salome, die sich mit Müdigkeit in den Augen zu uns umdrehte.

»Giulietta, geht es dir wirklich gut?«, raunte sie. »Bitte, sag mir, was du brauchst.«

Bald war Sonnenuntergang. Ich durfte keine Zeit verschwenden. Was ich brauchte, war, dass sie mich in Ruhe ließen, damit ich den Wünschen meines wahnsinnigen Onkels nachkommen konnte und dieser die Menschen in Venedig verschonte.

»Es ist alles okay«, sagte ich und versuchte ein Lächeln. »Ich will gerade einfach nur tief und fest schlafen und die Realität für ein paar Stunden vergessen.«

Prompt nickte sie. »Völlig verständlich.«

Maurizio hatte in den Nebenraum gelugt und zuckte jetzt mit den Schultern. »Gut, dann gehe ich wohl allein.«

Er schaute zu mir. »Wir sehen uns, ja? Behalte die Nerven, soweit es dir möglich ist. Du bist stark.« Damit setzte er sich in Bewegung.

Plötzlich spürte ich ein Ziehen in meinem Inneren.

»Warte«, hörte ich mich sagen. »Kann ich ... Ist es möglich, morgen wieder mit meinem Vater zu sprechen?«

Das pure Mitleid flackerte in seinen Augen auf. Ich verabscheute Mitleid, aber wenn es dazu führte, dass ich mit Papa kommunizieren durfte, dann würde ich es in Kauf nehmen.

Er starrte für einen Moment an die Wand, die uns von Malvolio trennte, und der Gedanke kam mir, dass sie irgendetwas im Schilde führten. Oder mindestens vor mir geheim hielten. Ich wollte nachhaken, doch er kam mir zuvor.

»Ich werde sehen, was ich tun kann, Giulietta. Guten Abend.«

Ich wollte ihm hinterherrennen, ihn packen, ihn zwingen, mit mir zu reden. Mir alles zu sagen, was er über Papa wusste. Doch in diesem Augenblick erschien Malvolio im Türrahmen. Ich hatte ihn nicht näher kommen gehört. Als sei er geschwebt.

»Können wir reden?«

Seine Stimme war das reinste Krächzen.

Nein, können wir nicht, ich muss unbemerkt aufs Dach gelangen. Und außerdem hasse ich dich, schon vergessen?

»Mach es kurz«, zischte ich, bevor ich an ihm vorbei ins Nebenzimmer ging, ohne ihn ein einziges Mal richtig anzusehen.

Salome verfolgte mich mit ihrem Blick, ich spürte ihn in meinem Rücken.

Keine Ahnung, wieso ich hier war. Keine Ahnung, wieso ich nicht schon längst die Flucht ergriffen hatte. Lag es an den unmenschlichen Qualen in seinem Gesicht, kurz bevor er vor mir in den Fluten versunken war? An Salomes Worten über ihn?

Und Malvolio hat gelitten, mein Gott, er hat gelitten wie sonst keiner, doch ganz egal, wie schlimm es wurde, er hätte es nicht ertragen, einem anderen Menschen dieses Schicksal aufzubürden.

Ich schauderte. Und dann stand er plötzlich vor mir, und jeder Gedanke war wie ausgelöscht. Verzweiflung traf auf noch mehr Verzweiflung.

Er sah wirklich fertig aus. Ich hatte ihn noch nie so ausgemergelt erlebt. Und diesmal war ich mir sicher, dass es nicht an den Toden lag, die er in den letzten Stunden miterlebt hatte. Nicht *nur* zumindest.

Das hier war echt. Ich wollte nicht, dass es echt war. Ich wollte alles an ihm verfluchen. Ich wollte mich an dem Gedanken festklammern, dass er mich manipuliert hatte. Dass er nichts als ein verdammt guter Schauspieler war und ich sein naives Publikum. Aber er ...

»Wie geht es dir?«, brachte er hervor und hob die Arme, als wollte er mich berühren, ließ sie allerdings abrupt wieder sinken. Mein Herz pochte viel zu schnell. Ich konnte den Blick nicht von ihm abwenden, auch wenn es alles in mir zerriss.

»Wo schläfst du? Wie kannst du ... wie kommst du zurecht?« Er fuhr sich übers Gesicht. Tränen glänzten in seinen Augen. »Ich weiß, ich habe kein Recht, dir diese Fragen zu stellen. Ich werde mir niemals dafür verzeihen, was ich dir angetan habe. Ich ...«

»Sag mir nur eins«, wisperte ich, während Schwindel mich

überfiel und das Blut in meinen Ohren rauschte. Es war eine schlechte Idee, die Worte auszusprechen. Ich wusste es. Und trotzdem wehrte ich mich nicht dagegen. Weil ich gleich dem Mörder meines Vaters gegenübertreten würde und weiß Gott wem noch. Weil ich meinen Vater heute beerdigt hatte. Weil ich gerade irgendeinen Halt brauchte. »War alles mit uns gelogen? War nichts davon echt für dich? War ich wirklich nur Mittel zum Zweck?«

Er zuckte so heftig zusammen, dass ich gegen das Bedürfnis ankämpfen musste, ihn zu umarmen und ganz fest an mich zu drücken, damit er nicht auseinanderfiel. Die Tränen in seinen Augen liefen über.

»Nein«, sagte er mit belegter Stimme.

Es war nur ein einziges Wort. Und es sagte mir alles, was ich wissen musste. Doch ich konnte mich jetzt nicht mehr zurückhalten.

»Die Nacht des Maskenballs? Was du mir erzählt hast, als wir nebeneinander in diesem Bett lagen? Die ganze Nähe?«

Mir kamen ebenfalls die Tränen.

»Es ... es war echt für mich.« Er fuhr sich über die Augen. Als er mich wieder ansah, brachte mich die Wucht seiner Emotionen ins Wanken. Er räusperte sich. Brauchte mehrere Anläufe, bis er wieder sprechen konnte.

»In dieser Nacht, während du in meinen Armen lagst, habe ich zum ersten Mal seit Jahrhunderten an meinem Plan gezweifelt. Für ... für ein paar Momente war es mir das alles wert. Für ein paar Momente wollte ich leben.« Er schniefte. »Um mit dir zusammen zu sein.«

Ich ertrug kein weiteres Wort. Im nächsten Augenblick hatte ich mich von seinem Anblick losgerissen und war in den Nebenraum gestürzt. Meine Beine bewegten sich wie von selbst. Ein Tränenschleier nahm mir die Sicht.

»Kannst du … kannst du bitte den Schutzwall senken?«, brachte ich hervor, als ich bei Salome angekommen war. »Ich muss hier weg.«

Sie schlang ihre Arme um mich, zog mich an ihre Brust, hielt mich fest. Eine Weile bebten unsere Körper wegen meines stillen Schluchzens.

»Du bist frei«, wisperte sie irgendwann in mein Ohr. »Du kannst gehen, Giulietta.«

Das ließ ich mir nicht zweimal sagen.

KAPITEL 12

Die Nummer einundzwanzig

Es war dumm. Und meine einzige Möglichkeit. Zumindest wenn ich niemanden gefährden wollte.

Außerdem war es die perfekte Ablenkung von dem Krieg in meinem Kopf.

Ich zweifelte keine Sekunde daran, dass Vincenzo seine Drohung ernst meinte. Mehr als einmal hatte er bewiesen, dass er bereit war, das Leben anderer aufs Spiel zu setzen, um seinen Willen durchzusetzen.

Ich lief die Treppen, die auf die Dachterrasse des Hotels führten, wie in Zeitlupe nach oben. *Er kann dir nichts anhaben*, wiederholte ich wie ein Mantra in Gedanken. *Du bist unsterblich.*

Es tat mir leid, dass ich Salome belogen hatte. Sie hatte es nicht verdient. Vermutlich hätte sie mir sogar helfen können, sie hätte gewusst, was zu tun war, immerhin hatte sie Jahrhunderte Vorsprung, wenn es darum ging, die Menschen mithilfe ihrer Gabe vor Fieslingen zu schützen. Aber dafür war es jetzt zu spät. Und außerdem war Vincenzos Nachricht eindeutig gewesen. Ich musste allein kommen.

Also nahm ich eine Stufe nach der anderen und versuchte, meine hektischen Atemzüge zu beruhigen. Ich hatte nicht meinen Schatten geschickt. Ich war voll und ganz ich. Genau wie eben in Salomes Hotelsuite. Es wäre hirnrissig gewesen, als Schattengestalt auf die Dachterrasse zu laufen. Mein Onkel hätte sofort eins und eins zusammengezählt.

Mein Plan war simpel, wenn auch nicht sonderlich gut durchdacht: Ich würde mich möglichst dumm stellen und Zeit schinden. Und was noch viel wichtiger war: Ich musste die Nerven behalten und durfte auf keinen Fall austicken wie vorhin. Wenn Vincenzo glaubte, dass ich das verwirrte, leicht zu manipulierende Mädchen war, das seine Mutter suchte, würden er und seine übernatürliche Gefolgschaft hoffentlich damit aufhören, Menschenleben aufs Spiel zu setzen, um mich zu finden. Keine Provokation. So schwer es mir auch fiel.

Ich war bei den gläsernen Türen angekommen. Genau wie bei meinem ersten Besuch im Hotelrestaurant öffnete ein Kellner mir die Tür, bevor ich auch nur nach dem Knauf greifen konnte.

»Signorina«, hauchte er beinahe lautlos und musterte mich mit unverhohlener Missbilligung von oben bis unten. »Sie werden auf der Terrazza erwartet.«

Ich nickte knapp, lief an ihm vorbei und bahnte mir meinen Weg durch die Tische bis zu den Automatiktüren. Das Restaurant war menschenleer. Ich war mir sicher, mein Onkel hatte es für den gesamten Abend schließen lassen.

Eisiger Wind begrüßte mich, als ich auf die Terrasse trat. Es war so bewölkt und düster, dass ich auf den ersten Blick nur schemenhafte Gestalten erkannte. Hinter ihnen versank die Lagune im Nebel, nur wenige verschwommene Lichter schafften es, ihn zu durchbrechen.

Erst nach ein paar Sekunden Blinzeln konnte ich sie ausmachen. Direkt an der Balustrade stand Vincenzo in seinem Beerdigungsoutfit. Links von ihm – automatisch wurde mir wieder schlecht – Azazel, rechts von ihm Magnus und Domenichino. Alle in Schwarz. Auch sie sahen aus, als kämen sie von der Beerdigung. Oder als wären sie Auftragskiller und planten bereits die nächste. Die Angst schnürte mir die Kehle zu. Mein Herz schlug schmerzhaft gegen meine Rippen.

Okay. Okay, damit war zu rechnen gewesen. Vincenzo hatte natürlich seine Leibgarde und Asse im Ärmel mitgebracht. Immer noch kein Grund zur Sorge. Niemand hier konnte mir etwas antun. Nichts Ernsthaftes jedenfalls. Trotzdem blieb ich stehen und ließ meinen Blick über die vier Männer gleiten. Noch konnte ich umdrehen und fliehen. Noch war es nicht zu spät.

Nein! Ganz ruhig. Alles ist gut.

Vier erwachsene Kerle gegen eine junge Frau. Wie nobel.

Plötzlich war da etwas anderes als Angst. Ja, damit konnte ich arbeiten. *Schleunigst auf die Abscheu konzentrieren, Giulietta! Es ist alles gut. Nicht ausrasten. Aber auch nicht in der Angst verharren.*

»Guten Abend«, brachte ich hervor und hoffte, ich klang mutiger, als ich mich fühlte.

Vincenzo schaute zu Azazel und nickte ihm zu. Es kostete mich sämtliche Willenskraft, auf der Stelle zu verharren und nicht rückwärts loszurennen, als der Teufel keine Sekunde später auf mich zukam. Ein paar Zentimeter von mir entfernt blieb er stehen und grinste dreckig. Seine schwarzen Augen glänzten.

»Giulietta«, flüsterte er. »Du wirst nicht schreien. Und du wirst alles tun, was Signor Visconti von dir verlangt.«

Ich zwang mich, unbeirrt seinen Blick zu erwidern, obwohl ich inzwischen am ganzen Leib zitterte vor Ekel und Panik.

»Das werde ich«, gab ich möglichst apathisch zurück, und

er wandte sich, dem Universum sei Dank, ab und lief wieder zu Vincenzo.

Sehr gut. Das ist sehr gut! Sie nahmen an, ich stand unter Azazels Manipulation. Was bedeutete, sie mussten jedem Wort, das aus meinem Mund kam, Glauben schenken.

»Wo ist sie?«, fauchte Vincenzo und trat auf mich zu. Voller Hass sah er mich an.

Du skrupelloser Mistkerl. Du denkst, du hättest ein Recht auf Hass? Nachdem du mir den wichtigsten Menschen in meinem Leben genommen hast?

Ich räusperte mich. »Wo ... wo ist wer?«

Interessant, dass er erst nach meiner Mutter fragte, nicht nach dem Kartendeck. Bedeutete das, sie war ihm wichtiger?

Er kam noch einen Schritt auf mich zu. »Cosima«, zischte er.

»Das will ich auch wissen!«, rief ich gegen den brausenden Wind an. »Ich habe in den letzten Tagen versucht, sie zu finden. Ich weiß nicht mehr, was ich tun soll.«

Seine Augen wurden schmal. Jetzt trennte uns nur noch ungefähr ein Meter. Er sah fertig aus. Fast so schlimm wie Malvolio. »Erzähl keinen Blödsinn. Du hast sie eingesperrt. Und dann hast du dich versteckt, damit ich dich nicht finde.«

Ich nickte. »Aber das wollte ich nicht!« Es mussten Tränen her. Ich musste überzeugender werden. Tja, an traumatischen, herzzerreißenden Erlebnissen mangelte es mir gerade wirklich nicht. »Ich ... ich habe erfahren, dass sie meine Mutter ist. Nur kurz, bevor Malvolio mich gezwungen hat, die Karten einzusperren. Ich würde doch niemals ... ich ... Mein Leben lang habe ich mich gefragt, wer meine Mutter ist. Papa wollte mir ja nicht mal Bilder von ihr zeigen. Kannst du dir vorstellen, wie das ist?« Meine Stimme brach. Er starrte mich an. Ebenso wie die anderen hinter ihm. *Weiter. Genau so.* »Oder bist du wirklich so gefühlskalt?« Ich schnaubte. »Was rede ich da, du hast deinen eigenen Bruder umgebracht. Wie sollst du je verstehen, was ich durchmache?«

Etwas blitzte in seinen Augen auf. Etwas Starkes. Er öffnete den Mund, doch ich ließ ihn nicht zu Wort kommen.

»Du bist ein Mörder! Du hast mir meinen Vater genommen. Ich werde nicht zulassen, dass du mir auch noch meine Mutter nimmst. Ich ... ich weiß nicht, was du mit ihr willst, aber ich kann mir schon denken, dass es nichts Gutes ist. Ich werde alles tun, um sie vor dir zu finden. Sie ist meine Familie.« Tränen schossen mir in die Augen.

Sein Mund klappte wieder zu. Verschwommen sah ich, wie Magnus und Domenichino hinter ihm verwirrte Blicke tauschten.

»Malvolio hat mich mit einem Messer bedroht«, fuhr ich hastig fort und ließ es zu, dass die Tränen mir über die Wangen liefen.

Azazel und die anderen wussten sowieso, dass Malvolio derjenige war, der mich in die Geheimnisse eingeweiht hatte. Was sollten sie ihm schon antun? Sie waren fest davon überzeugt, dass er und ich zusammengearbeitet hatten, was bis zu einem gewissen Punkt ja auch stimmte. Ihre Wissenslücken musste ich ausnutzen. »Er hat mich die ganze Zeit über manipuliert. Ich dachte, ich kann ihm vertrauen, weil er der Einzige war, der mir die Wahrheit gesagt hat. Aber alles, was er wollte, war wieder zurück in die Karten wandern. Er hat mich benutzt. Und als ich ... als ich endlich herausgefunden habe, dass Cosima meine Mutter ist, war die Karten einzusperren natürlich das *Letzte*, woran ich gedacht hatte. Da musste er Gewalt anwenden.«

Vincenzo betrachtete mich eine Weile aus leicht zusammengekniffenen Augen. Immerhin schien es ihm die Sprache verschlagen zu haben. Das deutete ich als Erfolg.

Schließlich räusperte sich Magnus. »Collisio hat etwas anderes berichtet«, sagte er nachdenklich. »Seiner Erzählung nach hat Malvolio ihn gebeten, die Zimmer nach dem Mädchen zu durchsuchen, weil er sie retten wollte. Weil Cosima sie bedrohte.«

Shit. Wer zur Hölle war noch mal Collisio und warum hatte er nicht den Mund gehalten, verdammt?

Ich lachte trocken auf. »War ja klar, dass Malvolio ihm das erzählt hat. Er wollte in Ruhe mit mir alleine sein, um sein Werk zu vollenden. Und wie könnt ihr euch so sicher sein, dass Collisio die Wahrheit sagt, hm? Immerhin hat er Malvolio geholfen.«

Das war gepokert. Ich konnte nur hoffen, dass ...

»Wo sie recht hat«, murmelte Domenichino in Richtung Magnus. »Auf Collisio ist nicht wirklich Verlass. Er –«

»Es passt nicht«, unterbrach Vincenzo ihn und durchbohrte mich mit seinem Blick. Eine nach hinten gegelte graue Haarsträhne hatte sich gelöst und wirbelte ihm ins Gesicht. Er klang, als befände er sich am Rande des Wahnsinns. »Wenn das die Wahrheit ist – wieso sollte Malvolio dir das Kartendeck gegeben haben, nachdem er es mir entwendet hat? Und wohin ist Cosima gegangen? Es war ausgemacht, dass sie mit dir in ihrer Suite wartet, bis ich dazustoße.«

Berechtigte Fragen. Nicht schlecht, Vincenzo.

»Ich habe keine Ahnung, was Malvolios Absichten sind«, fauchte ich, schniefte lautstark und verschränkte die Arme vor der Brust. »Wahrscheinlich denkt er, ich helfe ihm noch einmal, wenn ich sehe, was für Monster ihr seid.« Bei den letzten Worten schaute ich zu den drei Gestalten hinter Vincenzo, ehe ich mich wieder ihm zuwandte. »Und was Cosima angeht ...« Meine Unterlippe bebte. »Sie ist aus dem Zimmer gestürmt, nachdem sie erfahren hat, dass ich die Wahrheit kenne. Sie ... sie war völlig durch den Wind, als ich sie mit *Mama* angesprochen habe.« Ich ließ die Arme sinken, ließ den Kopf hängen und schluchzte auf.

»Dabei wollte ich doch nur mit ihr reden. Ich habe mein Leben lang nicht mit ihr reden können ...«

Ein paar Herzschläge lang war nichts außer dem Pfeifen des Windes zu vernehmen.

Dann erklang wieder Vincenzos Stimme, diesmal gefährlich leise. »Wo ist das Kartendeck jetzt?«

Abrupt hob ich den Kopf. »Du glaubst, das sage ich dir, nachdem du meinen Vater getötet hast? Wenn ich das Kartendeck besitze, kann ich sicherstellen, dass die Karten nie wieder eingesperrt werden! Dann kann ich endlich mit meiner Mutter sprechen, sobald ich sie finde.«

Vincenzos Blick wurde wild. »Lauf ans Geländer«, befahl er dann.

»W-was?«

»Du sollst ans Geländer laufen.«

Sekundenlang starrten wir uns an, bis er sich umdrehte und Azazel einen irritierten Blick zuwarf.

Mich durchfuhr es eiskalt. Ich musste alles tun, was Vincenzo von mir verlangte. Sonst würden sie merken, dass Azazels Gedankenmanipulation nicht funktioniert hatte. Und diese funktionierte nur nicht, wenn man kein Mensch war ...

Ganz langsam setzte ich mich in Bewegung und lief an Vincenzo vorbei bis zum Geländer. Ich starrte in die dunkelgrauen Wolken und auf den goldenen Streifen dazwischen. Wenn der Wind für ein paar Sekunden nachließ, konnte man die Karnevalsmusik von unten hören.

Wie krass, dass es immer noch Menschen gab, die feierten, während hier oben die Hölle los war.

»Giulietta.« Vincenzo war mir gefolgt und stand nun direkt hinter mir. »Dir ist bewusst, dass du mir gehorchen musst?«

Ich nickte artig. *Oh, wie gerne ich dir gerade eine reinhauen würde ...*

»Gut.« Er spannte seinen Kiefer an. »Dann wirst du mir jetzt sagen, wo sich das Kartendeck befindet, oder ich werde dich dazu zwingen, vom Dach zu springen.«

Ich zögerte nur für den Bruchteil einer Sekunde. »Es befindet sich in einem Safe am Bahnhof Santa Lucia.«

»Welcher Safe? Und wo befindet sich der Schlüssel zu diesem Safe?«

»Safe Nummer 21. Kein Schlüssel. Er funktioniert mit einem Code.«

Die Zahl war mir einfach so herausgerutscht. Sie war die erste, die mir in den Sinn kam. Vincenzo schien nichts Ungewöhnliches daran zu finden. Vielleicht war er zu abgelenkt, um es zu bemerken.

»Wie lautet der Code?«, knurrte er.

»1809«, erwiderte ich, und diesmal war das Zittern meiner Stimme nicht gespielt. »Papas Geburtstag.«

Er zuckte zusammen, fing sich aber schnell wieder. »Ich frage dich noch einmal: Wo ist Cosima?«

Bewegungslos sah ich ihn an. »Ich weiß es nicht.«

»In Ordnung«, sagte er, plötzlich ganz sanft. »Ich glaube dir.« Er streckte beide Arme aus und legte mir seine Hände auf die Schultern. Sein Geruch drang in meine Nase, und ich musste das Bedürfnis, mich loszureißen, unterdrücken. »Giulietta, ich wünschte, alles wäre anders verlaufen, aber die Dinge lassen sich nicht mehr ändern. Ich möchte, dass du dich umdrehst, über das Geländer kletterst und dich vom Dach herunterstürzt.«

Für einen Moment verschlug es mir die Sprache. Eine Gänsehaut überzog meinen Körper.

Ich habe genau das getan, was du von mir wolltest, und du hast trotzdem vor, mich umzubringen? Du willst es wie einen Suizid aussehen lassen, so wie du Papas Mord als einfaches Herzversagen dargestellt hast?

»Ich bin so froh, dass wir nicht wirklich miteinander verwandt sind«, schoss es dann aus mir hervor. »Es wäre eine Schande, wenn wir das gleiche Blut hätten.«

»Sie können Sie jederzeit zum Schweigen bringen«, kam es hilfreich von Azazel.

Vincenzo reagierte nicht. Sein Blick lag nach wie vor auf mir. Der glühende Hass war zurück. Er wollte mich nicht nur aus dem Weg schaffen, weil ich die Fähigkeit hatte, die Karten jederzeit zurück ins Deck zu sperren, oder weil er mich als unbrauchbar betrachtete. Das hier war Rache. Und es hatte nichts mit mir zu tun. Sondern mit meinem Vater.

»In Ordnung«, sagte ich ruhig. »Aber davor will ich noch etwas wissen.« Immerhin hatte er den Zeitpunkt, in dem ich mich vom Dach stürzen sollte, nicht spezifiziert, oder? Das bedeutete, sie würden noch keinen Verdacht schöpfen. »Wieso hast du es getan? Wieso hast du meinen Vater getötet? Ging es wirklich nur darum, die Kartenfiguren für immer am Leben zu lassen? Wenn das die Wahrheit wäre, hättest du mich doch auch direkt umbringen können, oder nicht?«

Vincenzo wirkte, als sei er drauf und dran, mir an die Gurgel zu springen. Und dennoch befahl er mir nicht, zu schweigen oder mich sofort umzubringen. Es gab einen Teil von ihm, der Redebedarf hatte, nicht wahr? All diese Emotionen hatten so lange in seinem Inneren geschlummert, und er hatte sie höchstwahrscheinlich mit niemandem teilen können. Nicht dass ich Mitleid hatte. Aber immerhin konnte ich es verstehen. Wie es Papa wohl all die Jahre ergangen war? Das Totschweigen seiner Vergangenheit musste ihn doch kaputtgemacht haben.

»Lorenzo war schwach«, brachte er zornbebend hervor. »Er hatte eine Fähigkeit und hat sie ignoriert.«

Sein Tonfall ließ keinen Zweifel daran, was er meinte, aber nicht aussprach: *im Gegensatz zu mir.*

Papa hatte es mir durch Maurizio gesagt – jahrealter Neid und Rache. Das waren die Gründe, aus denen er sterben musste. Und so wie es klang, lagen wir mit der Vermutung, dass auch Vincenzo das Talent besaß, falsch.

»Er wollte nie etwas mit der Magie zu tun haben«, fuhr er abschätzig fort. »Aber sobald er auf Cosima traf, war es plötzlich in Ordnung.« Er wandte sich von mir ab, fast so, als könnte er es nicht ertragen, mich anzusehen. Sah er Papa in mir? Erinnerte ihn alles an mir an seinen Bruder?

Ich hoffte es. Ich hoffte, Papas Geist würde ihn bis in alle Ewigkeit verfolgen. Jedes Mal, wenn er die Augen schloss, sollte er sein Gesicht sehen.

»Ich habe versucht, sie zu warnen, als sie sich auf ihn einließ. Meine Güte, ich habe Stunden damit verbracht, auf sie einzureden, doch sie wollte nicht hören.« Tränen glänzten in seinen Augen. Es war kaum zu fassen, dass er dazu überhaupt in der Lage war. Was für einen Grund hätte er jetzt noch, mir etwas vorzuspielen? Sein Blick zuckte zurück zu mir. »Und dann ist genau das eingetreten, was ich prophezeit habe. Er hat sie verraten. Die Mutter seines Kindes.«

Eine Weile versuchte er, zu Atem zu kommen. Die Kartenfiguren, selbst Azazel, hielten unterdessen die Klappe und beobachteten ihn beinahe mitfühlend. Sie sahen ihn als Verbündeten. Wahrscheinlich mochten sie ihn sogar und hatten ihn wegen unleugbarer Gemeinsamkeiten in ihren Psychopathen-Club aufgenommen.

Ich nutzte die Gelegenheit. »Dir liegt genauso viel an Cosima wie mir, oder? Sie bedeutete dir etwas?«

Sein Gesichtsausdruck war das reinste Bekenntnis. Scheiße, hatte er sie etwa wirklich geliebt? War es das, was hier gerade abging? War er deshalb so außer sich, weil er sie nicht finden konnte?

»Wieso würdest du ihr dann ihre einzige Tochter nehmen?«, wisperte ich.

Ich versuchte Zeit zu schinden, doch gleichzeitig spürte ich eine seltsame Neugierde in mir. Papa hatte gesagt, Vincenzo war eine arme Seele. Ein Teil von mir, sosehr ich ihn verfluchte, wollte plötzlich wissen, was diesen Menschen zum Mörder gemacht hatte.

Hart und kalt lachte er auf. Das Geräusch durchfuhr mich wie ein Stromschlag. »Cosima und ich haben uns darauf geeinigt, dass es besser für alle wäre, dich aus dem Weg zu schaffen«, fauchte er, und auf einen Schlag veränderte sich seine Miene.

Mir blieb keine Zeit mehr.

»Genug davon!«, rief er im nächsten Augenblick wie als Bestätigung meiner Gedanken. »Ich möchte, dass du dich *jetzt* vom Dach herunterstürzt.«

Mir blieb nur noch eine Option, oder? Vielleicht war das sogar der bessere Plan. Es war bescheuert gewesen zu denken, ich würde sie davon überzeugen können, dass ich ungefährlich war. Ich war immerhin die einzig lebende Nachfahrin. Also würde ich das tun, was ich schon vor zwei Tagen getan hatte. Ich würde springen. Wenn sie mich für tot hielten, hätten Salome, die anderen und ich einen großen Zeitvorsprung. Vincenzo würde sich zwar fragen, wie es mir möglich gewesen war, bezüglich des Safes zu lügen, aber das war nur eine kleine Sache. Er hatte bestimmt größere Sorgen, und ich –

»Giulietta!«

Eine Frau war durch die Automatiktüren aufs Dach gestürzt. Ihre Stimme klang nach purer Verzweiflung. Eine Frau in meinem Alter. In Hoteluniform. Mit rotblonden, zum Zopf geflochtenen Haaren und Sommersprossen im Gesicht. Mein Herz drohte stehen zu bleiben.

»Giulietta, du musst hier weg. Er ist gefährlich.«

Greta, das Zimmermädchen, an dem Azazel sich mittels Gedankenmanipulation vergriffen hatte, deutete mit bebendem Finger auf den Teufel. Dunkle Mascaraspuren glänzten auf ihrem Gesicht. »Du ... du hattest recht ... er ... ich habe seit gestern v-versucht, dich zu finden ... Und dann ... Ich habe gesehen, wie du hier hochgegangen ... Ich ...«

Ich überlegte nicht lange. Alles, was ich sah, war die Panik in Gretas Gesicht. Mein Körper bestand nur noch aus Adrenalin. Und alles, was ich dachte, war: *Nicht sie. Nicht schon wieder sie.*

In einer Sekunde spürte ich noch das Geländer in meinem Rücken und starrte sie fassungslos an, in der nächsten befand ich mich direkt vor ihr und packte sie an den Schultern.

»Hau ab!«, brüllte ich sie an. Ich klang, als hätte ich den Verstand verloren, ich klang Angst einflößend, aber das war mir egal. »Verschwinde aus diesem Hotel und dann aus Venedig, so schnell du kannst!«

Für den Bruchteil eines Herzschlages sah ich Malvolio vor mir, wie er auf dem Markusplatz zusammengebrochen war und mich angefleht hatte, ihn liegen zu lassen und abzuhauen. Jetzt befand ich mich in seiner Situation.

Greta öffnete den Mund und klappte ihn wieder zu. Schaute mich an, als hätte sie ein Phantom gesehen. Die Sekunden vergingen. Hinter mir ertönte ein Zischen. Ich beachtete es nicht. Gretas Sicherheit war das Wichtigste. Sie musste weg von diesem Dach. Weg von Azazel. Weg von den anderen Mistkerlen.

»FLIEH!«

Ich stieß sie nach hinten, durch die Automatiktüren, die lautlos aufglitten.

Endlich kam sie in Bewegung. Einen Moment später wandte sie sich um und rannte. Zwischen den Tischen hindurch, vorbei am Kellner, der ihr mit offenem Mund hinterherschaute. Erst als sie außer Reichweite war, wagte ich es, mich umzudrehen.

Und erstarrte auf der Stelle.

Vor mir, mit nichts als Entsetzen in den Gesichtern, standen keine vier Gestalten. Sondern fünf.

Und eine davon war ich.

Abrupt zog ich meinen Schatten zurück. Ich erbebte. Nun befand ich mich wieder ausschließlich als eine Person auf dem Dach. Es war keine bewusste Entscheidung. Genau wie es eben keine gewesen war.

Meinem Onkel und den anderen schien es die Sprache verschlagen zu haben. Die Kartenfiguren reagierten reflexartig. Sie wichen von mir zurück, während Vincenzo sich keinen Millimeter bewegte. Er war so nah. Viel zu nah. Er könnte mich jeden Moment packen. Aber ich hatte gerade andere Probleme. Alle schauten zu der Stelle, wo eben noch mein Schatten gestanden hatte, dann wieder zu mir.

Scheiße, das war das Schlimmste, was ich hätte tun können.

Was jetzt? Sollte ich fliehen? Sollte ich springen? Wie schnell würden sie kapieren, was gerade geschehen war?

Ihren Gesichtsausdrücken zufolge zu schnell.

Sie hatten *Angst* vor mir. Alle außer Vincenzo. Vincenzo war zur Eisstatue geworden. Die anderen starrten mich panisch an.

Seit sie lebten, hatten sie so etwas noch nicht mitbekommen. Das Austauschen einer Kartenfigur. Ich konnte förmlich hören, was sie dachten: *Wenn jemand Cosima ersetzen kann, dann kann auch jemand uns ersetzen.*

Es wäre eine Genugtuung gewesen, wäre ich mir nicht absolut sicher gewesen, dass ich gerade einen riesigen Fehler begangen hatte. Und hätte Vincenzos Schrei nicht im nächsten Moment die gespenstische Stille auf dem Dach zerrissen.

»Cosima«, schluchzte er auf. Jeder Zweifel war jetzt ausgeschlossen. Er hatte sie nicht nur für seine Pläne benutzt. Sie bedeutete ihm wirklich etwas.

Und dann packte er mich und stieß mich mit voller Wucht nach hinten. Etwas Animalisches blitzte in seinen Augen auf.

Ich krachte mit dem Rücken gegen das Geländer und hätte beinahe mein Gleichgewicht verloren. Der Schmerz nahm mir für ein paar Sekunden die Sicht.

Im nächsten Augenblick befand sich Vincenzo wieder vor mir, bekam mich erneut zu fassen.

»Was hast du mit Cosima gemacht?«, brüllte er und begann mich zu schütteln. Seine Augen quollen leicht hervor, sein heißer Atem umhüllte mich, und die Adern an seinem Hals traten hervor. »WAS HAST DU IHR ANGETAN?«

Mir blieb jetzt nur noch eine Option. Weg hier und so schnell wie möglich die anderen warnen.

Das hatte ich von meinem bescheuerten Plan.

»Sie ... sie kann es nicht gewesen sein«, ertönte eine Stimme neben uns. Ich war mir nicht sicher, ob sie zu Magnus oder Domenichino gehörte. »So funktioniert es nicht.«

Die letzten Worte, die ich hörte, bevor ich vom Dach verschwand, trafen mich wie eine Faust im Bauch. Zwei Worte. Der Sauerstoff erreichte meine Lungen nicht mehr.

»Der Junge«, zischte Azazel.

KAPITEL 13

Umzingelt

Da cosa nasce cosa.
(Eins kommt zum anderen.)

»Wir hätten es ihr sagen sollen.«

Maurizio und ich befanden uns auf dem Flur in der ersten Etage, kurz vor Collisios Suite. Es war riskant, dieses Gespräch ausgerechnet hier zu führen. Seit der Beerdigung hatte sich etwas in mir verändert. Ich befand mich in einem Nebel aus Selbstverachtung und Leichtsinnigkeit.

War alles mit uns gelogen?

Es hatte mir mein Herz in Stücke gerissen. Wie konnte ich ihr begreiflich machen, dass ich alles für sie tun würde? Dass nicht einmal sie mich so sehr hassen konnte, wie ich mich selbst hasste? Dass ich bis ans Ende meiner elendigen Existenz versuchen würde, es besser zu machen? Auch wenn sie es kaum ertrug, wenige Minuten mit mir in einem Raum zu verbringen.

»Und was hätte das geändert?«, raunte Maurizio. »Du hast gesehen, was auf dem Friedhof geschehen ist. Glaubst du wirklich, sie würde vernünftig mit dieser Information umgehen?«

»Wieso sollte irgendjemand vernünftig damit umgehen?«, fauchte ich. Meine Stimme zitterte vor unterdrückter Wut.

Maurizio erwiderte nichts. Ihm war bewusst, dass sie sich nicht gegen ihn, sondern vorrangig gegen mich selbst richtete. Und mir war bewusst, dass er recht hatte.

Ich möchte keine weiteren Toten sehen. Das war es, was ich ihm gesagt hatte, als er mich gefragt hatte, ob wir die anderen auf Vincenzo hetzen sollten. Ob wir ihnen verraten sollten, dass er der einzige menschliche Nachfahre mit der Fähigkeit war, uns wieder einzusperren.

War es meine Entscheidung? Sollte es nicht vielmehr Giuliettas sein? Wenn sie wollte, könnte sie ihren Onkel zum Tode verurteilen, indem sie die Information beispielsweise mit Azazel teilte.

Ich sah ihr tränenüberströmtes Gesicht vor mir. Hörte Lorenzo durch Maurizio sprechen: *Sie braucht radikale Ehrlichkeit. Wenn du ihr wirklich helfen willst, wiederhole meine Fehler nicht.*

Verdammt, ich hätte es ihr sagen sollen.

»Malvolio.« Maurizio drückte meine Schulter. »Wir sollten uns erst um Collisio kümmern. Eins nach dem anderen, ja?«

Für einen Moment stellte ich mir vor, wie ich mich losriss und die ganze Stadt auf den Kopf stellte, bis ich Giulietta fand. Würde sie ihn sofort ausliefern? Würde sie es bereuen, wenn er starb? Er war immerhin der Mörder ihres Vaters.

Ich schüttelte den Kopf. Giulietta war kein Monster. Das, was ich von ihr gesehen hatte, reichte aus. Sie würde niemandem den Tod wünschen. Nicht einmal ihm.

Also gab ich Maurizio widerstrebend recht und folgte ihm bis zur Zimmertür 116.

Wir tauschten noch einen letzten Blick, nickten uns zu, dann klopfte ich an.

Keinen Herzschlag später stand der Turm neben uns. Er

war soeben durch die Wand seines Zimmers auf den Flur gegangen.

»Guten Abend, Collisio«, sagte Maurizio mit einem breiten Lächeln. »Hast du einen Augenblick Zeit für uns?«

Er wollte ablehnen. Nervös biss er sich auf der Unterlippe herum und fuhr sich durchs sandfarbene Haar. Außerdem weigerte er sich, auch nur in meine Richtung zu schauen.

»Es dauert nicht lang«, fügte Maurizio sanft hinzu. »Und wenn du uns in deine Suite lässt, kann ich dir auch von dem Gespräch erzählen, das ich neulich mit deiner Großmutter geführt habe.«

Collisios Augen wurden groß. Ich bemühte mich um einen neutralen Gesichtsausdruck. Niemals hätte Maurizio Kontakt zu Collisios Großmutter aufnehmen können. Verstorbene trieben sich nicht über vierhundert Jahre im Totenreich herum. Und selbst wenn – ich war mir sicher, die Dame hatte Besseres zu tun, als nach all den Jahren ihrem Enkel hinterherzuspionieren.

Leider schien Collisio das auch zu realisieren. »Du … du lügst.«

Er sah mich noch immer nicht an.

Ich legte ihm einen Arm um die Schultern und zog ihn an mich. Sofort verkrampfte er sich.

»Ich habe eine bessere Motivation für dich, uns in deine Gemächer zu lassen«, flüsterte ich ihm zu. »Dir ist sicherlich zu Ohren gekommen, dass Jagd auf Giulietta gemacht wird. Weil der hochverehrte Hoteldirektor Azazel erzählt hat, es werde niemand von uns zurück in die Gefangenschaft wandern, sollten wir eine Nachfahrin töten. Soll ich dir etwas verraten, Collisio? Über Viscontis wahre Absichten? Weshalb er das Mädchen tatsächlich aus dem Weg schaffen will? Dass er sich kein bisschen darum schert, ob wir zurück ins Kartendeck wandern oder nicht?«

Collisio sagte nichts. Er wich zurück und entzog sich meiner Umklammerung. Doch dann drehte er sich zur Tür und zückte mit zitternden Fingern den Schlüssel.

Maurizio warf mir einen Blick zu, der vermutlich so etwas wie *Musste das sein?*, bedeuten sollte, ich gab ein stummes *Seine Großmutter?*, zurück und zog meine Augenbrauen in die Höhe.

Collisio lief ins Zimmer, und wir folgten ihm. Als ich die Tür hinter uns schließen wollte, versperrte mir etwas den Weg. Eine Barriere. Eine unsichtbare.

Oh, Himmel.

Stirnrunzelnd drehte Maurizio sich nach mir um. »Komplikationen?«

Ich zog die Tür in meine Richtung und versuchte es mit mehr Wucht. Auch diesmal fiel sie nicht ins Schloss, sondern prallte an etwas ab. Etwas, das ungefähr einen Schuh breit war. Zusätzlich ertönte ein erstickter Schmerzenslaut.

»Ciao, Monaco«, sagte ich aus zusammengebissenen Zähnen. »Du kannst dich gerne zeigen.«

Es dauerte noch einen Moment, bis der Mann vor mir Gestalt annahm. Wuterfüllt starrte er mich an. »Du wirst für alles bezahlen.«

»Ach, werde ich das?« Ich seufzte betont genervt, während es in meinem Kopf zu arbeiten begann. Ging es hier noch immer darum, dass ich die Geheimnisse an Giulietta verraten hatte? Oder hatte Vincenzo ihn auf mich gehetzt?

Monaco schaute an mir vorbei zu den anderen beiden. »Ihr könntet gehen. Es wird unschön. Und noch seid ihr nicht in die Angelegenheit verwickelt.«

Ich musste mich nicht umdrehen, um zu wissen, dass Collisio sich augenblicklich aus dem Staub machte. Höchstwahrscheinlich durch die Wand in Stellas Suite – auf der anderen Seite hätte ihn womöglich Azazel erwartet.

Maurizios Schnauben ertönte. »*Du* solltest gehen. Niemand will dich hier haben.«

»Wie kannst du nach allem immer noch auf seiner Seite stehen?« Monaco spuckte die Worte förmlich aus.

Maurizio kam nicht dazu, die Frage zu beantworten, denn im nächsten Augenblick ertönten Schritte, und wenige Sekunden später erschien Azazels Gestalt hinter Monaco.

»Schaff alle außer dem Jungen raus!«, blaffte er ihn an. Monaco setzte sich sofort in Bewegung. Kurz machte er sich erneut unsichtbar, dann tauchte er hinter Maurizio auf, verdrehte diesem die Hände auf dem Rücken und begann, ihn in Richtung Tür zu zerren. Maurizio wehrte sich und beschimpfte ihn, was wenig Wirkung zeigte. Ich wollte ihm zu Hilfe kommen, doch da sah ich sie.

Das am ganzen Leib bebende Zimmermädchen, das von Magnus und Domenichino festgehalten wurde.

Greta.

Gehetzt schaute sie sich um. Ihr Blick blieb an mir hängen. Er war der reinste Hilfeschrei.

Zorn pulsierte durch meinen Körper.

Azazel schritt ins Zimmer. Er sah sich nicht wie sonst mit Genugtuung und Arroganz um. Ich erkannte eine Emotion in seinen mitternachtsschwarzen Augen, die ich noch nie an ihm gesehen hatte. Als Reaktion darauf schoss mein Puls in die Höhe. Angst? Konnte das wirklich Angst sein? Wovor sollte sich der Teufel fürchten?

Es gab nur eines, was ihm Angst bereiten könnte.

In Sekundenschnelle hatte Monaco Maurizio aus dem Raum geschafft, und schon schloss sich die Tür hinter ihm.

»Lasst das Mädchen gehen«, brachte ich hervor, ohne Azazel aus den Augen zu lassen. »Ganz gleich, worum es hier geht, sie hat nichts damit zu tun.«

Die Tatsache, dass Domenichino und Magnus sie festhielten, bedeutete, Azazel hatte sie nicht zur Gehorsamkeit manipuliert. Das war untypisch. Und konnte nichts Gutes heißen.

»Malvolio«, flüsterte Azazel, ohne auf meine Worte einzugehen. Es klang beinahe ehrfürchtig. Er gab Monaco ein Zeichen. »Ich sollte mich bei dir entschuldigen.«

Wenige Sekunden später stand Monaco gut einen Meter neben mir. Er machte keine Anstalten, mich zu packen. Einen Kampf hätte ich sicherlich verloren. Körperlich war er mir haushoch überlegen. Doch es schien, als fürchtete auch er sich vor mir. Als sei der Abstand eine Sicherheitsvorkehrung.

Meine Augen wurden schmal, mein Herz raste noch schneller. Ich schaute zu den anderen beiden. Verdammt. Alle sahen mich mit dem gleichen Blick an. Das konnte nicht meiner Fantasie entspringen.

»Ich habe dich unterschätzt«, erklang Azazels Stimme wieder und bestätigte meine furchtbare Vermutung. »Ich versichere dir, das wird nicht erneut passieren.«

»Das Mädchen«, knurrte ich.

Ich versuchte, sie ermutigend anzusehen. Ihr mit meinem Blick zu versichern, dass alles gut werden würde. Es war zwecklos. Sie weinte so stark, dass ihre Sicht verschleiert wurde. Das Zittern ihres Körpers tat sein Übriges.

Azazel legte den Kopf schief. »Wir haben einen Vorschlag für dich. Und dafür ist Greta essenziell.« Er sprach ihren Namen nicht mit Genugtuung aus. Da war keinerlei Provokation in seiner Stimme. Ich wusste nicht, ob ich ihn jemals so ernst erlebt hatte.

»Ist es wahr?«, zischte Domenichino. »Du hast Cosima getötet?«

Es sollte keine Überraschung sein. Und trotzdem war es eine Herausforderung, ruhig zu bleiben.

»Das ist nicht die Frage«, wisperte Azazel. »Die Frage ist, weshalb du sie getötet hast.«

Ich könnte einfach schweigen. Ich war ihnen keine Erklärung schuldig. Mein Blick wanderte über Collisios Habseligkeiten, die auf dem puderfarbenen Teppichboden verstreut waren. Kostbare Fracks, Hemden, Karnevalsmasken, eine halb leere Absinthflasche. Zur Kommode. Zum Schreibtisch, wo ein Brieföffner neben einem langen Federhalter zu sehen war. Es gäbe hier sicherlich etwas, das ich als Waffe verwenden könnte. Sie hatten Angst vor mir. Das konnte ich nutzen.

»Reden ist nicht deine Stärke«, sagte Azazel. »Das war uns bewusst. Also haben wir Greta hier gefragt, ob sie uns begleiten würde, um dich zu motivieren.«

Magnus und Domenichinos Finger lagen schraubstockfest um ihre Arme. Sie drückten immer härter zu.

»Und um dich daran zu erinnern, was für dich auf dem Spiel steht«, fuhr der Teufel fort und wandte sich Greta zu. Er nahm sie mit seinem Blick gefangen.

»Dolcezza«, hauchte er, während er einen Gegenstand zückte und nach vorn trat.

Ich musste nicht sehen, was es war. Irgendetwas, womit sie sich selbst wehtun könnte, so viel stand fest. Also musste ich ihn davon abhalten, die nächsten Worte auszusprechen.

»Ich habe Cosima getötet«, sagte ich mit fester Stimme. Ich klang deutlich ruhiger, als ich mich fühlte. »Weil sie Giulietta töten wollte.«

Azazel hielt inne und drehte sich zu mir um, bevor er Greta den Gegenstand in die Hand drücken konnte. Auch die anderen beobachteten mich eindringlich. Ich hatte die ungeteilte Aufmerksamkeit aller Anwesenden.

»Ihr habt miterlebt, wie Cosima sich verhielt, seit wir im einundzwanzigsten Jahrhundert erwacht sind«, sprach ich weiter und betonte jedes Wort einzeln. »Sie war völlig unzurechnungsfähig. Also habe ich getan, was ich tun musste. Ich habe sie im allerletzten Moment von Giulietta weggezogen und sie erstochen.« Ich holte tief Luft, während die Erinnerung mich mit voller Wucht traf. »Ich wusste nicht, was geschehen würde. Ich habe das Blut zu spät gesehen. Es war nicht geplant. Hätte ich gewusst …«

»Giulietta ist die neue Welt-Karte«, fuhr mir Monaco ins Wort. »Und du hast die Fähigkeit, uns zu töten?« Er ignorierte Azazels warnenden Blick. »Du willst allen Ernstes behaupten, das wusstest du nicht?«

»Hätte ich es gewusst, hätte ich es schon längst gegen euch verwendet«, entgegnete ich. Die Worte waren aus mir herausgeflossen, ohne dass ich über sie nachgedacht hatte. Die Stimmung im Raum veränderte sich spürbar.

»Greta wird leiden«, sagte Azazel. Man hörte seiner Stimme an, dass er versuchte, um jeden Preis die Fassung zu wahren. »Und sie wird nicht die Letzte sein. Es werden so viele Menschen leiden, bis du Giulietta getötet hast.«

Ich lachte auf, verstummte allerdings sofort, als ich Gretas Panik sah.

Das war es, was sie von mir wollten?

»Wenn ich Giulietta töte, wird sich die Karte nur einen weiteren Ersatz suchen«, erwiderte ich, hauptsächlich, um Zeit zu schinden.

»Einen Ersatz, der keine Nachfahrin ist«, zischte Magnus.

Das war es. Das war ihr großer Plan. Sie wollten Giulietta aus dem Weg schaffen, weil sie glaubten, es gäbe dann keine Nachfahren mehr.

Ich räusperte mich. »Giulietta ist eine Kartenfigur, wie wir auch. Sie ist keine Nachfahrin mehr.«

»Netter Versuch«, kam es von Azazel. »Wir kennen die

Wahrheit. Solange Signorina Visconti lebt, sind wir alle in Gefahr.«

Ihr habt keinen blassen Schimmer von der Wahrheit!

»Ich könnte auch einfach euch umbringen«, sagte ich. »Die wahre Gefahr ist nicht Giulietta. Sondern ich. Wisst ihr, was mit Cosimas Leiche geschehen ist? Wisst ihr, was es bedeutet, wenn ein Leben ausgelöscht wird? Nicht in den Karten, nicht im Totenreich, sondern einfach … weg?«

Azazel nickte. »Könntest du. Aber du bist kein Mörder. Du hast es selbst gesagt – es war nicht deine Absicht, Cosima wirklich zu töten.«

»Was, wenn es doch seine Absicht war?«, zischte Magnus. »Er wollte doch nicht mehr leben. Was, wenn er sie zur Karte gemacht hat, ehe sie uns eingesperrt hat? Damit wir für immer gefangen sind?«

Was seid ihr nur für aufgeweckte Burschen.

Im letzten Augenblick hielt ich mich davon ab loszuschreien. »Lasst Greta gehen, dann sage ich euch, wie es abgelaufen ist.«

»Greta ist unsere Geisel«, sagte Domenichino. Seine Hände wanderten höher, bis sie bei ihrem Hals angekommen waren. Ein Wimmern entwich ihr.

Sie hatten keine Ahnung von der Wahrheit, aber bei einer Sache lagen sie dummerweise nicht falsch: Ich würde alles tun, um die Menschheit vor ihnen zu schützen.

Mir blieb keine Wahl. Ich wusste, sie würden ihre Drohung wahr machen.

»Es gibt eine Alternative.«

Ich war kein Monster. Und ich wollte kein Mörder sein. Als Giulietta während unserer kleinen Versammlung in Salomes Zimmer ihren Onkel erwähnt hatte, hatte ihre Tante sie davon abgehalten, die Thematik zu vertiefen. Ich ahnte, aus welchem

Grund. Obwohl Salome den anderen größtenteils vertraute, konnte sie sich nicht sicher sein, dass die Information nicht doch in falsche Hände geriet und damit einen weiteren Menschen gefährdete. Selbst wenn es ein niederträchtiger Mensch war.

Das Datum über Vincenzos Kopf. Nun verstand ich, wieso es sich verändert hatte.

Wenn die Wahl zwischen Greta oder gar Giulietta und ihrem Onkel stand, dann musste ich keine Sekunde überlegen.

Abwechselnd sah ich ihnen allen in die Augen. Bei Azazel verharrte ich am längsten.

»Es gibt eine bessere Geisel als Greta.«

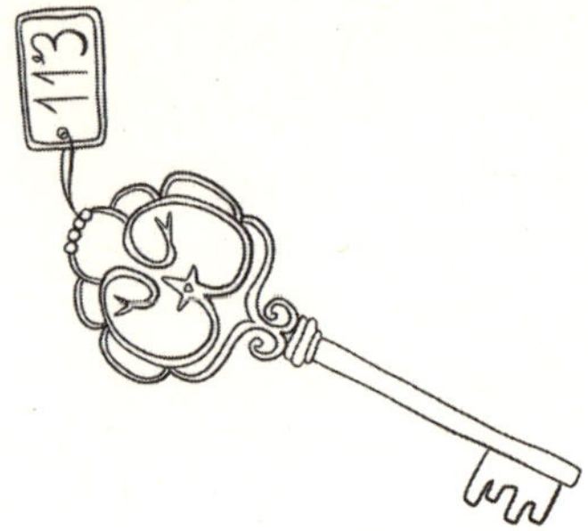

KAPITEL 14

Ein Junge, der sterben will

Mehrere Menschen starrten mich an.

Die Sonne war bereits untergegangen, doch die Straße vor dem Grand Hotel war hell beleuchtet, und es trieben sich noch mehr Feiernde als am Vorabend hier herum. Feiernde, die gerade miterlebt hatten, wie von einem Moment auf den anderen eine junge Frau vor ihnen erschienen war.

Ich war nicht vom Hoteldach gesprungen. Ich hatte die Augen zugepresst und mich mit voller Macht auf mein Motelzimmer konzentriert. Meinen Schatten vorausgeschickt, ehe ich mich vollständig zurückgezogen hatte. Verdammt, wieso war ich auf der Straße gelandet? Lag es an meiner Erschöpfung? Ließ meine Gabe mich im Stich?

Mein Herz klopfte mir bis zum Hals, als ich mich abwandte und die Augen erneut schloss. *Motelzimmer. Denk an das Motelzimmer.* Ich brauchte einen Unterschlupf. Einen Ort, an dem ich mich verstecken und von wo aus ich meinen Schatten wandern lassen konnte. Als ich das nächste Mal die Augen öffnete, befand ich mich im Warmen. Erleichterung durchflutete mich. Hastig zog ich meinen Schatten hinterher. Ich hatte es geschafft! Auf wackeligen Beinen stolperte ich zum Bett und ließ mich darauf sinken. Die Erleichterung hielt nicht lange an.

Greta. Mein Gott, sie war so dumm. Und so verdammt mutig. Azazels Gedankenmanipulation und Sofias Heilung mussten ihre Wirkung verloren haben, als ich uns ins Kartendeck eingesperrt hatte. Was sie mit den grausamen Fakten zurückgelassen hatte: Sie war vergewaltigt worden. Von einem Gast aus der ersten Etage, der anschließend ihre Erinnerung gelöscht hatte. Und dann hatte sie mich entdeckt, als ich auf die Terrazza gegangen war, und war mir gefolgt. Weil sie mich beschützen wollte. Nach allem, was sie erlebt hatte ... Die Tränen schossen mir in die Augen. Ich hoffte so sehr, dass sie sich meine Worte zu Herzen genommen hatte und sich bereits auf der Flucht befand.

Ich vergrub mein Gesicht in meinen Händen. Vincenzo und die anderen wussten Bescheid. Und es hatte keine Minute gedauert, bis ihr Verdacht auf Malvolio gefallen war. Natürlich. Er war immerhin der Tod. Also musste ich das gesamte Hotel absuchen, bis ich ihn gefunden hatte. Ich musste ihn warnen.

Die anderen dürfen es nicht erfahren, sie werden Unvorstellbares tun, sie werden mich erpressen, unschuldige Menschen werden zu Schaden kommen, wenn sie wissen, dass ich diese Macht besitze, wenn sie erfahren, was wir getan haben.

Als er diese Worte zu mir gesagt hatte, hatte ich sie kaum wahrgenommen. Zu sehr war ich in meinem Schmerz gefangen gewesen. Jetzt nahmen sie mein ganzes Denken ein.

Ja, Malvolio könnte ihnen mit Mord drohen, aber Malvolio war kein kaltblütiger Mörder. Er war doch nur ein Junge. Ich schluchzte auf.

Die Zeit lief mir davon.

Also schloss ich die Augen und stellte mir mit aller Macht die erste Etage im Hotel vor. Dachte an die Gemälde, an den Geruch, an den Teppich, an die verschnörkelten Spiegel.

Sekunden später stand mein Schatten im protzigen Flur. Ich nahm ein Geräusch neben mir wahr, riss den Kopf herum. Ein paar Meter von mir entfernt befand sich ein schlanker Junge mit aschblonden Haaren. Er lehnte an einer Zimmertür. Nummer 116. Sein Ohr war gegen das Holz gedrückt.

Er zuckte zusammen, als hätte er meine Anwesenheit gespürt. Vielleicht hatte ich ein Geräusch gemacht. Bevor er sich nach mir umdrehen konnte, war ich schon wieder verschwunden. Diesmal stellte ich mir die Insel der Toten vor. San Michele.

Ich landete direkt an der Anlegestation des Wasserbusses. Mein Tränenfluss wurde immer stärker.

Ein Keuchen erklang hinter mir. Es übertönte das Rauschen der Wellen.

»Giulietta!«

Ich fuhr herum. Vor mir stand Salome. Zusammen mit Deluna und Lucia. Letztere sahen mich an, als hätten sie ein Gespenst gesehen.

Ich fixierte meine Tante. Es blieb keine Zeit für ausführliche Erklärungen. »Ich habe gelogen«, brachte ich hervor. »Es tut mir so leid. Vincenzo wollte mich nie hier treffen. Ihr müsst sofort zurück zum Hotel. Ich habe mich mit Vincenzo, Azazel und den anderen auf dem Dach unterhalten. Mir ist ein Fehler unterlaufen. Sie wissen Bescheid. Wir ... ich ... *Bitte.*«

Der Fehler hatte nicht auf der Terrazza begonnen. Es war ein gigantischer Fehler gewesen, jemals gedacht zu haben, ich könnte es allein mit ihnen aufnehmen.

Salome sah mich schockiert an, nickte aber und deutete auf das Boot neben uns. »Wir kommen, so schnell wir können«, sagte sie. »Giulietta. Giulietta, geht es dir gut?«

»Es geht jetzt nicht um mich!«, schrie ich. »Wir müssen den Menschen helfen. Und Malvolio.«

Ich wartete ihre Antwort nicht ab, sondern zog mich zurück.

In die erste Etage. Genau dorthin, von wo ich eben noch geflüchtet war.

Diesmal ließ ich es zu, dass der Junge sich nach mir umdrehte und mich erkannte.

»D-du?«, japste er.

»Ich nehme an, du gehörst ebenfalls zu den Kartenfiguren«, wisperte ich. Nummer 116 war das Zimmer des Turms. War er der Turm? Aber wieso sollte er an seiner eigenen Zimmertür lauschen? »Nett, dich kennenzulernen. Hast du Malvolio gesehen?«

Er stolperte zurück. Schaute sich hektisch um. Suchte eindeutig nach einem Fluchtweg.

»Ich tue dir nichts«, fauchte ich. »Ich will nur wissen –«

Ich verstummte. Denn in diesem Moment war hinter der Tür, an der er gelauscht hatte, ein Schrei zu hören.

»Lüge! Das ist eine Lüge! Du willst uns ablenken.«

Azazel. Verdammt, das war Azazel. Ich hasste seine Stimme. Sie war für immer in mein Gedächtnis eingebrannt. Die Stimme, die mir befahl, mich ruhig zu verhalten, keinen Widerstand zu leisten, während mir der Reißverschluss aufgezogen wurde ...

Mein Kopf ruckte zu dem Kerl neben mir. »Ist er da drin?«, zischte ich. »Malvolio?«

Mit bebender Unterlippe sah er mich an. *Sprich, verdammt noch mal!* Er brachte kein Wort heraus. Aber er nickte.

Es wäre absolut fahrlässig, ins Zimmer zu platzen. Ich durfte nicht genauso leichtsinnig wie eben auf dem Dach sein.

Sie können ihm nichts antun, beruhigte ich mich selbst.

»Ist das dein Zimmer?«, flüsterte ich.

Erneutes Nicken. Inzwischen standen ihm die Tränen in den Augen.

Meine Vermutung hatte gestimmt. Nummer 16. Der Turm.

Ich dachte an Salomes Worte. *Ein lieber, ängstlicher Junge, der meist seine eigene Haut rettet, statt für das große Ganze zu kämpfen.*

»Collisio, richtig?«

Seine Furcht schien zuzunehmen. Er nickte nicht mehr, aber ich deutete seinen Blick als Bestätigung.

»Wie ist dein Zimmer aufgebaut?«

»Vor-vorraum und Schlafzimmer«, stammelte er.

Also genau wie die anderen Suiten auch.

»Und das Bad?«

»Es befindet sich am Schlafz-zimmer …«

Ich nickte. »Wer ist da noch drin?«, hauchte ich. »Außer Malvolio und Azazel?«

»Domenichino, Magnus, Monaco und ein … ein Mädchen.«

Mein Atem stockte. »Was für ein Mädchen?«

»Ein Zimmermädchen.«

Scheiße.

Ich holte tief Luft. »Sie sind nicht im Bad, oder?«

Er schüttelte den Kopf. »Vorraum. Dort waren sie zuletzt.«

»Gut. Beschreib mir das Bad.«

Es dauerte etliche Sekunden, bis ich eine brauchbare Beschreibung aus ihm herausgequetscht hatte. Und nur eine einzige, bis ich den Hotelflur und sein angsterfülltes Gesicht hinter mir ließ und im richtigen Raum stand. Gemusterter Marmor, dunkles Waschbecken, gläserner Kronleuchter. Der Geruch nach Kernseife. Die Tür zum Schlafzimmer stand offen. Ein ungemachtes Himmelbett war zu sehen. Allerdings keine Menschen.

»Ich lüge nicht.«

Ich zuckte zusammen und presste mich gegen die kühlen Wandfliesen. Das war Malvolio. Er klang ruhig, doch ich hörte das gefährliche Brodeln unter der Oberfläche. Inzwischen kannte ich es gut genug.

»Vincenzo Visconti … an der Nase herum«, erklangen ein paar Fetzen. »… spielt … eigenes Spiel. … nichts als Marionetten für ihn.«

Ein Wutschrei erklang, gefolgt von einem Poltern. Ich nutzte den Moment, um einen Blick um die Ecke zu werfen. Das Schlafzimmer war tatsächlich verlassen. Gegenüber vom Bett befanden sich hohe Fenster mit dicken samtschwarzen Gardinen, die bis zum Boden reichten, und links davon eine ebenfalls offen stehende Tür. Aus der die Stimmen kamen. Ich fixierte die Gardinen. Schloss die Augen.

Als ich sie wieder öffnete, hatte ich das Bad verlassen und roch den staubigen Stoff, der sich nun vor mir befand. Wie in Zeitlupe zog ich die Gardine noch ein kleines Stück vor, bis mein Körper fast vollständig verborgen war. Ich befand mich nur wenige Zentimeter von der Tür entfernt. Würde ich mich nach vorne lehnen, hätte ich die Sicht auf den Vorraum.

»Lasst mich ausreden«, hörte ich Malvolio sagen. Es klang, als befände er sich direkt neben mir. »Ihr habt nichts zu verlieren. Doch ihr solltet diese Möglichkeit wenigstens in Betracht ziehen, wenn ihr sämtliche Gefahren ausschalten wollt.«

Wovon sprach er? Versuchte er nur, sie vom eigentlichen Thema abzulenken? Ich umklammerte den Gardinenstoff, während ich die Augen wieder schloss, um mich voll und ganz auf die Unterhaltung im Nebenraum konzentrieren zu können.

»Du möchtest Zeit schinden«, hörte ich Azazel sagen. Er klang aufgebrachter als je zuvor.

»Vincenzo *ist* ein Nachfahre. Lorenzo selbst hat es mir vor wenigen Stunden verraten.«

Ich riss meine Augen sofort wieder auf. Mein Herz schlug so schnell, dass ich Angst hatte, jemand könnte es hören. Meine Gedanken überschlugen sich. Was zur Hölle? Wie konnte er mit …

»Michelino da Besozzo!«, rief Malvolio mit fester Stimme. »Er ist ein Nachfahre des Malers. Edoardo Visconti wusste das. Deshalb hat er ihn auch adoptiert. Doch er hat seinem Adoptivsohn nie die Wahrheit erzählt, denn er bemerkte, wie sehr diesem der Gedanke an die Magie zusetzte. Er hielt ihn nicht für vertrauenswürdig. Dann hat Vincenzo es Jahre später aber eigenständig herausgefunden.«

»Schwachsinn!«, blaffte eine andere männliche Stimme. »Wie solltest du mit Lorenzo –«

»Ich habe Giulietta gezwungen, uns einzusperren«, sprach Malvolio unbeirrt weiter, ohne darauf einzugehen. Bildete ich es mir ein, oder lag da Angst in seiner Stimme? Wieso sollte er Angst vor ihnen haben?

Es konnte nur eine Antwort darauf geben. Malvolio hatte garantiert nicht Angst um sich.

Ein Zimmermädchen befand sich noch bei ihnen, hatte Collisio gesagt.

Wie hoch war die Wahrscheinlichkeit, dass Greta es rechtzeitig aus dem Hotel geschafft hatte?

Mein Herz klopfte noch schneller. Meine Gedanken sprangen weiter. Wenn das die Wahrheit war, dann hatte Malvolio mit meinem Vater gesprochen. Durch Maurizio.

»Davor habe ich Cosima getötet.« Seine Stimme zitterte. »Was bedeutet, Giulietta wurde zur Welt-Karte, bevor der Einsperrungsprozess vollendet war. Es war nicht geplant. Doch so war es. Wie sollte Giulietta uns wieder befreit haben, wenn sie selbst in den Karten feststeckte?«

Ein Schnauben war zu hören. »Das ist eine wunderbare Märchengeschichte«, erwiderte Azazel. »Die sich jeder hätte ausdenken können. Woher sollen wir wissen, dass du Cosima nicht erst *danach* getötet hast?«

»Als wir alle wieder erwacht sind, war das Kartendeck aus

dem Zimmer verschwunden«, zischte Malvolio. »Ihr wart auf dem Friedhof. Ihr habt miterlebt, wie ich es Vincenzo entwendet habe, oder nicht? Wieso sollte das Kartendeck sich bei Vincenzo befinden? Als wir wieder befreit wurden, war Cosimas Leiche längst verschwunden, und Vincenzo war außer sich, weil er sie nicht finden konnte. Das ist die Wahrheit, verflucht noch mal! Es ergibt keinen Sinn, Giulietta töten zu wollen, ihr könnt ihr nichts anhaben! Und weshalb sollte sie uns jemals wieder einsperren wollen, wenn sie sich selbst damit einsperren würde? Sie wollte es von Anfang an nicht tun. Ich habe sie manipuliert.«

Eine ganze Weile blieb es still. Bis auf ein leises Wimmern, das mir einen Schauder über den Rücken jagte, war nichts zu hören.

Vincenzo war ein Nachfahre. Ich hatte es geahnt und den Gedanken vorhin auf dem Dach wieder verworfen, weil ich Vincenzos Hass auf seinen Bruder so klar vor mir gesehen hatte. Diese Emotion war echt gewesen. Doch wenn es stimmte, was ich da hörte, wenn Vincenzo es erst Jahre später erfahren hatte, vermutlich, kurz bevor er Papa nach Venedig gelockt hatte, dann passte es wieder, oder? Es musste ein unglaublicher Triumph für ihn gewesen sein. All die Jahre war er verrückt geworden vor Neid, und dann hatte er herausgefunden, dass er ebenso besonders war.

Malvolios gekeuchte Worte, kurz nachdem er mir das Kartendeck in die Hand gedrückt hatte, kamen mir in den Sinn.

Du solltest nur wissen – es hat funktioniert. Als du uns eingesperrt hast. Wir wurden anschließend nur wieder ausge–

Er hatte es mir sagen wollen. Er hatte mir sagen wollen, dass uns jemand wieder ausgesperrt hatte. Dieser Jemand war mein Onkel. Und jetzt tat Malvolio das, was ich mir selbst schon überlegt hatte. Er versuchte, den Spieß umzudrehen. Denn seine Argumentation ergab Sinn – ich war kein Mensch mehr, Vincenzo schon. Also hetzte er Azazel und die anderen Fieslinge auf ihn.

Taubheit ergriff Besitz von mir. Es war zu viel. Es war alles zu viel. Ich hatte keine Ahnung, was ich zuerst fühlen sollte.

Was genau war Vincenzos Ziel? Wollte er Macht? Was war mit Cosima? Er war außer sich gewesen, als er gesehen hatte, wie ich mich verdoppelte.

»Vincenzo möchte mit Cosima zusammen sein«, durchbrach Malvolios Stimme mein Gedankenkarussell erneut. »Das bedeutet, er möchte ebenfalls unsterblich sein. Ersteres ist nun nicht mehr möglich, Letzteres schon.«

Schon wieder herrschte Stille. Jede Sekunde zog sich wie eine Ewigkeit. Ich musste gegen das Bedürfnis ankämpfen, mein Versteck zu verlassen und einen Blick in den Nebenraum zu werfen. Die Spannung war unerträglich.

Und dann hörte ich Azazel. »Sucht ihn«, befahl er. »Und bringt ihn mir. Wir werden herausfinden, ob der Junge die Wahrheit sagt.«

»Man ... man kann keinen Nachfahren dazu zwingen, die Wahrheit über die Geheimnisse zu sagen«, gab eine andere männliche Stimme zu bedenken.

»Bringt ihn mir!«, schrie Azazel. »Wenn er sich diesbezüglich nicht manipulieren lässt, wissen wir, dass der Junge die Wahrheit sagt. Und ihr werdet mir auch Giulietta bringen. Wir können uns nicht darauf verlassen, dass sie keine Gefahr darstellt, nur weil sie nun selbst eine Kartenfigur ist. Sie ist immer noch die Tochter ihres Vaters. Wir werden uns erst um Vincenzo kümmern und anschließend um sie.« Er machte eine Pause. »*Du* wirst dich um Giulietta kümmern. Solltest du dich weigern, werden wir so lange Menschen töten, bis du es tust.«

Ich sollte Angst empfinden. Egal, was zwischen Malvolio und mir geschehen war, er würde mir niemals freiwillig das Leben nehmen. Aber was, wenn zig andere Menschenleben auf dem Spiel standen? Wie viel war meines dann noch wert?

Für ... für ein paar Momente war es mir das alles wert. Für ein paar Momente wollte ich leben. Um mit dir zusammen zu sein.

Energisch schob ich den Gedanken weg und konzentrierte mich auf die Wut. Ließ sie meinen Körper überschwemmen, ertrank in ihr.

Schritte erklangen, Getuschel.

»Greta bleibt hier«, sagte Azazel schließlich, wieder vollkommen ruhig, als hätte er sich daran erinnert, dass er es nicht nötig hatte herumzubrüllen.

Fuck. Greta. Ich musste sie schnellstmöglich aus diesem Raum schaffen.

Seine nächsten Worte vergrößerten mein Entsetzen nur.

»Sobald ich es dir sage, wirst du dir dieses Messer ins Herz stoßen, ja, Bellina? Du kannst dich schon mal ein wenig frei machen.«

»Ja«, hörte ich sie hervorbringen, halb Schluchzen, halb Keuchen.

Ich schloss meine Finger um den Stoff der Gardine und umklammerte sie, bis meine Knöchel weiß hervortraten.

Die Tür öffnete sich und schloss sich, nachdem Schritte zu hören waren.

»Und jetzt warten wir«, raunte Azazel. »Eine falsche Bewegung, und ich befehle ihr, sich umzubringen.«

Höchstwahrscheinlich hatte er sie dazu manipuliert, ruhig zu bleiben und nicht nach Hilfe zu rufen. So wie mich auf dem Maskenball.

Hatte er ihr auch befohlen, im Zimmer zu bleiben? Und was war mit den anderen? Waren alle außer Azazel und Malvolio aus dem Raum verschwunden? Mit dem Teufel konnte ich es aufnehmen. Die Übelkeit in mir war anderer Meinung, die Erinnerung an die Ereignisse auf der Frauentoilette war gestochen scharf, doch ich drängte sie zurück.

»Wie fühlt es sich an?«, flüsterte Malvolio plötzlich. »Jemanden vor dir zu haben, der mächtiger ist als du?«

Halt die Klappe, flehte ich ihn stumm an. *Je mehr du ihn provozierst, desto früher bestraft er jemanden dafür.*

Doch Azazel lachte nur gehässig. »Du magst die Macht haben, mein Leben auszulöschen, Kleiner, aber es hat einen Grund, wieso du diese Fähigkeit erst nach Jahrhunderten entdeckt hast. Du bist schwach. Und du hast ein Gewissen. Du möchtest niemanden leiden sehen. Du *fühlst* zu viel. Das wird dein Untergang sein. Nur jemand, der nichts mehr zu verlieren hat, besitzt wahre Macht.«

Leider klang das alles logisch, auch wenn ich mich gerne mit dem Mistkerl über seine Definition von Schwäche unterhalten hätte. Und mit unterhalten meinte ich nicht verbal.

Ich zwang mich, die Hände von der Gardine zu lösen.

»Du irrst dich«, erwiderte Malvolio nach einem Moment Stille. »Auch ich habe nichts mehr zu verlieren.«

Für den Bruchteil einer Sekunde nahm ich es ihm ab. Er hatte sterben wollen, hatte alles dafür getan, damit ich ihm half, und sein Plan war gescheitert. Er befand sich nicht mehr am Rand seines persönlichen Abgrunds. Er war schon längst hineingefallen.

Doch dann sah ich ihn mit tränenüberströmten Wangen vor mir stehen. Die Emotionen in seinen Augen. *Es ... es war echt für mich.*

Unsere gemeinsame Nacht war keine Lüge gewesen. Ich konnte mir vieles einbilden, aber nicht das.

Azazel lachte lauter und sagte etwas, doch ich achtete nicht mehr darauf. Ich hatte soeben eine Entscheidung getroffen. Ich konnte nicht darauf warten, dass Salome und die anderen uns fanden. Und meinen Schatten loszuschicken, um sie zu suchen, würde zu lange dauern, immerhin waren sie unterwegs. Es stand zu viel auf dem Spiel. Ich musste *jetzt* handeln, sonst würde Greta noch mehr leiden.

Also trat ich, so leise ich konnte, hinter der Gardine hervor, machte einen Schritt zur Seite und beugte mich blitzschnell vor. Nur einen Herzschlag lang. Es war lang genug, um die Situation im Vorraum der Suite zu erfassen. Greta und Azazel standen direkt vor der Tür, etwa eine Armlänge Abstand zwischen sich. Sie befand sich näher an der Tür. Malvolio hatte ich nur von hinten sehen können. Er war gute drei Meter von ihnen entfernt ... und nicht mal einen von mir.

Mein Körper vibrierte, als ich mich wieder zurücklehnte und lauschte.

Azazel sprach weiter. Er hatte mich nicht bemerkt.

Alles okay. Es wird alles gut.

Ich kehrte auf Zehenspitzen zurück in mein Versteck. Als ich an mir herabschaute, bemerkte ich, dass meine Gestalt nicht durchsichtig wirkte. Vor lauter Anspannung musste ich meinen ganzen Körper in die Suite geschickt haben. Erst jetzt wurde mir bewusst, dass ich die Geräusche auf der Straße draußen, wo ich ursprünglich gekauert hatte, schon seit einer geraumen Zeit nicht mehr wahrgenommen hatte.

Egal. Ich musste handeln. Ich könnte mich jederzeit vollständig aus dem Zimmer herausziehen, wenn es brenzlig wurde.

Ich kniff die Augen zu und visualisierte den Flur der ersten Etage, wo ich eben noch mit Collisio gestanden hatte, und ließ meinen Schatten gehen.

Ein paar Meter entfernt von der richtigen Zimmertür landete er.

Collisio war nicht mehr der Einzige, der dort stand. Neben ihm befand sich der Mann, dessen Bekanntschaft ich gemacht hatte, als er mit seiner Katze kommuniziert hatte. Onofrio. Derjenige, der die Raben auf dem Friedhof auf Vincenzo gehetzt hatte. Einer von den Guten. Er trug einen schwarzen Anzug und eine Kappe auf dem Kopf, die die Hälfte seines Schädels verdeckte. Seine Augen funkelten, während er leise, aber bestimmt auf Collisio einredete.

»... nicht mehr genug, sich aus der Situation herauszuhalten. Ich verstehe dich, doch wenn du dich heraushältst, stehst du unwillentlich auf der Seite der Falschen.«

Ich räusperte mich. »Ich brauche einen Zimmerschlüssel.«

Sie drehten sich zeitgleich zu mir um. Obwohl Collisio mich eben schon gesehen hatte, sah er schockierter aus als Onofrio. Dieser wusste seine Überraschung besser zu verbergen, auch wenn seine Augen sich kurz weiteten.

»Deinen Zimmerschlüssel«, wiederholte ich flüsternd und streckte meine Handfläche in Collisios Richtung. »Jetzt.«

Mit zitternden Fingern griff er in seine Hosentasche und zog den goldenen Schlüssel hervor, bevor er ihn hastig, und ohne mir dabei in die Augen zu sehen, in meine Hand legte. Erleichterung durchflutete mich. Okay. Es würde funktionieren. Ich musste einfach schnell sein. Greta befand sich direkt neben der Tür.

»Wie können wir helfen?«, erklang Onofrios tiefe, freundliche Stimme. Er hatte die Stirn in höchster Konzentration gerunzelt.

»Sorgt dafür, dass Greta gleich nichts passiert. Es kann sein, dass sie sich selbst wehtun will. Azazel hat sie manipuliert. Und dann führt Salome her, sie kann die Manipulation auflösen. Eben noch war sie auf San Michele und befindet sich gerade gemeinsam mit Deluna und Lucia auf dem Rückweg. Fangt sie so schnell wie möglich ab und zeigt ihr, wo wir sind.«

Ich rechnete es Onofrio hoch an, dass er keine weiteren Fragen stellte. Er nickte schnell und packte Collisios Handgelenk. »Du kannst dich auf uns verlassen, Giulietta«, wisperte er.

Ich wandte mich von ihnen ab, steckte den Schlüssel ins Schloss und drehte ihn blitzschnell um, bevor ich es mir anders überlegen konnte.

Mit einem Klicken sprang die Tür auf. Mein dröhnender Herzschlag verschluckte alle restlichen Geräusche. Alles schien auf einmal zu geschehen. Ich trat einen Schritt nach vorn, in die Suite, Azazel und Greta drehten sich nach mir um, ich registrierte das Messer in ihrer Hand, Malvolios entsetzter Blick traf mich.

Bevor auch nur einer von ihnen reagieren konnte, hatte ich schon Gretas rechtes Handgelenk gepackt, die Tür weiter aufgestoßen, und zerrte sie mit all meiner Kraft hinter mich, nach draußen auf den Flur. Sie stieß einen Schreckenslaut aus, wehrte sich aber nicht. Durch meine Bewegung kam sie ins Straucheln und stolperte nach hinten, direkt in Onofrios Arme.

»Flieh!«, schrie ich sie zum zweiten Mal an diesem verfluchten Abend an und griff nach dem Messer in ihrer Hand, nach der Klinge, und zerrte daran, obwohl die Schärfe mir in die Haut schnitt. »Wenn er dich nicht manipuliert hat, flieh!«

Ich packte den Griff und umklammerte ihn. Der Schmerz in der Hand, mit der ich die Klinge umschlossen hatte, verschwand so schnell, wie er gekommen war. Ich war mir sicher, wäre ich keine Kartenfigur, würde mir das Blut jetzt aus der Haut quellen.

Mit der anderen Hand knallte ich ihr die Tür vor der Nase zu.

Azazel war mit einem Satz neben mir.

»Giulietta«, raunte er, als seien wir alte Freunde. »Wie wunderbar, dass du uns mit deiner Anwesenheit beehrst. Du hast uns gerade noch gefehlt. Nicht wahr, Malvolio?«

Dieser rührte sich nicht. Er starrte mich an. Es war kein Entsetzen mehr, das mir aus seinem Gesicht entgegensprang. Es war Wut.

»Was tust du hier?«, zischte er.

Ich bekam keine Gelegenheit, ihm eine Antwort zu geben, denn im nächsten Augenblick machte der Teufel Anstalten, mich in den Schwitzkasten zu nehmen. Ich handelte aus einem Reflex. Ich holte aus und rammte ihm das Messer mit voller Kraft in die Schulter.

Sein Blick und sein Geruch brachten die Übelkeit zurück, doch ich versuchte die Empfindung zu verdrängen. Greta unternahm keine Anstalten, ins Zimmer zurückzukehren. Für den Moment war sie in Sicherheit. Das war alles, was zählte.

Azazel verzog keine Miene. Er griff nach dem Messer und zog es sich selbst aus der Schulter, als würde er sich lediglich einen Fussel vom Jackett streichen. »Schade um den guten Anzug.« Dann nickte er Malvolio zu. »Fang«, wisperte er, ehe er diesem das Messer entgegenschleuderte.

Jetzt kam Leben in Malvolio. Reflexartig hob er eine Hand und fing das Messer auf, ohne den Blick von mir zu nehmen.

Verschwinde, sagten seine Augen. *Verschwinde jetzt sofort.*

Keine Sekunde später trat Azazel hinter mich, und seine Handgelenke schlangen sich rechts und links um meine Arme. Das Gefühl stellte mir die Nackenhaare auf. Ich bemühte mich um kühle Gelassenheit und lachte höhnisch auf, während ich ihn gewähren ließ.

»Was ist dein Plan? Malvolio hat jetzt eine Waffe, mit der er dir das Leben nehmen kann, und ich? Ich bin nicht alleine gekommen.«

Ich schloss die Augen und konzentrierte mich auf meine andere Version. Die, die immer noch im Nebenzimmer stand. Sofort war Azazels Nähe nur noch aus weiter Ferne zu spüren. Erleichterung durchfuhr mich. Mein Bewusstsein steckte nun in der Giulietta hinter der Gardine. Ich setzte einen Fuß vor den anderen, bis ich neben Malvolio stand, der den Kopf herumriss.

Vor uns befanden sich an der Tür Azazel und die zweite Giulietta. Mein Schatten.

Malvolio schaute weg, als würde mein Anblick ihm körperliche Schmerzen bereiten. Er wollte etwas sagen, doch Azazel kam ihm zuvor.

»Das Messer ist nicht für mich gedacht, Signorina Visconti«, flüsterte er, dann fixierte er Malvolio mit Schadenfreude in den Zügen. »Du hast nichts mehr zu verlieren, ja, Kleiner? Du und ich sind gleich? Sieh dich an! Soll ich dir beschreiben, was ich erkenne? Welche Emotionen sich in deinen Augen widerspiegeln?«

Er lehnte sich näher zu meinem Schatten, der völlig apathisch dort stand. Seine Lippen befanden sich an meinem Ohrläppchen. Ich spürte, wie sie meine Haut streiften und zuckte zusammen, auch wenn das Gefühl sehr weit weg war.

Azazel kicherte. »Mein lieber Junge, du siehst aus wie jemand, der *alles* zu verlieren hat.«

Sein Griff verstärkte sich. Mit einem Ruck zog er mich näher zu sich. Und plötzlich war es nicht nur mein Schatten, der sich in seiner Umklammerung befand. Plötzlich war *ich es*. Beide Versionen von mir.

Mein Gehirn wusste, was ich zu tun hatte. Es würde mich keine Sekunde kosten, mich von ihm wegzukatapultieren, neben Malvolio, ins Schlafzimmer nebenan, an einen völlig anderen Ort. Erst meinen Schatten, dann den Rest hinterher. Aber mein Körper ... Mein Körper war mit einem Mal wie festgefroren.

Ich spürte die Hände auf mir, spürte seinen Atem, spürte die rohe Gewalt, die er ausstrahlte. Die Erinnerung traf mich aus dem Nichts. Es war der denkbar schlechteste Zeitpunkt, und doch konnte ich nichts dagegen unternehmen. Ich sah nicht mehr Collisios Suite vor mir. Und auch Malvolios Gestalt verschwamm vor meinen Augen. In meiner Erinnerung befand ich mich mit dem Teufel in der Frauentoilette.

Du wirst nicht schreien. Egal, was sich heute Nacht zwischen uns abspielen wird …

Die Panik. Die Ohnmacht. Die Übelkeit. Gefangen zu sein, obwohl mich niemand festhielt. Nicht schreien zu können, auch wenn das alles war, was ich wollte. Hilflos ausgeliefert, während er den Reißverschluss meines Kleids herunterzog.

Drehe dich um, damit ich dir aus diesem entzückenden Kleid helfen kann.

»Wir können ihr nichts anhaben«, hörte ich Azazels Stimme wispern. »Du schon. Du wirst sie augenblicklich töten, sonst töte ich jeden, den ich in der nächsten Stunde zwischen die Finger bekomme. Erst die Hotelgäste, dann die feiernde Meute dort unten. Du hast die Wahl. Sie oder der Rest Venedigs?«

Atme, Giulietta.

Azazel kann dir nichts anhaben.

Du bist unsterblich.

Ich zwang mich zu blinzeln. Mich mit voller Macht auf den Jungen vor mir zu konzentrieren. Nicht auf die Erinnerung. Nicht auf die Hände, die auf mir lagen. Nur auf Malvolio.

Und dann erstarrte ich erneut. Diesmal lag es nicht an meinem inneren Tumult. Sondern an dem, was sich vor mir abspielte.

Malvolio hob die Hand, in der sich das Messer befand. Wie in Trance. Seine Augen schwammen in Schmerz und noch mehr Wut.

»Es gibt noch eine zweite Option«, brachte er krächzend hervor. Sein Blick fand mich. Mein Herz brach. Pure Entschlossenheit. Das war es, was ich jetzt sah. »Verzeih mir.«

Er krempelte seinen Ärmel hoch. Er presste die Klinge in

sein Fleisch. Und dann zog er sie so fest über die Stelle, wo seine Pulsader sich befand, dass mein gesamter Körper rebellierte.

Einen Herzschlag lang passierte nichts.

Und dann ... Dann spritzte Blut hervor. Dunkelrotes, dickflüssiges Blut.

Malvolio wusste nicht, dass seine Fähigkeit das Töten einer anderen Figur beinhaltet. Was er jedoch sehr wohl wusste, nach seinem ersten und einzigen Suizidversuch, war die Tatsache, dass er die Fähigkeit hatte, sich selbst das Leben zu nehmen.

Mein Schrei zerriss die Stille zwischen uns. Azazel hinter mir keuchte auf, und sein Griff lockerte sich. Meine Angst verschwand, die Erinnerung, meine Schockstarre.

In einer Sekunde hatte ich mich noch mindestens drei Meter von Malvolio entfernt befunden, in der nächsten stand ich vor ihm und riss ihm das Messer aus der Hand.

»Wie kannst du es wagen?«, schrie ich.

Er wankte nach hinten, stieß mit dem Rücken gegen einen Stuhl. Starrte mich an.

Blitzschnell drehte ich mich um. Azazel hatte sich offensichtlich von dem Schock erholt, eine andere Kartenfigur bluten zu sehen. Er war drauf und dran, auf uns zuzukommen. Und endlich, endlich übernahm mein Gehirn, und meine Gefühle folgten. Eine unmenschliche Wut, die alles andere mit sich riss.

Ich hatte mich noch nie als gewalttätigen Menschen betrachtet. Ich hatte nie verstanden, wie man aus Affekt töten konnte.

In diesem Moment gab es nichts, was ich je besser verstanden hatte.

Azazel trat einen Schritt in unsere Richtung, da war mein Schatten schon bei ihm und trat ihm mit voller Wucht zwischen die Beine. Er stieß einen Wutschrei aus und krümmte sich zusammen. Diese Gelegenheit nutzte ich. Als er sich wieder aufrichtete und ausholte, um nach mir zu greifen, wechselte ich vom Schatten zu meiner ursprünglichen Version, holte aus, stieß ihm das blutüberströmte Messer erneut in die Haut. Und diesmal nicht in die Schulter. Sondern mitten in sein Herz.

»Das war für Greta«, zischte ich.

Sein nächster Schrei war kein Vergleich zu dem vorherigen. Er ging sofort zu Boden, versuchte, sich an meinem Schatten festzukrallen, doch dieser war ihm entwischt und befand sich jetzt außer Reichweite, hinter seinem Kopf, platzierte einen Fuß unter seinem Kinn, damit der Widerling sich nicht rühren konnte. Mit der freien Hand tastete mein Schatten nach dem Gardinenraffhalter und zog.

Für den Bruchteil einer Sekunde traf mich der Flashback. Cosima, wie sie mich fesselte. Malvolio, wie er ausholte und ihr das Messer in die Brust rammte. War es das, was aus mir geworden war? Eine Mörderin? Ich schüttelte den Gedanken ab. Ich war nicht wie meine Mutter. Und falls ich wie Malvolio war ... Tja, war das wirklich etwas Schlechtes?

Außerdem schwebte der Teufel nicht in Lebensgefahr.

Ganz im Gegensatz zu Malvolio. Meine zweite Version stand sogleich wieder vor ihm. Hektisch schnappte er nach Luft. Der Anblick des Bluts drehte mir den Magen um. Ich sah mich um, griff nach einem Seidenschal, der über der Stuhllehne hinter ihm lag, packte seinen verletzten Arm und knotete ihn, so fest ich konnte, um die offene Wunde, damit es zu bluten aufhörte.

»Giulietta, ich ...«

»Halt den Mund!«, herrschte ich ihn an und griff nach seinem gesunden Arm, platzierte die Hand über die Wunde. »Drücken. So fest du kannst.«

Ich vergewisserte mich, dass er meinem Befehl nachkam, vergewisserte mich, dass er nicht umkippen würde, dann wandte ich mich ab und kniete eine Sekunde später wieder über

Azazel. Kein Tropfen Blut. Doch seine Schmerzen schienen vergleichbar mit denen eines Menschen, der eben erstochen wurde. Ich schaute auf, in mein eigenes Gesicht, das mit grimmigem Blick auf den Mann am Boden starrte und mehr Druck mit dem Fuß ausübte. Da war kein Zögern mehr in mir. Ich wollte ihn einfach nur leiden sehen.

Azazel ächzte. Seine Augen rollten nach hinten. Doch das war nicht genug. Das war noch lange nicht genug. Nichts würde jemals genug sein, wenn es um ihn ging.

Ich holte mit einem Fuß aus und ließ ihn auf das Messer schnellen, direkt auf den Griff, sodass die Klinge tiefer in seine Brust gestoßen wurde.

Sein Körper vibrierte vor Qualen. Ein Röcheln drang aus seinem Mund. Seine Arme zuckten.

»Das war für meinen Großvater«, sagte ich, völlig außer Atem.

Seine Augen flatterten noch kurz, bevor sie ihm zufielen.

Plötzlich war er ganz still.

Ich schaute meinem zweiten Ich in die Augen, und wir nickten zeitgleich. Dann beugten wir uns herunter. Mein Schatten knotete das Band um seine Handgelenke und zog es fest. Ich fing das zweite Band auf, das ich mir zuwarf, und wiederholte das Prozedere mit seinen Beinen. Wir griffen nach Händen und Füßen und begannen, ihn mit Ach und Krach in Richtung des nächsten Fensters zu schleifen. Er war deutlich schwerer als erwartet, und meine Arme brannten wie verrückt, in beiden Ausführungen, doch ich würde garantiert nicht aufgeben.

Malvolio machte einen Schritt in unsere Richtung, als überlegte er sich ernsthaft zu helfen.

Und ja. Er könnte natürlich helfen. Ich könnte ihn darum bitten, das Messer aus Azazels Brust zu ziehen und sich *richtig* um ihn zu kümmern. Aber ich würde nicht wie meine Mutter sein. Oder, Gott bewahre, wie mein Onkel. Ich war die Tochter meines Vaters. Und ich wusste, was mein Vater in dieser Situation getan hätte.

Malvolio stammelte erneut meinen Namen.

Ich warf ihm einen Todesblick zu. »Bleib, wo du bist, du Vollidiot!«

Er zuckte zusammen und gehorchte.

Azazel wog mindestens neunzig Kilo. Vermutlich mehr, im fast leichenhaften Zustand. Ich spürte den Schweiß, der mir das Gesicht herablief, und trotzdem war die Anstrengung nur ein leises Echo im Hintergrund. Das Adrenalin war wie eine Droge. Ich zerrte ihn weiter, immer weiter, bis ich am Fenster angekommen war. Mein Schatten stieß es auf. Der kalte Luftzug, der augenblicklich ins Zimmer wehte, war die reinste Erlösung. Für einen Moment erlaubte ich mir, tief durchzuatmen. Nach einem prüfenden Blick zu Malvolio, der gegen die Wand gesunken war und mich mit schockierter Miene beobachtete, aber immerhin mit voller Kraft auf seine Wunde drückte, spannte ich meine Muskeln an und versuchte, Azazels Körper nach oben zu hieven. Es brauchte mehrere Anläufe, bis es mir gelang. Allein hatte ich keine Chance, doch als ich mich neben meinen Schatten stellte und wir zu zweit an seinem Oberkörper zerrten, hatten wir endlich Erfolg. Azazels Kopf baumelte nach hinten, ins Freie, seine gefesselten Hände flogen mit einem Ruck hinterher. Ich hielt seine Beine fest, während mein Schatten einen Blick nach unten warf. Eine Leiche, die in wenigen Momenten wieder zum Leben erwachen würde, würde vermutlich Aufsehen erregen.

Nicht mein Problem.

Nachdem ich mich davon überzeugt hatte, dass sich niemand unmittelbar unter dem Fenster befand, trat ich zurück und ließ seine Beine los. Ließ sie mit dem Rest des Körpers nach vorn kippen. Draußen donnerte es, und ein Blitz zuckte über den Himmel.

»Und das«, stieß ich hervor, während ich meinen Schatten wieder zurückzog, »war für mich, du Arschloch.«

Ich wandte mich ab. Ich musste nicht sehen, wie er unten ankam. Ich hatte getan, was ich tun musste.

Genau in dem Moment, in dem ich mich nach Malvolio umdrehte, flog die Tür auf.

Salome. Dem Universum sei Dank.

»Giulietta«, brachte sie hervor, dann zuckte ihr Blick zu Malvolio, und Panik flammte in ihrem inzwischen so vertrauten Gesicht auf.

Ich atmete tief durch. »Wo ist Greta?«

Sie schaute wieder zu mir. »Greta ist in Sicherheit. Ich habe sie von Azazels Manipulation befreit. Deluna befindet sich bei ihr. Was zum ... Wie ...« Und dann rannte sie auf mich zu und packte mich an den Schultern, schüttelte mich. »Mach das *nie wieder*!«

Bevor ich antworten konnte, kamen hinter ihr Sofia und ein Mann, dem ich noch nie begegnet war, zum Vorschein.

»Was ist passiert?«, fragte er mit geschäftsmäßigem Gesichtsausdruck und eilte zu Malvolio.

Sofia trat zu Salome und mir. »Ist alles in Ordnung?«

Erneut kam ich nicht zum Antworten. Denn in diesem Augenblick erklang ein verblüfftes Lachen.

»Sie ... sie hat sich um Azazel gekümmert.« Das war Malvolio. Und seiner Stimme zufolge war er sich nicht sicher, ob er weiterlachen oder doch lieber weinen sollte. »Sie hat ihn aus dem Fenster geworfen.«

Eine Mischung aus Ehrfurcht und Schock war in den Gesichtern vor mir zu sehen.

»Gut gemacht, Bella«, sagte der Mann, ehe er sich wieder Malvolio zuwandte. »Was zum Henker ist mit deinem Arm geschehen?«

»Mir geht es gut«, murmelte Malvolio. »Alles gut.«

Ich wollte herumwirbeln und ihn anbrüllen, dass ganz und gar nicht alles gut war, doch Salomes eiserner Griff hielt mich davon ab.

»Giulietta«, fauchte sie. »Was ist geschehen?«

In ein paar knappen Sätzen setzte ich sie von den Ereignissen der letzten Minuten in Kenntnis, während ihre und Sofias Augen immer größer wurden. Ich hielt nichts zurück. Es gab keinen Grund mehr für Geheimnisse, oder? Wenn der Kerl mit ihnen unterwegs war, bedeutete das wohl, er war vertrauenswürdig.

Salome räusperte sich nach einer langen Pause. Sie warf Malvolio einen Blick zu, dann fixierte sie wieder mich. »Ihr beide. Meine Suite. Jetzt sofort. Agostino, Sofia, würdet ihr bitte herausfinden, ob sie den Hoteldirektor gefunden haben?«

Wir begegneten niemandem auf dem Flur. Weder Onofrio noch Collisio oder Greta. Sie war in Sicherheit. Oh Gott, ich war so froh, dass sie in Sicherheit war.

Malvolios Blick brannte auf mir, doch ich konnte ihn nicht erwidern. Für den Moment gab ich mich damit zufrieden, dass ich aus den Augenwinkeln beobachten konnte, wie er ganz normal neben Salome entlanglief. Das musste bedeuten, dass es okay war und die Wunde nicht so tief.

Salome schloss ihre Suite auf, schob uns beide hinein und verschwand dann für ein paar Sekunden im Bad, ehe sie mit einem Verbandskasten zurückkehrte. Sie drückte ihn mir in die Hand.

»Kannst du das übernehmen?«, fragte sie mich mit strengem Blick.

Ich nickte und zwang mich, ihr pausenlos in die Augen zu schauen, auch als ich sah, dass sie den Tränen nah war. Mein schlechtes Gewissen meldete sich sofort.

»Es tut mir leid, dass ich dich angelogen habe«, flüsterte ich.

»Spar dir das für später«, erwiderte sie hart und wischte sich mit dem Handrücken über die Augen. »Wir haben jetzt Wichtigeres zu tun.«

Sie wandte sich Malvolio zu. »Ich werde den Raum sichern. Ihr bleibt hier. Ich muss mich um ein paar Unschuldige kümmern, die von Magnus schikaniert werden. Wagt es nicht, dieses Zimmer zu verlassen, bis ich zurückkehre. Habe ich mich klar ausgedrückt?«

Ich sollte beleidigt sein, dass sie ausschließlich ihn ansprach, aber vermutlich hatte ich das verdient.

Malvolio nickte mit einem unsicheren Blick in meine Richtung. »K-klar.«

Salome nickte ebenfalls. Sie kniff die Augen zusammen. Ihr angestrengter Gesichtsausdruck war mir inzwischen nicht mehr fremd. Sie nutzte ihre Gabe, um das Zimmer zu sichern. Als sie ihre Augen öffnete, setzte sie sich in Bewegung, lief in Richtung Tür und schien es sich dann noch mal anders zu überlegen. Sie schaute zurück, nahm mich ins Visier.

»Ich weiß, du kennst mich noch nicht lange«, sagte sie, und ihre Stimme brach. »Ich weiß, du bist durch die Hölle gegangen. Aber ich habe dich geliebt seit dem Tag, an dem du auf die Welt kamst. Ich …« Sie schluckte. Mein Herz raste. Ihr Schmerz wurde zu meinem. Am liebsten wäre ich zu ihr gelaufen und hätte sie in den Arm genommen, doch etwas in ihrer Miene hielt mich davon ab. »Ich werde nicht zulassen, dass du wie deine Mutter endest. Und wenn es das Letzte ist, was ich tue.«

Und damit riss sie die Tür auf, stürmte nach draußen und schlug sie hinter sich zu. Offenbar konnte Salome durch die Barriere hindurch, die sie selbst aufgebaut hatte.

Ich starrte auf den Punkt, an dem sie eben noch gestanden hatte, und umklammerte den Verbandskasten mit beiden Armen.

Die Emotionsflut schien mir den Boden unter den Füßen wegzureißen. Wir waren Familie. Sie hatte recht. Ich kannte sie noch nicht lang, aber auch für mich war sie schon zur Familie geworden. Verzweifelt versuchte ich, meine Tränen wegzublinzeln.

Es dauerte eine halbe Ewigkeit, bis ich es schaffte, mich von dem Anblick loszureißen und mich nach Malvolio umzudrehen.

Er öffnete den Mund, registrierte meinen Blick und klappte ihn wieder zu.

»Sofa«, knurrte ich. Mein Herz klopfte noch immer wie wild, doch meine Tränen waren versiegt, und mit einem Mal war meine Wut zurück. Meine Wut und etwas anderes, womit ich mich nicht auseinandersetzen wollte.

Er tat wie geheißen. Wahrscheinlich spürte er, dass er mich jetzt nicht provozieren durfte. Eine Minute später saßen wir auf dem Sofa, zwischen uns der offene Verbandskasten. Ich griff nach der Mullbinde, Kompresse und der Schere und dann nach seinem Arm, ohne ihn anzusehen.

»Giulietta«. Er klang so flehend, so voller unausgesprochener Gefühle, dass mein Herz einen Schlag aussetzte und mein Magen sich umdrehte. Diese Stimmlage hatte ich schon einmal gehört. Und sie katapultierte mich in die Vergangenheit. In ein heruntergekommenes Zimmer nach einem verhängnisvollen Maskenball. Zwei Herzschläge, die in einem Rhythmus schlugen. Wandernde Hände. Heißer Atem. Nähe. So, so, so viel Nähe.

»Ich hab gesagt, du sollst den Mund halten«, zischte ich. Gegen meinen rasenden Puls konnte ich nichts ausrichten, aber immerhin konnte ich Malvolio zum Schweigen bringen. »Das gilt noch immer.«

Mit zusammengebissenen Zähnen knotete ich den blutgetränkten Seidenschal auf. Erleichterung durchflutete mich sofort. Es kam wirklich kein frisches Blut nach. Ich säuberte die Wunde, ohne ihn anzusehen, dann begann ich, seinen Arm zu verbinden. Er zuckte leicht zusammen, jedes Mal, wenn meine Finger seine Haut berührten, und die feinen dunklen Härchen auf seiner Haut richteten sich auf.

Ach, verflucht noch mal.

Erst als ich fertig war, nahm ich meinen ganzen Mut zusammen und schaute auf, direkt in seine Augen. Schuldbewusstsein schlug mir entgegen.

»Brauchst du Schmerzmittel?«, fauchte ich.

Er schüttelte den Kopf. »Mir geht es gut. Es ist nicht schlimm. Alles ist gut.«

Die Worte klangen noch immer so verkehrt.

»Wie geht es *dir*?«, hauchte er.

Das war es. Der Bogen war überspannt. Ich hörte das Klingeln in meinen Ohren. Mir wurde schwindelig.

Mit einem Satz war ich auf den Beinen und baute mich vor ihm auf. Seine Augen weiteten sich. Wie erstarrt blickte er zu mir hoch.

»WIE ES MIR GEHT?«, brüllte ich. Meine Stimme überschlug sich. Die Kontrolle war mir entglitten, aber es war mir selten so egal gewesen. All die Gefühle der letzten Stunde flogen geballt auf mich zu und begruben mich unter sich. Plötzlich fiel mir das Atmen schwer. »Ist das dein verfluchter Ernst, Malvolio?«

All die Jahre hatte er damit verbracht, eine Lösung zu finden, die Karten einzusperren, weil er sein Schicksal keinem anderen Menschen aufbürden wollte. Und dann warf er all seine Prinzipien über den Haufen? Wegen *mir*?

Auch er erhob sich. Wollte etwas sagen, mich beruhigen, ich sah es an seinem beschissen sanften Blick, doch ich gab ihm nicht die Gelegenheit.

»Du glaubst, nach allem, was ich erlebt habe, wäre es hilfreich, noch deinen Suizid draufzusetzen?«, schrie ich weiter.

»Mein Vater stirbt, meine Mutter auch, und da dachtest du dir, hey, Giulietta würde es bestimmt besser gehen, wenn der erste Kerl, für den sie jemals etwas empfunden hat, auch noch abkratzt? Wenn schon, denn schon, nicht wahr? Willst du mich eigentlich vollkommen ver–«

Ich brach ab, als ich seinen Gesichtsausdruck registrierte. Und verstand, was ich da eben von mir gegeben hatte.

Scheiße.

Was für eine riesengroße Scheiße.

Er blinzelte. Und dann teilten sich seine Lippen, und er machte alles nur noch schlimmer: »Besser ich als du.«

Ich lachte auf. Nur dass es dummerweise mehr wie ein Schluchzen klang und die Tränen mir erneut in die Augen schossen. »Soll ich das romantisch finden, du … du …«

Mir fiel keine passende Beleidung ein. Und plötzlich war mir auch das egal. Plötzlich gab es nichts mehr, was zählte. Denn in diesem Moment zuckten seine Mundwinkel. Nur für den Bruchteil einer Sekunde. Aber lang genug, um mich völlig aus dem Konzept zu bringen.

Es war Ewigkeiten her, dass ich ihn auch nur ansatzweise glücklich erlebt hatte.

»Das findest du lustig?«, brachte ich keuchend hervor.

Dunkelgrüne Augen, schwarze Schatten darunter. Ein Blick, der sich bis in mein Inneres brannte und nichts als Hitze hinterließ. Ein Lächeln, so schön, dass es mir körperliche Schmerzen bereitete. Ein Lächeln, das ich viel zu lange nicht mehr gesehen hatte. Mein Gott, dieses Lächeln …

Ich stellte mich auf die Zehenspitzen und nahm sein Gesicht zwischen die Hände.

»Wenn du noch mal so einen Bullshit abziehst, bring ich dich um. Ist das klar?«

Er nickte und presste dabei die Lippen zusammen. Eindeutig, um ein weiteres Lächeln zu unterdrücken. Was ging hier vor sich? Hatten wir beide den Verstand verloren?

»Willst du immer noch sterben?«, fuhr ich fort und umklammerte sein Gesicht fester.

Anhand meiner Stimmlage schien er zu kapieren, dass ich nicht die Aktion eben meinte.

»Ich ... Was ... was ist mit dir?«

»Ich stelle hier die Fragen«, schoss ich zurück. Wir waren uns jetzt so nah, dass ich seinen Atem auf meinem Gesicht spürte. Seinen Duft inhalieren konnte. Mein Herz würde mir jeden Moment aus der Brust springen.

»War es dein Ernst?«, wisperte er. Einen Augenblick später spürte ich seine Hände auf mir. Auf meinem Rücken. Auf meiner Hüfte. »Was du eben gesagt hast?«

Geht dich einen feuchten Dreck an. Ich bin dir nichts schuldig. Ich hasse dich noch immer. Nur weil du dein Leben für meines geopfert hättest, ändert das nichts an meinen Gefühlen.

Das sollte ich sagen. Das wäre vernünftig, nach allem, was er mir angetan hatte.

Wenn es nur die Wahrheit wäre.

Alles, woran ich denken konnte, war sein entschlossener Blick, als er sich das Messer über die Haut gezogen hatte. Das Blut, das ihm über den Arm lief. Da war kein Widerstand in ihm gewesen. Er war bereit gewesen.

Und dann kehrte die Erinnerung an seine Worte zurück, die er zu mir gesagt hatte, als ich herausgefunden hatte, dass er der Tod war und mich an der Nase herumgeführt hatte. Als ich verstanden hatte, dass er nach einem Weg suchte, sein Leben zu beenden.

Das ist kein Leben, Giulietta.

»Willst du immer noch sterben, Malvolio?«, entfuhr es mir. Meine Stimme bebte inzwischen. Nicht nur meine Stimme.

Mein ganzer Körper. Ich grub meine Finger in seine Haut, zog ihn näher, bis unsere Nasenspitzen sich berührten. »Ist dieses Leben wertlos für dich? Ist der Schmerz zu groß?«

Wir sahen uns in die Augen. Er flüsterte meinen Namen. So sanft wie nie zuvor.

Meine Tränen liefen. Sein Gesicht verschwamm. Das hielt mich nicht davon ab weiterzusprechen. »Du kannst dir vorstellen, was ich in den letzten Tagen durchgemacht habe. Ich muss es nicht noch mal aufzählen. Ich ... ich weiß, dass du es nie wolltest. Dass du mir das sonst niemals angetan hättest. Ich habe mit Salome gesprochen. Ich weiß Bescheid, okay? Über dein Leben und die Entscheidungen, die du treffen musstest. Also möchte ich keine Entschuldigung. Ich möchte die Wahrheit. Denn ... ob du's glaubst oder nicht – mir reicht es. All die Trauer, all der Schmerz. Es reicht.« Ich unterdrückte ein Schluchzen, sein Griff wurde fester. Er zog mich näher, bis mein Oberkörper dicht gegen seinen gepresst war. »Deshalb werde ich mir das hier nicht antun, wenn du immer noch sterben willst. Ich werde mich nicht auf jemanden einlassen, der mich mit einem Lebenssinn verwechselt. Ich will ... ich ...« Jetzt konnte ich das Schluchzen nicht mehr zurückhalten. Es schien mich zu zerreißen. »Ich will leben. Verdammt, ich bin achtzehn Jahre alt. Ich habe noch nicht mal richtig damit angefangen. Ich will, dass es wehtut und dass ich es ertrage, dass ich kämpfe und weitermache. Ich will jedes einzelne Gefühl. Ich will nichts verdrängen, ich will mich nicht verstecken. Ich will nicht vor den Abgründen zurückschrecken. Ich dachte, als mein Vater gestorben ist, schlimmer kann es nicht werden, und anschließend wurde ich eines Besseren belehrt. Aber du hast meine Dunkelheit gesehen und ich deine. Das war real. Ist mir egal, ob ich Teil deines Plans war. Es *war* real, das weiß ich jetzt. Denn dann hast du mir gezeigt, dass ich inmitten meiner Dunkelheit etwas anderes empfinden kann.

Als … als ich gesagt habe, dass ich zusammen mit dir abhauen will … da hast du mich gefragt, ob ich dich wirklich dabeihaben will. Ob du mich nicht immer an das Elend erinnern würdest. Weißt du noch, was ich dir geantwortet habe?«

»Hoffnung.« Er würgte das Wort hervor, als würde es ihm Höllenqualen bereiten. »Du hast gesagt, ich würde dich immer daran erinnern, dass … dass …«

»Dass nach jedem Ende ein neuer Anfang wartet«, vervollständigte ich. Ich wartete, bis die Tränen meine Sicht nicht mehr verschleierten. Bis ich ihn richtig anschauen konnte. Bis ich seine Tränen sah. Bis er verstand, dass ich jedes Wort zu hundert Prozent ernst meinte. Dass dies nicht nur die Verzweiflung war, die aus mir sprach. »Ich will leben, Malvolio. Was willst du?«

Er starrte mich an. Flüssige Smaragde. Plötzlich veränderte sich etwas in seinem Blick. Plötzlich war es kein Schmerz mehr, in dem er ertrank. Bevor ich mir einen Reim darauf machen konnte, beugte er sich nach vorn und presste seinen Mund auf meinen.

Heiß und kalt. Hart und weich. Die Welt blieb stehen. Mein Herz hörte auf zu schlagen, nur um im nächsten Augenblick so schnell weiterzuschlagen, dass mir erneut schwindelig wurde. Ein, zwei, drei Sekunden rührte ich mich nicht.

Er wich zurück. »Verzeih mir.« Seine Stimme klang so rau, so hungrig, so voller unterdrückter Leidenschaft. »Ich habe das noch nie gemacht.«

»W-was?«

Es waren die Worte, die er zu mir gesagt hatte, nachdem ich ihn zum ersten Mal geküsst hatte.

Er schluckte schwer. »Dir zeigen, was du mir wirklich bedeutest.«

Ungläubig sah ich ihn an. »Ist das die Antwort auf meine Frage?«

Eine Weile starrten wir uns wortlos an.

Und dann lächelte er. Durch die Tränen, durch den Schmerz. »Ich will auch leben, Giulietta. Ich … ich weiß nicht, ob ich stark genug dafür bin, aber ich … will es. Ich glaube, ich benötige Hilfe. Ich kann das nicht allein. Ich weiß nicht, ob du … Nach allem, was ich dir … Ich … Es tut mir so leid.«

»Hör auf, dich zu entschuldigen«, hörte ich mich sagen, und jetzt war der Schwindel allgegenwärtig. Der ganze Raum drehte sich. Das Hotelzimmer verschwand in einem Farbenstrudel. Alles, was ich sah, war er. Nur ein Junge. Nur ein bisschen Hoffnung. *Ich kann das nicht allein.* Wie sollte ich ihm begreiflich machen, dass ich nicht vorhatte, ihn allein zu lassen? Dass das hier meine Entscheidung war? Dass ich mir noch nie so sicher gewesen war?

»Und mach es noch einmal.«

Als unsere Lippen diesmal aufeinandertrafen, erstarrte ich nicht. Ich erwiderte den Kuss mit all der Leidenschaft, die ich nicht in Worte fassen konnte. Ließ meine Hände in seine Haare wandern, krallte mich dran fest, zog ihn näher. Ich spürte seine Zunge an meiner, und etwas in mir explodierte. Der Siedepunkt war erreicht. In einem Moment umklammerten wir uns noch, im nächsten stieß ich ihn zurück aufs Sofa und kletterte auf seinen Schoß. Ich vergewisserte mich, dass er keine Schmerzen hatte, dass mit seinem Arm alles in Ordnung war, ehe ich meinen Mund wieder auf seinen presste. Er stöhnte auf. Ich hatte noch nie ein schöneres Geräusch gehört. Seine Hände lagen auf mir, er berührte mich, als bräuchte er einen Halt, als hätte auch ihn der Schwindel überfallen, als gäbe es auf der Welt nur uns beide.

Unsere Bewegungen passten sich unseren Küssen an. Ausgehungert, verzweifelt, grob. Mein Körper wurde flüssig. Ich vergaß, wo ich mich befand, was in den letzten Stunden oder Tagen passiert war, ich vergaß, welche Art von Magie da draußen existierte. Denn hier, zwischen uns, gab es nur eine. Zwei Menschen. Lebendigkeit. Jedes bisschen Glück, das wir zu fassen bekamen.

Ich wollte nie wieder damit aufhören.

Viel zu schnell löste er sich von mir und wich zurück, drückte sich in die Sofalehne. Seine Augen glänzten, seine Lippen ebenfalls. Das nackte Verlangen stand ihm ins Gesicht geschrieben. Doch das war nicht alles.

»Giulietta … w-warte.«

Seine Stimme klang so klein, so voller Schmerz.

»Alles okay?«, gab ich atemlos zurück. Meine Hände wanderten nach unten, behutsam legte ich sie ihm auf die Brust, die sich genau wie meine viel zu hektisch hob und senkte. Sein Herz raste.

Er presste die Augen zusammen und verzog das Gesicht. Sein Körper bebte. Diesmal lag es nicht an der Leidenschaft. Im nächsten Moment krümmte er sich zusammen.

Sofort kletterte ich von seinem Schoß und ließ mich neben ihn fallen.

»Gleich … vorbei …«, stöhnte er. »Ich …«

»Schhh. Es ist alles gut.« Ich bekam seine Hand zu fassen und umklammerte sie, so fest ich konnte.

»Ich bin hier«, fuhr ich flüsternd fort. »Ich gehe nicht weg.«

Es war ein Versprechen.

KAPITEL 15

Ein Hauch von Hoffnung

Mal comune, mezzo gaudio.
(Geteiltes Leid ist halbes Leid.)

Natürlich. Natürlich musste es ausgerechnet jetzt passieren.

Sekundenlang ertrank ich in den Empfindungen, die nicht meine waren. Reue, Angst, Liebe, Erleichterung, weil es nach wochenlangen Qualen endlich vorbei war. Ein Tod wegen Altersschwäche. Immerhin. Das Krankenhauszimmer verschwand vor meinen flatternden Lidern. Der Krankenpfleger tat mir leid. Alessio. Er war jung. Es war sein erster Verlust, das sah man ihm deutlich an. Hätte ich noch die Kraft zu sprechen, hätte ich den Mund geöffnet und ihm versichert, dass ihn keine Schuld traf. *Sterben ist menschlich, mein Sohn. Der Tod ist Teil des Lebens. Wiederhole meine Fehler nicht. Betrachte keine Minute als selbstverständlich. Wenn du jemanden liebst, sag es. Eines Tages wird es zu spät sein.*

Doch da verschluckte mich bereits die Finsternis.

Als ich anschließend Worte hörte, wusste ich, es waren Worte, die in meiner Realität gesprochen wurden. Nicht in der des alten Mannes, der gerade seine letzten Atemzüge getan hatte.

»Ich bin hier, Malvolio.«

Ihre Stimme ließ die fremden Gefühle verblassen und brachte meine eigenen hervor. Hektisch schnappte ich nach Luft und riss die Augen auf.

Salomes Hotelzimmer. Giulietta und ich. Die Wärme an meiner Hand. Die Wärme in meinem Inneren.

Ich drückte ihre Hand.

»Ist … ist es vorbei?«

Das Mitleid in ihrer Stimme quälte mich. Ich wollte nicht so von ihr gesehen werden. Ich hatte noch nie gewollt, dass sie diesen Teil von mir miterlebte.

Ich zwang mich, den Kopf in ihre Richtung zu drehen. Ihre wunderbaren Locken waren zerzaust, ihre Wangen gerötet und ihre Pupillen geweitet. Meinetwegen. Sie war schön wie am ersten Tag, als ich sie in den Gedanken ihres sterbenden Vaters gesehen hatte. Und sie war hier. Bei mir. Aus freien Stücken. Ihr Mund stand leicht offen. Ihr weicher, einladender Mund … Das Gefühl ihrer Lippen auf meinen war genauso ein Schock gewesen wie in unserer ersten gemeinsamen Nacht. Etwas, von dem ich gedacht hatte, es niemals zu erleben.

Es war zu viel. Ich hatte es nicht verdient, derartiges Glück zu verspüren. Die Ereignisse der letzten Tage krochen in mein Bewusstsein und nahmen mich gefangen. Ich war schuld. Ich war schuld an allem. Ich konnte nicht …

Abrupt entriss ich ihr meine Hand und stand auf.

»Ich sollte gehen.«

Sie runzelte die Stirn. »Was ist gerade passiert?«

Ich schüttelte den Kopf. Der stechende Schmerz an meinem Arm, den ich in den letzten Minuten völlig verdrängt hatte, machte wieder auf sich aufmerksam. Was ich getan hatte, war nicht geplant gewesen. Doch als ich Giulietta in Azazels erbarmungslosem Griff gesehen hatte … Als ich den Schmerz und die Ohnmacht in ihren Augen gesehen hatte, war etwas in mir zerbrochen. Ich hatte nicht nachgedacht. Ich hatte mich von meinen Gefühlen leiten lassen. *Besser ich als sie.* Das war alles, was ich denken konnte. *Besser jeder einzelne Venezianer als sie.*

Der Teufel hatte die Wahrheit ausgesprochen. In dem Moment, in dem Giulietta aufgetaucht war, war es offensichtlich geworden. Ich hatte etwas zu verlieren. Ich hatte eine Schwäche. Bis zu diesem Augenblick hatte ich nur nicht geahnt, wie groß diese Schwäche tatsächlich war. Bis Giulietta mich eben gefragt hatte, war ich mir nicht bewusst gewesen, wie schlimm es bereits um mich stand.

Ich wollte leben. Ich wollte wirklich und wahrhaftig leben. Vielleicht lag es daran, dass sie mir genau das gegeben hatte, was auch ich ihr unbegreiflicherweise gegeben hatte – Hoffnung.

Aber ich konnte sie nicht mit mir in den Abgrund reißen.

»Lass mich raten«, durchbrach ihre Stimme mein Gedankenchaos. Sie erhob sich ebenfalls und stemmte ihre Hände in die Hüften. »Jetzt kommt gleich die Edward-Cullen-Nummer.«

Verständnislos blickte ich ihr ins Gesicht. Was meinte sie damit? Wieso wirkte sie mit einem Mal wütend?

»Du wirst mir gleich eine Rede darüber halten, wie wenig du mich verdient hast, habe ich recht? Wie schlecht du für mich bist? Wie falsch es wäre, dir zu verzeihen und mich auf dich einzulassen?«

Ich presste die Lippen aufeinander.

»Bingo!«, rief sie. »Den Teil kannst du also gleich überspringen. Du hast nicht das Recht, diese Entscheidungen für mich zu treffen. Seit wir uns kennen, hast du schon viel zu viele für mich getroffen. Damit ist jetzt Schluss. Ich treffe meine eigenen. Und es ist mir egal, ob du der Meinung bist, dass ich etwas

Besseres verdient habe. Weißt du, mein Papa hat mir immer gesagt, der einzige Mensch, der mich wirklich verdient hat, ist derjenige, der davon überzeugt ist, dass er es nicht tut.« Sie lachte auf. Es klang alles andere als fröhlich. »Ich habe meinen Vater mein Leben lang vergöttert. Alles, was er gesagt und getan hat, war heilig für mich. Wie du dir denken kannst, hat sich mein Bild von ihm in den letzten Tagen ziemlich verändert. Und was diesen Spruch angeht – wenn du mich fragst, ist das ausgemachter Schwachsinn. Ich finde es nicht romantisch, dass du dich selbst verachtest. Und ich finde es auch nicht romantisch, wenn du dein Leben für meines opferst. Ich finde es ungesund. Ich verstehe, woher es kommt, aber ich werde diese Denkweise garantiert nicht unterstützen.«

Ich öffnete den Mund und klappte ihn wieder zu. Kein Wort wollte entweichen. Wie machte sie das? Wie schaffte sie es, mein Gehirn von einer Sekunde auf die andere leer zu fegen?

Sie holte tief Luft. »Stattdessen werde ich das tun, was Menschen tun sollten, wenn sie sich … wenn sie …« Für einen Moment wich sie meinem Blick aus, und das Rot ihrer Wangen wurde dunkler. »Wenn sie einander … etwas bedeuten«, sagte sie rau. »Ich werde dir helfen, mit deinen Dämonen klarzukommen, so wie du mir geholfen hast, meine zu ertragen.«

Sie streckte ihre Hände aus und tastete nach meinen. Die Berührung war sanft und wohltuend. Ich zuckte zusammen.

Erneut schüttelte ich den Kopf. »Ich habe dir nicht geholfen. Ich habe dich zerstört.«

»Du hast nicht die Macht, mich zu zerstören.« Ihr Griff wurde fester. »Und du hast meinen Vater nicht getötet.«

»Ich habe aber deine Mutter getötet und dich zu diesem Leben verdammt«, brachte ich hervor. »Ich bin ein Mörder. Und ein Betrüger.«

Sie schnaubte. »Du hast mein Leben gerettet. Und im Übrigen, wenn du diese Richtung einschlagen möchtest, bitte – ich habe auch das Zeug zur Mörderin, wie wir gerade gesehen haben.«

Gegen meinen Willen schlich sich ein grimmiges Lächeln auf meine Lippen. »Du hast diesem Dreckskerl nur einen Bruchteil von dem gegeben, was er verdient hat.«

Ein seltsamer Stolz erfüllte mich, sobald ich daran dachte, wie sie Azazel das Messer in die Brust gehämmert hatte. Ich konnte nicht leugnen, dass es mich in gleichem Maße schockiert und das Bedürfnis in mir ausgelöst hatte, sie zu küssen.

Sie hob eine Augenbraue. »Dann sind wir ja einer Meinung.«

»Giulietta, du verstehst nicht –«

»Was verstehe ich nicht?«, fiel sie mir lautstark ins Wort. »Du hast nichts von alldem gewollt, oder? Du hast es nicht geplant?«

»Du *warst* Teil meines Plans. Ich wollte dich benutzen, um meine eigene Haut zu retten.«

»Nein, du wolltest mich benutzen, um deinen Schmerz zu beenden und um die Menschheit zu retten«, widersprach sie. »Großer Unterschied. Hättest du nur deine eigene Haut retten wollen, hättest du dich einfach umgebracht.«

Darauf konnte ich nichts erwidern. Es war die Wahrheit. Und ihrem triumphierenden Blick zufolge wusste sie das auch.

»Ich verzeihe dir«, fuhr sie fort. »Und nichts, was du sagen wirst, kann das ändern. Es ist zu spät. Ich hatte dir bereits verziehen, das ist mir in dem Moment bewusst geworden, als ich das Blut an deinem Arm gesehen habe. Also spar dir den Mist und sag mir, was gerade passiert ist.«

Ein paar Sekunden kämpfte ich mit mir, doch dann ergab ich mich. Der Schmerz an meinem Arm wurde immer stärker. Alles in mir schrie danach, sie an mich zu ziehen und mein Gesicht in ihrem duftenden Haar zu vergraben. Mich fallen zu lassen. Mich in ihr zu verlieren.

»Jemand ist gestorben«, flüsterte ich. »Im Krankenhaus.«

»Salome hat gesagt, du spürst die Tode nicht immer gleich intensiv«, sagte sie nach einer kurzen Pause. Sie trat nach hinten, setzte sich wieder aufs Sofa und zog mich neben sich. »Stimmt das?«

Ich nickte seufzend. »Ein Mord unterscheidet sich von einem Tod wegen Altersschwäche oder einer Krankheit.«

»Wie … wie oft?«

Ich wusste, was sie fragen wollte. Ihr Blick sprach Bände.

Ich schloss die Augen und konzentrierte mich auf die Wärme ihrer Berührung. »Im Durchschnitt stirbt heutzutage pro Tag eine Person in Venedig. Meistens aus natürlichen Gründen. Obwohl es in den letzten Wochen mehr unnatürliche Gründe waren.«

»Eine Person pro Tag klingt furchtbar.«

Ich zuckte mit den Schultern. »Es ist kein Vergleich zu früher. Kein Vergleich zu einem Massensterben.«

»Die Pest?«, fragte sie. Ich versuchte, nicht allzu sehr auf den Schmerz in ihrer Stimme zu achten, und nickte.

»Erst nachdem die Pest ausbrach, habe ich die Entscheidung getroffen, mein Dasein zu beenden. Zuvor war es schlimm, aber erträglich.«

»Das … das verstehe ich.«

Ich schlug die Augen auf. Da waren Worte in meinem Kopf. Gedanken, die von Hoffnung befeuert wurden. Ich sollte sie zurückhalten. Doch etwas in ihren großen tiefen Augen brachte mich dazu, sie auszusprechen.

»Der Schmerz war nicht alles. Was mich wahrhaftig von innen heraus zerstört hat, noch viel mehr als all der Tod, war die …«, ich schluckte hart, »… war die Einsamkeit. Nachdem ich meine Entscheidung getroffen hatte, war es zwecklos, Freundschaften mit den anderen weiterzuführen. Das dachte ich zumindest. Ich war mir sicher, niemand würde mich verstehen oder mir gar helfen wollen. Also habe ich Mauern um mich herum gebaut. Ich habe dafür gesorgt, dass mir niemand zu nahe kommt. Ich dachte, es sei der einzige Weg.«

Ihre Augen füllten sich mit Tränen. Sie blinzelte mehrmals. Ich sollte mich dafür entschuldigen.

»Du bist unglaublich«, hauchte sie.

»Wie bitte?« Es klang nicht wie eine Beleidigung, doch sicher sein konnte ich mir bei ihr nicht.

»Ich hätte vermutlich keine Woche ausgehalten«, erwiderte sie mit Ehrfurcht im Blick. »Hätte ich gewusst, dass ich die Macht habe, mir selbst das Leben zu nehmen, ich hätte es vermutlich getan. Als ich … als ich realisiert habe, dass ich eine Kartenfigur bin, hat es nur wenige Stunden gebraucht, um sterben zu wollen. Und ich habe nicht den Bruchteil des Schmerzes erlebt, dem du über die Jahre ausgesetzt warst. Deine Willenskraft ist unglaublich. Trotz der Einsamkeit hast du durchgehalten. Ich kann mir nicht vorstellen, was das aus dir gemacht hat.«

Sie rückte näher zu mir, ließ meine Hände los und zog mich stattdessen in ihre Arme. Ich sollte mich wehren. Doch ihre Nähe fühlte sich überlebenswichtig an. Und ich hatte nicht geahnt, wie sehr ich diese Worte hören musste, bis sie mir die Kehle zuschnürten und eine Gänsehaut über meinen Rücken jagten.

»Du bist nicht allein«, wisperte sie, und damit war es um mich geschehen. Jeglicher Widerstand war zwecklos.

Glühend heiße Tränen schossen aus meinen Augen hervor, liefen über, bevor ich sie zurückkämpfen konnte, und schon brach ein unkontrolliertes Schluchzen aus mir hervor.

Sie hielt mich fest. Erlaubte mir, in ihren Armen auseinanderzufallen.

»Du bist nicht allein.« Unaufhörlich flüsterte sie die Worte, und dazwischen verteilte sie Küsse auf meinen Wangen, auf meinen Augenlidern, auf meiner Stirn. »Du bist nicht allein.« Mein Schluchzen wurde immer heftiger, es schüttelte ihren Körper ebenso wie meinen, und doch sie ließ nicht locker. »Du bist jetzt nicht mehr allein.«

KAPITEL 16

Eine arme Seele

Die Tür im Nebenraum flog auf. Malvolio und ich zuckten beide zusammen. Ich konnte nicht sagen, wie lange wir so dagesessen hatten. Irgendwann hatten seine Tränen aufgehört, doch dann waren meine wiedergekommen. Ich wollte stark für ihn sein, ich wollte die Kontrolle bewahren, ihn trösten, doch es war zu viel. Ich hatte nicht verstanden, wie sehr ich ihn vermisst hatte, wie grausam der Abstand zwischen uns wirklich gewesen war, bis ich seine Nähe wieder gespürt und verstanden hatte, dass ich nie wieder etwas zwischen uns lassen wollte.

Salome stürmte ins Zimmer und atmete erleichtert aus, als sie uns erblickte.

»Alles in Ordnung?«, brachte sie hervor und schaute hektisch zwischen uns beiden hin und her.

Malvolio und ich richteten uns zeitgleich auf. Ich tastete nach seiner Hand und umklammerte sie fest.

»Alles in Ordnung«, sagte ich hastig. »Wir sollten einen Arzt aufsuchen. Und er braucht Schmerzmittel.«

Egal, wie sehr Malvolio mich davon zu überzeugen versuchte, dass es nicht wehtat, ich sah den Schmerz in seinem Blick.

Prompt wollte er protestieren, doch Salome ließ ihn nicht zu Wort kommen.

»Ich kümmere mich darum. Davor müssen wir allerdings eine Entscheidung treffen.«

Für einen Moment hatte ich keinen Schimmer, wovon sie sprach. Furchtbare Theorien fluteten mein Gehirn. Was für eine Entscheidung? Eine Entscheidung, wen wir zuerst retten sollten? Wie viele Menschen hatten sie inzwischen als Geiseln genommen?

Und dann wich meine Panik, und ich erinnerte mich. An die Information, die ich in dem ganzen Durcheinander weggeschoben hatte.

»Vincenzo«, sagte Salome in der Sekunde, in der ich »mein Onkel« sagte.

»Was auch immer du mit Azazel getan hast, er wird sich bald davon erholen«, fuhr sie fort. »Und in der Zwischenzeit wissen alle Bescheid. Sie wissen, dass Vincenzo der einzig menschliche Nachfahre ist.« Sie atmete tief durch und setzte sich neben mich aufs Sofa. »Vorhin, als du die Vermutung aufgestellt hast, dass Vincenzo ebenfalls die Gabe der Nachfahren besitzen könnte, habe ich dich davon abgehalten weiterzusprechen«, wisperte sie. »Denn sosehr ich ihn verabscheue, sobald alle die Wahrheit wissen, wird er zum Zielobjekt. Und ich war mir nicht sicher, ob du das willst.«

Ihre Stimme war immer sanfter geworden, und auch ihr Blick wurde nun zum ersten Mal weich.

»Es ist deine Entscheidung.«

»Was ... was ist meine Entscheidung?«, gab ich fassungslos zurück.

Bevor sie mir antworten konnte, räusperte sich Malvolio. Er ließ meine Hand los und sah mich voller Schmerz an. »Es tut mir so leid, Giulietta, ich wusste mir nicht anders zu helfen. Ich ... Ich wollte sie nur von Greta ablenken. Von dir. Und damit habe ich ihn zum Tode verurteilt.«

Abrupt schüttelte ich den Kopf. »Hör auf damit. Du musst dich genauso wenig dafür entschuldigen wie dafür, dass du mich vor meiner Mutter –« Ich brach ab, ohne den Satz zu vollenden, als mir bewusst wurde, dass Salome sich neben uns befand und garantiert noch immer um Cosima trauerte.

Eine schreckliche Pause entstand.

»Es ist in Ordnung«, sagte sie. »Wir müssen nicht um Cosimas Tod herumreden.« Dann schaute sie zu Malvolio. Tränen glitzerten in ihren Augen, doch sie blinzelte sie weg. »Mir ist bewusst, was in dir vorgehen muss. Ich kenne dich. Und wie Giulietta bereits sagte – du musst dich nicht entschuldigen. Du hast meiner Nichte das Leben gerettet. Das werde ich dir niemals vergessen.«

Malvolio schluckte hart und wirkte, als müsste er wieder um seine Fassung ringen. Schließlich schlich sich Kälte in seinen Blick. »Ich habe sein Todesdatum gesehen«, sagte er mit Grabesstimme.

Ist mir egal. Er bekommt, was er verdient hat. Das sollte ich sagen. Das sollte ich empfinden. Vincenzo hatte nicht nur meinen Vater getötet, er hätte auch mich vorhin, ohne mit der Wimper zu zucken, umgebracht.

Und trotzdem konnte ich mich nicht gegen das Mitleid wehren, das wie eine Bombe in mich einschlug. Ich dachte an Papas Worte. Daran, wie er seinen Mörder in Schutz genommen hatte. Ich verfluchte ihn dafür. Und auch mich – dafür, dass ich keine eiskalte Rachegöttin sein konnte. Dass Cosima recht behielt. Ich war durch und durch die Tochter meines Vaters.

»Wann ist das Datum?«, flüsterte ich.

Malvolio wich meinem Blick aus. »Morgen.«

Mein Herz schlug schneller. Ich drehte mich zu Salome. »Haben sie ihn schon erwischt?«

Sie nickte. »Ich weiß nicht, wo sie ihn gefangen halten. Im Hotel befindet er sich jedenfalls nicht. Was genau sie mit ihm vorhaben, bleibt unklar, nur –«

»Zunächst werden sie ihn befragen«, unterbrach Malvolio sie. »Um herauszufinden, ob ich ihnen die Wahrheit gesagt habe. Es wird nicht lange dauern. Und dann ... Sie wissen inzwischen, dass wir nicht zurück in die Karten wandern, wenn sie einen Nachfahren töten. Vincenzo selbst hat es ihnen verraten. Was dann geschieht, können wir uns alle denken.«

Der Selbsthass in seinen Worten war unerträglich. Es war wirklich kaum zu fassen, dass auch er, nach allem, was er erlebt hatte, noch immer Mitleid mit Menschen wie Vincenzo hatte.

Mit meiner rechten Hand griff ich erneut nach seiner und hielt sie so fest, dass er sie nicht wegziehen konnte, mit meiner linken tastete ich nach Salomes.

Ich hatte meine Entscheidung getroffen.

»Das werden wir nicht zulassen.«

Malvolio weigerte sich, ins Krankenhaus zu gehen, also riefen wir gegen seinen Willen einen Arzt, der ihn mit Schmerzmitteln vollpumpte, die Wunde desinfizierte und bestätigte, dass sie nicht lebensgefährlich war. Er nahm Salome und mich beiseite, um uns mit ernstem Blick zu fragen, ob wir bereits psychologische Unterstützung für den Jungen in Erwägung gezogen hatten.

Ja, die haben wir alle mehr als nötig, hätte ich am liebsten geantwortet, hielt mich aber im letzten Moment zurück.

Mein Gesichtsausdruck war wohl Antwort genug, oder es lag

an den viel zu vielen Geldscheinen, die Salome ihm in die Hand drückte, jedenfalls fragte er nicht mehr weiter. Nachdem er weg war, setzte ich mir eine Maske von Salome auf und schickte meinen Schatten los. Ich durchsuchte erst das Hotel, dann alle Straßen in unmittelbarer Nähe. Wenn sie Vincenzo bereits geschnappt hatten, konnten sie nicht weit gekommen sein.

Auch von den anderen Kartenfiguren ließen sich einige blicken. Es war eine Herausforderung, sie in das Geschehen einzuweihen – *Ja, Cosima ist tot. Ja, das haben wir vorhin verschwiegen. Nein, nicht, weil wir euch etwas Böses wollen. Nein, Malvolio hat nicht vor, euch ebenfalls zu töten* – und sie gleichzeitig davon zu überzeugen, dass sie uns bei der Suche nach Vincenzo helfen sollten, ohne zu viel Zeit zu vergeuden. Verständlicherweise waren die meisten von ihnen völlig außer sich, doch nun war nicht der Zeitpunkt, um in die Tiefe zu gehen. Jede Sekunde zählte. Ich überließ Salome die Diskussion, sie war sowieso deutlich diplomatischer und wortgewandter als ich, und kämpfte mich gleichzeitig in meiner Schattengestalt durch die Karnevalsmassen. Ab und zu hörte ich Malvolio etwas beitragen, aber hauptsächlich unterhielt er sich im Flüsterton mit Maurizio, der irgendwann dazugekommen war. Ich konnte mir vorstellen, wie das Bild, das die anderen von ihm gehabt hatten, sich nachhaltig verändert hatte. Es war eine Sache, unsterblich zu sein und fürchten zu müssen, in einen tiefen Schlaf zu fallen, ehe man wieder aufwachte und sich womöglich in einem neuen Zeitalter wiederfand, und eine ganz andere, plötzlich sterblich zu sein. Von der Gnade eines einzigen Menschen abhängig zu sein, der kürzlich bewiesen hatte, dass er nur seine eigenen Ziele verfolgte.

»Giulietta.«

Ich befand mich gerade auf der Seufzerbrücke, auf dem Weg zum Dogenpalast, und zog mich sofort zurück. Keine Ahnung, wieso ich es je für möglich gehalten hatte, dass sie Vincenzo ausgerechnet hier festhielten.

Malvolios Stimme klang drängend. Sekunden später befand ich mich neben Maurizio und ihm auf dem Sofa.

Jemand hatte die elfenbeinfarbenen Flügeltüren zum Nebenzimmer geschlossen, und das Stimmengewirr war jetzt nichts als ein Hintergrundrauschen.

»Was ist los?«, gab ich atemlos zurück.

Maurizio sah irgendwie weggetreten aus, während seine Lippen sich teilten. »Lorenzo.«

Mein Herzschlag beschleunigte sich.

»Er ist hier«, fügte Malvolio sanft hinzu und strich mir über den Handrücken. »Die ganze Aufregung hat ihn angezogen. Er möchte helfen.«

Unwillkürlich breitete sich ein Lächeln auf meinen Lippen aus. »Das sieht ihm ähnlich.«

»Palazzo Contarini del Bovolo«, raunte Maurizio und starrte neben uns auf einen freien Sessel. Sofort wanderte auch mein Blick dorthin. Ich starrte auf den leeren Fleck.

Ciao, Papa.

Wärme durchfuhr mich, dicht gefolgt vom altbekannten Schmerz. Was gäbe ich dafür, dass er wirklich in diesem Sessel säße und uns bei der Suche nach Vincenzo helfen könnte …

»Ein gotischer Palast in San Marco«, fuhr Maurizio fort. »Etwa 300 Meter vom Markusplatz entfernt.«

Ich nickte. »Die berühmtesten Treppen der Welt, die erste Wendeltreppe überhaupt, ich weiß. Ich habe davon gelesen. Was ist damit?«

»Vincenzo hat sich dort oft mit Cosima getroffen. Damals. Bevor sie Lorenzo die Wahrheit über ihr Wesen sagte. Der Ort ist anscheinend von großer Bedeutung für Vincenzo.«

»Alles klar.« Ich fixierte den Sessel. »Danke, Papa.«

Ich wollte mich gerade wieder zurückziehen, was einiges über die Dringlichkeit der Situation aussagte, da ich in jeder anderen versucht hätte, das Gespräch mit ihm in die Länge zu ziehen.

Malvolio hielt mich zurück. Seine Finger schlangen sich sanft um mein Handgelenk.

»Sei vorsichtig«, wisperte er. »Wenn du ihn findest, sag uns Bescheid. Keine Alleingänge, ich bitte dich.«

»Ha, das sagt wirklich genau der Richtige!« Unter seinem glühenden Blick wurde meiner etwas weicher, und schließlich nickte ich. »Ich werde euch Bescheid geben.«

Das Hotelzimmer verschwand.

Der Palast war ein verstecktes Juwel, und doch fand ich ihn innerhalb weniger Sekunden. Ich wusste, wonach ich suchen musste, denn nach Papas Tod hatte ich tagelang recherchiert und mir alle Sehenswürdigkeiten Venedigs online angeschaut. Sobald das Bild vor meinem inneren Auge erschienen war, hatte ich mich in die Gegend katapultiert. Der Palazzo Contarini del Bovolo befand sich in einer wenig belebten Straße in der Nähe der Rialtobrücke. Die spiralförmigen Treppen zogen sich wie ein weißes Schneckenhaus an der Fassade des gotischen Gebäudes hinauf. Ich legte den Kopf in den Nacken. Der Palazzo war sicherlich über zwanzig Meter hoch, vielleicht sogar dreißig. Inzwischen war er längst für Besucher geschlossen, doch das hatte mich auch beim Einkaufscenter schon nicht abgehalten. Ich nahm die offene Wendeltreppe ins Visier und konzentrierte mich mit voller Macht darauf.

Einen Herzschlag später befand ich mich im Inneren der Schnecke, die Straße unter mir mehrere Meter entfernt.

Auf Zehenspitzen schlich ich Treppenstufe für Treppenstufe nach oben. Ich hatte kaum eine halbe Umrundung geschafft, als ich die Stimme hörte.

»Du würdest uns so etwas doch niemals verheimlichen?«, zischte Azazel.

Bemerkenswert, wie schnell er sich vom Sturz aus dem Fenster und den Messerstichen erholt hatte. Und ein bisschen enttäuschend.

»Sprich!«, schrie eine weibliche Stimme, die mit großer Wahrscheinlichkeit zu Dahna gehörte.

Wie um ihre Worte zu unterstreichen, begann ein heulender Wind um die Häuser zu ziehen.

Ich schauderte.

»Was spielt es noch für eine Rolle?« Das war Vincenzo. Entweder er erkannte den Ernst der Lage nicht, oder er blieb absichtlich so ruhig, um sie zu verunsichern.

Ich hatte genug gehört. Ich kniff die Augen zusammen und konzentrierte mich auf die Wärme des Hotelzimmers. Konzentrierte mich darauf, mein Bewusstsein zurückzulenken.

Malvolio und Maurizio schauten alarmiert zu mir. Ich blinzelte. Vermutlich sah man mir sofort an, wenn ich auf einen Schlag nicht nur körperlich, sondern auch wieder geistig anwesend war.

»Mein Vater hatte recht«, beeilte ich mich zu sagen. »Sie sind dort. Sagt den anderen so schnell wie möglich Bescheid.« Ich schaute zu Malvolio. Versuchte, ihn mit meinem Blick gefangen zu halten, so wie er mich schon oft mit seinem an Ort und Stelle gefesselt hatte. »Bitte bleib hier. Du musst dich ausruhen.«

Bevor er etwas erwidern konnte, flogen die Flügeltüren auf, und Salome stand im Zimmer.

»Palazzo Contarini del Bovolo«, sagte Maurizio in ihre Richtung und erhob sich. »Wenn wir uns beeilen, schaffen wir es in unter zehn Minuten. Pellegrino sollte es in drei gelingen.«

Ich wartete ihre Reaktionen nicht ab. Ich warf Malvolio einen letzten flehenden Blick zu, dann verschwand ich. Nicht nur mit meinem Bewusstsein. Um gegen Azazel und die anderen anzukommen, brauchte ich beide meiner Versionen.

Diesmal dauerte es etwas länger, am richtigen Ort zu landen. Ob das an der Aufregung oder meiner geistigen Erschöpfung lag, wusste ich nicht. Als das Gebäude endlich in Sichtweite kam, scherte ich mich nicht mehr darum, leise zu sein. Ich rannte die Wendeltreppe nach oben. Der Wind heulte inzwischen so laut, dass ich nicht mehr verstehen konnte, was über mir gesprochen wurde.

Schwer atmend kam ich oben an und stolperte auf die Plattform.

»Lasst ihn gehen.« Nur mit Mühe schaffte ich es, die Worte ruhig auszusprechen.

Vincenzo stand zwischen zwei Säulen am Geländer, hinter ihm die glitzernden Nachtlichter der Stadt. Rechts von ihm Azazel, links Domenichino, Dahna und Magnus. Sie berührten ihn nicht, aber das musste nichts heißen. Ich wusste sehr genau, wie es sich anfühlte, gefangen zu sein, ohne gefesselt oder festgehalten zu werden.

Sein Blick starrte ins Leere, sein Gesicht war eine verzerrte Maske. Er war leichenblass. Teilnahmslos. Und irgendetwas sagte mir, dass es nicht an Azazels Manipulation lag.

Wenn er schon so gewesen war, als sie ihn erwischt hatten, dann konnte ich mir ungefähr vorstellen, wie das Gespräch abgelaufen war.

Azazels Blick traf mich zuerst. Vorhin hatte er noch Übelkeit in mir hervorgerufen. Jetzt spürte ich nichts als kalten Hass.

Eine Emotion, die sich auch in seinen schwarzen Augen widerspiegelte. Eine gefühlte Ewigkeit starrten wir uns an. Ich würde die Stille nicht als Erste wieder durchbrechen.

Schließlich ballten sich seine Hände zu Fäusten, und zum ersten Mal, seit ich seine Bekanntschaft gemacht hatte, schien er keinen provozierenden Spruch auf den Lippen zu haben.

Das Vorgeplänkel war vorbei. Er wusste jetzt, wozu ich in der Lage war.

»Es ist zu spät«, zischte Dahna, bevor er etwas sagen konnte. »Es ist bereits entschieden.«

Mein Herz pochte ungesund schnell, doch ich versuchte, nicht darauf zu achten.

»Ihr seid in der Unterzahl«, sagte ich laut und gelassen. Meine Worte sollten sie erreichen, aber auf keinen Fall sollten sie meine Verzweiflung heraushören. »Ihr könnt nicht mehr gewinnen. Und es wird euch überhaupt nichts bringen, wenn ihr ihn tötet, denn mich werdet ihr niemals töten können. Das heißt, es wird immer ein Risiko geben. Ihr habt keine Ahnung, wo ich die Karten versteckt habe. Ich werde euch jederzeit einsperren können. Vincenzos Tod wäre bedeutungslos.«

Schritte erklangen unter uns. Ich hoffte, ich bildete sie mir nicht bloß ein. Ich musste nur so lange durchhalten, bis Verstärkung hier war. Es konnte sich nur noch um Minuten handeln. Salome würde den Hokuspokus ungeschehen machen, womit Azazel Vincenzo sicherlich belegt hatte, und die anderen ...

»Du bist nur ein kleines Mädchen!«, schrie Magnus. »Du kannst uns nichts anhaben!«

»Ach, wirklich?« Meine Lippen verzogen sich zu einem spöttischen Grinsen. Gut. Das war gut. Menschen, die schrien, hatten keine Macht, sondern Angst. »Bist du dir sicher? Bist du dir da ganz sicher?« Ich ließ meinen Blick betont langsam zu Azazel und wieder zurück zu Magnus wandern. Mein Grinsen wurde breiter. »Möchtest du den Teufel fragen, was das kleine Mädchen vorhin mit ihm angestellt hat?«

Azazel tat genau das, was ich erwartet hatte. Er hechtete

nach vorn. Genau in der Sekunde, in der er mich erreicht hatte, ließ ich meinen Schatten wandern, sodass er nun drei Meter von ihm entfernt am Geländer rechts von Vincenzo stand, und zog mich hinterher.

»Bitte korrigiere mich, wenn ich falschliege«, rief ich in Magnus' Richtung, während ich Azazel wieder und wieder auswich, »aber bin ich keine Visconti? Habe ich nicht immer noch das Talent, euch einzusperren, wann es mir beliebt?«

Die Schritte wurden lauter. Sie kamen näher. Das war keine Einbildung. Sie hatten es schneller geschafft als gedacht. Nur noch wenige Augenblicke ...

»Genug!«, rief Domenichino und drehte sich zu Vincenzo, packte ihn bei den Schultern. »Sie will ablenken.« Er nickte in Richtung Geländer. »*Du* wirst jetzt springen.«

»Nein, das wird er nicht.«

Es war Salome, die gesprochen hatte. Keuchend stand sie auf der letzten Treppenstufe und schaute zum Geländer, wo Vincenzo sich befand. Hinter ihr kam erst ein schlanker großer Mann zum Vorschein – ich tippte auf Pellegrino – und dahinter nach und nach alle Kartenfiguren, die auf unserer Seite standen. Deluna, Luzia, Stella, Sofia. Den Rest registrierte ich kaum. Mein Blick ruhte auf einem einzigen Menschen, der gerade die letzte Stufe genommen hatte.

»Du solltest dich doch ausruhen«, flüsterte ich, doch ich konnte mich nicht gegen die Wärme wehren, die mich von oben bis unten erfüllte, als ich die so vertrauten dunkelgrünen Augen sah.

Malvolio trat mit einem schiefen Lächeln auf mich zu. »Ich war noch nie ein Freund von Regeln.«

Er griff nach meiner Hand, verschränkte unsere Finger miteinander, ehe er sich in Richtung Azazel drehte, der wutentbrannt auf die Neuankömmlinge starrte.

»Das … das ändert überhaupt nichts«, stieß der Teufel hervor. »Wir können immer noch alle Venezianer umbringen.«

Vorhin hatte ich seine Drohung noch ernst genommen. Vorhin hatte ich gedacht, dass er recht hatte – wir hatten mehr zu verlieren als sie, weil wir ein Gewissen besaßen. Aber vorhin hatte ich noch nicht geahnt, wie viele Kartenfiguren uns beistehen würden.

Salome eilte auf Vincenzo zu und zerrte ihn vom Geländer und von den anderen weg. Diese ließen es geschehen. Dahnas, Domenichinos und Magnus' Blicke wanderten zum Treppenabsatz. Immer mehr Figuren kamen auf die Plattform.

»Einen Moment, Azazel«, sagte Malvolio und drückte meine Hand. »Bevor ihr das tut, solltet ihr euch anhören, was euch in diesem Fall erwartet.« Seine Stimme war leise, und trotzdem hatte er auf einen Schlag die ungeteilte Aufmerksamkeit aller Anwesenden. Fast aller. Vincenzo starrte teilnahmslos auf seine Fußspitzen, während Salome leise auf ihn einredete.

»Damit kein Missverständnis entsteht«, fuhr Malvolio fort und ließ seinen Blick wandern. »Damit es keinen Zweifel gibt … Damit ihr ganz genau wisst, was auf dem Spiel steht: Ich habe Cosima getötet und damit Giulietta zur Welt-Karte gemacht. Ich besitze die Macht, jeden und jede von euch zu töten. *Dauerhaft* zu töten. Eure Leichen werden verschwinden und im sechzehnten Jahrhundert auftauchen. Hier und jetzt wird es sein, als hätte es euch nie gegeben.« Er holte tief Luft. Ein paar Locken fielen ihm in die Stirn, und ich musste dem Bedürfnis widerstehen, die Hand auszustrecken und sie ihm beiseitezustreichen. Oder so etwas wie ein stolzes *Der gehört zu mir!* in die Runde zu rufen.

»Wie die meisten von euch wissen, habe ich keinen großen Spaß daran, jemandem wehzutun. Doch ich bin bereit dafür, sollte auch nur ein weiterer Mensch zu Schaden kommen.«

Eine Totenstille hatte sich über die Plattform gelegt. Niemand wagte es, einen Mucks von sich zu geben.

Malvolio wandte den Kopf und lächelte mich an. Er war so schön, dass es mir einen Stich gab. Ich wollte ihn jeden einzelnen Tag so lächeln sehen.

»Und Giulietta hier?«, sagte er sanft und drehte sich wieder zu den anderen. »Giulietta ist ganz und gar wie Lorenzo. Ihr erinnert euch doch noch an Lorenzo, nicht wahr? Lorenzo, der sich in Cosima verliebte und uns, inklusive sie, einsperrte, obwohl sie die Mutter seiner Tochter war.«

Es war das erste Mal, das Vincenzo sich aus seiner Starre löste. Sein Kopf ruckte hoch, und er schaute zu mir. Ein Gefühl, das ich nicht benennen konnte, zuckte über sein Gesicht. Sein Blick war so intensiv, dass mich heißkalte Stöße durchfuhren.

Unwillkürlich sah ich weg. »Ich bin wie mein Vater«, sagte ich ruhig und lächelte, wie Malvolio eben gelächelt hatte. Voller Triumph. Siegessicher. »Nur noch ein bisschen wahnsinniger. Was bedeutet, ich bin bereit, jederzeit mein eigenes Leben zu opfern und uns alle für immer in die Karten zu sperren, sollte Malvolios Drohung nicht genug sein.«

Ich war mir nicht sicher, ob ich die Worte ernst meinte. Vielleicht eines Tages. Vielleicht wenn es wirklich so schlimm wurde, wenn noch mehr Unschuldige starben. Aber das konnten sie nicht wissen. Niemand würde mir jemals wieder im Kopf herumpfuschen.

Eine ganze Weile blieb es still. In der Ferne glitzerten die Lichter der Stadt, der Markusturm erhob sich majestätisch über die Dächer, aus weiter Ferne tönte die Musik von unten. Für einen Moment beneidete ich all die Menschen, die gelassen eine weitere Karnevalsnacht feierten und keine Ahnung von der Gefahr hatten, die sie umgab. Von der Gefahr, die wir jetzt ein für alle Mal auslöschen würden.

»Wir sind in der Überzahl«, klinkte Salome sich ein, nachdem wir einen Blick getauscht hatten und ich ihr aufmunternd zunickte. »Ganz egal, welchen Plan ihr euch zurechtgelegt habt, er wird nicht funktionieren. Noch habt ihr die Chance, das Richtige zu tun.« An dieser Stelle nahm sie Dahna, Domenichino und Magnus ins Visier. »Noch ist es nicht zu spät.«

Azazel machte erneut Anstalten, sich auf mich zu stürzen, aber diesmal musste ich nicht ausweichen. Bevor ich auch nur daran denken konnte, traten Arlotto, Onofrio und Agostino vor und stellten sich zwischen uns. Sie verdrehten Azazel die Arme auf dem Rücken und begannen ihn Richtung Treppe zu zerren. Die anderen machten ihnen bereitwillig Platz. Mir entging nicht, dass der Großteil das Geschehen voller Schadenfreude und Genugtuung mitverfolgte. Besonders Maurizio und Stella wirkten, als seien heute Weihnachten und ihre Geburtstage zusammen.

»Unten warten ein paar Freunde«, hörte ich Agostino sagen, und dann in meine Richtung: »Wir werden dafür sorgen, dass alles reibungslos abläuft. Und dass er nie wieder das Tageslicht erblickt.« Er wich Azazel aus, der versuchte, nach ihm zu treten. »Isolationshaft nennt sich das, bello. Es gibt auf dieser Insel zwar kein Gefängnis, aber wir haben den perfekten Ort für dich gefunden. Keine Menschenseele wird je Kontakt zu dir haben. Ab und an kommen wir dich besuchen, um nach dem Rechten zu sehen, aber davon abgesehen wirst du nicht einmal die Augen deiner Wächter sehen.«

Azazels Fluchen war noch lange zu hören, nachdem die vier Männer außer Sichtweite waren.

Salome nickte zufrieden. »Ich korrigiere mich: Für *manche* von uns ist es noch nicht zu spät.«

»Ihr seid gewarnt«, sagte Malvolio, diesmal nicht ganz so ruhig, während er zu Dahna, ihrem Ehemann und dem Magier schaute. Das Brodeln unter der Oberfläche war zurück. »Jeder noch so kleine Ausrutscher wird Konsequenzen haben. Und damit meine ich auch das Hochwasser. Ihr solltet euch glücklich schätzen, dass wir euch nicht gemeinsam mit Azazel in ein Loch werfen.«

Die Herrscherin verzog das Gesicht, als hätte sie in einen sauren Apfel gebissen, und presste die Lippen aufeinander. Vermutlich um sich davon abzuhalten, eine Beleidigung auszusprechen. Untypischerweise war es Domenichino, den ich bisher als mindestens ebenso impulsiv erlebt hatte, der nach ihrer Hand griff und hastig den Kopf schüttelte, als sie ihn erbost ansah. Magnus starrte unterdessen angestrengt auf die Dächer der Stadt.

Das Gefühl von absoluter Macht durchfloss mich.

Wie erniedrigend es für sie sein musste, ausgerechnet zwei Teenagern ausgeliefert zu sein.

»So, ich denke, das reicht«, kam es wieder von Salome. »Das Spektakel ist vorbei.«

Nach und nach kam Bewegung in die anderen. Doch nicht alle traten den Rückzug an. Stella, Deluna und Lucia kämpften sich vor zu Malvolio und mir.

»Willkommen in der Familie«, raunte Deluna und warf das dunkle Haar zurück. »Es sind keine Entschuldigungen nötig, wir verzeihen dir, dass du uns dieses *kleine* Detail verschwiegen hast.«

Ein Hauch von Ironie tränkte ihre Stimme, doch ihr Lächeln wirkte echt. »Nichts gegen Cosima, aber du bist mir jetzt schon lieber.«

Lucia nickte. »Wir werden einen Heidenspaß miteinander haben, da bin ich mir sicher.« Und dann zu Malvolio: »Ich wusste von Anfang an, in dir steckt mehr.«

Dieser verdrehte lediglich die Augen.

Stella grinste mich am offensten an. »Ich war auf der Straße, als ein gefesselter und erstochener Azazel aus dem Fenster gefallen ist. Diesen Anblick werde ich wohl nie wieder vergessen. Danke dafür!«

Auch ich musste grinsen. »Ähm … gern geschehen?«

Sie trat vor und schlang ihre Arme um mich. Etwas verdattert erwiderte ich die Umarmung.

»Es tut mir leid, was mit deinen Eltern passiert ist«, flüsterte sie mir ins Ohr, mit so viel Aufrichtigkeit, dass es mir einen Stich gab. »Wenn du reden möchtest, bin ich da.«

Als wir uns voneinander lösten, strahlte sie mich wieder an, als hätte sie nichts gesagt.

Salome, die noch immer bei Vincenzo stand, warf mir einen fragenden Blick zu. Ich schaute zu ihm. Er ließ die Schultern hängen, und seine Augen hatten wieder diesen leeren Ausdruck angenommen. Er rührte sich nicht von der Stelle.

Ich atmete tief durch, inhalierte die kühle Nachtluft.

»Können wir uns später weiter unterhalten?«, fragte ich vorsichtig in die Runde. »Ich bin euch allen sehr dankbar, und ich kann es kaum erwarten, euch näher kennenzulernen, aber ich würde gerne unter vier Augen mit meinem Onkel sprechen.«

Sofort kam mir Verständnis entgegen, und sie verschwanden. Eine Minute später befanden sich nur noch Salome, Malvolio, Vincenzo und ich auf der Plattform.

Salome griff nach Malvolios Hand und nickte mit einem sanften Lächeln in Richtung Treppe.

»Wir bleiben in der Nähe«, sagte sie.

Malvolio legte mir eine Handfläche an die Wange. Mit zusammengezogenen Augenbrauen erfragte er stumm meine Erlaubnis.

Ich nickte ihm zu und rang mir ein Lächeln ab. Erst dann ließ er sich mitziehen.

Schon waren sie verschwunden, und ich war alleine mit meinem Onkel. Wir befanden uns in der Mitte der Plattform, keinen halben Meter voneinander entfernt.

»Es tut mir leid.« Die Worte waren irgendwie falsch. Ich meinte sie ernst, aber es war irre, damit anzufangen, wenn es so viele Dinge gab, die ich ihm zuerst sagen wollte.

Er riss den Kopf hoch. Sein Adamsapfel hüpfte. Erst jetzt bemerkte ich die Wunden auf seinem Gesicht, die die Raben hinterlassen hatten. Vorhin auf dem Hoteldach waren sie mir nicht aufgefallen.

»Es tut dir leid?«

Seine Stimme war kaum mehr als ein Krächzen. Es klang, als würde er jeden Moment in hysterisches Gelächter ausbrechen. Oder in Schluchzen.

»Was mit dir geschehen ist«, sagte ich. »Was dich zu dem Menschen gemacht hat, der meinen Vater umgebracht hat. Das tut mir leid.«

Ich hätte ihm nichts Schlimmeres sagen können, das realisierte ich in der Sekunde, in der ich die Worte ausgesprochen hatte. Er wankte zurück, als hätte ich ihn geschlagen.

Da war kein Hass in seinem Blick. Nur Schmerz. Alles verzehrender Schmerz.

»Du hast mein Leben gerettet«, brachte er hervor. »Nachdem ich dich töten wollte.«

Ich straffte die Schultern und zwang mich, den Blick nicht abzuwenden, obwohl es lauter widersprüchliche Gefühle in mir auslöste. Ja, ich hatte Mitleid, aber ich konnte nicht einfach so vergessen, dass ich ohne ihn noch einen Vater gehabt hätte.

»Wieso?« Er schrie das Wort beinahe. Meine Gnade schien ihm so viel mehr zuzusetzen als mein Hass.

»Weil Papa der Meinung ist, dass dein Leben etwas bedeutet«, flüsterte ich. »Und weil ich keine Mörderin bin.«

Er schüttelte den Kopf. »Du ... du bist nur ein Mädchen. So wie sie es war. Nur ein unschuldiges Mädchen.«

Wort für Wort könnte ich ihm wiedergeben, was Cosima zu mir gesagt hatte. Für wie dumm sie ihn gehalten hatte, weil er ihr vertraut hatte. Aber ich brachte es nicht über mich, ihm noch mehr wehzutun.

»Sie war nicht unschuldig«, sagte ich stattdessen. »Sie hat dich ausgenutzt.«

Ich wappnete mich. Ich war bereit für weiteres Geschrei. Für Wut.

Doch Vincenzo stolperte noch einen Schritt rückwärts und stieß mit dem Rücken gegen eine Säule, schien Schwierigkeiten zu haben, sich aufrecht zu halten. »Ich weiß«, hauchte er. »Ein Teil von mir hat es immer gewusst. Wie könnte sie jemanden wie mich lieben?«

In diesem Augenblick war er nicht der Direktor des prestigeträchtigsten Hotels der Stadt. Er war nicht mein Onkel. Er war nicht einmal der Mörder meines Vaters. Nein, in diesem Augenblick war er nur ein kleiner Junge, der keine Zuneigung bekommen hatte, als er sie am allermeisten gebraucht hätte. Dem nie jemand gezeigt hatte, wie wertvoll er war.

»Ich weiß, dass ihre Gefühle für Lorenzo echt waren. Natürlich weiß ich es. Er hatte sie verdient. Ich hasse ihn noch immer dafür. Ich wollte immer nur er sein. Ich ... ich wollte es wert sein.«

Auch mein Mitleid hatte Grenzen. Ich konnte nicht hier stehen und ihn trösten. Ich würde explodieren.

»Was ist geschehen, nachdem ich zur Welt-Karte geworden bin und uns eingesperrt habe?«

Er zuckte zusammen. »Ich ... habe die Karten eingesammelt und an mich genommen. Habe mein Blut auf ihnen verteilt, um sie wieder zu befreien. Ich dachte, sie hätte dich getötet. All das Blut ... Aber dann ...«

»Dann hast du festgestellt, dass *sie* tot ist, nicht ich.«

Diesmal reagierte er kaum auf meine Worte. Er nickte nur abwesend, als hätte ich etwas viel zu Offensichtliches gesagt.

»Wie hast du ihn getötet?«, stellte ich ihm die Frage, die ich ihm von Anfang an hatte stellen wollen. Nicht *wieso*. Wieso, wusste ich inzwischen.

Die Antwort kam wie aus der Pistole geschossen. »Ich habe ihn erstochen.« Ein verzweifeltes Lachen brach aus ihm hervor. Es kam so plötzlich, dass nun ich diejenige war, die zusammenzuckte. »Sie ist genau wie er gestorben. Azazel hat es mir gesagt. Selbst im Tod waren sie vereint. Und weißt du, was das Schlimmste ist?«

Ich hätte ihm sagen können, wie schwachsinnig seine Denkweise war, wie sehr er nicht nur seinen Mitmenschen, sondern sich selbst damit schadete, doch sein wilder Blick hielt mich davon ab.

»Du bist tatsächlich wie er«, fuhr er fort. Sein Lächeln glich einer Grimasse. »Mein Leben lang habe ich versucht dazuzugehören. Ich wollte Teil der Magie sein. Unsterblich, wenn ich sie schon nicht beherrschen konnte. Und du ... du hast nicht einmal versucht, unsterblich zu sein. Es ist dir einfach zugeflogen. So wie ihm immer alles zugeflogen ist.«

Mir reichte es. Ich konnte mir diese krankhafte Argumentation keine Sekunde länger anhören.

»Was für ein Bullshit!«, schrie ich. »Du kennst mich nicht mal! Ich habe auch mein Leben lang versucht dazuzugehören. Ich hatte auch immer das Gefühl, ich passe nicht in diese Welt. Und als ich durch Tarot eine Tür in eine andere Welt gefunden habe, wollte ich sie nie wieder verlassen. Sie hat mir Halt gegeben. Das Gefühl, gut genug zu sein, während die meisten Menschen in meinem Umfeld mich für seltsam hielten. Ich bin nicht nur wie mein Vater. Ich bin auch wie *du*. Ich bin viel mehr wie du, wenn ich es mir recht überlege. Ich war auch immer verrückt nach jedem bisschen Magie. Ich war auch immer eine Außenseiterin. Aber ich überlasse mich nicht der Dunkelheit, verdammt noch mal! Ich kämpfe weiter, bis ich meinen Platz auf dieser Welt gefunden habe! Weil das unsere einzige Chance auf Glück ist. Solange wir leben, gibt es Hoffnung!«

Es war das erste Mal, dass ihm die Tränen über die Wangen liefen. Und als er nach einer gefühlten Ewigkeit lächelte, sah es echt aus. Verzweifelt, aber echt.

»Ich bin fertig mit Hoffnung, Giulietta«, flüsterte er, so sanft, so ruhig. »Ich bin fertig mit dieser Welt. Möge die nächste eine bessere sein.«

Mein Magen machte einen Satz.

Mit diesen Worten wankte er einen Schritt zur Seite, zwischen zwei Säulen, und bevor ich nach vorn preschen und ihn zurückzerren konnte, hievte er sich mit dem Rücken zum Abgrund aufs Geländer und ließ sich nach hinten kippen.

Mein Schrei zerriss die Stille, und ich handelte, ohne nachzudenken. Ich brüllte Salomes Namen, brüllte Malvolios, und dann schickte ich meinen Schatten nach unten, in die Tiefe, auf die dunkle Straße unter dem Turm. Es waren fast dreißig Meter. Niemand überlebte einen Fall auf Beton aus dreißig Metern Höhe.

Aber ich hatte nicht vor, ihn auf Beton fallen zu lassen.

Ich war nicht allein. Doch ich achtete nicht auf die Leute. Keine Ahnung, ob es Kartenfiguren oder gewöhnliche Menschen waren.

Mir blieb nur der Bruchteil einer Sekunde, in der ich ihn herunterstürzen sah. Ein fliegender Körper in der Nacht mit schwindelerregendem Tempo. Mein Herz raste. Meine Handflächen waren schweißnass, und das Blut rauschte in meinen Ohren. Ich positionierte mich direkt unter ihm. Dann zog ich den Rest von mir hinterher und streckte die Arme aus. Diesmal war ich schnell genug. Ich zwang mich, die Augen offen zu halten und keinen Millimeter zurückzuweichen.

Der Aufprall traf mich unvorbereitet, obwohl ich ihn erwartet hatte. Mit voller Wucht krachte Vincenzo auf mich, und wir gingen beide mit einem Ächzen zu Boden. Mein Hinterkopf schlug auf dem Boden auf, und Sterne nahmen mir die Sicht. Ein Knacken erklang. Der Schmerz war fast so schlimm wie nach meinem Sturz vom Fondaco dei Tedeschi, und trotzdem ließ ich seinen Körper nicht los. Ich umklammerte ihn, während die Tränen mir in die Augen schossen und die Welt für eine halbe Ewigkeit in Finsternis versank.

Aus weiter Ferne hörte ich, wie jemand meinen Namen schrie.

Ich kämpfte, um bei Bewusstsein zu bleiben, kämpfte, um meine Augen öffnen zu können.

Als es mir endlich gelang, bemerkte ich, dass wir nicht allein waren.

»Agostino«, hörte ich Malvolio jemandem zurufen. »Holt Agostino!«

Ich richtete mich auf, obwohl jemand versuchte, mich an den Schultern zurück auf den Boden zu drücken.

Vincenzo lag nur wenige Zentimeter von mir entfernt auf dem Asphalt, das rechte Bein seltsam verdreht, das Gesicht schmerzverzerrt und tränenüberströmt. Aber er blinzelte. Er atmete.

Und dann erklang Malvolios Stimme ein zweites Mal, deutlich leiser, nur für meine Ohren bestimmt. »Das Datum …« Erstaunen sprang mir aus jedem Wort entgegen. Erstaunen und Ehrfurcht. »Giulietta, du … du hast sein Datum verändert.«

Als Vincenzos und meine Blicke aufeinandertrafen, überflutete mich die Erleichterung und ließ den Schmerz für einen Moment in den Hintergrund rücken.

Ein Röcheln drang aus seinen Lippen. Ich war mir sicher, er verfluchte mich. Aber das war mir so was von egal. Ich hatte getan, was ich tun musste. Wenn nötig, würde ich es wieder und wieder tun.

»Ich habe keine Eltern mehr«, brachte ich keuchend hervor. »Du wirst mir nicht auch noch meinen Onkel nehmen.«

Und dann sank ich zurück und übergab mich dem Schmerz.

Mit der Gewissheit, dass er nicht von Dauer sein würde.

KAPITEL 17

Danach

Die nächsten Tage flogen wie wenige Stunden an mir vorbei. Ein bisschen erinnerte es mich an den Anfang, nachdem mich die Nachricht von Papas Tod erreicht hatte. Doch diesmal war ich nicht innerlich taub. Und es war auch nicht nur meine Trauer, die die Zeit zu beschleunigen schien. Es gab so viel zu tun. So viele Dinge, die erledigt werden mussten.

Zunächst kümmerte ich mich darum, eine psychiatrische Klinik für Vincenzo zu finden, und ließ mich dabei von Sofia beraten, die begeistert darauf reagierte, welche Fortschritte die Psychotherapie in den letzten Jahren gemacht hatte. Riccardo Esposito belagerte uns mit ein paar anderen Mitarbeitern und verlangte, dass wir ihn zum Hoteldirektor ließen, doch nachdem wir ihm von Vincenzos Suizidversuch erzählten – und die beiden Zwillinge Cara und Callisto ein bisschen mit seinen Gefühlen herumspielten, um ihn zu beruhigen –, gab er auf und schlug sich auf unsere Seite. Er würde die Leitung des Hotels übernehmen, bis es Vincenzo besser ging. Ich verschwieg ihm, wie lange das meiner Meinung nach dauern könnte.

Mein Onkel wehrte sich nicht. Er hatte schwere Verletzungen vom Sturz davongetragen, die Agostino ihm alle heilte. Bevor wir ihn von den Fachkräften der Klinik abholen ließen, bewachte immer jemand von uns sein Zimmer. Er unternahm keinen weiteren Versuch, sich selbst oder andere zu verletzen. Er schrie mich nicht an. Er starrte einfach an die Decke, aß, wenn man ihm Essen brachte, und unterschrieb jeden Wisch, den wir ihm unter die Nase hielten. Er hatte zu kämpfen aufgehört. Ich wünschte, ein Teil von ihm würde eines Tages wieder kämpfen – und dann für das Richtige.

Die zweitgrößte Herausforderung waren Noemi und Speranza. Es kostete mich mehrere Telefonate, um sie davon abzubringen, nach Venedig zu kommen – vor allem, nachdem ich ihnen zu verschweigen versuchte, was mit Vincenzo geschehen war. Tags darauf wurde ein Artikel mit dem Titel »Der Fall des Vincenzo Visconti« veröffentlicht, und die Hölle brach erneut aus. Sie flehten mich an, nach Hause zu kommen, und es zerriss mir das Herz, sie abzuweisen, doch ich wusste, es war das Beste für sie. Zumindest bis der größte Wahnsinn hier vorbei war.

»Ich bin erwachsen«, sagte ich und hasste mich dafür, wie hart und kalt ich klang. »Ihr müsst mich ab sofort so behandeln.« Mit diesen Worten legte ich auf und warf mich in Salomes Arme, die jedes Wort mitbekommen hatte.

Greta sagte bei der Polizei gegen Azazel aus – sie erinnerte sich an jedes einzelne Detail, denn nachdem ich die Karten, einschließlich mir, eingesperrt hatte, war jeder Zauber von ihr abgefallen. Was auch bedeutete, dass Sofias Heilung nicht mehr anhielt. Als ich sie das erste Mal vor der Polizeistation wiedersah, konnte sie mir nicht in die Augen sehen und zitterte heftig.

»Ich werde nie vergessen, was du für mich getan hast«, brachte sie hervor. »Nicht nur im Hotelzimmer, sondern von Anfang an, seit du mich in der Putzkammer gefunden hast. Aber ich kann … ich kann nicht hier sein.«

Sie hatte Angst vor mir. Sie hatte gesehen, wie ich mich vor ihren Augen verdoppelt hatte. Sie wusste, dass ich eine von *ihnen* war. Sofia bot ihr erneut ihre Dienste an, doch diesmal lehnte sie ab. Ich verstand sie. Auch ich hatte abgelehnt, als ich noch menschlich gewesen war. Durch manche Dinge musste man alleine gehen. Und Magie hatte ihre Grenzen. Greta gab ihre Arbeitsuniform ab, nahm gemeinsam mit ihrem Freund einen Zug in ihre Heimatstadt und blickte nicht zurück.

Wir fanden heraus, dass Vincenzo Kontakte bei der Polizei hatte, die dank saftiger Bestechungsgelder alle Anzeigen, die mit der Magie der Karten zusammenhingen, vertuschten. Davon hatte es in den letzten Tagen besonders viele gegeben. Salome war der Meinung, dass wir diese Kontakte vorerst weiter pflegen sollten, denn wir würden niemanden mittels Gedankenmanipulation irgendetwas vergessen lassen. Wir waren uns einig, dass wir das keinem Menschen mehr antun wollten.

Azazel befand sich nicht in offiziellem Polizeigewahrsam, sondern in einem Kellerverlies. Gretas Aussage war eine Möglichkeit für sie gewesen, ihr Trauma auszusprechen und ernst genommen zu werden. Ich wusste nicht genau, wo sich das Verlies befand, denn jeder Gedanke an den Teufel war ein Gedanke zu viel für mich, doch Salome versicherte mir, dass sie es unter Kontrolle hatten. Er bekam weder Essen noch Trinken und würde von nun bis in alle Ewigkeit vor sich hin vegetieren. Kein Mensch würde je in seine Nähe kommen, und falls doch – mit jedem weiteren Tag in Gefangenschaft ohne Tageslicht oder Nahrung würde seine Manipulationsgabe mehr verblassen. Bei jeder anderen Person hätte ich Mitleid empfunden, wenigstens für ein paar Sekunden. Doch sobald ich auch nur in diese Richtung dachte, rief ich mir Gretas Schluchzen in der Putzkammer oder mein Erlebnis auf dem Maskenball in Erinnerung. Das reichte aus, um mich vom Mitleid abzubringen.

Die anderen Kartenfiguren verhielten sich unauffällig. Um Malvolio und mich machten die einen einen großen Bogen, während die anderen immer wieder unsere Nähe suchten und wissen wollten, wie sie uns unterstützen konnten. Seine Worte auf dem Dach schienen die gewünschte Wirkung erzielt zu haben. Der Karneval in Venedig schritt ohne weitere Zwischenfälle voran. Malvolio schien genervt von der Aufmerksamkeit, aber ich genoss sie. Ich unterhielt mich mit Stella, mit Deluna, mit Lucia, mit allen, die mich mit einem Lächeln begrüßten und wissen wollten, wie es mir ging. Ich war lang genug eine Einzelgängerin gewesen.

Nachts schliefen wir entweder in Malvolios oder in meiner Suite, Arm in Arm, mein Körper dicht an seinen gepresst. Wir sprachen nicht viel. Wir waren einfach füreinander da. Seine Wunde verheilte schneller als gedacht, ich musste mir keine ernsthaften Sorgen um ihn machen, aber jedes Mal, wenn sein Körper sich verkrampfte, weil ein weiterer Tod ihn traf, spürte ich die Panik in mir. Die Panik davor, dass es eines Tages doch zu viel für ihn war. Die Panik davor, verlassen zu werden. Doch ich kam klar. Ich würde immer klarkommen. Ich hatte die schlimmsten Wochen meines Lebens hinter mir, und ich war immer noch ich.

Und dann wachte ich eines Morgens auf, die Sonnenstrahlen ergossen sich über die prunkvolle Suite und das Himmelbett, der letzte Traum noch frisch in meinem Kopf, und mein Herz setzte einen Schlag aus. Ich hatte von den großen Arkana geträumt. Von blutbefleckten Illustrationen. Verdammt.

Das Kartendeck. Ich hatte das Kartendeck vergessen. Genau wie ich das Motelzimmer vergessen hatte.

Malvolio drehte sich schlaftrunken in meine Richtung und tastete nach mir. Ich kniff meine Lider zu und beschwor den Anblick des Motels hervor. Wie lange war es her, dass ich für eine

Woche im Voraus gezahlt hatte? Die Tage waren ineinandergeflossen, mein Zeitgefühl war nicht mehr vorhanden.

Erleichtert atmete ich aus, als ich im Zimmer landete. Ich war allein. Aber irgendetwas stimmte nicht. Der Raum wirkte unbenutzt. Nein, nicht unbenutzt. Sondern so, als wäre er gereinigt worden. Ich eilte zum Bett und packte das Kissen. Hatte ich nicht einen Mantel darübergeworfen? Scheiße.

Ich zog den Bezug auf und tastete mit der Hand im Inneren herum. Nichts. Ich hatte die Schatulle ganz sicher hier versteckt. Hatte sie jemand vom Personal gefunden? Oder schlimmer, war mir jemand von den Kartenfiguren gefolgt und hatte sie an sich genommen?

»Giulietta«, hörte ich Malvolios Stimme in meiner anderen Realität murmeln, doch ich achtete nicht darauf. Ich kletterte vom Bett und schaute mich im Zimmer um, während mein Herz immer schneller raste und mein Atem stoßweise kam.

Es ist nicht so schlimm, versuchte ich mich zu beruhigen, *selbst wenn sie weg sind, wird nichts passieren.*

Und dann fiel mein Blick auf den einzelnen Holzstuhl. Und auf den Mantel, der darüberlag. Der Mantel, den Salome mir gegeben hatte. Ich stürzte mich darauf. Jemand hatte ihn fein säuberlich auf den Stuhl gelegt. Jemand, der vermutlich ins Zimmer gekommen war, um aufzuräumen. Ich griff danach und zog ihn vom Stuhl. Bei der abrupten Bewegung polterte etwas auf den Boden und direkt auf den Teppich.

Zitternd atmete ich aus. Auf dem schmutzigen Teppich lag ein Kästchen. Ein altes Holzkästchen. Wie in Trance bückte ich mich und griff danach.

»Giulietta, ist alles in Ordnung?«, hörte ich Malvolios Stimme, diesmal klarer.

Hastig vergewisserte ich mich, dass die Karten vollständig waren, dann steckte ich die Schatulle in die Hosentasche meines roten Satinpyjamas und zog meinen Schatten zurück. Später würde ich noch einmal in das Zimmer zurückkehren und meine restlichen Habseligkeiten holen. Jetzt gab es Wichtigeres.

Ein Paar besorgter waldgrüner Augen beobachtete mich.

»Wo warst du?«, wisperte er.

Ich legte ihm beide Handflächen ans Gesicht, zog ihn näher zu mir, bis sich unsere Nasenspitzen berührten.

»Ich habe nur eine letzte Erledigung gemacht«, gab ich zurück.

Mein Herzschlag beruhigte sich nur langsam wieder. Ich versuchte, mich auf das Gewicht des Kästchens in meiner Tasche zu konzentrieren.

Malvolio runzelte die Stirn. »Möchtest du das spezifizieren?«

»Nein, danke, aber lieb, dass du fragst.«

Es dauerte ein paar Sekunden, bis seine Miene sich geglättet und er sich vermutlich davon überzeugt hatte, dass es sinnlos wäre, mit mir zu diskutieren.

Plötzlich funkelten seine Augen. »Gibt es etwas anderes, was du tun möchtest?«

Ein Grinsen zog sich über mein Gesicht, und mein Herz galoppierte diesmal aus einem ganz anderen Grund los.

»Würdest du mir die Ehre erweisen und in … sagen wir … in der nächsten Stunde bei mir bleiben?«, raunte er.

»Mit dem größten Vergnügen.«

Ich beugte mich vor und presste meinen Mund auf seinen.

Und zum ersten Mal seit Tagen raste die Zeit nicht mehr. Sie blieb stehen.

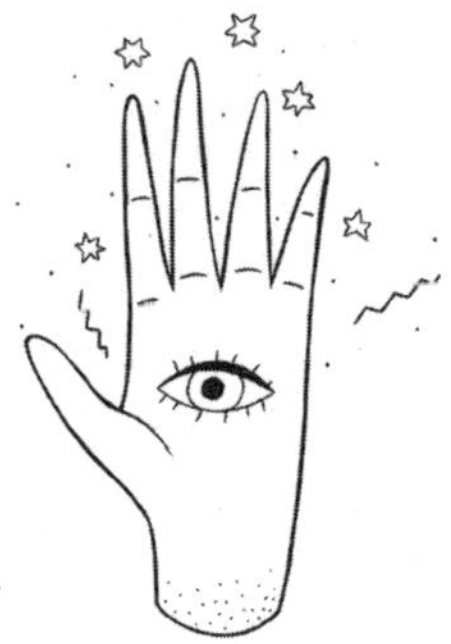

KAPITEL 18

Abschied nehmen

»Er ist hier.« Maurizio lächelte mich an. »Es sieht Lorenzo Visconti ähnlich, dass er der einzige Tote ist, der sich regelmäßig auf einem Friedhof herumtreibt.«

Die Sonne schien, und San Michele wirkte heute friedlich. Zu dritt saßen wir an einer abgelegenen Stelle im Gras nahe des Wassers.

»Vielleicht möchte er ebenso seine Ruhe vor den Toten wie du«, warf Malvolio ein, ohne mich aus den Augen zu lassen. Sein Tonfall war locker, doch sein Blick blieb ernst. Er wusste, was dieser Moment für mich bedeutete. Er konnte sich denken, wie es in mir aussah.

Ich schenkte ihm ein beruhigendes Lächeln, ehe ich tief Luft holte und mich an Maurizio wandte. »Können wir es so wie letztes Mal machen? Kannst du seine Worte einfach wiederholen?«

Mit einem Nicken tastete er nach meiner Hand. Ich umklammerte seine Hand, mit der anderen griff ich nach Malvolios. Ich brauchte all den Halt, den ich kriegen konnte. Und dann schloss ich die Augen und versuchte mir Papa vorzustellen. In seinem faltigen Jackett, das ihm eine Nummer zu groß war, dem olivgrünen Hemd und den Lederschuhen. Mit dem warmen Lächeln auf den Lippen und dem Strahlen in den Augen.

»Ich bin so stolz auf dich, amore«, flüsterte Maurizio. »Ich wusste, du würdest das Richtige tun. Ich habe keinen Augenblick daran gezweifelt.«

Eine Gänsehaut legte sich über meine Arme. Es war so leicht, mir vorzustellen, dass es mein Vater war, der diese Worte aussprach.

»Warst du dabei?«, gab ich zurück. »Hast du es mitbekommen?«

»Das habe ich, Giulietta. Du kannst dir nicht vorstellen, wie sehr ich mir gewünscht habe, dir beizustehen. Jeden einzelnen Schritt dieses neuen Lebens mit dir zu gehen.«

Ich räusperte mich. »Wird er es schaffen? Vincenzo? Wird er seine Denkweise eines Tages ändern? Oder glaubst du, er wird mich für immer dafür hassen, dass ich ihn nicht gehen lassen habe?«

Es war verrückt, dass es mir so wichtig war. Doch seit jener Nacht konnte ich nicht aufhören, an meinen Onkel zu denken. Ich hatte ihn besucht. Mein Schatten war in den vergangenen Tagen immer wieder in sein Klinikzimmer geschlüpft und hatte ihn beim Schlafen beobachtet. Ich hatte versucht, mich in seine Lage zu versetzen. Aber genauso wie er mich kaum kannte, kannte ich ihn nicht wirklich. Ich hatte nur Bruchstücke aus seinem Leben. Ganz im Gegensatz zu Papa.

»Ich weiß es nicht, cara mia«, kam die Antwort nach einem Augenblick, in dem nur das Rauschen der Wellen und unsere gleichmäßigen Atemzüge zu hören waren. »Aber du hast ihm die Chance geschenkt, es herauszufinden. Du hast alles getan, was du tun konntest. Jetzt ist es an der Zeit, loszulassen und dich auf dein eigenes Leben zu konzentrieren. Wir geht es *dir*, Giulietta?«

Ich hatte keine Ahnung, wie ich diese Frage ehrlich beantworten sollte. Tagsüber war es okay. Aber nachts ... Nachts schreckte ich meist tränenüberströmt aus meinem Schlaf auf und konnte mich erst wieder beruhigen, wenn Malvolio mich so fest umklammerte, dass ich nicht wusste, wo ich begann und wo er aufhörte. Ich träumte von Blut. Von leeren Augen hinter Karnevalsmasken. Ich träumte von Cosimas und von Papas Leichen. Von Messern, die aus ihren leblosen Körpern ragten. Ich träumte davon, in einer Gondel zu sitzen, die sich mit Wasser füllte und zu sinken begann. Doch das waren nicht die schlimmsten Träume. Die schlimmsten waren die glücklichen. Die, in denen ich mit Papa zu Hause am Küchentisch saß. Oder mit Noemi und Speranza bei ihnen im Wohnzimmer, wenn wir Tee tranken und heimlich die Karten legten, bevor er von einer Geschäftsreise zurückkehrte. Wenn wir so sehr lachten, dass mir der Bauch wehtat und mir die Tränen über die Wangen liefen. Wenn ich aufwachte, trauerte ich für die ersten Sekunden um die Vergangenheit. Um die gute alte Zeit. Doch sobald mich Malvolios Blick in der Dunkelheit fand, sobald ich seine Nähe spürte und seinen inzwischen so vertrauten Geruch inhalierte, kam mir ein Gedanke, der alles erträglicher machte: Selbst wenn ich könnte, ich wollte nicht zurück. Das war mein Leben. Hier und jetzt. Und eines Tages würde es in Ordnung sein.

»Die meiste Zeit über ist es hart«, murmelte ich. »Aber ich weiß, dass es mir gut gehen wird. Und ich weiß, dass ich nicht alleine bin. Daran klammere ich mich fest. Außerdem ...« Es dauerte ein paar Sekunden, bis ich wieder sprechen konnte. Ich presste die Augen fester zu und versuchte mit aller Macht, Papas Anblick heraufzubeschwören. »Du warst dabei«, sagte ich rau. »Du warst die ganze Zeit über in meinen Gedanken. Das wird sich vermutlich nie ändern.« Ein Lachen brach aus mir hervor, und mit ihm kamen die Tränen. »Du wirst immer ein Teil von mir sein. Und auch bevor ich von der Magie wusste, habe ich nicht aufhören können, mit dir zu sprechen. Es hat mir geholfen, mit … mit allem klarzukommen. Aber jetzt … jetzt kann ich wirklich mit dir sprechen. Das ist ein Privileg.«

»Darüber …« Maurizios Stimme stockte. »Darüber wollte ich mit dir sprechen, Giulietta.«

Meine Augen flogen auf. Ich konnte mich nicht dagegen wehren. Da war ein seltsamer Unterton, der meinen Herzschlag beschleunigte.

Ich starrte ihn wortlos an. Eine Emotion, die nicht zu meinem Vater, sondern zu ihm gehören zu schien, zuckte über sein Gesicht. Mitleid. Wie sehr ich es hasste. Um ein Haar hätte ich ihm meine Hand entrissen. Ich wusste nicht, was jetzt folgen würde, aber ich wusste, es würde mir nicht gefallen.

Malvolio drückte meine Hand. Ich schaffte es nicht, die Geste zu erwidern.

»Es ist an der Zeit loszulassen«, wisperte er.

»Du wiederholst dich«, entfuhr es mir härter als beabsichtigt.

»Es ist an der Zeit loszulassen«, sagte Maurizio nachdrücklich. »Was bedeutet, es ist auch an der Zeit, mich loszulassen. Du bist lebendig, Giulietta. Du bist jung. Du hast noch alles vor dir, und ich stehe dir dabei im Weg.«

Seine Worte erinnerten mich an Malvolios, als ich das Blut auf den Karten verteilt und er sich von mir verabschiedet hatte. Die Erinnerung verstärkte meine Verzweiflung nur.

»Du stehst mir nicht im Weg.« Ich hatte den Satz selbstbewusst aussprechen wollen, leider klang er nur flehend. »Du … du bist weg. Ich weiß, dass du weg bist. Aber ich kann mit dir reden. Das ist besser als nichts, oder? Nach allem, was passiert ist … Ich weiß jetzt, dass ich auch ohne dich überleben kann. Dass ich stärker bin, als ich dachte. Das bedeutet doch nicht, dass ich … dass ich … ohne dich …«

Ich brach ab. Die Tränen strömten mir über die Wangen.

Malvolio ließ meine Hand los, rückte näher zu mir und schlang seine Arme um mich.

»Bitte«, brachte ich hervor. »Bitte tu das nicht.«

Noch während ich flehte, wusste ich, dass es umsonst sein würde. Ich kannte meinen Vater wie sonst keinen Menschen auf der Welt. Und auch wenn sich alles in mir dagegen wehrte, ein Teil von mir wusste, er hatte recht.

»Giulietta ...« Maurizio klang nicht wie er selbst. Er klang ganz und gar wie mein Vater. Und außerdem weinte er inzwischen auch. Was alles nur noch schlimmer machte. »Du bist das Beste, was mir je passiert ist, und ich werde dich immer lieben. *Immer*. Vergiss das nie. Ich werde bei dir sein. Bis zum Schluss. Für jedes Glück und jeden Schmerz. Ich werde immer in deinem Herzen bleiben, das schwöre ich dir. Du warst mein ganzes Leben. Aber, Giulietta ... ich werde nicht zulassen, dass ich deines bin.« Er atmete tief durch, sammelte sich, bevor er mir den Rest gab. »Das Leben ist für die Lebenden, cara mia.«

Ein letzter zittriger Atemzug. Ein Windzug, der mir die Haare nach hinten wirbelte. Maurizio musste es nicht aussprechen. Ich wusste es. Ich spürte es. Das hier war das Ende.

Wie oft konnte man sich von einem geliebten Menschen verabschieden, bis es weniger wehtat?

In diesem Moment fühlte es sich an, als würde ich ihn von Neuem verlieren.

Ich ließ Maurizios Hand los, erwiderte Malvolios Umarmung und begann zu schluchzen.

Doch der Schmerz riss mich nicht entzwei. Denn egal, wie tief ich fiel, ich war nicht allein.

Ich würde nie wieder allein sein.

KAPITEL 19

Zukunftsaussichten

Zuerst war es nur eine Ablenkung von meinem Gefühlsleben, dann geriet es viel zu schnell außer Kontrolle. Genau wie am Anfang, als ich nach Venedig gekommen war, waren die Tarotkarten ein Trost. Man könnte meinen, nach allem, was ich über diese Welt und ihre Magie erfahren hatte, sollte mir die Lust darauf vergangen sein, doch ganz im Gegenteil – meine Verbindung zu den Karten war stärker denn je, genau wie das Bedürfnis, anderen Menschen damit zu helfen.

Ich hatte das Deck mit den Tierillustrationen, das Noemi und Speranza mir mitgegeben hatten, vollständig aus meiner alten Suite gerettet. Meine erste Kundin war eine Rentnerin aus Neapel, die mich an der Bar Dandolo beim Mischen der Karten beobachtete, während Stella, die witzige, herzensgute Stella, neben mir saß und unaufhörlich auf mich einredete, um mich, wie sie sagte, nicht vollständig an die Traurigkeit zu verlieren. Ich hatte ihr von dem Obdachlosen erzählt, dem ich einen Schlafplatz verschafft hatte, und sie hatte mir erzählt, dass sie ihre Tage oft damit verbrachte, Gegenstände in Gold zu verwandeln und an Bedürftige zu verschenken. Das gab mir Hoffnung. Inzwischen hörte ich aber nur mit halbem Ohr hin, meine Gedanken kehrten immer wieder zum letzten Gespräch zurück, das ich mit meinem Vater geführt hatte. In meiner Verzweiflung hatte ich Maurizio anschließend gefragt, ob es vielleicht möglich wäre, Kontakt mit Cosima aufzunehmen. Doch Maurizio hatte mir mit Mitleid in den Augen mitgeteilt, dass er Cosima bisher nicht im Reich der Toten gefunden hatte und auch nicht annahm, dass er das je tun würde. Sie befand sich nicht in der Gegenwart unter den Toten, das war seine Theorie, sondern im sechzehnten Jahrhundert, so abgefahren das auch klang. Und wenn ich ehrlich zu mir war, dann wusste ich auch, dass ein Gespräch mit Cosima den Schmerz wegen Papa nicht lindern würde.

»Signorina, könnten Sie einen Blick in meine Zukunft werfen?«, ertönte die rauchige Stimme.

Fünf Minuten später saßen wir uns mit je einem Negroni in den jadegrünen Plüschsesseln gegenüber, und ich legte ihr die Karten. Nach und nach gesellten sich Deluna, Maurizio, Fortuna, Malvolio und sogar Collisio zu uns und beobachteten die Sitzung. Die Dame störte sich kein bisschen daran, sie erweckte vielmehr den Eindruck, das Publikum und die damit verbundene Aufmerksamkeit zu genießen.

Danach sprach es sich im Hotel herum, dass ich Karten legte. Es folgte ein Pärchen aus Frankreich, ein junger Student aus Deutschland, eine Freundesgruppe aus Japan und, zum Erstaunen aller, der ältere Concierge des Hotels, der wissen wollte, wie viele Tote es noch im Hotel geben würde, ehe der Karneval vorbei war. Malvolio ließ den Blick unauffällig über das Atrium schweifen, während ich die Karten vor Signor Bianchi auffächerte.

»Zumindest niemand auf dieser Etage, soweit ich das von hier aus beurteilen kann«, raunte er mir ins Ohr, was mich zum Lächeln brachte.

Ich nahm kein Geld für die Sitzungen. Die Ablenkung, die die Leute mir verschafften, war genug, und außerdem würde ich von nun bis in alle Ewigkeiten in einem Luxushotel hausen – unter anderem mit einer Gleichgesinnten, die aus jedem Kieselstein reines Gold machen konnte. Hinzu kam, dass ich das Leuchten in den Augen der Leute genoss. Es fühlte sich an, als würde ich meine Zeit sinnvoll nutzen. Schon bald kamen Leute dazu, die keine Hotelgäste oder Mitarbeiter waren. Riccardo Esposito rümpfte die Nase, wenn er anwesend war, während sie in die Lobby strömten und nach mir Ausschau hielten, aber er sagte nichts.

»Alles in Ordnung?«

Malvolios Stimme war samtweich. Ich sah ihn nicht, aber ich spürte seine Hände, die sich von hinten auf meine Schultern legten und begannen, mich zu massieren. Der dicke Teppichboden hatte seine Schritte abgefedert, ich hatte ihn nicht kommen hören.

»Meinst du nicht, für heute reicht es?«

Ich legte den Kopf in den Nacken, um ihm in die Augen sehen zu können. »Vermisst du mich?«

Ein kleines Lächeln erschien auf seinen Lippen. »Heute ist der letzte Karnevalstag. Ich wollte dich fragen, ob wir uns eine Gondel mieten und ein bisschen durch die Kanäle fahren sollen.«

»Zum Sonnenuntergang?« Mein Herz hüpfte, und ich erwiderte sein Lächeln. »Damit wir *die Farben des Himmels* genießen können?«

Seine Zähne blitzten auf. »Ganz genau.«

Ich wollte zuzustimmen, doch in dem Moment nahm ich eine Bewegung wahr.

»Signorina, bitte, ich brauche Ihre Hilfe.«

Ich schaute wieder nach vorn. Eine Frau mittleren Alters

glitt in den Sessel mir gegenüber und deutete auf die Karten auf dem Tisch, die ich eben hatte zusammenpacken wollen. Sie hatte blondes, glänzendes Haar, ihre Kleidung war dezent, aber eindeutig teuer – ich hatte genug Zeit hier verbracht, um das zu erkennen –, und das Diamant-Collier auf ihrem Dekolleté rundete das Bild perfekt ab. Eindeutig bewohnte sie eine Suite im Hotel.

»Wie kann ich Ihnen helfen?«, fragte ich automatisch. Ich hatte wirklich mehr Lust auf eine Gondelfahrt mit Malvolio, aber irgendetwas an ihrem Blick hielt mich davon ab, sie abzuspeisen.

Der Druck an meinen Schultern nahm zu.

»Ich war bei Ärzten, Spezialisten, sogar Heilpraktikern.« Sie lachte freudlos auf. »Alle bestätigen mir, dass ich kerngesund bin. Und jedes Mal, wenn ich auf mein Gefühl bestehe, dass etwas nicht stimmt, fragen sie, ob ich mich schon an einen Psychiater gewandt habe. Und wissen Sie was?« Ein weiteres schauriges Lachen folgte. »Das habe ich. Er hat eine Art wahnhafte Störung diagnostiziert. Bitte, helfen Sie mir. Bitte, schauen Sie nach, was die Zukunft für mich bereithält. Ich glaube nicht daran, aber ich bin verzweifelt.« Tränen schossen ihr in die dunklen Augen. »Irgendetwas stimmt nicht«, wiederholte sie. »Irgendetwas … ich weiß nur nicht was.«

Ich nickte ernst, hielt den Blickkontakt aufrecht, um ihr zu versichern, dass ich ihr glaubte, dass ich sie nicht verurteilte, und wollte gerade nach den Karten greifen, da ließ Malvolio meine Schultern los und trat neben mich.

»Wie ist Ihr Name?«, flüsterte er.

Ich erstarrte. Seine Stimme klang schmerzerfüllt.

Die Frau schaute verwirrt zu ihm auf. »Rosa.«

»Rosa.« Es klang ganz sanft. »Sie haben keine Störung. Und Sie verlieren auch nicht Ihren Verstand. Doch ich fürchte …« Er holte tief Luft. »Ich fürchte, die Zeit läuft Ihnen davon.«

Rosa und ich starrten beide zu ihm. Was zur –

Und dann verstand ich. Den Schmerz in seiner Stimme. Die Dringlichkeit in seinem Blick.

Sie erhob sich. Legte beide Handflächen auf ihr Herz und atmete zitternd aus. Die Tränen hatten sich in ihren Augenwinkeln gesammelt.

»Wie lange?«, brachte sie hervor.

Alles in ihm weigerte sich, es auszusprechen, ich sah den Kampf in seinem Gesicht. Trotzdem tat er es.

»Vierundsechzig Tage.«

Rosa presste die Augen fest zusammen. Eine einzelne Träne entwich und kullerte ihr über die gepuderte Wange. Eine Weile sagte niemand von uns ein Wort.

Als sie die Augen wieder öffnete, zierte ein trauriges Lächeln ihre Lippen.

»Danke«, brachte sie hervor.

Mit diesem Wort wandte sie sich ab und verließ die Bar. Erhobenen Hauptes.

Ich stand ebenfalls auf und drehte mich zu Malvolio. Meine Kehle war wie zugeschnürt.

»Was, wenn sie es verhindern kann? So wie wir es bei Vincenzo verhindern konnten? Vielleicht sollten wir ihr hinterherlaufen, wir könnten –«

»Giulietta.« Er griff nach meiner Taille und zog mich behutsam näher. »Sie weiß jetzt Bescheid. Wenn es möglich ist … Wenn sie es verhindern kann, dann wird sie einen Weg finden.«

Ich öffnete den Mund, wollte etwas entgegensetzen, doch in diesem Augenblick ertönte mein Name erneut. Ungefähr drei Oktaven höher.

»Giulietta Visconti!«, donnerte eine Stimme hinter mir. Eine sehr vertraute Stimme. In dieser Umgebung wirkte sie so falsch, dass ich für eine Sekunde glaubte, ich hatte sie mir eingebildet.

Doch dann folgte die zweite, äußerst vertraute Stimme, und jeder Zweifel war ausgeschlossen.

»Du willst also wie eine Erwachsene behandelt werden?«, schrie sie.

Oh, fuck.

Ich trat einen Schritt von Malvolio zurück. Irgendetwas sagte mir, dass ich nur Öl ins Feuer gießen würde, wenn sie mich hier im Arm eines gut aussehenden Kerls in der Hotelbar sehen würden.

Wie in Zeitlupe drehte ich mich um. Zwischen zwei majestätischen Säulen am Eingang der Bar standen mit Koffern in den Händen, bunten Tüchern um die Hälse geschlungen und Mordlust auf den Gesichtern die beiden Frauen, die mich großgezogen hatten.

»Malvolio«, hauchte ich halb entsetzt, halb euphorisch. »Darf ich dir Noemi und Speranza vorstellen?«

Sein Lächeln wirkte panisch. »Also ... nichts für ungut ... aber ich glaube, das ... das machen wir ein andermal.«

Und damit lief dieser Verräter rückwärts und machte sich aus dem Staub.

KAPITEL 20

Der Zauber der Welt

»Ich verstehe das richtig: Du würdest sterben für mich, aber mir beizustehen, wenn Noemi und Speranza versuchen, mich einen Kopf kürzer zu machen, ist dann doch zu viel verlangt?«

Malvolios Lachen hallte zwischen den Häusern wider und schreckte ein paar Raben auf, die in der Dunkelheit auf einer Regenrinne gekauert hatten.

Den Sonnenuntergang hatten wir längst verpasst – der Himmel war pechschwarz, und von der Karnevalsmusik war nichts mehr zu hören, während wir in der Gondel durch die engen Kanäle schwammen. Die letzten Stunden hatte ich in meiner Hotelsuite mit Noemi und Speranza verbracht. Sie kannten die ganze Wahrheit immer noch nicht, aber zumindest die wichtigsten Teile der Wahrheit: Mir ging es den Umständen entsprechend gut. Und ich würde Venedig nicht verlassen.

Obwohl es mir ganz und gar nicht gefiel, dass sie in die Höhle des Löwen gekommen waren, musste ich zugeben, dass ich dankbar für ihre Anwesenheit war. Ich hatte sie so schrecklich vermisst.

Für heute Nacht hatten sie mich nur gehen lassen, weil ich

ihnen geschworen hatte, dass wir uns gleich morgen früh zum Frühstück auf der Dachterrasse wiedertreffen würden. Es sah ganz danach aus, als müsste ich mir in Rekordzeit eine überzeugende Story aus den Fingern saugen – oder sie mit der Wahrheit konfrontieren und die Konsequenzen ertragen.

Salome hatte mir versprochen, dass sie die Suite der beiden, die sie im Grand Hotel bezogen hatten, vor ungebetenen Gästen schützen würde, also waren Malvolio und ich vor einer halben Stunde losgezogen.

»Ich deute es als positives Zeichen, dass du gewillt bist, darüber zu scherzen«, holte mich seine Stimme zurück ins Hier und Jetzt.

Ich stieß die Holzriemen ins Wasser und zuckte dann die Schultern, als wir mit zunehmendem Tempo über die Oberfläche glitten. »Was habe ich denn für eine Wahl?«, rief ich voller Theatralik. »Geweint habe ich in den letzten Tagen entschieden zu viel.«

»Du darfst weinen, soviel du willst«, gab er zurück, nun wieder vollkommen ernst.

Ich lächelte. »Nicht heute Nacht. Heute Nacht habe ich einen anderen Plan.«

Wir verließen den schmalen Kanal und landeten auf dem Canal Grande, wo ein einzelnes Vaporetto Wellen schlug, die unsere Gondel schaukeln ließen.

Malvolio erwiderte nichts, aber seine Neugierde war allgegenwärtig.

»Ich würde gerne mitten in die Lagune fahren, damit wir ungestört sind«, klärte ich ihn auf. »Meinst du, das schaffen wir?«

Er zog eine Braue hoch. »Würdest du mich rudern lassen …«

»Vergiss es. Du musst dich immer noch schonen.«

Er verdrehte die Augen, widersprach mir aber nicht.

Die restliche Fahrt verlief schweigend. Ich genoss die kühle

Nachtluft, das Rauschen des Wassers unter uns. Aber vor allem genoss ich unsere stille Zweisamkeit. Gemeinsam schweigen zu können, war die höchste Form von Vertrautheit.

Erst als wir uns auf halber Strecke zwischen dem Grand Hotel und der Insel San Giorgio Maggiore befanden und Venedig nur noch aus kleinen Lichtpunkten bestand, hielt ich inne. Silbriges Mondlicht ergoss sich über uns, und die Sterne funkelten am wolkenlosen Nachthimmel.

»Hast du das Feuerzeug mitgebracht?«, fragte ich ihn. Meine Stimme klang mit einem Mal ziemlich rau.

Er nickte und zog ein silberfarbenes Zippo aus der Tasche seines schwarzen Trenchcoats.

»Giulietta, ich möchte alles auf der Welt mit dir tun, aber wenn es um Rauschmittel geht, solltest du wissen –«

Ich konnte nicht anders – ich kicherte los.

»Du glaubst, wir sind hier rausgefahren, um heimlich einen zu rauchen?«

Selbst in der Dunkelheit war seine Beschämung nicht zu übersehen. Sofort verstummte ich wieder, um es nicht noch schlimmer zu machen.

Genau wie er griff ich in meine Jackentasche. Meine Finger umschlossen die Schatulle aus Kiefernholz. Ich atmete tief durch, dann legte ich sie vor mich auf den Boden der Gondel.

Er blinzelte. Sein Atem stockte.

»Mein Vater hat mein Leben lang versucht, mich von Tarot fernzuhalten«, wisperte ich. »Wie du weißt, ist das gehörig schiefgegangen. Und trotzdem dachte ich mir … ich dachte mir, es wäre vielleicht Zeit für eine Geste. Für ihn. Und …« Mein Mund war staubtrocken. »Vor allem für uns.«

»Eine … Geste?«

Voller Unsicherheit schaute er auf das Holzkästchen und dann zu dem Feuerzeug in seiner Hand.

»Ich weiß nicht mal, ob es funktioniert oder ob ein magischer Schutzzauber auf ihnen liegt. Ich dachte mir nur, ich würde es gerne versuchen ... mit dir zusammen. Und vorhin, als diese Frau zu uns kam, als du ihr Todesdatum gesehen hast, da kam mir eine Idee.«

Sein glühender Blick traf mich. Er sagte kein Wort. Wartete darauf, dass ich weitersprach.

»Wir brauchen die Karten nicht, Malvolio. Dein Talent ist stark genug, um sicherzustellen, dass niemand von den anderen Mist baut. Außerdem müsste niemand wissen, was wir getan haben. Aber ich glaube, du hast dein Talent in den letzten Jahren ... Jahrhunderten ziemlich unterschätzt. Du wolltest dieses Schicksal keinem anderen Menschen aufbürden. Aber was, wenn wir die Karten selbst entscheiden lassen?«

Mein Blick fiel auf das Armband an meinem Handgelenk. Es funkelte in der Dunkelheit. Eigenständig Entscheidungen treffen zu können – das war alles, was meine Mutter je gewollt hatte. Diesen Teil von ihr würde ich immer verstehen.

»Wie bitte?«, hauchte er entsetzt.

Sein Tonfall sagte mir, dass er bereits verstanden hatte, worauf ich hinauswollte.

»Durch deine Hand können alle Kartenfiguren sterben. Also wenn ... wenn jemand von uns aufhören möchte zu leben, oder wenn der- oder diejenige die Sicherheit anderer gefährdet, könnte man einen Ersatz für die jeweilige Figur suchen. Menschen wie Rosa. Deren Leben begrenzt ist, aus welchem Grund auch immer. Kranke Menschen. Einsame. Verlorene. Menschen, die ein bisschen Magie brauchen.«

Er starrte mich weiterhin an, ohne etwas zu sagen. Doch das Entsetzen nahm mit jeder Sekunde ab. Das gab mir Mut weiterzusprechen.

»Ich weiß nicht, wie es sein wird. Ich weiß nicht, wie es sich anfühlt, unendlich viel Zeit zu haben. Aber vielleicht kommt auch für mich eines Tages der Punkt, an dem ich genug habe. Ich würde gerne eine würdige Nachfolgerin für mich finden, sollte es jemals dazu kommen. Geht's dir nicht auch so?«

»Wer würde ein Leben mit diesem Fluch wollen?«, gab er stirnrunzelnd zurück.

Unwillkürlich sah ich meinen Onkel vor mir. »Du würdest dich wundern ...«

»Giulietta ...« Er rutschte auf seiner Holzbank nach vorn, bis er so nah war, dass unsere Knie sich berührten, und griff nach meinen Händen. »Wie hängt das mit dem originalen Kartendeck zusammen?«

Ich probierte ein Lächeln. »Du hast gesagt, ich kann damit tun, was ich will. Es ist meine Entscheidung.«

»Und du möchtest es zerstören?«

Plötzlich kam mir der Plan dämlich vor. »Ich dachte ... also ...« Meine Stimme verlor sich im Wind.

»Du dachtest ...?« Sein Daumen fuhr zärtlich über meinen Handrücken. Eine Gänsehaut, die nichts mit der Februarkälte zu tun hatte, zog sich über meinen Körper.

»Ich dachte, es wäre vielleicht ... na ja ... romantisch?«

Am liebsten hätte ich ihm meine Hände entzogen und mein Gesicht darin vergraben.

Das schiefe Lächeln, das sich auf seinen Lippen ausbreitete, machte es nur noch schlimmer.

»Signorina Visconti«, flüsterte er. »Versuchen Sie mir gerade mitzuteilen, dass Sie einer Ewigkeit mit mir nicht abgeneigt wären?«

Ich schnaubte. »Streng genommen wäre es keine Ewigkeit, wenn du jederzeit unsere Leben beenden könntest.«

»Und wenn ich mich dagegen entscheide, unsere Leben zu beenden?«

Na schön.

»Dann könnte man wohl sagen, dass ich nichts gegen eine Ewigkeit an deiner Seite habe.«

Seine Augen strahlten, sie versprühten förmlich Funken. Das war diese Entblößung fast schon wert.

»In Ordnung«, hauchte er und wich zurück.

»In Ordnung?«

Er ließ das Zippo aufflammen und griff mit der freien Hand nach dem Holzkästchen.

»In Ordnung. Lass es uns tun.«

»Warte, warte, warte. Bist du dir sicher?«

Er verharrte in der Bewegung, doch das Feuer brannte weiter zwischen uns. Die Flamme spiegelte sich in seinen dunklen Augen.

»Du hast gesagt, du möchtest nicht mit einem Lebenssinn verwechselt werden«, sagte er leise. »Aber wäre es in Ordnung, wenn du meine Hoffnung wärst?«

Mein Inneres zog sich zusammen.

»Vor dir war ich nur ein Junge, der sich vor der ganzen Welt verschlossen hat. Alles, was ich kannte, war Schmerz. Und es wäre eine Lüge, würde ich behaupten, dieser Schmerz sei verschwunden. Doch du hast ihn erträglich gemacht. Weil ich mich deinetwegen daran erinnert habe, dass ich ihn ertragen *will.*«

Tränen füllten meine Augen. So viel zu *ich wollte heute nicht mehr weinen* …

»Und offen gestanden … Giulietta, eine Ewigkeit mit dir fühlt sich immer noch zu kurz an.«

Ich fiel ihm um den Hals. Die Gondel schwankte bedrohlich, im letzten Moment schaffte er es, das Feuerzeug zuzuklappen, ehe es auf den Boden fiel, und erwiderte meine Umarmung.

Eine Weile verharrten wir so, zwei Menschen auf einer Gondel mitten in der Nacht.

Als wir zurückwichen, griff er erneut nach dem Zippo. »Lass es uns zusammen tun.«

Ich nickte und griff nach der Schatulle. Öffnete sie behutsam. Vielleicht würde es wirklich nicht funktionieren. All die Jahrhunderte, und niemand hatte versucht, sie zu zerstören? Da kam mir ein anderer Gedanke.

»Aber … sind wir uns sicher, dass wir uns und die anderen damit nicht aus Versehen töten?«, murmelte ich.

Malvolio sah mich fragend an.

»Wenn wir die Karten zerstören, zerstören wir uns nicht, oder?«

Er schüttelte den Kopf. »Ich habe mich mit deinem Großvater Edoardo darüber unterhalten. So funktioniert die Magie nicht. Die Karten sind nur der Magieträger, wir schaden uns nicht, wenn wir sie zerstören.«

»Okay.«

Ich atmete tief durch, nahm die erste Karte vom Deck und hielt sie zwischen uns in die Höhe. Der Narr. Die Illustration war in der Dunkelheit nicht zu erkennen, und auch als Malvolio das Feuer erneut aufflammen ließ, sah man sie kaum unter dem ganzen Blut. Ich schauderte. Verkettete meinen Blick mit seinem, vergewisserte mich, dass dies nicht nur eine fixe Idee war, dass wir es beide wollten. Schließlich nahm ich einen tiefen Atemzug. Und dann hielt ich das dünne Papier in die Flamme.

Sofort fing die Karte Feuer. Als hätte sie nur darauf gewartet, verzehrt zu werden.

Mein Herz pochte wie wild in meiner Brust. Es funktionierte. Es funktionierte verdammt gut.

Wir sprachen kein Wort. Ich holte jede Karte einzeln hervor und hielt sie in die Flammen, ließ sie zwischen uns zu Asche werden. Der Wind wehte den schwarzen Staub aus dem Boot, verteilte ihn über dem Wasser.

Vollkommene Ruhe lag auf Malvolios Gesicht. Man hätte meinen können, dass ihm das alles mehr zusetzte, nachdem er jahrelang versucht hatte, die Karten zu finden. Doch jetzt wirkte er vollkommen friedlich.

Erst als wir bei der Nummer dreizehn angekommen war, brach ich das Schweigen.

»Ich habe dir nie davon erzählt, aber kurz bevor ich erfahren habe, dass mein Vater gestorben ist, haben Noemi und Speranza mir die Karten gelegt. Wir haben uns das keltische Kreuz ausgesucht. Die dritte Karte, die ich gezogen habe, war der Tod.«

Malvolio schaute ruhig zu mir und wartete darauf, dass ich weitersprach. Das Feuer zwischen uns erhellte sein Gesicht geisterhaft, seine langen Wimpern warfen Schatten auf seine Wangen. Ich hatte noch nie etwas Schöneres gesehen.

»Der Ursprung meines Problems und gleichzeitig mein wahres Ziel«, flüsterte ich. »Ich habe mich davor gefürchtet. Die beiden haben mir versichert, dass ich keine Angst haben muss, denn wenn der Tod in einer Legung auftaucht, muss er nicht unbedingt einen wirklichen Tod bedeuten. Aber Minuten später stand eine Polizistin vor der Tür und hat mir die furchtbare Nachricht überbracht. Und in den darauffolgenden Tagen habe ich verdrängt, was der Tod außerdem noch bedeutet.«

»Ein Wendepunkt in deinem Leben«, wisperte Malvolio, als die Sekunden vergingen und ich stumm blieb. »Angst davor, etwas Vertrautes zu verlieren. Die Notwendigkeit, loszulassen und deine eigenen Entscheidungen zu treffen. Etwas Altes, das sterben muss, damit das Neue beginnen kann.«

Seine Augen glänzten verdächtig, seine Lippen formten ein trauriges Lächeln.

Ich machte weiter. Meine Bewegungen wurden schneller. Die Flammen stiegen höher.

Und schließlich war nur noch eine letzte Karte übrig.

»Die Welt steht für Vollkommenheit«, brachte ich hervor. »Alles ergibt Sinn, und nichts ist dem Zufall überlassen. Ich bin gut, wie ich bin. Ich bin ganz. Ich bin endlich genau dort, wo ich immer sein sollte.«

In einer schicksalhaften Januarnacht hatte ich mit Noemi und Speranza in meinem alten Wohnzimmer gesessen und mich gefragt, was ich mit meinem Leben anstellen sollte.

Ich hatte meine Antwort gefunden. Ich wollte den Menschen helfen. Ich wollte ihnen zeigen, wie viel Magie es auf dieser Welt gab. Und ich wollte jeden Moment genießen, als sei es mein letzter. Er hatte mir gezeigt, was in mir steckte. Das war die Magie des Todes, so schmerzhaft sie auch sein konnte. Alles, was ich brauchte, hatte sich bereits in mir befunden. Ich hatte nur eine Weile gebraucht, um es zu sehen. Das war der Zauber der Welt.

»Ich bin nicht nur deine Hoffnung, Malvolio.« Ich hielt die letzte Karte der großen Arkana ins Feuer und sah zu, wie sie in Sekundenschnelle zu Asche wurde. Als es vorbei war, hob ich den Kopf, begegnete seinem Blick und lächelte. Durch die Tränen, durch den Schmerz.

»Du bist auch meine.«

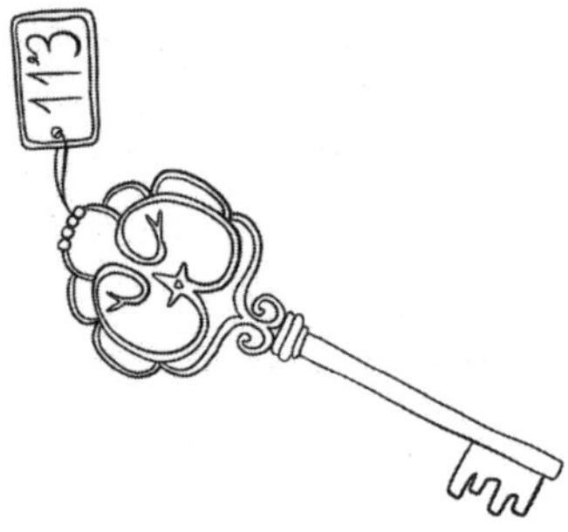

Epilog

Chi lascia la via vecchia per la nuova,
sa quel che lascia, ma non sa quel che trova.
(Wer den alten Weg für einen neuen verlässt, weiß,
was er verlässt, aber nicht, was er findet.)

Die Gondeln trugen Trauer.

Erst kürzlich hatte der große Rat das Gesetz erlassen, Zehntausende Gondeln tiefschwarz zu bemalen, um gegen die Prunk- und Verschwendungssucht der Venezianer vorzugehen.

Ich schnaubte und beschleunigte meine Schritte. Als würde eine Farbe etwas daran ändern.

Jahrhundertealter Gips und backsteinerne Fassaden flogen an mir vorbei, während ich mir meinen Weg durch das Ghetto bahnte. Häuser, verbraucht durch den Ablauf der Generationen, Türrahmen, die Stein um Stein verfielen, zugemauerte Fenster, losgebrochene Balkongitter, die auf den Kanal herabhingen. Brücken, gestützt auf Pfähle, das stehende Kanalwasser. Ein verwittertes Quartier, zerstört durch Regen und Sonne. Mein Zuhause.

Ich ließ es hinter mir und hieß das vielstimmige Summen der Geschäfte willkommen wie eine vertraute Melodie. Niemand beachtete mich. Meine Kleidung war verräterisch, obwohl ich die besten Stücke angezogen hatte, die ich auftreiben konnte. Mein Gesicht wurde durch eine Maske verborgen. Heute war der letzte Karnevalstag und damit meine letzte Gelegenheit, mich unter den Adel zu mischen und unsichtbar zu werden. Die Freiheit ein einziges Mal im Jahr zu schmecken.

Ich wurde langsamer, als mein Ziel in Reichweite kam. Der Canal Grande, schmutziggrau und trübgelb, übersät mit schwarzen Gondeln. Dahinter so viele Glockentürme und Klöster, die im Wasser aufragten.

Die Sonne stand tief, der Tag neigte sich dem Ende zu. Wenn ich mich nicht beeilte, würde mein Fehlen zu Hause auffallen.

Seit Wochen hatte ich von dieser Gelegenheit geträumt. Ich würde sie nicht vergeuden. Der Hauch dieser Chance hatte mich angetrieben. Trotz des schmerzenden Lochs in meinem Bauch hatte ich härter als zuvor gearbeitet, trotz der feuchten Kälte in unserem Zuhause immer ein Lächeln auf den Lippen getragen und mich nicht halb so viel wie meine Geschwister beschwert.

Hinter einem Mann und einer Frau in prächtigen Kostümen schlich ich mich durch das Eingangstor. Unzählige Menschen mit Masken auf den Gesichtern. Es war erstaunlich einfach. Niemand hielt mich zurück.

Der Palazzo war mir nur aus Mutters Erzählungen bekannt. Für eine kurze Zeit hatte sie dort gearbeitet und uns stets mit Geschichten gefüttert. Ihre Worte hatten sich tief in mein Inneres geschlichen und Spuren hinterlassen. Doch jedes Mal hatte sie betont, dass die Welt des Adels nicht unsere war. Dass sie für uns nichts weiter als eine Märchenwelt bleiben würde. Es wäre unser Schicksal. Sozialer Aufstieg eine Illusion. Egal, wie oft sie das wiederholte, mir entging nicht das Glitzern in ihren Augen, wenn sie uns von dieser fremden Welt erzählte. Und wieso erzählte sie uns überhaupt davon, wenn sie unsere Fantasie nicht anregen und uns damit Trost und einen flüchtigen Ausweg aus dem Elend bieten wollte?

Ihre Warnung hatte mich nie davon abgehalten, mir den Palast in den schillerndsten Details auszumalen, Nacht für Nacht davon zu träumen.

Rosafarbener Marmor, kunstvolle Glasmalereien, Säulen, mit Blattgold überzogen, Kronleuchter aus Muranoglas.

Ich legte den Kopf in den Nacken, ließ den Blick über das Innere wandern, und prompt stand mein Mund offen.

Das reich verzierte Gebäude war ein Schauplatz gesellschaftlicher Zusammenkünfte und rauschender Feste. Deshalb war es mein Ziel.

Ich war ein Heuchler. Ich verurteilte das Patriziat, verachtete die Dogen, und nun? Nun schlug mir das Herz bis zum Hals, und meine Hände wurden feucht bei dem Anblick.

Verfall und Fortschritt. Elend und Euphorie. Armut und Reichtum.

Es ging mir nicht um den Reichtum. Es ging mir um die Möglichkeiten. Um den Gedanken an Freiheit.

In meinem nächsten Leben würde ich die andere Seite kennenlernen. In diesem könnte ich wenigstens ein paar Minuten so tun, als gehöre ich dazu.

Etwas abseits der Menge entdeckte ich das goldgerahmte Gemälde. In einem Meer von maskierten Gesichtern bewegte ich mich darauf zu. Als ich mir sicher war, dass niemand auch nur einen Gedanken an mich verschwendete, seilte ich mich ab und beschleunigte meine Schritte, bis ich allein war.

Dieser Teil war spärlich beleuchtet, meine Gestalt wurde eins mit der Dunkelheit. Neben mir befand sich eine Treppe, die in die Tiefe führte und mit einem goldfarbenen Band abgesperrt war. Wohin sie wohl führte?

Ich schüttelte den Kopf. Kein Risiko eingehen. Stattdessen stellte ich mich direkt unter das Bild und erlaubte mir, es zu betrachten.

Eine Frau und ein Mann auf einem dunkelroten Thron. Ich kannte sie. Jeder kannte sie. Lorenzo Priuli und Zilia Dandolo. Umhänge aus schimmerndem Samt und Satin, erhobene Häupter, elegante Gesichtszüge.

Sie waren längst tot, doch ihr Andenken lebte weiter.

Wie es sich anfühlen mochte, für immer hier verewigt zu sein? Die Zeit zu überdauern? Ein Stück Unsterblichkeit zu erlangen?

Törichter Junge! Die Stimme meiner Mutter hallte in meinem Kopf wider. *Deine Träumereien werden dich eines Tages deinen Seelenfrieden kosten, und den Verstand mit dazu!*

Ich entzog mich der Sogkraft des Gemäldes und wandte mich ab. Wie immer hatte sie recht. Gerade wollte ich mich zurück zu den Menschen gesellen, da geschah es. Es schmerzte nicht. Nicht für eine Sekunde.

Mein letzter Atemzug nach neunzehn Jahren war friedlich.

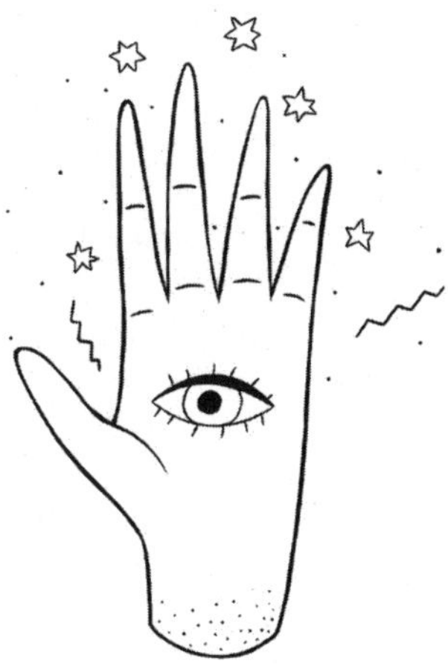

Die großen Arkana

FIGUR (NAME)	FÄHIGKEIT
0 – Der Narr (Arlotto)	Adaptives Muskelgedächtnis
1 – Der Magier (Magnus)	Kann Illusionen erzeugen
2 – Die Hohepriesterin (Sofia)	Psychische Heilung
3 – Die Herrscherin (Dahna)	Wettermanipulation
4 – Der Herrscher (Domenichino)	Kann Aggregatzustände verändern
5 – Der Hohepriester (Agostino)	Physische Heilung
6 – Die Liebenden (Callisto & Cara)	Emotionale Manipulation
7 – Der Wagen (Pellegrino)	Teleportation
8 – Die Kraft (Arlo)	Kann Elektrizität manipulieren
9 – Der Eremit (Monaco)	Unsichtbarkeit
10 – Das Schicksalsrad (Fortuna)	Hellseherei, Traumdeutung

11 – Die Gerechtigkeit (Salome)	Kann die Fähigkeiten der anderen Karten neutralisieren / rückgängig machen / fernhalten
12 – Der Gehängte (Maurizio)	Kann mit Verstorbenen sprechen
13 – Der Tod (Malvolio)	Kann den Todestag jedes Menschen sehen, dem er begegnet, fühlt jeden Tod in Venedig, kann Karten töten
14 – Die Mäßigkeit (Onofrio)	Kann mit Tieren sprechen
15 – Der Teufel (Azazel)	Gedankenmanipulation
16 – Der Turm (Collisio)	Kann durch feste Materie gehen
17 – Der Stern (Stella)	Kann Materie in Gold verwandeln
18 – Der Mond (Deluna)	Nachtsicht, kann Schatten beeinflussen
19 – Die Sonne (Lucia)	Kann Pflanzenwachstum beschleunigen
20 – Das Gericht (Daniele)	Lügendetektor
21 – Die Welt (Cosima / Giulietta)	Replikation

Triggerwarnung

In diesem Buch finden sich folgende Themen, die triggernd wirken könnten:

- Tod, Verlust und Trauer
- Suizid
- sexualisierte Gewalt